地球上线

完结篇

The Earth is Online

莫晨欢 著

广东旅游出版社
中国·广州

叮咚！欢迎来到诺亚的乐玩迷宫！

清脆的童声在唐陌的耳边响起，他一睁开眼，便脸色一变，动作迅速地撇过头，躲开一道射向自己的黑色东西。那东西擦着他的头皮飞过，直直地射入他背后的这堵墙里。唐陌抬头看向那个将暗器射向自己的家伙，然而面前一片空荡荡，根本找不到一个人。

只见人流稀疏的地方，一个高大英俊的黑衣男人站在最后一个摊子前，手里也拿着一个蓝色的小恶魔角灯饰，静静地看着他。他站得极直，哪怕站在杂乱的小摊间，也如同一棵笔直的白杨树，带着与众不同的英挺。

两人的视线在空中交会，这一刻，风好像停止了。

目录

第1章
河神 001

第2章
诺亚的迷宫 057

第3章
FOX 105

第4章
DEER 159

CONTENTS

第5章
人类上线 199

番外一
地球隐身之日 245

番外二
存在即合理 259

地球上线

DI QIU
SHANG XIAN

第 1 章
河神

嘈杂的海关木屋内，一只黄毛狐狸大摇大摆地走到两只狼面前。起初看到对方是狼，狐狸还有点害怕。但随即他便狐假虎威起来："喂，快把东西交出来。劝你们不要私自偷藏东西，我可不是那些没用的地底人，看不出你们把东西藏在腰带、牙齿、脚底板里。赶紧交出来！"

这只是一个再寻常不过的收缴物品的过程。

黄狐狸扬扬得意地挺着下巴，他的面前，穿着黄色马甲的狼眯起眼睛，冷冷地盯着他。黄狐狸瑟缩一下，不敢太过嚣张。

皮特面无表情地看着这只狐狸，似乎想看出他到底是不是玩家。过了几秒，他勾起嘴角，在狐狸的眼中，他便是咧开了那张血盆大口。

"我们确实有想偷渡的东西。"

狐狸一愣，没想到这狼竟然这么配合。然而下一秒，皮特便道："你代替那个侏儒收东西，一定要给他钱的吧？"时间过去了这么久，皮特早就发现这些怪物以狐狸为头领，之所以帮着地底人搜刮怪物同胞，是为了举报偷渡者，获得悬赏奖金。

"那个地底人看上去就很贪婪。你要和他合作，一定会大出血。"金发外国人冷笑着说出两个数字，"四六分，还是五五分？"

狐狸惊讶于这只狼的聪明，他眼珠子一转："你想说什么？"

不用回答，这已经默认了。

皮特从袖子里取出一个酒瓶："我要偷渡的是这个。"

黄狐狸哈哈一笑："酒水烟类的关税可高得吓人，尤其是香蕉酒馆的香蕉酒，这东西贵极了！难怪你要偷渡！"说着，狐狸佯装要高声举报，动作却极慢，并没立刻开口。

皮特哪里不知道他想做什么，他心道："呵呵，黑塔怪物居然也跟地球上的那些蠢货一样，贪婪自私。"

刚才和其他怪物聊天时皮特知道了这瓶酒的大概价格。他懒洋洋地说道："这瓶酒大概值十个银币，偷渡它，要交五个银币。我现在给你三个银币，你就当什么都没看见。"

狐狸斥责道："我是这样的怪物？我们狐狸都是诚实守信的好人！而且搜完东西后，那个地底人会来给你们搜身。"

"你放心，我瞒得过去。地底人都是瞎子，不是吗？"

狐狸还没吭声。

皮特冷笑道："四个银币！"

"好！"

狐狸美滋滋地拿着四个银币离开，又去搜刮下一个怪物。皮特的目光始终没从他的身上离开，一道男声从他身旁响起："那只狐狸到底是不是怪物一队的那个家伙？"

皮特舔了舔牙齿，露出一个嗜血的笑容："你猜。"

大卫："不大像。"

"地底人的智商一般都不大行，我们参加过那么多黑塔游戏，越高级的BOSS（领头）智商越高，也可以说是智能越高，越低级的BOSS越蠢。怪物的平均智商比地底人还低。"

大卫突然明白："你的意思是，那只狐狸太聪明了？那他就是玩家啊！"

"是，他太聪明了。但他并不是那个玩家。他是只狐狸，比其他怪物聪明一点也很正常，但如果他真的是那个混账家伙，就不会接受我的建议。他会举报我，将我的物品收缴。现在我的物品不在赃物内，海关队的玩家根本没法找到。"顿了顿，皮特不怀好意地笑道，"怪物一队的家伙，会这么蠢吗？他很聪明，但也就只有一点小聪明。别让我抓到他，我会把他撕成碎片！"

皮特猜得没错，陈姗姗站在堆积成山的赃物里，仔细寻找具有唯一性的东西。然而，她看了许久，每样东西都至少是成双成对，没有任何东西是单独出现的。

小姑娘抱着棒棒糖，一边舔着，一边神色平静地看着。

过了片刻，她看到狐狸和其他怪物都聚集过来，准备向侏儒官员交差。怪物们正在核对自己搜到的东西，顺便拿出一点铜币、银币塞给狐狸，感谢他拉自己进队。然而此时，一道微弱的女声响起："有人私下收了钱，没把赃物送过来吗？"

怪物们一愣，黄狐狸身体一僵："兔子，你说什么呢，我们是这种怪物？"

怪物们这才反应过来："啊，还有这种办法？"

确实，大部分怪物是想不到这一招的。

除非达到狼外婆那个等级，才会聪明一点。黑塔怪物大多单纯天真。他们喜欢吃人类、地底人，却十分愚蠢，不懂变通。如果他们搜刮的对象真的是怪物，那些怪物只会傻乎乎地被举报，根本不会想着去贿赂他们。

能想到这一点并大胆地去实施的，只有玩家。

黄狐狸可不打算把自己收受贿赂的事情暴露出来，他义正词严地斥责陈姗姗。陈姗姗瞧着他这番模样，已经猜到就是他收了怪物二队的贿赂。看着黄狐狸，陈姗姗道："我不是想责怪谁，大家都为了赚钱，谢谢狐狸，你也帮我赚了一点钱。"

明明一开始是陈姗姗提出的建议，她却把功劳全给了狐狸，大家感激的也是狐狸。

狐狸有点心虚。

陈姗姗继续道："不过如果真有这种事，我还有个想法，想请那个人把贿赂的怪物说出来。不要这样看我，我非常讨厌这种行为。我住在精灵大草原的时候，就是老鹰婆婆贿赂了我的族长，害得我外出觅食时差点被吃掉。但我让那个家伙说出来，只是为了让他赚更多的钱。"

狐狸一听这话，眯起眼睛："你什么意思？"

"既然有人会贿赂，说明他想偷渡的东西非常重要，他不想交上去被那些该死的地底人发现。"

狐狸一想：也是，香蕉酒这种美味的东西，那些地底人说不定会直接喝了，把空瓶子给那匹狼。

不得不承认，地底人比他们怪物狡猾多了，总是耍各种花招。他狐狸先生非常聪明，能发现这些招数，那只狼一看就很蠢，肯定发现不了是空瓶子。

陈姗姗："把那个怪物的信息说出来，我们其他人……难道不可以也向他收取一些费用吗？"

狐狸错愕地看着陈姗姗："还可以这样？！"

鱼儿已经上钩，陈姗姗笑道："为什么不可以？我们只需要说，有几个人没搜清楚，需要再搜一遍。再搜的时候，换其他人去搜那个怪物，不就可以再收取一遍贿赂了？聪明的狐狸先生，这可不是一个赔本买卖。只要说出信息，我保证，我去搜，我一定会给一半的贿赂，谢谢那个把信息分享给我的怪物！"

陈姗姗狡诈地眨眨眼，狐狸心动了。然而狐狸贪婪地说道："为什么我们只能再搜一次，不能多搜几次？反正还没东西交给地底人，多搜几次又怎么了？"

陈姗姗表示无所谓。

狐狸吞了吞口水，小声道："各位，其实是我收到了贿赂。欸，你不要瞪我，我也不是故意的。现在我就把信息和大家分享，我们每个人都可以有钱赚！虽然那两只狼可能被搜几次后就会不耐烦，决定被我们举报。但在那之前，我们照样可以多得一笔钱，这可真好！"

三分钟后，皮特正靠着墙壁，吹着窗外吹来的微风。只见一个健硕的大猩猩砰砰砰地走到他的面前。皮特心中涌起一丝不祥的预感，很快，他的余光里瞧见旁边又有几个怪物走上来，站在其他收缴过物品的怪物面前。

大猩猩对着他张开嘴，口臭扑鼻而来："刚才……喀喀，刚才没搜清楚，有遗漏，咱们要再搜一遍！"

皮特一下子没反应过来。

大猩猩脸皮薄，这种抢收贿赂的事他演技不行，脸红了："喂，我说我要再搜一遍！"

皮特："……"

砰的一声，金发外国人的拳头狠狠砸进了木屋的墙壁，砸出一个大洞。

大猩猩被这只狼吓了一跳，差点想回头。

皮特缓缓地抬起头，咬牙切齿地说道："呵呵……说吧，你想要多少钱？"

那个怪物一队的混账家伙！

一连三个怪物来皮特这里诈钱，大卫再也看不下去了："该死的，那个浑蛋肯定已经知道我们是玩家了，但他还躲在那二十个怪物里，我们找不到他。皮特，该怎么办？我们的钱不多了，再来几个怪物，我们就没法贿赂他们了。而且那家伙早就知道我们是谁，我们再给钱没意义，不如直接上缴赃物？"

"蠢货！你懂什么！把东西交上去，这东西就不在我们手里了。海关一队的家伙想得到它难度不大，偷偷拿走就行。可如果东西在我们手里，哪怕他们知道我们是玩家，赃物是这瓶酒，他们也得打败我们才能拿走，而且自己也会暴露身份。"

大卫："那到底怎么办？！"

皮特从鼻子里发出一道嘲讽的笑声："真当我抓不出那个家伙是谁？"

一分钟后，一个矮小瘦弱的兔子抱着棒棒糖，走到大卫和皮特的面前。大卫从钱袋里拿出四个银币，贿赂对方。兔子接过银币，害怕地缩了缩脖子，转身一溜烟地跑了。

皮特瞄了兔子一眼，收回视线，手指敲击着手臂："一共二十个怪物，那个混账就藏在那二十个里面。那只狐狸不是，刚才那只大猩猩应该也不是。"

大卫补充道："那只兔子也不像。"

"怪物一队的任务难度比你和我的低很多,海关队的任务难度不比我们差。所以很有可能,我们和海关队是一个级别,他们也在攻略五层,至少四层。而一队的浑蛋,他攻略的是三层,最多四层。"皮特阴冷地笑了笑,"亲爱的大卫,虽然你一向很蠢,但你能告诉我,你觉得一个黑塔三层的玩家,会是什么样的吗?"

玻璃小屋内,地底人官员们的考试已经进行到最后。

唐陌并不会故意把题目空着,他一副成竹在胸的模样,哪怕碰到再奇怪的题目,也会把空行填满,让人看不出一丝错漏。

然而,终究是要交卷的。

侏儒长官看到外面的物品搜得差不多了,让助手准备收卷。但就在助手刚下场要收卷时,只听玻璃窗外传来一道尖锐的叫声。

"啊啊啊,你果然是人类,你果然是那个该死的人类!"

怪物群中,一只黄毛狐狸惊恐地瘫在地上,害怕地指着两只站在窗边的狼。

怪物们一阵哗然,警惕地盯着这两只狼。大卫和皮特先是发蒙地看着对方,过了片刻,皮特愤怒地瞪向一旁的十几个怪物:"那个该死的浑蛋!!!"

海关小屋里顿时一片混乱,大卫怒吼着"我才不是人类",可其他怪物却不这么认为。

宁可错杀一千,不能放过一个。

弱小的怪物们吓得赶紧往外逃,就怕自己被人类杀死。他们可打不过人类。但自诩强大的怪物却围成圈,一点点地向这两只狼包围过来。谁也没注意到,刚才尖叫的狐狸悄悄地钻进人群。

黄毛狐狸嘀咕道:"哼,为了一瓶香蕉酒付出二十个银币,本来就很可疑。再说了,谁管你们是不是人类。先把你们抓进牢里,关上几个月。是我害得你们要多交这么多钱,你以为我不知道,过关后你们肯定要报复我。我狐狸先生才不会让你们报复!"

走出人群后,狐狸掏出五个银币,塞到兔子的手里:"喀,这算是谢谢你提醒我的报酬。"

兔子乖乖收下钱币,安静地站在一旁,看着怪物们将那两只狼包围。

狐狸怀疑道:"咦,你这么聪明,你该不会是人类吧?"

陈姗姗如同一只受惊的兔子,吓得瑟瑟发抖:"我、我很聪明吗?我根本什么都没做啊。难道不是狐狸先生您自己组织大家收钱的吗?"

黄狐狸看了她几眼,大步走到一旁:"也是,人类哪儿有你这么弱的,哈哈哈。"

玻璃小屋内,侏儒长官怒道:"什么情况?"

狗腿侏儒怕也似的跑进来："报！！！长官，好像发现人类了，发现了两个人类！！！"

唐陌迅速地扭头，与傅闻夺对视。两人的脑海中响起两个字——

姗姗！

长官一喜，接着脸一沉："不好，那些人类都非常强大，我已经通知了彼得潘先生过来帮忙，可他还没到。"话音落下，侏儒长官转首看向自己的属下们。他的助手还想着收卷，侏儒长官怒吼道："还管什么卷子，现在可有两个现成的人类。快，跟我去把那两个人类抓到！抓住他们，吃了他们！"

地底人早就不想做卷子了，一听这话，兴奋地吼道："抓住他们，吃了他们！"

整个海关，瞬间沸腾。

怪物们想抓住人类，地底人也从玻璃小屋里蜂拥而出，直扑那两只狼。

试卷被他们抛在身后，唐陌不动声色地将自己和傅闻夺的卷子撕成碎片，又拿了四个地底人的卷子，也撕成碎片。碎片堆积在一起，根本看不出是谁写的。

傅闻夺挑眉看他。

唐陌回答："以防万一。"

两人跟着其他地底人，迅速地走出大门。

怪物群中，大卫还在辩解自己不是人类。皮特却已经不再挣扎。他的眼睛直勾勾地盯着那十几个怪物。从现在开始，除了那只狐狸，他谁都怀疑。

这是怪物一队的那个家伙最有可能露出破绽的时候。他说不定会情不自禁地注意地底人官员，想从里面找出海关队的玩家。

这是人心。

再怎么聪明的人，都无法避免自己下意识的行为。

这个时候，所有怪物都只会看他们，唯一看向地底人的，只可能是一队的浑蛋。

陈姗姗抱着棒棒糖，小心翼翼地观察那些从玻璃小屋里出来的官员。就在此时，一道阴恻恻的声音突然在怪物群中响起："呵呵，浑蛋，我找到你了！"

金发外国人目光冰冷地盯着怪物群后方的兔子，下一刻，他怒喝一声，脚下一蹬，如火箭般蹿向对方。受异能限制，陈姗姗的身体素质完全没有提升。她一瞬间便明白自己是怎么暴露的了，没有时间去后悔，小姑娘扭身跑到那只还没走远的狐狸身后。

皮特右手成爪，快要抓住那个玩家。此时，一道响亮的声音响起："抓住那个人类！"

皮特赶紧看向发声处，一群地底人官员簇拥在一起，根本找不到说话的人。

他知道说话的肯定是海关队的那两个浑蛋之一，可他并不能知道是谁。

怪物们怒吼着冲向皮特和大卫，地底人官员们也一拥而上。他们自知打不过这两个人类，只要是通关黑塔二层的玩家，他们就绝对不是对手。但黑塔怪物们大多头脑简单，觉得自己这边人多势众，根本不畏惧两个人类玩家。

"抓住他们，吃了他们！"

"吼！抓住他们，吃了他们！"

大卫和皮特身手极好，这些怪物和地底人压根儿不能碰到他们的衣角。可是在这狭小的木屋里，双方一旦打斗，整个屋子都吱呀颤动。侏儒长官急了："该死的，别毁了我的屋子，要是毁了屋子咱们都掉进幻想之河，我看你们怎么办！"

这话一落地，怪物和地底人立刻安分许多。

但玩家们也从中听出点言外之意：掉进幻想之河会非常危险？

皮特眼珠子一转，借机忽然伸手，指着人群后方的兔子："她也是个该死的玩家！"

众人齐刷刷地回头，看向陈姗姗。

陈姗姗握着棒棒糖的手缩紧，表面上却惊恐地瞪大红眼睛，害怕地说道："你……你在说什么，我……我才不是玩家！"

大卫气得骂了句脏话："你这个浑蛋，别以为还能躲藏下去，你就是玩家！"

怪物和地底人将信将疑地盯着陈姗姗，小姑娘咬了咬牙："我肯定不是玩家，我是住在精灵大草原上的一只兔子。不过，你们刚才承认了吧，你们就是玩家。大家快点抓住他们，吃了他们呀！"

听了这话，众人全都回过神来：对啊，这兔子是不是玩家他们不知道，可这两只狼刚才都承认了，他们就是玩家。吃了这两个人类，他们一定能提升很多实力。

陈姗姗被逼到绝境，她再怎么聪明也只是个体力没有提升的小女孩。她已经做到了她的极致，然而能够攻略到黑塔五层的玩家，没有一个是省油的灯。最令她担心的情况还是发生了。

皮特嗤笑了一声，鲜红的舌尖舔了舔上齿："呵，一群蠢货。这只兔子明显实力很弱，哪怕她真不是玩家，你们抓住她就跟抓小鸡崽一样，抓了先绑了放在旁边好了。至于我俩……你们这群蠢货也能抓住我们？"

一只大母鸡怪物怒道："你才跟抓小鸡崽一样！"

怪物们虽然傻了点，却不是真的没有智商。这只狼说得没错，抓住这只兔子对他们而言根本不费事，真要不是玩家，就当抓错人好了。一时间，两个怪物和三个地底人迅速地冲向陈姗姗，其中一个地底人长官冷笑着将她的双手扣上。

小姑娘心中擂鼓，却面不改色。

她相信唐陌和傅闻夺。

皮特见到陈姗姗也被抓住了，疯狂地大笑起来。他根本不畏惧这些实力弱的怪物和地底人，他真正需要小心的是那两个海关队的玩家。正在皮特盯着海关官员，想要从中找出玩家时，一道微弱的声音响起："我……我不知道你们这些该死的人类为什么要诬陷我，难道是因为我刚才多收了你们贿赂？"

皮特和大卫一愣，错愕地看着陈姗姗。

红眼睛的兔子咬紧牙齿，委屈地说道："你们不就是要偷渡一瓶香蕉酒吗？香蕉酒值十个银币，可刚才为了不被发现，你给我们贿赂了三十多个银币。难道说……这个香蕉酒其实是什么非常重要的东西？"

大卫还没明白过来，皮特已经咆哮道："住口！"

然而为时已晚。

怪物们被提醒后，立即明白那瓶香蕉酒对这两个人类特别重要。抓住这两个人类很难，但他们要是去抢香蕉酒，两个人类一定会护着它，从而不好攻击。

不知是谁高喊了一句："香蕉酒就藏在他的袖子里！"

所有人一哄而上，再也不攻击大卫和皮特，而是去抢他们的香蕉酒。

陈姗姗松了口气，一个地底人官员抓着她的双手，押送她往玻璃小屋走去。身体还在微微颤抖，陈姗姗尽量压制住自己的害怕，这时，她听到一道带笑的声音从自己耳后响起："做得好，姗姗。"

陈姗姗睁大眼睛，扭头看向这个抓住自己的地底人。几秒后，小姑娘露出笑容："唐陌哥哥。"

在唐陌押送着陈姗姗进入玻璃小屋的过程中，大卫和皮特对这么多的怪物、地底人还是防不胜防，终于被一个怪物抢到了香蕉酒，酒瓶被抛至半空。

整个黑塔世界里，就没有不喜欢喝香蕉酒的。哪怕这不是重要的道具，怪物和地底人看见它也会发狂。怪物们疯狂地哄抢这瓶香蕉酒，大卫和皮特怒而无法。皮特反手取出一把红色的手枪，他手腕一动，按下扳机。

砰！砰！砰！砰！砰！

五颗子弹依次从枪口中射出。

这五颗子弹准确地击穿了四个怪物和一个地底人官员的脑袋，他们的脑袋像西瓜一样炸开。所有人都吓了一大跳，惊恐地看着这两只狼。

穿着皮靴的脚狠狠地踩碎了一个怪物的脑袋，皮特嗜血地舔了舔自己的枪口："废物，谁还敢抢我的东西！"

香蕉酒被怪物们不知道推到哪儿了,谁也找不到。但这时候,所有怪物和地底人都不敢再去找那个该死的香蕉酒。

他们惊慌地四散逃跑。

侏儒长官对着一根绿色羽毛尖叫道:"彼得潘先生,您到底在哪儿?这个玩家比我们想的还要恐怖,您快来救命,啊啊啊啊啊啊……"声音戛然而止,皮特一枪崩碎了侏儒长官的脑壳。

一场恐怖的屠杀开始汹涌泛滥。

唐陌抬起手捂住陈姗姗的眼睛,不让她回头看。他则头也不回地继续向前走,仿佛没听到身后的动静。

而在皮特和大卫兴奋地屠杀时,一个貌不惊人的地底人官员从墙角捡起一个香蕉酒瓶。他单手将帽檐向下拉了拉,遮挡住自己的脸庞。接着他摆出一副害怕的模样,准备跟着大部队,一起往木屋外涌去。

但就在他刚刚拿起香蕉酒站起身的时候,一道阴恻恻的声音从不远处响起:"海关队的玩家。"

傅闻夺动作一顿,缓慢地转首看向对方。

那是一只凶狠残暴的野狼。尖锐的牙齿上粘着黏黏的唾液,皮特和大卫此刻竟没有一点陷入屠杀的狂态,而是冷静地盯着傅闻夺,似乎一直在等待一只手将那瓶香蕉酒捡起来。

双方对视片刻,傅闻夺勾起唇角:"抱歉,竟然低估了你们的实力。"

大卫单手握拳:"我杀了你! ! !"

唐陌也没想到,这两个玩家看上去莽撞冲动,其实无比冷静。他们表现出愤怒屠杀的姿态,实际上一直在等傅闻夺上钩。这两人绝对是目前 A 国玩家中的佼佼者,实力或许能排上全国前十。

唐陌一把将陈姗姗推到木头吊桥上:"姗姗,跑到对面。等你到了桥头,我和傅闻夺会过来,我们一起走。"

陈姗姗用力点头,压根儿没想过留下来帮忙。

她实力太弱,留下只能拖后腿。

而这时,大卫的拳头已经砸上了傅闻夺的脸庞。傅闻夺将香蕉酒抛到半空中,侧首一让,避开这一击。接着他猛地俯身,大卫发现他的动作时已经来不及,一记勇猛的拳头狠狠地砸上了他的腹部。

大卫向后倒退数步,脸色难看了一些,却没有什么伤。

傅闻夺抬起手正好抓住香蕉酒,放进自己的口袋里:"你很强,却不懂杀人。"

大卫冷笑道:"我杀过的人比你吃过的饭还多!"

傅闻夺沉默片刻:"那可不一定。"

下一秒,两人一起冲上。皮特正准备过去帮忙,一根橡胶绳忽然缠上他的手腕。皮特扭头,只见一个地底人官员从手掌中伸出一条橡胶绳,捆住他的手腕。皮特笑了,咬牙切齿地说道:"另一个玩家?"

唐陌挑眉:"你的对手是我。"

到这个时候,已经无法掩藏自己的身份。

这两个对手确实很强,既然已经暴露了,唐陌和傅闻夺干脆直接动手。他们不知道侏儒长官求救的彼得潘实力如何,假设他是怪奇马戏团团长那个级别的怪物,他们五个人联起手可能也不是对手。

必须速战速决。

唐陌根本不掩藏自己的异能,他双手叉腰,大吼"还我爷爷"。凶猛的火焰充斥整个木屋,皮特反手变出一块金属盾牌,将火焰全部挡住。唐陌双手抬起,数十根细长的钢针飞舞在半空中。他手指一动,钢针齐齐射向皮特。

另外一边,傅闻夺和大卫的战斗则简单许多。傅闻夺完全是压着大卫在打。他灵巧敏捷,动作也刚劲有力,看傅闻夺出手就像在看一部动作片,每个动作都漂亮至极。反观大卫,他出手笨拙,可他的皮肤如钢筋铁骨,怎么也无法穿透。

傅闻夺双目一眯,右臂化成的黑色利器狠狠刺向大卫的胸口。大卫察觉不对,转身避让。利器擦着他的胸口而过,把衣服划破,皮肤上竟然也只是留下一道白色的痕迹。

傅闻夺再不隐藏,他手腕一动,一把漆黑的匕首出现在他的手中。

这匕首一出现,大卫嗅到了死亡的气息。他暗道一声"不好",接着扭头道:"皮特,把你的盾牌给我!"

皮特:"滚,那是老子的道具!"

大卫:"你再不给我,我就要死了!"

皮特将盾牌扔给大卫,大卫赶紧接住。此时傅闻夺如鬼魅一般突然逼近,锋利的匕首刺向大卫。大卫反射性地用盾牌挡住。匕首和盾牌相撞,发出尖锐的金属碰撞声。两人各向后倒退半步,傅闻夺看着盾牌上一道白色的破口,目光渐渐冷了下去。

大卫吼道:"那把匕首居然能把你的盾牌划破!"

皮特惊道:"什么?!"

别说他,唐陌和傅闻夺也吃了一惊。傅闻夺的匕首是他拥有的稀有道具之一,唯一的功能就是因果律作用,能破开世界上所有东西。但它居然没刺穿这块盾牌，只是划出一道口子。

这肯定也是一个稀有道具，还是一个同样拥有因果律效果的稀有道具！

傅闻夺不想再与对方纠缠，他抬头看到陈姗姗已经快走到吊桥的尽头。吊桥目前被封锁了，谁也出不去。想要离开，就必须由他和唐陌一起打出一条生路。

傅闻夺看向唐陌："走！"

"好！"

两人丝毫不恋战，转身就跑。

大卫和皮特哪儿能让他们走了，一起迅速地追上。两人在前面跑，两人在后面追。跑到吊桥最前方，傅闻夺一把抱住陈姗姗，将小姑娘夹在腰间。唐陌毫不犹豫地一脚踹向守住吊桥的两个地底人官员，将两人踹晕。

"走！"

走到岸上，唐陌转身看着吊桥，从手腕里取出一根巨型火柴。他挥舞火柴头，一把点燃吊桥，竟然是要断皮特和大卫的后路。

这次的攻塔游戏很明显是对抗游戏，如果他们成功通关，对方就会失败。反之，也是一样。

火焰噼里啪啦地燃烧上去，吊桥很快坠落。皮特愤怒地咆哮一声，手中出现两根长长的铁锁链。

"你以为这样我就找不到你们了吗！"

铁锁链唰唰地飞向另一头，两根锁链一根钩住唐陌的腿，一根钩住傅闻夺的腿。两人想挣开，却发现这锁链越挣扎就缠得越紧。

唐陌目光一冷，从口袋里拿出一颗夜明珠。这颗珠子刚拿出来，两根锁链就好像遇见了最致命的诱惑，猛地飞向夜明珠，被它深深吸引住。

大卫和皮特各抓着锁链的另一端，猝不及防地被锁链拽着向上，锁链隐隐有要将他们甩开、义无反顾地奔向夜明珠的趋向。

大卫用力地按住了锁链的第三节："我死了你们也别想活！"

皮特双目睁大："你疯了！"

但为时已晚，大卫已经按住了那一节，刚刚还被夜明珠吸引的锁链忽然自燃。一股诡异的力量将唐陌和傅闻夺一起往下拉去，两人齐齐掉向幻想之河。傅闻夺被拉下去的那一刻反手把陈姗姗推了出去，小姑娘稳稳地落在岸边，回头一看："唐哥，傅少校！"

扑通四声，四人全部掉进了幻想之河。

唐陌和傅闻夺掉下去的时候，一道清脆的童声在他们耳边响起。

叮咚！玩家唐陌、傅闻夺成功完成支线任务"找到被偷渡的赃物"，玩家皮特·盖茨、大卫·索菲特通关失败。玩家陈姗姗完成支线任务"协助海关队找到赃物"（困难模式），开启主线任务第三版本。

坠落的过程并不长，但唐陌和傅闻夺在那一瞬间便做出反应，开启了道具"一双神奇的靴子"。两人在接触粉色的河水之前，以恐怖的力道强行在空中将自己的身体扳正，使双脚向下。

靴子触碰到水面，荡漾起一圈圈涟漪。他们稳稳站住。

另外一边，两个外国玩家的情况就很不好了。大卫和皮特狼狈地跌进河里，这河水不是普通的河水，掉进去后两人很快发现他们被一股奇怪的吸力吸往水下。皮特抢过大卫手里的盾牌，低声念了句咒语，接着将盾牌甩在河面上。

这盾牌竟然也浮在水面上。

大卫和皮特一起跳到盾牌上，浑身滴着水，冷冷地盯着唐陌和傅闻夺。

和唐陌猜想的一样，完成支线任务后，他们离开了海关小屋，四人全部恢复了原本的模样。这两个玩家除去怪物的伪装，果不其然，他们是两个外国人。

A国有外国人不是罕见的事，只要身在A国，就属于A国玩家。阿塔克组织的杰克斯就是如此。

目前的局势对唐陌和傅闻夺比较有利。

大卫和皮特站在盾牌上，虽然免除了掉进河水的命运，行动却不是很方便。唐陌和傅闻夺则不一样。他们利用靴子道具，踩在水面上也如履平地。但是双方并没有动手的意思，只是警惕地打量自己的对手。

双方知道，自己的对手在刚才那一战中并没有尽全力。

刚才他们是在海关小屋里打了一架。侏儒长官死之前曾经说过，掉进幻想之河会发生非常恐怖的事。所以四人都默契地收敛招式，不想掉进河水。然而现在他们还是掉进来了。

就武力值而言，这两个人在唐陌见过的玩家中，绝对属于顶层。

唐陌静静地盯着这两人，声音冰冷："回归者中有两个外国玩家，因为经常杀肉猪，又喜欢休息，有了休息时间就会用掉，所以不在时间排行榜上，实力却不可小觑。"

皮特冷笑道："说错了，我们已经不是回归者了。"他指了指自己的脖子，上面果然没有了金色数字。

这是两个已经转正的回归者。

大卫："唐陌、傅闻夺，原来你们就是传说中那两个最强的A国玩家啊。

哦，不对，我忘了慕回雪，哼，那个女人真是烦人，每次碰到她总没好事。我一直很讨厌那些地球幸存者把你们看作A国最强，凭什么？就凭我们回归者回来前，地球上都是肉猪，弱得要死，所以你们占便宜地率先通关攻塔游戏？"

傅闻夺淡淡地道："你想说什么？"

大卫抬起下巴："看样子我们这次是对抗游戏啊。"

唐陌："支线任务确实是对抗游戏，但现在大家都完成了支线任务，谁也不知道接下来还会不会出现支线任务，主线任务又是什么。"言下之意，唐陌不打算在一个危险的游戏里贸然树敌。如有必要，他不介意和这两个人合作。

皮特沙哑地笑了一声，唐陌看向他。这个金发外国人用嘲弄的眼神看着唐陌，仿佛唐陌说的话极其可笑。他伸手揉了揉自己的金发，碧蓝色的眼睛里毫不掩饰自己的嫌弃："合作？哇哦，那也不是不可以。毕竟地球幸存者都那么弱，不知道最强的傅闻夺、唐陌，能有多强呢？"

皮特说这话并不是真的想与唐陌二人树敌，只是身为一个名声很不好的回归者，他名声不好不仅仅在于嗜杀成性，更在于那眼高于顶的傲慢态度。而他并没有注意到，在他抬起手的那一刻，唐陌看着他手腕上的那串红玛瑙手链双目一凛。

脑海里瞬间闪过一条一模一样的手链，唐陌呼吸一顿，顷刻，他沉默地闭上眼睛，深深吸了口气。

他对"神棍"的死没太大感觉，也不会太过悲伤。地球上线后死了这么多人，"神棍"和他也不熟。

只是陈姗姗……

唐陌收住表情，大卫和皮特没发现异常，只有傅闻夺因为太熟悉唐陌，略微看了他一眼。

唐陌的手不动声色地按在小阳伞上。八成可能性，主线任务不需要和这两人合作，他们也能完成。但是还有两成可能性，不要在这个时候减少可能存在的队友。

唐陌把手放了回去，这时，一个小小的酒瓶突然从傅闻夺的口袋里掉了出来。

这根本不可能！

傅闻夺难得露出惊讶的神色，他不可能犯这种错误，让任务道具就这么掉出来。他反应极快，直接伸手一捞。但香蕉酒直直地从傅闻夺的手中穿过，然后扑通一声，掉进了粉色的河水里。

这个意外令所有人吃惊不已。

大卫和皮特并不明白这一幕到底是怎么回事，唐陌的脑海里却莫名其妙地闪过一个熟悉的画面。然后下一秒，只见香蕉酒掉下去的地方，一圈涟漪荡漾开来。这涟漪越荡越大，到最后掀起惊天波浪。

哗啦啦！

唐陌撑开小阳伞，遮住自己和傅闻夺，将粉色河水挡在外界。

一团白色的光芒从河水中翻涌上来，白光消散，露出一个穿着白色长袍的白胡子老头儿。

大卫一愣："这是什么玩意儿？"

唐陌和傅闻夺："……"

在灿烂的阳光照耀下，白胡子老头儿微笑着举起手，三团光芒从他的手中飘出，飘到唐陌四人的面前。

"诚实的孩子，请问你们掉的是金香蕉酒、银香蕉酒，还是这个普通的香蕉酒呢？"

首都，第八十中学。

阮望舒从不会把鸡蛋放在同一个篮子里。

如果这次唐陌和傅闻夺顺利地在三天内通关黑塔五层，那 6 月 10 日，A 国区的玩家就不会被强制攻塔。然而这只是阮望舒的一个打算。

从黑塔 4.5 版本更新后，天选组织便开始疯狂地收集精良以上等级的道具，给阮望舒、练余筝进行攻塔游戏用。

是的，他和练余筝也要参加攻塔游戏，只是他们不会像唐陌那么急。10 日的强制攻塔和他们并无关系，他们想攻塔，仅仅是因为……

"前三个通关黑塔六层的玩家，可以得到一条关于七层的线索。"

傅闻声借住在天选，也不好白吃白住。小朋友拿着阮望舒提供的矿泉水瓶，默默地帮着灌了三瓶水。"你们真的要去？虽然这个条件很诱人，但是全世界的强者肯定都想抢前三个通关，我大哥和唐哥也一定会去。"

阮望舒看了他一眼："我有说过我要和他们抢吗？"

傅闻声一愣："啊？"

练余筝在旁边擦拭自己的小刀，声音平静："前三个通关六层的玩家或者队伍，都可以得到线索。我们想和唐陌合作。"

傅闻声一下子明白过来。

天选在首都的名声不好，主要因为他们是偷渡客组织。但他们实力很强。唐陌几人和天选经历了种种波澜后，如今也勉强能和平共处。

傅闻声早就从李妙妙那儿听说，当初天选之所以围杀唐陌，是因为阮望舒和练余筝千辛万苦通关了黑塔二层困难模式后，他们的奖励居然被唐陌先拿走了。这事不知道该说他们运气差，还是黑塔太坑。

但是有一点，傅闻声提醒道："组队攻塔的人越多，游戏难度一般会越大。"

这点不用他说，阮望舒也明白。

阮望舒："合作攻塔只是最好的选择而已。"

傅闻声正想再说些什么，一道急促的脚步声从门外走廊传来。教室大门被人用力推开，一个光头男人粗粗喘气，大声道："不好了，头儿，有个外国男人带着两个人来砸场子了！"

傅闻声："外国人？"

"对，快去吧，妙妙和强哥快撑不住了。"

阮望舒脸色骤变。

几人快速走到校门口，只见一个身材魁梧的外国壮汉一拳击开李妙妙，李妙妙倒飞出去，被练余筝接住。见阮望舒来了，李妙妙道："头儿，这人简直有病，上来就问我们是不是天选，还要找人。"

天选在首都嚣张惯了，很少碰到别人上门找碴的。

练余筝目光一冷，反手取出自己的小刀。她身轻如燕，一脚踩在校门口的花坛台阶上，借力飞向那外国壮汉。两人眨眼间便打了数个来回，练余筝起初没下死手，只是试探。渐渐地，她发现，这壮汉更是留了后手，一直在防御，根本没打算杀她。

阮望舒："好了，停手。"

练余筝立刻收刀，站回阮望舒身后。

阮望舒冷冷地看着这个将自己裹在裘衣里的男人，傅闻声见状看了眼天空，嘀咕道："没到冬天啊，太阳好大。"

阮望舒走上前："这里是天选，你想干什么？"

生涩别扭的中文从对方口中吐出："召（找）……一个认（人）。"

李妙妙没好气道："头儿，他想找一个人。"

傅闻声："找人来天选干什么？难道他想找的人是天选的？"

"召、召认（找、找人）。"

李妙妙捂着自己被砸青的脸颊："你到底要找谁啊？！"

外国壮汉眼中露出困惑的神情，他指着第八十中学外面的英文校名，再三确认了这里确实是第八十中学。几秒后，只见两个矮瘦的中年男人上气不接下气地从远处跑来。两人急道："安、安德烈先生，您居然自己找到了？"

安德烈用力点头。

这俩中年男人转头一看，见到阮望舒等人，他们吞了吞口水，明白了对方的身份。

首都最强大的偷渡客组织，他们就是有十条命也不够对方杀的。可是这个疯狂的S国人硬拖着他们来这儿，他们也只能……

"那个，抱歉，我们是从X市来的，他是一个S国玩家。他大老远地从S国跑到咱们A国是为了找一个人。本来以为那人在G市，没想到我们去了后才知道，她来首都了。听说天选是首都最强大的组织，我们就想着能不能来问问情报。"

事实上，他才刚刚提了这个建议，安德烈就头也不回地去找天选，压根儿没想过天选凭什么要帮他这个忙。

果不其然，阮望舒冷冷地看着他们："天选从不帮忙找人。"

中年男人露出为难的神色，他缓慢地把阮望舒的意思比画着告诉了安德烈。安德烈默了默，从随身携带的破背包里取出一把银白色的长刀。练余筝看到这刀，双眼一亮，安德烈将刀递给她。

"精良道具，换，告诉我，她在哪里？"

练余筝试了下这把刀，扭头道："头儿，是个好东西。"

阮望舒点点头："你要找谁？"

安德烈："慕会学。"

阮望舒一下子没听明白："你说谁？"

来A国这么久，安德烈的中文也有了一点长进，他一字一句地说道："慕、回、雪。"

"噗，咔咔……"

众人齐刷刷地转头看向傅闻声。

傅小弟赶忙道："别看我，我就是被口水呛着了，没事、没事。"他真的不认识慕回雪！

下一刻，一个沙包大的拳头破开空气，凌厉地砸到他的眼前。安德烈沉闷的声音低低响起："她在哪儿？说，窝（我）给你，好东西。"明明是恐吓，因为这怪异的口音，怎么听怎么有种搞笑的意思。

傅闻声紧张地握紧手指，正在这时，一道含笑的女声从他们身后响起："原来就是你们在找我？找我就算了，不要恐吓那个小朋友了，他真以为你会杀了他，吓得都快尿裤子了，哈哈。"

傅闻声特别想反驳自己压根儿没想尿裤子。

安德烈没听懂女人的话，但他收回了手。他慢悠悠地转过身，看向那个坐在大树上的年轻女人。良久，他闷闷地说道："慕回雪。"

慕回雪微微一笑："是我，找我什么事？"

安德烈沉默片刻，道："堆不齐（对不起），窝（我）要杀了尼（你）。"

下一刻，一道黑色的影子以极快的速度冲上道路。那刚猛的一拳砸在树梢上，大树剧烈震颤，竟被一拳砸裂，劈开成两半。慕回雪矫捷地跳到水泥地上，单手撑地，长马尾甩到脑后，抬头看向对方。

她没有生气，而是定定地看着对方。开口时，竟然是流利的 S 国语："你是认真的？"

安德烈愣住，似乎没想到对方居然会 S 国语。他用 S 国语回答："对不起，但我一定要杀了你。"

嘴角翘起，慕回雪拔出腰间系着的红色长鞭："我接受你的挑战。"

与此同时，黑塔，幻想之河。

两个外国玩家没听说过 A 国的河神故事，唐陌和傅闻夺不可能不知道。唐陌看着这三瓶不同颜色的香蕉酒，道："只有选择正确的香蕉酒，才能离开这里？"

河神先是点头，又摇头。他用手指着面前的三瓶酒："诚实的孩子，离开这里不需要香蕉酒，需要的是另一样东西。而现在，是你们该做出选择的时候了。到底哪一瓶才是你们丢失的香蕉酒呢？"

话音落下，黑塔的提示声立刻响起——

叮咚！触发主线任务"幻想之河的金银香蕉酒游戏"。

游戏规则——

第一，拿着真正的香蕉酒，并离开幻想之河，就可以通关游戏。

第二，酒瓶和酒水并无关联。金色酒瓶里也可能放着银香蕉酒。

第三，金香蕉酒和银香蕉酒中，金色酒瓶可以作为船，驾驶它可离开幻想之河；银色酒瓶可作为指南针，找到离开幻想之河的正确方向。

第四，每人最多只能选择一瓶酒，同一瓶酒最多可被四人选择。三瓶酒被选择完毕后，需要确认使用。一旦确认每瓶酒的使用方式，则不可再更改。

第五，选择错误的使用方式，比如，把真正的香蕉酒当作金香蕉酒使用，则小船无法行驶，真正的香蕉酒也作废。

第六，该游戏采取通关人数限制模式。当通关人数为一人时，该玩家可获得困难模式奖励；当通关人数为两人时，可获得普通模式奖励；当通关人数为三人时，可获得智障模式奖励；当通关人数为四人时，没有奖励。

第七，每位玩家可向河神提出一个要求。

诚实的孩子，你丢的是这个金香蕉酒，还是这个银香蕉酒，或者说……是你的稀有道具奖励呢？

粉红色的长河上，白胡子河神露出神秘的笑容。

黑塔的提示说完，幻想之河上是短暂的死寂。

片刻后，唐陌先开口："我随便提什么要求，你都可以实现吗？"

河神笑道："当然，只要我能做到。"

唐陌的心中立刻有了个答案，但他没有问出口，而是看向一旁的两个外国玩家。四人静静地看着对方，谁都没有开口。

唐陌淡定地说道："每人最多只能选择一瓶酒，但是想要通关游戏，必须有人选择真香蕉酒，有人选择金香蕉酒，有人选择银香蕉酒。也就是说，现在一共有四个人，我们最少选择一瓶酒，最多选择三瓶酒。"

金发外国人从喉咙里发出一道笑声："和你猜得一样，这是个合作游戏。"

不错，黑塔五层的支线任务是组队对抗游戏，它的主线任务竟然是个合作游戏。

想要通关这个游戏，就必须拿着正确的香蕉酒，离开幻想之河。前者很简单，只要选出真正的香蕉酒就可以。后者却需要配合。

唐陌转过头，看向河神面前悬浮的三个酒瓶，它们分别是金色、银色和黑色。然而黑色的酒瓶里放着的不一定是真香蕉酒，金色的酒瓶里放的也不一定是金香蕉酒。

酒瓶和酒并不对应，瓶子是障眼法。

这就是这个游戏真正的难关。

能攻略黑塔五层，大卫也不是蠢的。他道："按照现在这个意思，就是要合作咯？首先要分出这三瓶酒到底每个都属于什么，然后找个人选择真香蕉酒，一个人选择金香蕉酒，一个选择银的。金色的那家伙把酒瓶变成船，银色的那家伙把酒瓶变成指南针，听上去也不难嘛。反正能向这个老家伙提四个要求，让他帮我们把酒瓶找出来不就好了？"

"不会这么简单。"傅闻夺淡淡地道。

大卫当然知道五层不可能这么简单，只是他压根儿瞧不上这两个地球幸存者。他挑衅道："哇哦，A国最强大的偷渡客有话想说？那你说说呀，我倒是想知道你想怎么过关。"

这种挑衅根本没必要搭理。唐陌打断他，直白地问道："合作吗？"

大卫和皮特齐齐一愣，闭上嘴看着唐陌。

唐陌面无表情："二选一，合作还是不合作？合作的话游戏难度大大降低，不合作目前看不出通关方法。这个游戏至少要三个人，才能通关。"

皮特嘲讽地笑道："三个人？"

唐陌唰的一声拔出小阳伞，指向两人。

大卫怒道："干什么！"

唐陌没有把伞收回去的意思："目前我和傅闻夺在这条河上如履平地，武力没有遭到限制。你们就不一样了，你们只有靠这块盾牌，才能站在水面上。真要打起来，我们一定会赢。"

皮特："我们死了，你们怎么通关？必须三个人选择三个正确的酒瓶，才能通关。就你们两个，怎么可能通关？还是说你们想把那个该死的怪物一队的家伙找回来？哈哈，她看上去很弱的样子，一个人待在岸边，可能早就被地底人官员抓走吃掉了吧。"

闻言，唐陌眼睛一眯。皮特这话戳中了他的心事，唐陌确实有点担心陈姗姗的安危。陈姗姗非常聪明，但是没有自保能力。现在看来，她一个人待在外面，比掉下幻想之河更危险。不过当时情况紧急，他们已经做出了最好的选择。

唐陌没理会皮特的话，而是将小阳伞更加逼近几分，声音冰冷："合不合作？"大有不合作就鱼死网破的意思。

皮特本就没想撕破脸，只是故意气唐陌而已："合作。"

大卫和皮特没觉得唐陌对他俩的态度有什么不对。他们身为回归者，每次参加游戏，面对的都是生命的威胁。回归者之间根本没有信任，如果真到了快要死的时候，皮特会毫不犹豫地杀了大卫，获得他的休息时间。大卫也是如此。

所以在黑塔游戏里，即使是队友，也可能随时捅你一刀子。

这就是残酷的回归者的世界。

但傅闻夺却不动声色地看着唐陌，察觉到了他与众不同的态度。

唐陌似乎根本没打算和这两个人真正合作，当然，这两个外国人也是如此。

黑塔给出的游戏规则要求必须至少有三个玩家活着，选择三个酒瓶。但当他们开启酒瓶，驾驶金色酒瓶船离开幻想之河后……杀了队友，似乎并不是不可以。至少就目前看来，不违反任何游戏规则。

而且九成可能性，完全符合游戏规则，因为游戏规则第六条——

幻想之河的金银香蕉酒游戏，开启通关人数限制模式。一人通关，可获得稀有道具奖励；通关人数越多，奖励越差；四人通关，没有奖励。

如果必须有三个人活着才能通关，那黑塔根本无法开启这个模式。既然有这个模式存在，就说明这个游戏最后通关的时候，可以只有一个人。

四人心中各有算盘。

傅闻夺走到唐陌的身后，微微俯首："他们是谁？"

唐陌愣住，转首看他。两人四目交接时，唐陌立刻明白了傅闻夺的意思。

他看出了自己对那两个外国人不同的态度。

唐陌沉默片刻："他们应该杀了姗姗的爸爸。那个金发外国人手腕上戴的，是姗姗爸爸一直戴的手链。我认识，上面的一颗珠子上有条裂缝。"

这个答案出乎傅闻夺的预料。

唐陌抬头看向河神。

这是一个穿着白袍的白胡子老头儿，游戏开始后，四个玩家一直没动作，河神却丝毫不着急。他的嘴角挂着一抹慈祥的微笑，身前悬浮着三个白色光团。发现唐陌看向他，他和善地看着唐陌，又说了一遍："诚实的孩子，你掉的是金香蕉酒、银香蕉酒，还是这个普通的香蕉酒呢？"

唐陌道："可以随意向你提要求？"

河神笑道："当然。只是孩子，请提我能做到的要求，要在黑塔的允许范围内。"

唐陌与傅闻夺对视一眼，他看向皮特："我先来？"

皮特耸耸肩："随便。"

唐陌看着河神："我希望，你能演示一遍这个游戏的通关方法。"顿了顿，他继续道，"黑塔已经在游戏规则里说明了通关游戏的方法，所以我想，这应该在黑塔的允许范围内？"

河神笑着点头："当然可以。"

话音落下，河神挥起大袖，三个酒瓶飘向天空。

众人惊讶地看着这一幕，他们谁都没想到，河神竟然可以用这种方式演示通关方法。

只见其中一只酒瓶不断变大，最后变成一艘玻璃瓶大船，上面可以容纳四个人。另一只酒瓶不断变小，最后变成一根指南针，指着幻想之河的出口方向。

最后一瓶酒"坐"在大船上，摇摇晃晃地驶离幻想之河。

粉色的河面上，浓雾慢慢被金色大船破开。一片陆地突然出现在众人眼前，四人惊讶地睁大眼，然而下一刻，河神再次挥起衣袖。浓雾忽然簇拥回来，大船、指南针和酒瓶全部飞了回来，变成三个酒瓶。

河神善意地提醒道："刚才我只是做了个示范，并不代表三瓶酒的顺序就是刚才那样。"

唐陌点点头,没再说话。

似乎已经成了某种共识,在唐陌提完要求后,皮特摸着下巴,说道:"如果我没猜错,我提'你帮我找出三瓶酒真正的顺序',你会拒绝。因为黑塔不允许这么做。"

河神:"是,孩子,这超出了我的能力范围。"

皮特:"啧,真没意思,那你还能做什么?"金发外国人缓慢地转首,看向唐陌和傅闻夺。他的嘴角慢慢勾起,右手举起放在脖子前,做了个抹脖子的动作:"啊,那不如你告诉我,我怎么才能杀了这两个家伙,哈哈,给我做个示范怎么样?"

大卫也跟着他大笑起来。

河神仍旧慈和地笑着,点点头:"当然可以,孩子。"

说完,河神挥舞衣袖,一个和皮特长得一模一样的男人出现在幻想之河上。很快,又有两道人影出现,竟然是唐陌和傅闻夺。

皮特双眼发亮,唐陌也挺有兴致,与傅闻夺看着这三人出现。

河神提醒道:"孩子,看清楚了,时间或许会很短暂。"

皮特:"废话什么,还不快点……"

砰!

声音还噎在嗓子里,一道惊天动地的声响猛地炸开,幻想之河上溅起滔天水花。四人都以为这是真的幻想之河的水,唐陌赶紧打开小阳伞将这水挡开——幻想之河的水有神秘的吸引力,谁知道被它打到会出什么事。

然而,这水花碰到小阳伞竟然直直地穿透过去,也穿透了唐陌和傅闻夺。

唐陌惊讶道:"假的?"

傅闻夺:"是幻象。"

幻想之河上,金发外国人已经与唐陌、傅闻夺缠斗了数个回合。当看到那个幻象中的自己拿出一个又一个道具,使出越来越多的异能时,唐陌的脸色已经冷了下去。他有想过这个河神十分神秘,或许真的能模拟出自己的一些格斗招式。却没想到,河神竟然连自己拥有什么道具、异能都能模仿出来。

另一边,皮特的脸色也慢慢黑了下去。

"给我停下,停下!你这样把我的异能、道具全部暴露给了他们,那我还打什么!"

河神不解地说道:"孩子,这是你的要求,我只是在满足你的愿望而已。"

皮特虽然气得脸色铁青,但是他想到自己看到的是唐陌和傅闻夺两个人的道具、异能，唐陌只能看到他一个人的，他便不再说话。至少大卫没暴露，如此看来，他们还是赚了的。

这一战看上去激烈，整条幻想之河的水被拍开，形成巨浪，但事实上，只发生了三分钟。

结局是皮特使出浑身解数，将一把青黑色的乌铁三角锥刺进了唐陌的胸口，傅闻夺在同一时刻，也用黑色三棱锥形利器从后向前，洞穿了皮特的脑袋。唐陌的伤看上去十分严重，但不一定真的致死。而皮特却是必死无疑。

河神解释道："仅以你一个人，孩子，你杀死玩家唐陌的可能性为45%，杀死玩家傅闻夺的可能性为25%，杀死玩家唐陌和傅闻夺的可能性为10%。幻想之河为你演示的，是最有可能的结果。"

皮特气得冷笑道："结果就是我必死无疑，他们只是有可能死一个？"

这对皮特来说或许是个奇耻大辱。

虽然他是一打二，得到的这个结果，但是在此之前，他一个人就可以杀死时间排行榜上的玩家。

在时间排行榜上排名高，并不意味就一定实力最强。两个地球融合前阮望舒就得到过情报，A国有两个外国玩家虽然不在时间排行榜上，却被许多榜上的玩家忌惮。他们不在榜上，只是因为不想树大招风，想闷声杀人发大财，不代表他们没实力。

皮特迫不及待地想亲手试一试，四人对战真正的结果会是怎样。所以他并没有发现，唐陌在三人的幻象消失时，眼中一闪而过的惊讶神色。傅闻夺也微微眯眼，视线盯着三人幻象消失的地方，若有所思。

此时此刻，已经有两个人提过要求，只剩下大卫和傅闻夺没有说话。

"呵呵，好像都不需要伪装了？"

唐陌抬起头，看向皮特。

皮特舔了舔上齿："我猜，你们接下来提的要求，是想要看大卫拥有什么异能和道具吧？行了，都别装了，我们谁都没打算真正合作。不客气地告诉你们，在拿到正确的香蕉酒，并开船离开时，我们就会杀了你们。别用这种眼神看我，你们也是这么想的吧。"

唐陌和傅闻夺没有否认。

大卫不屑地说道："你们这些地球幸存者就是虚伪。杀人有什么好掩藏的，杀了你们，我可以获得更好的奖励。四个人通关，连个屁都没有。要不是这个家伙拥有好几个稀有道具，杀了他换取一个稀有道具不值得，我也真想杀了他，一个人通关这个游戏。"他指着皮特。

皮特竟然也不生气，反而道："愚蠢的大卫，我也一直想杀了你。"

"那你来啊。"

两人瞪着对方，目露杀气，即使很快掩藏，但是在一瞬间他们确实想过杀了自己的同伴。

唐陌："我有说过我想杀了你们吗？"

皮特和大卫齐齐扭头。皮特冷笑道："地球幸存者果然都一样虚伪。如果你不想，你为什么要求河神演示正确的通关方式？"

大卫和皮特没有对唐陌的要求产生怀疑，质疑他为什么要河神演示一遍通关方式，毕竟黑塔已经明确说明过通关的方法，换作他们，他们也会提这个要求——

演示一遍通关方式。

毫无疑问，在四人坐上船前，他们不可以杀人，或者说最多杀一个人。必须有三个人，才能开船、使用指南针、离开幻想之河。但是开船后，指南针也指明方向后呢？

那艘不算宽的金酒瓶大船，就是真正决战的战场。

大卫："黑塔的攻塔游戏分为支线和主线两种，一般只考验两样东西，智力和武力。那个该死的支线任务主要考验的是智力，而这个主线任务，就是在考验武力。大家都清楚怎么回事，还装什么，虚伪的地球幸存者。"

这一次，唐陌没有反驳。他看向傅闻夺，傅闻夺朝他投去一个放心的眼神。就在傅闻夺打算向河神提出要求时，大卫忽然道："喂，地球幸存者，虽然我是最后一个提要求的，但我可不打算提任何一个和香蕉酒有关的要求。"

傅闻夺转过头，眯起双眼，定定地看着他。

大卫原本趾高气扬，得意地露出嘲弄的笑容，忽然被这冰冷刺骨的眼神盯住，他嘴角的笑容僵了一瞬。很快他又嚣张地说道："我知道你们在想什么，我最后一个提要求，你肯定觉得我会提关于香蕉酒的要求。我告诉你们，我不会提的。"

皮特拍了拍好兄弟的肩膀，道："当然，我们才不会提这么愚蠢的要求。地球幸存者，你当我们不知道，你是打算让河神告诉你，大卫的异能和道具是什么？就像我刚才那样，你可以让河神利用幻想之河演示一下，你该怎么打败大卫，从而得到他所有的异能、道具信息。你当我们会这么蠢？我告诉你，只要你敢这么做，我们也敢不提关于香蕉酒的要求。"

皮特讽刺道："呵，当初你之所以第一个提要求，是想让我们成为最后提要求的人，不得不提一个和香蕉酒有关的要求，确定真正的香蕉酒的位置。真可惜，要让你失望了，我们绝对不会提这种要求的。"

气氛僵硬冰冷，粉色的河水撞出白色泡沫。四人注视对方，谁都不让步。

良久，唐陌冷冷道："直到现在，这也是一个合作游戏。哪怕之后我们要动手，谁胜谁负还不一定。但现在不找出真正的香蕉酒，谁都无法通关。"

"是吗？你没有一两个保命的道具？"

唐陌眯起眼睛。

皮特咧开嘴，露出洁白的牙齿："我们有哦。实在不行，我们可以退出游戏。我知道你们为什么要现在攻塔，因为黑塔更新了 4.5 版本。我们来攻塔，只是为了早点通关五层，去挑战第六层，完成'抢六模式'，得到七层的线索。至于 A 国这些肉猪的命，和我们有什么关系？这次没通关五层，我们下次再来好了。但是你们不一样啊。"

大卫倒是没想到这一层："咦，他们来通关是为了三天后那个强制攻塔？"

皮特嫌弃道："我愚蠢的朋友，你千万别告诉我你现在才想到这一点。"

大卫嘴角一抽："闭嘴！"

皮特不以为意地耸耸肩，看向唐陌："所以现在的情况是，对你们而言，你们很想早点通关，不浪费时间。对我们而言，什么时候通关都可以，A 国玩家的生死和我们才没有关系，肉猪全死了才好，活着也没用。所以……"

金发外国人摊开双手，恶意满满地对傅闻夺说道："地球幸存者，你想好要提什么要求了吗？"

其实，皮特和大卫也是想通关五层游戏的。

能够放弃的游戏道具必然是稀有级别，少一个他们都心疼。再说了，好不容易通关到这里，突然从头再来，他们也不乐意。他们现在这么说，只是为了威胁傅闻夺，逼他不得不提和香蕉酒有关的要求。

漆黑的眼睛凝视在金发外国人满含恶意的笑容上，傅闻夺没有说话，反而微微勾起唇角。他很久没被人这么威胁过了，这种感觉陌生而有趣。

皮特见多了强大的玩家。他知道唐陌和傅闻夺非常强大，但他并不畏惧。他杀的人，比这两人见过的人都多。他对傅闻夺危险的笑容视若无睹，反而蔑视地哼了一声。

傅闻夺淡定地收回视线，看向河神："现在从这一刻开始，如果我要杀了他，该怎么做？"

大卫本想说"我是真的不会提与香蕉酒有关的要求"，但是当他看清傅闻夺所指的人时，他的嘴巴慢慢闭上了。大卫哈哈大笑起来："我以为你们地球幸存者之间的友谊有多深厚呢，原来你这个家伙也想一个人通关游戏，获得稀有道具的奖励？哈哈，杀了你的同伴吧，这个问题不错，虽然你愚蠢地没有想办法弄出香蕉酒的下落，但冲你这个想法，我可以考虑弄出香蕉酒的位置哦。"

只见粉色的河水上，傅闻夺神色平静地指着唐陌，唐陌抬起眼睛看着他。

粉色的河水不断互相撞击，碰撞到河底的礁石，撞出一层白色泡沫。

唐陌神色平静地看着傅闻夺，傅闻夺也低首看他。两人四目相对，谁也没有开口。唐陌很少用这么安静的眼神看傅闻夺，仿佛第一次认清他这个人。假若大卫向河神提出要求，让河神告诉他该怎么杀死皮特，他或许会嘲讽皮特，或许是愤怒地警告皮特："你才杀不死我，你会被我杀死！"

但唐陌的回应是，沉默地看着傅闻夺。

河神大袖一挥，两个人影忽然出现在幻想之河上。

唐陌和傅闻夺齐齐扭头，看向那两个人。只见"唐陌"毫不犹豫地拔出小阳伞，脚下一蹬，率先攻了上去，完全不给傅闻夺先出手的机会。可傅闻夺只是轻轻侧首，便避开了这一击。

粉色的小阳伞与漆黑的三棱锥形利器相撞，凌厉的气势将幻想之河的河水掀开，形成大浪。唐陌和傅闻夺的异能、道具在刚才已经被大卫和皮特摸清楚了，皮特也猜想过唐陌使用出的种种特殊招式，是异能还是道具。

两个外国人表面上一直嘲讽唐陌和傅闻夺窝里反——地球幸存者为了利益也可以杀队友。但幻象人影打架时，他们目不转睛。第二次的观察令皮特的心中产生了一个猜测，他转首与自己的队友互换了一个眼神——

这个人似乎拥有很多异能。

大卫和皮特杀过的人极多，其中就有一个拥有收集别人异能的能力。他可以将别人的异能收集成一个一次性的精灵球，要使用的时候把球扔出去，每个精灵球只能使用一次。

皮特猜测唐陌的异能大概也是那样。

不过这种异能看上去十分厉害，可以收集别人的异能。但收集到的东西终究不是自己的。越厉害的异能，他们一定会受限制，越难收集，这是黑塔要求的公平。所以唐陌收集到的厉害异能肯定不多。

皮特更警惕的是——傅闻夺的异能。

从头到尾，幻象中，哪怕最后他刺穿了唐陌的胸口，傅闻夺展现出来的异能也只有一部分。他感觉得出来，这个男人肯定没使出全力，他还有底牌藏着。

两个外国玩家眼也不眨地盯着唐陌和傅闻夺的战斗。唐陌没有隐藏，所有异能全部用上，小阳伞、大火柴，乃至夜明珠和无限非概率怀表。他快速地拨动怀表的指针，只可惜这次无限非概率怀表没被触发。所以大卫和皮特没把这块怀表当回事，只以为是个没太大作用的垃圾道具。

结局显而易见。两分钟后，"傅闻夺"冷漠地一枪爆头，从身后将唐陌射杀。

单纯从武力值来说，唐陌确实不是傅闻夺的对手，要不是之前有夏娃的苹果大幅提升身体素质，可能连两分钟都撑不到。

A国最强大的偷渡客，甚至可以说是全世界最强大的偷渡客傅闻夺，他的实力恐怖至极。

河神慈祥地笑道："孩子，看清楚了吗，你该怎么杀了他？"

傅闻夺抬头问道："这么做，我就可以完全杀了他？"

河神："是，他必死无疑。"

傅闻夺点点头，示意清楚。

唐陌抱臂站在一旁，没有对自己同伴的这次要求提出异议，仿佛不知道刚才他的伙伴说出了想要杀死他的话语。但是在傅闻夺想要走回他的身边时，他唰地拔出小阳伞，伞尖直刺傅闻夺的咽喉。

傅闻夺眯起眼睛，淡淡地道："唐陌。"

唐陌冷笑一声："滚。"

大卫和皮特哈哈大笑起来："这就是地球幸存者之间的友谊吗？哈哈哈哈！"

轮到大卫了。

金发外国人朝大卫使了个眼色，大卫笑道："愚蠢的皮特，你以为我有那么傻，我没想到吗？我懂你的意思。"

皮特嗤笑一声："我只是害怕你全是水的脑子里，会想出一些没有用的东西。"

两个外国玩家互相骂了一遍，大卫没吵赢皮特，郁闷地走上前："虽然我现在非常想提出一个要求，要求你现在就杀了我那该死的同伴皮特！"

河神："抱歉，孩子，我不能杀了玩家。"

大卫："我知道，所以我也不打算提这个要求。在提要求前，老头儿，我问你，现在我们所处的地方还是幻想之河吗？"

河神笑道："当然，孩子，你现在就站在幻想之河的河水上。"

大卫挑起眉毛："那也就是说，我现在只是被浓雾包围着，并且这些该死的河水一旦沾上，就会把我拉到河底，是这个意思？"

"是的，孩子。"

大卫摊摊手："那多好办，我的最后一个要求已经想好了。"说到这儿，大卫突然停住。他缓慢地扭过头，看向傅闻夺和唐陌。棕发外国人冷冷地笑道："别以为我不知道，你们也猜到了这个游戏的通关方式。黑塔的游戏，总是喜欢弄一些障眼法来迷惑玩家。它说，只要拿着真正的香蕉酒，并且离开这条河，就算通关了。但它并没有说，离开这条河的方式只有乘坐金香蕉酒瓶、用银香蕉酒当指南针这一种。"

唐陌身体微震，盯着大卫。

大卫哈哈笑道："地球幸存者，我们回归者玩过的游戏，比你们杀过的人还多。你们这辈子也想象不到，在那个世界里，时间排行榜出现前，每一个挣扎生存下来的回归者都经历了什么。时间排行榜已经出现半年，从野兽变成人半年，我们已经重新披上了那张人皮。但是在此之前……"

棕发外国人脸上的笑容瞬间消失，他舔了舔上唇："我们早就不是人了，我们全是只会玩游戏的野兽。"

唐陌与傅闻夺隔了很远，他淡定地道："我不懂你在说什么，也不知道这个游戏的通关方式是什么。"

皮特："大卫，原来黑塔五层水平的地球幸存者，就这种水平。"

大卫："皮特，他们最擅长的不就是装傻吗？"

皮特阴冷地说道："那可就随便他们。很多肉猪都喜欢在我们面前装傻，以为自己能混过去。可他们不知道，我们最喜欢的就是杀死那些自以为聪明的蠢货，抢走他们的时间。他们不就是想等我们提出要求，然后跟在我们后面离开这条河吗？大卫，把你的要求说出来吧。"

"如果我没猜错，其实那只兔子也是你们的队友吧，你们应该认识。她还算挺聪明的，所以既然到了岸上，就不会愚蠢地跳下河来救你们。"棕发外国人朝唐陌露出一个恶意满满的笑容，挑衅地比了个向下的大拇指，接着他看向河神，用有点口音的中文说道："喂，老家伙，我要你用一根线拴在我和那个臭兔子身上。这根线不许断，但只要我死了，这根线立刻断裂。做得到吗？"

河神稍微停顿了一会儿，接着点头道："可以。"

大卫大笑起来。他看向唐陌和傅闻夺："想不到吧？你们也知道，什么金香蕉酒、银香蕉酒，这些都不重要，只有那些愚蠢的低级玩家才会被黑塔耍得团团转，它说什么就是什么。我们想要离开这条河，只需要一个方向就可以了。但是现在，只要我死了，这个指引你们的方向立刻就会消失。"

傅闻夺和唐陌脸色不断变幻。

大卫："来，杀了我呀。"顿了顿，他对自己的队友也说道："亲爱的皮特，现在你也不能杀了我，除非你不想通关这个游戏了。"

皮特不屑地道："我想杀你，什么时候不可以？"

大卫："喊。"

唐陌的双眼慢慢沉了下去。

这两个外国人可能是唐陌遇到的黑塔游戏的对手中,最强大的玩家了。

慕回雪极强,可唐陌从没和她敌对过。白若遥也很强,可知己知彼。白若遥了解唐陌,唐陌也了解白若遥。他知道白若遥怕死,又很喜欢作死,这是白若遥的死穴,使他一次次在面对唐陌的时候落了下风。

这两个外国人不同。

他们聪明极了,唐陌和傅闻夺能想到的事,他们同样能想到。他们实力很强,单打独斗,唐陌不一定是他们的对手。同时,他们也足够冷血无情。

能够嬉皮笑脸地说出"杀死队友"的话,同时语气认真,没有一点开玩笑的意思。

这或许就是黑塔想培养出来的——真正的游戏攻略者。

忽然,一道轻轻的笑声响起,大卫和皮特齐齐转首看向对方。

大卫皱起粗粗的眉毛:"浑蛋,你笑什么?"

唐陌抬起头,收住笑容:"我笑什么?你们猜得没错,我和那只兔子,还有这个偷渡客,"他指了指傅闻夺,"我们三个确实认识。这次你们也确实抓住了我的命脉,要是杀了你,我们就会失去方向,谁也不能离开幻想之河。"

大卫:"呵,你们只有死路一条。"

唐陌:"那可不一定。我不能杀了你,不代表你们就能杀了我。"

大卫:"那就走着瞧。"

唐陌又笑了。

大卫怒道:"你到底在笑什么?"

唐陌没回答,反而说起另一件事:"我认识那只兔子,所以我知道,她……很小的女孩,无论从哪方面说,都是这样。"

"什么意思?"

"你刚刚是让河神用一根线绑住你和她的吧?"

大卫没明白:"那又怎么了?"

"不知道这根线幻化出来的时候,会是什么样子?如果是绑在她的身上,我想应该会是七彩的光芒,有粉色蕾丝边。这种东西绑在你的身上……应该会很好看?"

大卫:"……"

这都什么玩意儿!

大卫在脑子里想了一下七彩光芒的蕾丝边长线,整个人打了个寒战。他对唐陌的话不屑一顾,只当这个地球幸存者已经愤怒到极致,脑子坏掉了。然而下一刻,当河神向他确认,准备为他牵上那根线的时候,皮特嘀咕了一句:"蕾丝边的七彩线，啧，很适合你嘛，大卫。"

大卫："住口！"

话刚落地，只见一道七彩的光芒突然绑上了大卫的手腕，在他满是体毛的手臂上用力地捆了三层。粉色的蕾丝边嵌进茂密的黑色体毛中，显得诡异又恶心。

皮特哈哈大笑起来，大卫冲河神怒吼道："你干什么！"

河神："孩子，我以为你喜欢这样，难道不是吗？"

大卫："……"

他气得想把这群浑蛋全部杀了，丢进河里喂鳄鱼——如果里面有鳄鱼的话。

四个要求全部提完，河神挥舞大袖，将三团光芒拍到了唐陌四人的面前。他似乎听不懂大卫的怒骂，笑着说道："很快就要到幻想之河涨潮的时间了，孩子们，选择你们要的香蕉酒吧。将它们选好，接着告诉我，你们觉得自己选的是什么酒。"

三团光芒浮在河面上空，唐陌一伸手，抓住金色的香蕉酒瓶，傅闻夺抓走了银色的。

黑色的酒瓶被留在原地，皮特一把抓住。而大卫还在和他手腕上的蕾丝边七彩线斗争，他厌恶地想把这个玩意儿扔掉，至少拿个东西遮住。

河神："我必须提醒你们，要是说对了，这瓶酒就会变成原样；要是说错了，它会立刻碎掉，你们什么也得不到。现在，开始吧。"他望着唐陌："孩子，你觉得你手里的东西是什么呢？"

唐陌："它是真正的香蕉酒。"

话音落下，只听一道清脆的玻璃破裂声。唐陌立刻将手中的酒瓶松开，只见这瓶金色香蕉酒突然化作无数粉色的碎片，落进他们脚下的幻想之河中。

河神遗憾地说道："真可惜，孩子，你说错了。"他看向傅闻夺："孩子，你觉得呢，你手里的酒到底是什么？"

傅闻夺："香蕉酒。"

众人做好准备看傅闻夺手里的酒瓶碎裂，然而只见一道白色的光芒闪过，银色的香蕉酒瓶上，花纹渐渐消失。一瓶黑色的香蕉酒出现在傅闻夺的手中。

皮特吹了声口哨："哇哦，运气不错，第二个就找到了真正的香蕉酒。那我随便猜一个好了……我这个也是真正的香蕉酒哦。"

唐陌和傅闻夺唰地扭头，看向皮特。

却见皮特笑眯眯地把手里的碎片扔进幻想之河里，朝他们挑挑眉。

四人对视片刻，唐陌："明明知道这瓶酒肯定不是香蕉酒，却故意弄碎它。你是在担心自己猜对了，这瓶酒会变成指南针。如果它是指南针，我们不需要那根指引方向的线，就可以杀了你的同伴。不过，你可以说这瓶酒是金香蕉酒，让它变成大船的。"

但是皮特却没有这么做，他故意弄碎了这瓶酒。

皮特嘲笑道："你说什么我就做什么？我乐意弄碎它，哈哈哈哈。"

如此一来，真正的香蕉酒已经在傅闻夺的手上，他们也知道了离开这条河的正确方向。

没有金色酒瓶，他们没法乘坐大船，破开浓雾。但是皮特和大卫可以用这块神奇的盾牌当小船，傅闻夺和唐陌也可以使用靴子，走在河面上。其实现在的情况对四个人来说是最好的——

唐陌和傅闻夺拿着酒，大卫和皮特掌控方向。

威胁才会达成最好的合作。

他们形成了一个完美的桎梏。谁都不想先动手杀死对方，担心对方鱼死网破，毁坏道具。

河神看到三瓶酒都被玩家选择，他抚摸长长的白胡子："我的任务已经结束，孩子们，离开幻想之河吧，这里不是你们该来的地方。"浪花从河神的身后打过来，将他的身体淹没。这浪花越来越小，河神也渐渐消失，河面再次归于平静。

皮特双手插在口袋里，笑眯眯地对傅闻夺说道："四个人通关没有奖励，三个人通关虽然是智障模式……但也算有点奖励哦。你手里有香蕉酒，还挺重要的。大卫也不能死，他死了谁都走不出来。对了，事先说明，大卫不会杀了我。而我一旦死了，大卫也会跟着死。"

大卫嘲讽道："谁说的？"

嘴上这么说，但大卫完全没动手的意思。

唐陌的心冷了下去。

这是在挑唆傅闻夺，杀了他。

唐陌的手按在小阳伞上，时刻提防身边的敌人。

此时此刻，在这条河上，只有他一个人是危险的。

大卫和皮特想杀了他，傅闻夺刚才也问了如何杀死他。大卫不能死，傅闻夺也不能死。皮特有大卫保护，谁也不能杀他。

所以，只剩下他。

当然，比起自己的队友，更危险的肯定是陌生人。唐陌死死地盯着大卫和皮特，似乎担心他俩对自己出手。但就在一瞬间，一道微弱的金属声从唐陌的身后响起。唐陌立即转头看去，只见傅闻夺右手一甩，变成漆黑武器。他脚下用力，直直地冲唐陌而来。

大卫和皮特见状也想插一手，两人操控盾牌，怒喝一声，冲向唐陌。

黑色利器泛着冰冷的光芒，凶狠地刺向唐陌的胸口。唐陌立刻打开小阳伞阻拦，而这时大卫和皮特已经逼到了唐陌的身后。他们举起武器，朝唐陌劈下。就在这一刹那，只见小阳伞啪嗒一声关上，唐陌双手交叉，给出一个可供借力的平台。傅闻夺一脚踩在他的手掌上，在空中翻了个圈，接着一脚踹在皮特的胸口，将他踹飞。

同时，黑色利器直直地刺向大卫的心脏。

大卫惊骇地睁大眼，赶紧让开。但利器还是刺穿了他的肩膀，鲜血直流，染红衣袖。

大卫愤怒地抬起头："你疯了吗，居然敢对我动手！你不想通关游戏了吗？！"

傅闻夺的身后，唐陌慢慢走了出来。他将手搭在傅闻夺的手臂上，傅闻夺低眸看了他一眼，嘴角微勾，暂时把黑色利器收了回去。

唐陌淡笑道："如果是慕回雪在这里，她就知道，傅闻夺绝对不会杀了他的队友。你们只知道他是偷渡客，因为杀人才进入游戏，成为地球幸存者。但你们不知道……傅闻夺，A国最年轻的少校，枭龙小队的队长。他是个军人，永远不会把刀尖对向他的队友。而我是他的队友……"

声音微微停了一瞬，后面一句话唐陌没说出来。他在心里默默补全了这句话。

我还是他唯一的搭档。

皮特的视线在唐陌和傅闻夺几乎交叠的手上划过，他立即明白，这两人确实想联起手来对付自己和大卫。金发外国人冷冷地笑了一声，拔出手枪，眼也不眨地射向前方。

这子弹明明没有瞄准唐陌和傅闻夺，却从枪口里射出两颗子弹，分别对着两人的脑袋飞去。

唐陌迅速地翻身避开，大卫一个拳头已经砸了下来，唐陌打开小阳伞挡住。

这场战斗从一开始就对两个外国玩家十分不公平。

唐陌和傅闻夺拥有神奇的靴子，在幻想之河上如履平地。大卫和皮特却要借助盾牌，才能站在河面上。盾牌宽大无比，可再大也只是一块盾牌，还需要皮特操控。所以两个外国玩家也不废话，上手便使用了自己最强大的道具。

一把漆黑的弩弓突然出现在皮特的手中，他双目一眯，松开弓弦，一支细箭嗖地出弓，飞向唐陌。此时，一道枪声响起。傅闻夺一枪准准打在这支箭上，令细箭偏离方向，落入幻想之河中。

暴露自己异能、道具的弊端在这个时候就出现了。

皮特非常了解唐陌和傅闻夺的实力，同样，唐陌二人也了解他的。这把箭是淬了剧毒的。幻象中，傅闻夺被这一箭射中，伤口眨眼间变成青黑色。他当机立断地砍断了自己半条胳膊，才制止毒素蔓延。

皮特怒道："杀了他们！"

"不用你说，该死的，我要杀了这两个浑蛋！"

大卫怒吼一声，如同一头愤怒的雄狮，借力蹬着盾牌，扑到唐陌身上。他挥舞巨大的拳头，凶狠地砸向唐陌。

四人激烈地交战着，道具频出，粉色的河水被拍飞到空中。

大卫发现傅闻夺的黑色匕首十分强悍，能破开他所有的道具，却无法砍断他手臂上那条长长的七彩的线。他一下子意识到：这根线除非我死，否则谁都砍不断！于是，他拿这根线当武器，挡住傅闻夺的攻势。

然而这只是一时之利，很快，两人就被逼入绝境。

大卫和皮特浑身是伤，狼狈地站在盾牌上。唐陌反手取出大火柴，正准备再上，皮特抬手止住他的动作，大声道："等等，你们是疯了吗？！真的要杀了我，杀了大卫？杀了他，他手上这根线就没了！现在根本没有指南针。没有这根线，你们走得出这片浓雾？还是说，你们为了杀我们，愿意浪费一个道具，退出这个游戏？"

皮特用不敢置信的目光瞪着唐陌。

玩了这么多游戏，从回归者世界到地球，皮特见过无数强大的玩家，也杀过无数强大的玩家，但他从没见过这种不想通关游戏的。

如果皮特和大卫想单独过关，那非常简单，只需要杀了唐陌和傅闻夺，抢走他们手中的香蕉酒，他们两个人也可以通关。而唐陌和傅闻夺则不同。

香蕉酒本就在唐陌他们手上，可大卫不是能够操控的道具。大卫一死，他们不可能走出这片幻想之河。

皮特心中隐约察觉到一丝不对，他知道，唐陌和傅闻夺敢杀了他们，就肯定有通关游戏的方法。可他想不通。这个游戏他和大卫已经猜透，甚至想出了不找出正确的香蕉酒顺序，也能通关游戏的方法，他到底猜漏了什么？有什么东西是他忽略的？

余光里忽然瞄见一根七彩的长线，皮特脑中灵光一闪。下一刻，他错愕地抬起头看向唐陌和傅闻夺："所有东西都是假的？！"

他的脑海中一片空白。

"根本不需要什么方向，也不需要什么船。只要找到真正的香蕉酒，认定一个方向走，觉得自己能走出去，就一定能出去。"皮特如同魔障了一般，喃喃自语道,"对,这里是幻想之河,这里是幻想之河!所想即现实,方向从来不重要,重要的是相信和认定自己能走出去。只能是这样,只可能是这样!"

"浑蛋!"皮特气得双眼通红,他一脚蹬向脚下的盾牌,厚重的盾牌被他抓到手中。

大卫:"你干什么?!"

没了盾牌,大卫扑通一声落入水中。而皮特则操着这块盾牌,一下子砸向了唐陌。盾牌看上去笨重,却轻巧至极。唐陌艰难地避开盾牌,脸上还是被划开一道血口。盾牌再次飞回皮特手中。

大卫一点点地被湖水吞噬,留给皮特的时间并不多。

这块盾牌绝对是个极品稀有道具!

皮特拿着它,整个人飞在半空中,他疯狂地攻击唐陌和傅闻夺。盾牌的威力十分骇人,唐陌的小阳伞没法划破它,傅闻夺的黑色匕首也不能刺穿它。皮特躲在盾牌后,不断攻击两人,似乎想置他们于死地。

唐陌二人不断避让,忽然,傅闻夺露出一个破绽。

皮特双眼一亮。

就是这个时候!他竟然不再攻击,反而伸手抓向傅闻夺的香蕉酒,将香蕉酒拍到半空中。

原来他一开始就打着这个算盘,想以攻为守,趁机抢走香蕉酒。唐陌和傅闻夺被巨大的盾牌挡在一边,无法攻击到躲在盾牌后的皮特,只能眼睁睁地看着他即将抢走香蕉酒。

就在此时,一道微弱到不可计的敲击声响起。好像有什么东西劈在了盾牌上,皮特不以为意,手指仍旧伸向那瓶香蕉酒。然而下一刻,他感觉到手中的盾牌传来一阵动静,他转首一看。只见盾牌从中央裂开了一条细缝,这条缝越来越大,越来越宽。

缝隙的另一边,露出了唐陌和傅闻夺的脸。

道具:我才不是金斧头之玻璃斧头。

拥有者:唐陌(正式玩家)。

功能:一把看上去很贵重实际上非常寒酸的镶金玻璃斧头。看上去好像根本砍不断任何东西,只会被任何东西砍断。然而面对一些看上去根本不可能砍断的东西时,它或许能发挥意想不到的作用。因果律作用,砍不断理论上可以砍断的东西,能砍断理论上不能砍断的东西。

限制:发挥极其不稳定,有时面对理论上不能砍断的东西,也无法将其砍断；连续十次无法砍断东西后，斧头将自行破碎。

备注：哈哈哈哈，没想到吧！河神露出了缺德的微笑。

一半的盾牌掉入幻想之河，一半的盾牌被皮特抓在手中。他不敢置信地睁大眼，仿佛还没明白发生了什么。随即他立刻想要逃跑，从怀里抓出一枚国王的金币，想要使用它退出游戏。

但来不及了。

一把透明的玻璃斧头砸在了他的脑袋上。

皮特以为自己死了，谁料这斧头劈上来根本没劈破他一点皮。

唐陌皱起眉："果然不行。"

皮特还没听清这句话，傅闻夺鬼魅般的身影上前，冰冷的匕首洞穿了他的心脏。在他掉下去后，唐陌便拿走了他的那半块盾牌。只可惜来不及搜身，皮特已经掉进了粉色的河水，其他道具都没有拿走。

另一边，大卫见状，压根儿没去管自己同伴的生死，而是拿出国王的金币，同样想退出游戏。傅闻夺一把抓住悬浮在空气中的七彩蕾丝边长线，硬生生将大卫拽了上来。

真是"成也萧何，败也萧何"。

这根线无法被任何东西砍断，帮着大卫抵挡了不少攻击。如今，它却也让大卫被两人抓住。眼见大卫想使用国王的金币离开，唐陌使用碎裂的盾牌，刺入他的身体。

鲜红的血从大卫的口中喷涌而出，这时他已明白这个游戏的真相，以及唐陌和傅闻夺为什么不需要他，也能离开幻想之河。但他还是不懂……

"为什么……如果那个人不想杀你，我和皮特也不会动你。四个人……四个人一起通关，不可以吗？普通模式只会奖励精良道具，这些……这些我和皮特都可以给你们，甚至稀有道具，我也可以给你。为什么……为什么一定要杀了我们……"

唐陌拔出半块盾牌，淡淡地道："因为，不能让她看见你们。"

大卫闭上双眼，掉进幻想之河。到死他也不明白，这个"她"指的是谁，唐陌和傅闻夺为什么非要杀死他们。

大卫和皮特确实足够聪明，是会玩游戏的高级玩家。他们的死，不仅仅因为他们非常自大，以自己的性格来推断别人——比如认为傅闻夺会杀了队友，获得更好的奖励，更因为他们并不知道，唐陌和傅闻夺拥有一个稀有道具：存档火鸡蛋。

皮特的思路是没有错的。他提出要求，了解唐陌和傅闻夺的异能、道具，从而做到知己知彼。他让大卫提要求，是保住大卫的命，让唐陌和傅闻夺不敢轻易动他们。

但很可惜，一开始，他们就陷入了误区。

在幻象中，皮特和唐陌、傅闻夺对战时，唐陌发现一个情况：他没有用火鸡蛋！

这里是黑塔游戏，火鸡蛋完全可以存档。幻象里，皮特是被傅闻夺杀死的，唐陌也生命垂危，很可能也被皮特杀死了。在这种危险的情况下，他和傅闻夺一定会使用火鸡蛋存档。这样在他被皮特杀了后，就会读档重来，三人再次战斗。

可是他没有存档。

同样是稀有道具，幻象能推算出他使用无限非概率怀表，傅闻夺使用黑色匕首，却不能推算出他们的火鸡蛋。这不合理。

两人也猜测过，可能幻想之河只是给出杀死唐陌的一种方式，又或者唐陌没被皮特杀死。所以接下来，傅闻夺提出要求，他刻意强调是从这一刻开始，他该怎么杀死唐陌。

在说出这句话之前，傅闻夺就已经在火鸡蛋上画了"S"，确定存档，唐陌没有画。

幻象中，因为两人是对战，傅闻夺肯定不会允许存档。但只要他提前存档，幻象唐陌随时也可以画个"S"，确认存档。同时，傅闻夺在心里告诉自己，只要唐陌死一次，他就被满足要求，他不需要再杀死读档后的唐陌。

这是个冒险，然而很幸运，他们猜对了。

明明傅闻夺的要求是"完全杀死唐陌"，可是幻象依旧没有读档。

原因只有一个，因为傅闻夺真正想的是只杀死唐陌一次。

在要求和想象间，河神，或者说幻想之河满足的，是玩家的想象。

一切的幻象都是玩家的想象。

与皮特那次的三人对战，因为皮特从没想过还有存档器这种东西，所以火鸡蛋没被使用，唐陌身死，火鸡蛋也没读档。那场战斗，三人的道具、异能齐出。除了火鸡蛋，因为不读档，使用效果不明显，没有表现出来。其他所有东西，三人都暴露干净。

真正决定这场战斗的是河神？是幻想之河？

其实都不是，是玩家。

玩家想到自己拥有什么异能、什么道具，他们的幻象便会使用。

傅闻夺将香蕉酒拿在手中，转首看向唐陌。只见黑发青年站在这片浓雾前，他尽全力地想象浓雾散开。很快，粉色的雾气消散开来，河岸出现在不远的地方。

神奇的靴子只有一个小时的使用效果，事不宜迟，二人快速地跑向岸边，在靴子效果消失前上了岸。

一道窸窣的声音从岸边草丛里传来，唐陌唰地抬头，握住小阳伞，很快松开。

唐陌："姗姗？"

短发女生从草丛里钻出来，看到他们，松了口气："唐哥，傅少校。"

三人会合，唐陌问道："没事吧？你有触发主线任务吗，姗姗？完成了？"

小姑娘重重地点头："嗯，完成了，可能因为我之前支线任务超额完成，所以主线任务挺简单，不是个很难的任务。"

话音落下，一道清脆的童声在唐陌耳边响起。

叮咚！完成主线任务"幻想之河的金银香蕉酒游戏"。

共计过关人数为两人，开启普通模式奖励。玩家唐陌、傅闻夺成功通关黑塔五层（普通模式）。

黑塔提示声还在继续，陈姗姗看了眼唐陌和傅闻夺的身后，问道："那两只狼呢？"

唐陌微微一顿，声音平静："发生了一些事，他们死在那个游戏里了。"

陈姗姗点点头，没再多问。

刺眼的白光在三人眼前闪过，再睁开眼，三人已经回到了地球。

叮咚！A国1区正式玩家唐陌、预备役傅闻夺成功通关黑塔五层（普通模式）！

没有起伏的声音传遍整个A国。

这一刻，数以万计的玩家停住了手中的动作，齐齐地看向距离自己最近的那座黑塔。他们的表情有呆滞，有茫然，几秒后，无数人双眼一红，甚至有人激动得落下泪来。

S市，静南路。

杰克斯和唐巧全副武装，正准备挑战黑塔五层。忽然听到这声音，傻大个杰克斯挠挠脑袋，发蒙地转头看向洛风城："欸，博士，唐陌和傅少校这是通关了？那我们还要不要去啊？"

洛风城心情愉悦，没压力地去挑战攻塔游戏，总比有压力的生存概率更高。他笑道："怎么不去？难道你不想参加'抢六模式'，率先通关黑塔六层，拿到七层的线索？"

同样的情况也发生在A国各地。

唐陌三人离开游戏后，第一时间向第八十中学赶去。

他们必须抓住每一分每一秒，去挑战黑塔六层，成为最先通关的三支队伍之一。而且参加游戏这么久，有很多最新信息三人并没掌握，去天选也可以了解一些情报。

五分钟后，三人从紫宫赶到第八十中学。

还没抵达校门口，唐陌和傅闻夺齐齐停下脚步。唐陌看着满地裂成碎石的花岗岩石块，眼睛慢慢地眯起。

这曾经是第八十中学校门口的两根柱子，如今它们碎成石子，很明显是被人打碎的。

第八十中学是天选的大本营，首都没有玩家敢在这里撒野。天选的玩家也不可能随便打坏自家大本营的东西。

是某个强大的玩家打碎的，强大到连天选都没能阻拦。

唐陌与傅闻夺对视一眼，两人明白，天选可能是出了什么事，要小心为妙。不过还没担心多久，一道激动的声音从校园内传来："唐哥，大哥，姗姗姐！你们终于来了！"

唐陌惊讶地抬头一看，只见穿着白大褂的女医生黑着一张脸，带着傅闻声走到校门口。

傅小弟看到唐陌和傅闻夺身上的伤，二话不说，赶紧用异能帮二人治疗。陈姗姗倒没受什么伤，几人没在门口耽搁，走向门内。

走到校门旁时，唐陌低声道："谁砸的？"

李妙妙脚下的步子停了一瞬，接着她哼了一声，抬步就走，竟然是不想回答这个问题。

傅闻声嘿嘿笑了两声，小声道："唐哥，这事特别丢脸，他们天选的人都不想说。今天是6月9日，你们已经进入攻塔游戏两天了。昨天阮望舒和练余筝进了攻塔游戏，也挑战黑塔五层。两天前，也就是你们进入游戏、我刚来天选那天，有个S国的男人，长得跟头棕熊似的，突然找上了天选。"

小朋友故意卖了个关子，没说清楚。

傅闻夺却淡淡地扫了他一眼："安德烈·伊万·彼得诺夫？"

傅闻声瞪直了眼:"大哥,你怎么知道?!"

陈姗姗:"能够把天选的大门砸成那样,阮望舒还不敢吱一声,又是S国玩家……只有全球第一个通关黑塔三层的S国玩家——安德烈·彼得诺夫。"

傅小弟终于找到机会:"姗姗姐,这你就说错了。这门不是他砸的,是慕回雪砸的。"

唐陌皱起眉毛:"怎么还有慕回雪的事?"

傅闻声嘿嘿一笑:"那就是一个很长的故事了。"

接下来,傅闻声将这两天全球发生的新情报全部告诉了唐陌和傅闻夺。

首先,除了西洲区,正式玩家莉娜·乔普霍斯早就通关黑塔五层外,其余九个大区里,M国也有一个叫乔治·戴维斯特的预备役,也就是曾经的偷渡客,通关了黑塔五层。

第三个通关五层的就是唐陌和傅闻夺了。

至于慕回雪和安德烈的事,傅闻声也没什么好说的,只说道:"那个安德烈特别奇怪,一上来就说想杀了慕回雪,要天选帮他找人。天选还没答应帮忙,慕回雪自个儿就出现了。两个人叽叽歪歪地说了好几句我听不懂的语言,接着他们就打起来了。"

安德烈是全球第一个通关黑塔三层的强者,慕回雪更是时间排行榜第一的最强回归者。

他们两人的战斗,连阮望舒和练余筝都无法插手。阮望舒虽然没表现出来,但傅闻声偷偷摸摸地说:"姓阮的肯定特别想把他们轰走,让他们哪儿凉快哪儿待着去,就算打架也别毁了他的大本营。但慕回雪和安德烈压根儿不可能听他的。他们打了好久好久,最后慕回雪算是赢了吧……也不算赢,她自己说,她杀不了安德烈。大哥,那个安德烈也好厉害的,哦……没你厉害,就比你差一点,差一点。"

傅闻夺瞥了自家没出息的弟弟一眼:"他们两个人呢?"

傅闻声回忆道:"慕回雪说她也想玩那个'抢六模式',所以安德烈没杀了她,她就去攻塔了。但是安德烈说,他虽然现在杀不了慕回雪,但他得跟着慕回雪,只要有机会,就要杀了她。"

唐陌听得嘴角一抽。

也就慕回雪这种有寻死之心的人愿意把一颗定时炸弹放在身边,不把人赶走。那个安德烈似乎也很天真,居然真想就这么跟在慕回雪身后,大大方方地说要找机会杀了对方。

没再说这两人的事,唐陌把陈姗姗也送到天选大本营,交到李妙妙手中。

李妙妙认真地看了他们一眼:"头儿早就猜到你们能顺利通关五层,还要把这个小丫头也送过来。不过头儿和筝姐也去通关五层了,头儿留了话……"顿了顿,李妙妙语气郑重地说道,"黑塔六层肯定不简单,全球的高级玩家都想抢先攻略六层。唐陌、傅闻夺,如果你们愿意,希望能等一等他们,头儿和练余筝会以最快的速度通关五层,出来和你们一起挑战六层。"

唐陌毫不犹豫:"抱歉,我们等不及。"

李妙妙摊摊手:"头儿也猜到你们会这么说。好吧好吧,还能说什么,你们把这个丫头也交给我好了,反正我就替你们看孩子。"嘴上说着抱怨的话,李妙妙却没真的阻止唐陌把陈姗姗送到天选的行为。

A国已经有玩家通关黑塔五层,两个小朋友不会再被强制攻塔。

刚刚通关五层就去挑战六层,哪怕是唐陌和傅闻夺,也不敢轻举妄动。两人先在天选休息了一阵,准备好足够的道具,让傅闻声做了一些矿泉水,放进鸡窝。

唐陌拿出异能书,翻到最后一页。

唐陌:"……"

没有最贱的异能,每一个异能都在刷新他的下限!

异能:一个A4小蛮腰。

拥有者:大卫·索菲特(正式玩家)。

类型:基因型。

功能:当使用者的腰围达到一尺九以下,单手绕后摸到肚脐,可激发"A4小蛮腰"效果。使用者的身体形态可自由拉长、缩短,进行任意变幻。如压缩到一张纸的厚度,拉长到一堵墙的长度。

等级:六级。

限制:使用者的腰围必须在一尺九以下,且能反手摸到肚脐。变幻身体形态时,身体质量并未改变。

备注:呵,要不是今天大卫吃胖肚子,腰围长了一寸,你以为你能轻松杀了他吗,唐陌。

唐陌版使用说明:每天只能使用三次,使用后会减弱自身50%力量一分钟,进入柔软模式。当所有人都因我的出现而欢呼时,唐陌,你就该知道,谁才是真正的主角。

唐陌惊讶地挑挑眉。

他是真的没看出来，大卫的腰围只有两尺左右。这么一想，大卫穿了那么厚的衣服，可能是因为羞于自己为了异能，练出比女人还细的腰，只能拿衣服遮着。

唐陌看着异能书上的提示，眉毛渐渐皱起。

唐陌的体形属于正常偏瘦的那种，有点薄薄的肌肉。他身高一米八，腰围大约二尺二，和正常男人比算得上偏细，却也比一尺九大太多。这个异能是个很实用的异能，无论逃跑、战斗，都能发挥出意想不到的效果。但短时间内，唐陌没法把腰弄到那么细。而且那么细的腰……总觉得怪怪的。

唐陌仔细想了想，如果真到了必要时刻，他只能割去腰上的肉，减少腰围，使用异能。

唐陌和傅闻夺检查了要带的道具。因为要去挑战危险的黑塔六层，两个小朋友的道具也暂时交给他们。

陈姗姗的超智思维是非常值得一用的异能，只可惜这次为了抓紧时间，不能带她一起攻塔。唐陌思索半晌，决定将自己的道具和异能告诉陈姗姗，说不定小姑娘能发现一些特殊的使用方法，配合使用效果翻倍。

陈姗姗将所有信息都收集全后，也收集了傅闻夺的异能、道具信息。

小姑娘在本子上写写画画，最后勾出唐陌最核心的几个异能，以及两人必须注意使用的道具。

他们简单地商量过后，时间已经到了下午4点。6点游戏时间结束，唐陌二人必须出发去黑塔。

陈姗姗合起本子，问道："那个可以自由变幻体形的异能，是我们之前碰到的那两只狼的吗？"

嘴贱的异能书太过羞耻，唐陌只说了自己异能的使用效果，没说异能名字和备注。

唐陌："嗯，是他们的。情况紧急，傅闻夺杀了那个金头发的，我杀了那个棕头发的，得到了他的异能。"

陈姗姗点点头，没再问。

唐陌收拾了东西，准备和傅闻夺离开。此时，傅闻夺声音平静地问道："你为什么没有好奇，金头发的玩家……是不是外国人？"

唐陌猛地一愣，抬头看向傅闻夺。

只见傅闻夺垂着眸子，静静地凝视着陈姗姗。被这样突然提问，小姑娘嘴巴微张。半晌，陈姗姗问道："金头发的是外国人？我没想那么多，傅少校，A

国很多人把头发染成黄色。"

"那是黄色，不是金色。金色很少。"

陈姗姗闭上了嘴。

唐陌一下子明白过来："你见过他们？！"

陈姗姗低下头，慢慢地闭上了眼睛。良久，她捏紧手指，指甲都被捏得泛白。再开口时，那声音沙哑而带着一丝压抑的哭腔："谢谢你，唐陌哥哥。谢谢你，傅少校。那场游戏里，我的主线任务是协助你们完成任务。"

缓慢地抬起头，陈姗姗眼眶红了，却没哭出来。她扯开嘴角，笑着说道："我是河神。"

"根据支线任务的完成程度不同，我的主线任务其实是不同的。"陈姗姗说道，"我不知道唐陌哥哥、傅少校你们的游戏是不是会受之前的支线任务影响，当傅少校把我推到岸上，我看到你们消失后，立刻找了个地方躲起来。"

陈姗姗不会自大地以为自己能救唐陌和傅闻夺。

以她的实力，她最好的选择就是找个地方躲起来，等待唐陌、傅闻夺从幻想之河中出来。然而当幻想之河中，唐陌四人遇到河神时，陈姗姗也接到了她的主线任务——

成为河神，在不暴露自己的前提下，帮助玩家获取胜利。

是的，陈姗姗要协助的不是唐陌、傅闻夺，而是所有玩家。

陈姗姗可以看见幻想之河上发生的一切，但她所得到的信息与唐陌四人一样。起初她也不知道幻想之河上的一切遵循"所想即所得"原则。她不能暴露自己的身份，无论谁，哪怕是唐陌猜到她是谁，她的任务都会立即失败。

这个任务看上去有点难度，陈姗姗只是个黑塔三层的玩家，唐陌四人是黑塔五层。被这四人发现的可能性极高。然而这对陈姗姗来说，却是个很简单的游戏。

陈姗姗推测道："因为我的支线任务完成程度很高，所以才会有这么一个简单的主线任务。但我的任务不仅仅是不能被你们发现，还要你们通关游戏。所以我只能在不违反黑塔游戏规则的情况下，尽可能地暗示你们。所以当那个金头发的外国人提出要求，想知道该怎么杀死唐哥和傅少校时，我知道机会来了。火鸡蛋的存在，很可能使你们发现幻想之河上的异常。"

如此回想，唐陌也发现了一丝不对。他定定地看着小姑娘，说道："大卫提出要求后，你是故意……拖了很久，才把那根线牵到他的手臂上的？"

陈姗姗沉默片刻，道："是。"

唐陌轻轻地叹了口气。

唐陌和傅闻夺能猜到的事，陈姗姗也能猜到。

两次幻象使唐陌二人对幻想之河的真相产生怀疑，唐陌故意在大卫提出把自己和陈姗姗之间牵上一根线的要求后，说出那根线应该是七彩蕾丝边模样。他这么说，是为了让大卫产生幻想，验证"所想即所得"的推理。然而如果河神在大卫提出要求后，立刻帮大卫和陈姗姗牵上线，唐陌根本没这个机会算计大卫。

陈姗姗知道唐陌和傅闻夺一定会在最后一个要求上动手脚，所以她在能力范围内给出了时间，让唐陌有机会做出诱导大卫的行为。

唐陌看到了皮特手腕上的那条红玛瑙手链，陈姗姗也一定看到了。

可是小姑娘却假装什么都没看到的样子，如果不是傅闻夺心思敏锐、发现不对，可能陈姗姗真的会把自己的情绪永远掩藏下去。

人死不能复生，其实他们早就有了心理准备。

傅闻声去找过自己的父母，他没有找到。杰克斯回 S 市前唐陌曾经拜托他，帮自己去东新区的某小区看看，或许能发现胖子的踪影。但他心里清楚，胖子活下来的可能性太低了。

地球上线那天，消失的人类一共有六十亿，回归者却只有三十五万人。

一万七千分之一的可能性，希望越大，失望越大。他从没抱有过希望。

到这种时候，陈姗姗也不会哭，她朝唐陌点点头，示意自己很好。唐陌嘴张了张，也不知道该说些什么。这时一只手伸出，轻轻地摸了摸陈姗姗的头发。

小姑娘倏地愣住，缓慢地抬头看向对方。

"……傅少校。"

傅闻夺神色淡定，语气平静："虽然你参加不了'抢六模式'，但就目前来看，黑塔对'努力攻塔'这个游戏准则非常看重。找时间，和小声一起攻略黑塔四层。你们一起组队，难度不会太大，生存率也会比较高。"

陈姗姗的眼睛微微睁大，很快她用力地点头："好。"

没有时间悲伤，也没有时间让自己沉浸于痛苦的情绪。

傅闻夺没有安慰她，只用最平常的语气让陈姗姗不再关注那些已经过去的事，让她着眼未来。陈姗姗并不觉得对方不通人情，她的理智也不会让她再去纠结已经离开的人。在两个外国人被杀死的那一刻，她便彻底放下。

四人很快商议下来，半个小时后，唐陌和傅闻夺出发去黑塔下方，直接攻略黑塔六层。另一边，陈姗姗和傅闻声休息两天，找时间开启攻塔游戏。

陈姗姗冷静地分析道:"如果要攻略黑塔四层,其实天选的李妙妙是个很好的队友。唐哥,傅少校,我和小声两个人的武力值并不高。李妙妙目前也是黑塔三层水平,和她组队攻塔,是我们最好的选择。"

唐陌点点头。

事不宜迟,唐陌和傅闻夺将两个小朋友交给了天选,动身前往紫宫。

天色渐渐擦黑,一片浓黑的乌云从天边飘来,让本该澄亮的天空变得昏暗起来。唐陌和傅闻夺以极快的速度游走在街道上,两人时不时紧贴墙壁,停下脚步。有玩家从他们面前的道路上快速穿过,行色匆匆,同样躲避着周围的其他玩家。

越靠近黑塔,出现的人越多。

不远处出现两道微弱的脚步声,唐陌和傅闻夺侧身躲进一条黑暗的小巷里。唐陌的后背紧紧贴着潮湿的墙壁,他探出头,双眼眯起。只见一男一女手握武器,从北郊公园门口路过,拐了个弯走进另一条路。

唐陌低声道:"很久没在首都见过这么多人了。"

傅闻夺:"回归者出现后,地球幸存者大多更加小心,很少外出,更不会聚集在黑塔周围。但明天就是6月10日……"顿了顿,傅闻夺看向唐陌,"如果今天没人通关黑塔五层,明天早上6点,黑塔将会强制所有玩家攻塔。"

唐陌挑挑眉:"与其被强制攻塔,不如先找一个副本,暂时进去避难?"

傅闻夺勾起唇角:"最难的游戏永远是攻塔游戏。"

唐陌也笑了。

离开S市前,唐陌曾经和洛风城讨论过,两人将黑塔游戏大致分为三种。

第一种,是攻塔游戏。这是黑塔最推崇的模式,以三大铁律的形式被黑塔一遍遍地告知全球玩家,务必遵守。

第二种,是副本游戏。这类游戏分为普通副本、其他副本和现实副本三类。普通副本就如唐陌玩过的"杀死比尔"游戏,其他副本如"马里奥的大富翁游戏",现实副本如"铁鞋匠游戏"。这三个副本的共同点是有一个可随时触发的方式,如踏进地区或达成某个条件,就可以进入游戏。

第三种,是集结副本。由黑塔规定时间地点,玩家只要在该时间前往某地点,就一定能进入游戏。

这是洛风城得到的情报。

半年过去,唐陌也发现了另一个信息:黑塔的副本游戏以每个城市最中央的黑塔为中心,呈现星状,向外辐射。越靠近黑塔的地方,触发副本的地点越多。如同众星捧月，最接近"月亮"的地方，触发副本的概率越大。

陆陆续续地有玩家从黑塔附近离开。

唐陌余光里瞥见不远处的钟塔上，时间指向 5 点 35 分。

还有二十五分钟，只要在 6 点前他们走到黑塔下，开启攻塔游戏，就能挑战黑塔六层。

两人并不着急，因为还有玩家小心谨慎地从黑塔附近离开。

潮湿昏暗的小巷内，唐陌忽然道："没想到你还会安慰人。"

傅闻夺微微侧首，看向身旁的青年。他挑起眉骨："安慰人？"

唐陌："刚才安慰姗姗。"

傅闻夺认真地思索了一会儿："那算是安慰吗？"

当然算。

唐陌在心里回答。

傅闻夺也抬起眼睛，看了眼钟塔上的时间："她不需要安慰。"

陈姗姗确实不需要安慰，她年纪虽小，却知道自己在做什么，也知道自己需要做什么。不过，唐陌从小不是很会与人相处，长这么大也只有两个死党。他一时间想不出安慰小姑娘的话，没想到傅闻夺长了一副看上去冷淡的模样，安慰人的话却能直接说出口。

仿佛听到了唐陌心里的话，傅闻夺道："以前在部队的时候，死人很常见。出任务、训练，都有可能发生意外。部队里随行有心理医生，但很多人还是会产生战后创伤，提前退伍。"顿了顿，傅闻夺道，"我有几个很好的兵，没能受得住队友死在眼前的打击，退伍了。"

唐陌沉默片刻："你呢？"

"玩游戏发泄。"

唐陌一愣，抬起头看向对方。

傅闻夺漆黑的眼睛凝视在他身上，嘴角扬起："打桥牌，是个很不错的发泄方法。"

唐陌忍不住笑了："把对手打得丢盔卸甲？"

"不够发泄吗？"

唐陌无话可说。确实还挺爽的，否则他也不会玩这个游戏那么久。

傅闻夺单手插进口袋，手指一钩，将一把银色的手枪取了出来。之前两人和大卫、皮特动手时，唐陌将手枪扔给了傅闻夺，如今傅闻夺从口袋里将它取出，扔给唐陌。唐陌抬手接住枪，动作流畅地放进口袋。

时间一分一秒过去，两人将随身携带的武器准备好。

5点55分，唐陌压低声音："走？"

"好。"

快要从小巷里出去的前一刻，一只手从身后拉住唐陌的手腕。唐陌微愣，转首看向傅闻夺。

"时间有点来不及了，等从六层出来……拿走我的异能？"

双眼猛地睁大，唐陌错愕地看向傅闻夺。

两人静静地看着对方，良久，唐陌转首看了眼身后的钟塔。

还剩下三分钟，他们跑到黑塔下方只需要一分钟。

唐陌回过身，轻轻笑了一声："好。"

两道人影以极快的速度跑到黑塔下方。

时间不多，唐陌直接在心中道："选择开启黑塔六层，与玩家傅闻夺组队。"

不远处的钟塔上，时间指向5点58分。

两人静静地等待攻塔游戏开始，谁料过了几秒，一道清脆的童声同时在两人耳边响起——

叮咚！数据异常，玩家申请攻塔失败。

唐陌唰地扭头看向傅闻夺，傅闻夺也正看着他。

两人齐齐："……"

怎么就攻塔失败了，说好的黑塔最喜欢玩家攻塔呢！

唐陌很快冷静下来，他抬头看向黑塔，再试了一遍。

然而结果没有变化。漆黑的巨塔再次拒绝了唐陌的攻塔请求，当唐陌第三次尝试攻塔时，黑塔没有起伏的机械音在两人耳边响起：

叮咚！黑塔第二铁律：6点-18点是游戏时间。游戏时间已过，请玩家明天再来攻塔！

唐陌眯起眼睛，与傅闻夺对视一眼。

两人很快离开黑塔下方，找了个安全的地方靠脚。

唐陌抬头道："时间没有问题，我们是在游戏时间内申请攻塔的，并没有超出时间限制。"

傅闻夺思索片刻，做出决定："回天选。"

十分钟后，两人便来到了第八十中学。

见到陈姗姗和傅闻声时，两个小朋友正在吃罐头。天选身为首都最强大的偷渡客组织，资源自然比唐陌、傅闻夺这种没有组织的自由人好许多。李妙妙也不会亏待两个小孩。见唐陌二人回来，傅闻声惊讶道："欸，不攻塔了？"他没认为唐陌和傅闻夺是这么快就攻略黑塔六层，因为黑塔压根儿没给提示。

　　陈姗姗则直接放下罐头，走上前，神色严肃："发生什么事了，是不能攻塔？"

　　唐陌沉重地点点头："黑塔说，数据出错，不能攻塔。"

　　接下来，唐陌将二人在黑塔下方发生的事告诉了陈姗姗。

　　短发女生摸着下巴，思考片刻，猜测与唐陌一样："和游戏时间没关系，你们是在正确的时间选择攻塔的。那就是黑塔本身出了其他问题。"顿了顿，陈姗姗问道，"是所有游戏都不能进行，还是单纯地说，只有攻塔游戏不行？"

　　这件事非同小可。

　　黑塔从没禁止玩家进入游戏过。

　　三大铁律中的第二条，是黑塔对玩家进入游戏的唯一限制。这个时间看上去很奇怪，是 6 点到 18 点，但事实上，将地球分为南北半球，每年有两次，南北半球的日出日落时间都是 6 点、18 点。除此以外，赤道地区的日出日落时间永远是 6 点和 18 点。

　　也就是说，黑塔按照每个地区的当地时间，如 A 国区就按照首都时间，规定日出开始游戏，日落结束游戏。

　　全世界都如此。

　　只要没违反这个规定，任何人都可以攻塔。

　　李妙妙也意识到事情的严重性，她立即联系天选成员。一个矮瘦的汉子走进教室，凑到李妙妙耳边说了几句话。唐陌和傅闻夺已经听到了那汉子的话，两个小朋友耳力还没那么好，李妙妙道："副本游戏还可以进入。今天下午 5 点，我们天选有两个外围成员就进了一个普通副本，没有受到任何阻拦。"

　　唐陌："或许是 5 点以后才出现问题了。"

　　李妙妙："那等明天，明天我们还有几队成员分别进入副本，到时候就知道真相了。"

　　众人同意了这个建议。

　　第二天早上 6 点，唐陌准时睁开眼。他没有睡觉，只是闭眼休息。在到达 6 点的那一刻，他转首透过教室的窗户，看向远处那座黑色巨塔。

　　那座黑塔没有任何异样。

　　但是全世界，一道响亮清脆的童声传遍了整个地球——

叮咚！截至 2018 年 6 月 10 日早上 6 点，A 国区确认通关黑塔五层。

同样的声音，在一个小时前也响过一次，那次它说的是"东洲区确认通关黑塔五层"。全球一共十个区，每个区的游戏时间都是当地的 6 点 –18 点，所以黑塔强制攻塔的时间其实各不相同，要按当地时间计时。

游戏时间到了，唐陌五人和两个天选成员来到一个副本的触发点。天选组织也有自己的情报网，知道首都许多副本的触发地点，每天都安排成员进去游戏，提升实力。只见这两个成员走到一家火锅店前，他们推开火锅店的门，一只手伸进店门口的大鱼缸里。

下一刻，两人消失在店内。

李妙妙："进去了！"

陈姗姗转头对唐陌道："唐哥，傅少校，这里离黑塔也挺近，不如我们再去试一遍？"

"好。"

这一次，五人结伴来到黑塔下方。走到天方广场上时，唐陌察觉到有几道目光在暗处盯着自己。

经过东三环那次的躲避球游戏，他和傅闻夺在首都是彻底出名了。不仅仅是名声响，而且首都的高级玩家大多认识了他们的脸。不认识他们脸的普通玩家也能认出李妙妙手臂上别的袖章，那上面印着一个深黑色的、类似于"×"的标志。

那是天选的标志。

躲在暗处的玩家不敢上前，唐陌低声道："选择开启黑塔六层，与玩家傅闻夺组队。"

冷漠的机械提示声再次响起——

叮咚！数据异常，玩家申请攻塔失败。

众人皆是一愣，但再试几次，结果也完全一样。

五人先回天选。

唐陌道："是攻塔游戏被禁止了，和普通游戏无关。"他想到一件事，"和强制攻塔有关？昨天我和傅闻夺是在通关五层后，才没能再攻塔的。A 国区的玩家不会再被强制攻塔，所以在其他区强制攻塔的期间，所有 A 国玩家都不允许攻塔？"

这是一个可能。

陈姗姗道："有件事还没确定，唐陌哥哥，你有没有想过……或许是不允许攻略黑塔六层，允许攻略其他层数？"

话音落地，所有人全部一愣。唐陌的大脑迅速运转起来："'抢六模式'，率先攻略黑塔六层的三支队伍或玩家，可以得到七层的线索。难道说，是在全球各大区，每个区都有玩家通关五层后，才允许攻略六层？这样也算公平，不会有人提前攻略六层。"但也算不公平，凭什么先通关五层的玩家，必须去等那些没过五层的？

这个猜测可能性更大。

众人各自思索这次的异样，陈姗姗道："明天我、小声和李……李姐姐会去攻略黑塔四层，到时候就知道到底被禁止的是攻塔游戏，还是黑塔六层。"

唐陌点点头，正准备再说些什么，忽然，一道奇怪的声音在全球上空响起。这声音好像鼓风机坏掉的嘎吱声，沙哑难听。嘎吱嘎吱的声响过后，冷酷的机械声没有感情地说道——

叮咚！南洲区无人通关黑塔五层，开启强制攻塔模式！

这一刻，全球所有玩家齐齐一惊。

南洲区的玩家们全部呆住，有人脸色煞白，有人害怕得浑身发抖。一个穿着红色纱丽的Y国女玩家原本一直跪在地上祈祷，祈祷在最后一刻到来前，有人能通关五层，拯救他们这些普通玩家。听到黑塔的声音，她眼眶通红地痛哭道："为什么，为什么没人通关黑塔五层？！为什么？！"

然而，黑塔根本不给这些玩家反对的机会，或者说他们根本没资格提任何意见。一道刺眼的白光从所有南洲区玩家的眼前闪过，眨眼间，整个南洲，B国、Y国、J国……成了一座又一座空城。人类全部消失，只剩下空荡荡的街道和城市。

这是第一个被强制攻塔的地区。

一整天过去，全球一共有四个区没人通关黑塔五层，所有玩家被强制攻塔。它们分别是南洲区、S国区、中洲区和米洲区。

每一次的强制攻塔，都意味着大批量的玩家死亡。

深夜，唐陌闭着眼睛，坐在一张书桌上靠墙休息。教室里，陈姗姗和傅闻声准备第二天攻塔需要的道具和矿泉水。他们对被强制攻塔的四个区的玩家并没有表现出太多同情，这就是残酷的黑塔游戏，如果昨天唐陌和傅闻夺没有通关五层，如今迎来强制攻塔的，就是全体 A 国玩家。

傅闻夺坐在唐陌的身旁，他从第八十中学的图书馆里找来一副围棋。原本他让唐陌陪他玩，可唐陌对围棋不熟，两人最后玩成了五子棋。

傅闻夺闭着双眼，声音低沉："2017 年 11 月 13 日，我从 Y 国进入缅因，当天晚上回国。如果我留在 Y 国，现在就是南洲玩家。"

唐陌明白他的意思。

身处哪个地区，就是哪个地区的玩家。

他想起一件事："那个想杀慕回雪的安德烈，他是全球第一个通关黑塔四层的玩家吧，他是 S 国人。他离开 S 国后……很可惜，没人在规定时间内通关五层。"

傅闻夺睁开双眼，看了唐陌一眼又收回。

他低声应道："嗯。"

这就是命运。

如果安德烈没离开 S 国，或许他就会通关黑塔五层，S 国玩家也不会被强制攻塔。实力才是活下去的基础，唐陌脑海中出现自己以前玩过的所有黑塔游戏，见过的所有黑塔 BOSS。他尽可能地想记住一切信息，以此提高自己通关黑塔六层，并且抢先通关的概率。

第二天一大早，唐陌和傅闻夺陪着两个小朋友，来到黑塔下方。

当陈姗姗申请攻略黑塔四层时，白色的光芒将三人笼罩进去。在消失前陈姗姗赶紧转头，与唐陌交换了眼神——

和攻塔游戏无关，只是不能攻略六层！

两人同时意识到这一点。

小朋友们离开地球，开始攻略黑塔四层，唐陌和傅闻夺没在这里多留。两人赶回第八十中学，打算在这里等待陈姗姗三人回归。就在他们刚要跨入第八十中学的大门时，傅闻夺忽然停住脚步，从口袋里掏出一支黑色飞镖，手腕一动，射向右侧。

一道蹬地声响起，黑色人影唰地从行道树后蹿了出来。

穿着白色夹克的娃娃脸青年用手指夹住了那支飞镖，嘴角一抽，脸上的笑容竟然没能保持住。慢慢地，他非常顺手地将这支飞镖放进自己的口袋，然后抬起头，轻轻咧开嘴角："嘻嘻，傅少校，唐唐，又见面了……哇哦，干什么用这种眼神看我，我又不是来找麻烦的。你们就没发现，咱们不能攻略黑塔六层了吗？"

唐陌双眼一眯，语气肯定："你也通关黑塔五层了。"

听了这话，白若遥双手插在口袋里，脸上露出一个灿烂的笑容："哇，唐唐，难道在你的心里我不能通关五层吗？大家都要'抢六'，你难道觉得我没实力去'抢六'吗？"娃娃脸青年做出一副受伤的模样，"你怀疑我的实力？"

唐陌没搭理他。

他和傅闻夺是昨天通关的黑塔五层，至今已经过去了一整天。如果白若遥在黑塔 4.5 版本更新后，就立即选择进入攻塔游戏，他通关五层也不是没可能。

这个娃娃脸青年拥有着和他嬉皮笑脸的外表完全不相符的强大实力。

傅闻夺淡淡道："那支飞镖只是个普通的飞镖。"

白若遥脸上的笑容僵了一瞬，但他没选择把那支飞镖从自己口袋里拿出来："是吗，那我做个收藏品好啦，嘻嘻，是傅少校给我的礼物哦。"丝毫不打算还飞镖。

傅闻夺挑眉扫了他一眼。

唐陌和傅闻夺不打算和白若遥啰唆，白若遥原本还想再说些废话，但他想起上次圣诞老人的糖果屋副本后，觉得有点自讨没趣，便直入主题道："如果我没有猜错，从昨天你们通关五层后，至今，你们已经尝试过不止一次去挑战六层了吧。都没成功？"

唐陌反问："你难道成功了？"

白若遥要是成功了，他也不会站在这里了。

白若遥笑眯眯地道："既然大家都没成功，那我可就放心了。好没意思，又不能攻塔，还不知道什么时候能攻塔。欸，唐唐，要不然我们在黑塔下面扎个帐篷怎么样。这可要每时每刻都去尝试攻塔，要不然哪天黑塔正常了，允许攻塔了，我们却不知道，想想好亏。可要'抢六'呢。"

"你来这儿就是为了说这个？"唐陌神色平静地看着眼前的娃娃脸青年，良久，他勾起唇角，"你只是想从我这儿打探消息……看看我们知不知道，黑塔到底出了什么问题。"

一下子被戳中心事，白若遥笑了一声，扯开话题："我有这么说吗？"

让他没想到的是，唐陌竟然直接道："你有什么想法？"

从没接受过对方这样朋友交流般的询问，白若遥愣了片刻。

傅闻夺："你来这儿，不也是因为有些猜测吗？"

A 国最先通关黑塔五层的三位玩家静静地凝视对方，良久，白若遥笑嘻嘻地摊开手："我还真有点想法，唐唐，你怎么知道？"

接下来，白若遥第一次从第八十中学的大门，正大光明地走进了天选基地。

阮望舒、练余筝不在，李妙妙和天选其他核心成员也进入游戏，攻塔去了。唐陌带着白若遥来到自己和傅闻夺落脚的某高三教室，白若遥也不客气，直接坐在讲台上。

"这地方可真不错，地处几个商场的交会处，交通发达，离黑塔也近。天选可真会享受。"

唐陌："说正事。"

白若遥嘴角的笑意慢慢敛去，他一字一顿地说道："六层的攻塔游戏……可能没那么简单。"

黑塔突然出现错误，所有玩家都被禁止攻略六层，原因到底是什么？

其实在察觉到发生数据错误的只有六层的攻塔游戏时，唐陌和傅闻夺就意识到了一件事：黑塔在刻意地等待，等待其他区也有玩家通关五层，有机会进入六层。

这件事看上去对已经通关五层的玩家很不公平。"抢六模式"，全球每个玩家都在抢那三个名额。时间对他们来说无比宝贵，每耽搁一秒，都有可能从第三个通关六层的玩家（队伍），变成第四个，失去奖励。

但黑塔无情地拒绝了他们提前攻塔的请求，禁止攻塔。

白若遥坐在讲台上，说道："我们所有人都在等另外四个区，也就是南洲区、S国区、中洲区和米洲区有人通关五层。啧，唐唐，你不觉得好不公平吗？我们为什么要等他们那群没用的家伙？"

唐陌沉思半响，抬头道："这一切只是你的推测。"

白若遥闻言，眨眨眼："推测？"

唐陌双臂环胸，靠着窗台："黑塔禁止玩家攻略六层，是因为要等每个区都有玩家攻略六层，最后大家一起攻塔。这难道不是你的推测？"

白若遥笑道："唐唐，你还记得黑塔4.5版本的第三条更新吗？"

唐陌身体一顿。

白若遥自问自答地说道："第三条，黑塔5.0版本预计推出互通模式……什么是互通模式呢？"

互通模式，早在4.5版本更新的当天，唐陌、傅闻夺和陈姗姗就推测出一个可能：5.0版本，黑塔将会开通全球十个区的游戏互通。

但这并不代表他能事先猜到，黑塔六层便是5.0版本。

唐陌没回答白若遥的问题。

一道低沉的声音忽然响起："你很笃定。"

白若遥的笑声猛地停住，很快，他转过头看向那个站在窗边的黑衣男人，又嘻嘻笑了起来："傅少校,我很笃定什么?"

傅闻夺淡定地道："你很笃定,不能攻略六层,是因为要等其他区有玩家通关五层。"

白若遥："有吗?"

傅闻夺垂眸看他："有。"

白若遥摸着下巴："我真的有吗?"

傅闻夺没和他纠缠下去。漆黑的双眼盯在白若遥的脸上,良久,傅闻夺："你好像藏着什么秘密。"

听到傅闻夺这么说,唐陌也仔细观察那个娃娃脸青年。如果傅闻夺不提,好像确实很难想起来。白若遥这个人无比神秘。

他是国家秘密情报人员,地球上线前就实力强大,但是他的异能实在太鸡肋了;他身体素质提升极高,使他武力值也提升很高,但是和慕回雪、阮望舒他们比,他的异能处于一个很尴尬的位置。

偏偏就是这样的白若遥,他是A国第三个通关黑塔五层的玩家,还是唯一一个单人通关的。

而且他知道很多情报。

谁也不知道他到底是从哪儿找到那么多情报的。唐陌和傅闻夺至今对黑塔和异能都只有一个模糊的猜测,他却能准确地说出"每个玩家的异能并不是唯一的,以前也曾经有人拥有过"这样的情报。

唐陌忽然想到什么,问："你说过的,那个告诉你一些信息的黑塔BOSS,姓白。他是谁?"

白若遥："你猜。"

唐陌的脑子里浮现出几个和"白"有关的童话人物。

白若遥自说自话地说道："我很笃定?有吗?我怎么不觉得?嘻嘻,大概是我很聪明,所以才能猜到这些东西吧,傅少校。"

傅闻夺："你还有什么事?"有点赶客的意味。

"怎么过河拆桥?"

傅闻夺冷淡地看着他："你说的,我和唐陌之前就猜测过。但是在黑塔确认前,谁也不知道真相是什么。"仅此而已。

白若遥故意做出被人利用后抛弃的模样,但是很可惜,教室里的两个人谁都不会欣赏他的演技。惋惜地叹了口气,白若遥笑眯眯地道："确实,还有最后一件事。唐唐,傅少校,黑塔六层……组队通关吗?"

唐陌原本正与傅闻夺对视,两人暗自交流关于白若遥的一些事。忽然听到这话，两人齐刷刷转首。

唐陌用打量的目光看着白若遥，他笑出声："你从哪儿来的自信，觉得我们会和你组队？"

一个小时后，穿着白色夹克的娃娃脸青年哼着一首走调的歌，步伐轻松地走出第八十中学。走到校门口时，他还特意回过身，用力挥挥手，与唐陌、傅闻夺道别。

唐陌觉得又好气又好笑："他这种家伙真的可以合作？下一秒卖了你也说不定。"

傅闻夺倒觉得不一样，他道："如果黑塔六层真和他说的一样……"

唐陌沉默片刻："八成可能性是那样。"

两人一起转首，回到教室。

三天后，陈姗姗三人从攻塔游戏中回来。大概是经历过一次与五层水平玩家组队的攻塔游戏，这一次的攻塔游戏，陈姗姗完成得非常轻松。李妙妙受了伤，被个子矮了她一大截的傅闻声硬生生地扛回天选。

傅小弟把人扛回来后，赶忙再用异能为李妙妙疗伤。小朋友有点自责："她是为了我才受这些伤的。本来受伤的人是我……"

李妙妙还昏迷着，陈姗姗看了他一眼，道："既然我们是组队一起攻塔的，那就是队友了。李姐姐的异能本来就是将其他人身上的伤口转到自己身上，再用强大的自愈能力恢复。如果她不把你的伤转走，你可能会死在游戏里。"

傅闻声点点头。

傍晚时，李妙妙就醒了过来。到第二天，已经生龙活虎，完全看不出前一天差点死掉的模样。

唐陌看到两个小朋友和女医生更加亲密的模样，他声音平静："她的异能很有用。"

不需要将别人的伤口转移到自身，那可怕的自愈能力，唐陌就非常想拥有。只是很可惜，以李妙妙的异能品质，唐陌可能需要几乎杀死她，才能得到她的异能，甚至很可能李妙妙异能的获取难度不比傅闻夺低多少。

越到后期，唐陌越难得到强大的异能。

"自愈能力？"

唐陌转首看着傅闻夺："是，我很想要她的自愈能力。她的自愈能力比我强很多，甚至也比你强不少。"

傅闻夺："我和她的自愈能力体现在不同方面。"

只见傅闻夺反手取出一把小巧的匕首，右手抬起，忽然就要落在手腕上。唐陌心一惊，下意识地就要拦住他。傅闻夺在欲砍断自己手腕之前也停住动作，他对唐陌道："好像确实不需要做得这么绝。我的异能是基因重组，受伤时的恢复速度确实比她慢很多，但是在修复断肢方面，自愈能力极强。"

　　刚攻完黑塔一层时，傅闻夺就被那只疯狂的大火鸡咬断了一条腿。不过，他很快就长出新的腿。这就是他强大的自愈能力。

　　傅闻夺收回小刀，唐陌松了口气。这口气还没完全舒出，只听一道低沉的男声响起："我的异能不比她弱，所以……"

　　唐陌猛地抬头，看着对方。

　　傅闻夺嘴张了张，没有出声，可是唐陌却知道他准备说什么。

　　所以，你打算什么时候拿走我的异能呢？

　　话语即将从口中说出，一道清脆的童声忽然打断了傅闻夺的话。

　　叮咚！Ｓ国六区预备役叶莲娜·伊万诺夫娜通关黑塔五层！Ｓ国区强制攻塔结束。

　　两人快速地对视一眼。

　　唐陌："和你那次攻略黑塔一层、导致所有Ａ国玩家都强迫攻塔一样，只要有人通关，就立即结束攻塔？"

　　"是。"

DI QIU
SHANG XIAN

第 2 章
诺亚的迷宫

接下来的三天，中洲区、米洲区陆续有玩家通关黑塔五层。

只要有人通关黑塔五层，强制攻塔就会结束。

然而在第三天过后，南洲区迟迟没有传来玩家攻塔成功的消息。6月17日，强制攻塔的第七天清晨，一道沙哑沉闷的男声在全世界上空响起，带着一丝隐隐的愠怒——

叮咚！截至2018年6月17日，南洲区全体四层玩家无人通关黑塔五层。南洲区强制攻塔结束！

唐陌睁大眼，还没明白这句话的意思。

下一刻，黑塔的声音再次恢复成没有感情的机械声。

叮咚！强制攻塔完毕，黑塔4.5版本结束。

预计格林尼治时间，2018年6月18日早上6点，无缝开启黑塔5.0版本。该版本将直接开通黑塔六层攻塔模式，具体更新内容请玩家自行探索。

请玩家努力攻塔！

将黑塔5.0版本的更新提示连续播报了三遍，黑塔再次恢复平静。开门声砰地响起，唐陌抬头看去，只见陈姗姗和傅闻声气喘吁吁地跑过来。小姑娘脸色微红，显然是跑急了。她急道："唐陌哥哥，你听到了，黑塔5.0版本？"

阮望舒和练余筝也走过来。

唐陌看向两人。

阮望舒："格林尼治时间的6点，也就是首都时间14点。唐陌、傅闻夺，我和练余筝会去挑战黑塔六层。"顿了顿，他继续道，"这次黑塔的更新很奇怪，它没有说清楚具体的更新内容，但是我们也等不及它说。'抢六模式'，全球所有高级玩家都会抢着攻略六层。"

练余筝看着唐陌和傅闻夺："我们也是敌人？"

唐陌笑道："是，敌人。"

阮望舒和练余筝没再多说，两人离开，准备第二天攻略六层要带的道具。

练余筝刚才问那句话时，并不真的意味着双方就成了敌人。她是在询问，唐陌、傅闻夺是否要和他们组队。

一个区通关五层的玩家或许很少，比如 S 国区、中洲区这种被强制攻塔的，可能只有一两个人通关了五层。但是像西洲区、A 国区、M 国区这样的大区，通关五层的人数可能有五六人，甚至接近十人。

一共三个名额。

如果唐陌与阮望舒他们组队，他们自然不需要互相抢名额，他们是一个队伍的。但组队意味着难度增加。唐陌现在不打算冒险组队，他和傅闻夺早就在七天前与白若遥碰面时就决定，进入游戏后见机行事。如果游戏难度已经大到无所谓组队增加的情况，他们自然会与其他玩家组队。

组队代表难度提升，但也意味着争抢名额的对手减少。

陈姗姗和傅闻声将自己的道具都给了唐陌二人。傅小弟抱着几个空矿泉水瓶去了隔壁教室，辛苦地忙了一下午，才做出三瓶。他将矿泉水递给自家大哥："大哥，这些都是我用进化后的异能弄出来的水，比以前的效果提升很多。喝了后，也能短暂提高你们的异能和身体素质。"

傅闻夺低头看了自家弟弟一眼，把矿泉水收进鸡窝："去睡吧。"

傅小弟老实地点点头，找个地方去睡了。

以他们的实力，对睡眠早已没什么要求。但疯狂地使用异能，傅闻声也精力透支，十分疲惫。

傅闻夺："我回家拿点武器。"

唐陌："我和你一起。"

就着擦黑的夜色，两人在晚上 6 点后才离开天选，前往傅闻夺在紫宫旁的家。他们必须躲开任何有可能被拉进去的副本，所以 6 点后才出发，以防被哪个副本耽搁，不能最先进入黑塔六层。

两人来到两层小楼前，傅闻夺推开门时，动作一顿："有人来过。"

唐陌抬头看他。

傅闻夺："家里被人翻过。"

两人仔细搜查了一遍，没在房子里发现别人。唐陌道："应该是有玩家来这里搜查物资，所以翻了一遍，没翻到东西就走了。"

房子里的食物、水早在唐陌和傅闻夺来到首都前，就被其他玩家搜刮干净。那些还想来搜东西的，只能是来找武器。但很可惜，他们注定找不到武器。

傅闻夺带着唐陌走到二层，来到走廊最里侧的一间房间。这是傅闻夺的卧室，装饰得简单干净，只有一张床、一张书桌，还有一整排的书架。桌子是用红木做的，每个家具都体现着二十世纪的古朴素净，一看就颇有历史。

傅闻夺走到第三个书架前，抽出一本《水中兵器概论》，打开书。

只见一个U形金属书签被夹在其中，傅闻夺拿着书签，将它插进两个书架间一个毫不起眼的小凹槽里。只听咔嗒一声脆响，两个书架微微动了一下，傅闻夺伸出双手将书架撑开，上百把黑漆漆的枪支瞬间出现在两人面前。

"太长的枪并不好用，你用我那把枪，我再拿一点。"

唐陌点头："好。"

两人用背包装了一些枪和子弹，傅闻夺又拿了一些唐陌认不出型号的手榴弹。发现唐陌凝视着手榴弹的目光，傅闻夺将一颗银白色长管形的手榴弹拿了出来，他握着手柄："M70反坦克手榴弹，原型是80式。这是改良版本，目前还在保密中，没有完全投入军队使用。虽然黑塔道具很强大，但这种手榴弹也能产生很大的爆炸效果。"

唐陌："反坦克？它能炸了坦克？"

傅闻夺勾起唇角："它能炸了一栋楼。"

傅闻夺关闭暗门时，目光瞄到墙上挂着的一把黑色手枪，在书架合拢前他快速地拿下，递给唐陌。

唐陌惊讶地看他："怎么？"

"这把枪是我小时候经常用的，后坐力不强，很凑手。"

唐陌先是一愣，过了片刻，他冷笑一声，拒绝了这把枪："适合你。"

傅闻夺挑眉，看着唐陌难得生气的模样，竟然有兴致地多看了几眼，没把枪收走。

唐陌皱起眉头："你看什么？"

傅闻夺目光幽黑："这把枪确实适合新手。"适合你。

唐陌："……"

这一关还过不过得去了！

拿好要带走的武器，唐陌正准备转身离开，忽然，一个冰冷的东西抵上了他的胸口。他停住脚步，回头看向傅闻夺。

傅闻夺手指一动，这把枪轻松地被放进了唐陌的口袋，动作流畅，快到连唐陌都没反应过来。

唐陌觉得好笑，从口袋里将这把枪再拿出来。

"这是我用的第一把枪。"

唐陌看了眼枪，再看向傅闻夺。

清澈的月光透过窗户，与斑驳的树影一起射进室内。傅闻夺的眼睛漆黑幽静，他看着唐陌，良久，微微笑道："也送给我唯一的搭档。"

唐陌的瞳孔轻轻一颤。

月光树影摇曳，短暂的缄默后。

唐陌："你以前是什么样的？"

"嗯？"

"特种兵，很年轻就成为少校。傅闻夺，你小时候是什么样的？"

似乎从没有这样静下来，安安静静地与对方交流过。也是因为太过默契，很多事根本不用言语，只一个眼神，他们便明白了互相的意思，能很快通力协作。但是唐陌此刻突然意识到，他其实并不了解自己的队友。

"你想知道？"

"嗯。"

"那就要从我三岁的时候说起。那个时候我父亲还在世……"

男人低沉的声音在空旷漆黑的房间里轻轻响着，也不知过了多久，突然，唐陌身体一顿。他抬起手，从空中拿出一本异能书。他翻到最后一页，只见第一行清楚地写着"异能：基因重组"。

凌晨，唐陌和傅闻夺回到天选，确定两个小朋友的安全。两人做好一切准备，6月18日13点30分，他们与阮望舒、练余筝一起来到黑塔下方。躲在暗处的普通玩家悄悄打量这些准备攻略六层的高级玩家。

二十分钟后，一个高瘦白净的年轻人从远处走来。看到唐陌和傅闻夺时，他眼皮一抽，不吭声地走到旁边。

唐陌挑眉道："宁峥原来也通关五层了。"

接着是白若遥。看到唐陌和傅闻夺，他高兴地挥挥手。又看到宁峥，娃娃脸青年非常理所当然地跑上去，笑嘻嘻道："宁宁，我们这么久不见，你躲到哪儿去了？我完全找不到你，真是太让我难过了。"

宁峥气得差点晕过去，他又跑远了点，离这群人远一点。

最后一分钟，唐陌奇怪地观察四周，道："慕回雪没来？"

等了许久，还是没等到慕回雪出现。

她不会死在五层游戏里，或者被安德烈杀了？

14点到来的那一刻，只见黑塔没有一丝变化，依旧浑身漆黑，高高悬浮于空中。黑塔的更新第一次这么平静无奇，清脆的童声只宣布了一句"叮咚！黑塔5.0版本正式上线！"接着，就再没动静。

但这句话后，所有聚集在这里的玩家全部集中精神，以最快的速度确定攻塔。

刺眼的白光充斥了唐陌的视线，在他快要进入攻塔游戏的前一刻，他的余光里似乎瞧见了一个飞奔过来的身影。郁闷的女声喊道："我同你讲咗可以唔跟我嚟架！你又唔听我嘅，唔好阻我攻塔啊！（我跟你说了可以不跟我来的，你又不听我的，不要阻止我攻塔啊！）"

完全听不懂对方的话，安德烈只听懂"攻塔"两个字。于是他说道："窝（我）和尼（你）一起，攻他。"

慕回雪："……"

全球各地，除了南洲区，每个区都有玩家在黑塔宣布更新这一刻后，立即申请进入攻塔游戏。他们都是第一时间就进入了攻塔游戏，所以他们并不知道，在他们全部进入后，一道响亮的童声传遍全球——

叮咚！2018年6月18日，九区共计三十名玩家顺利进入黑塔六层。

分别是南邦区一人，东南洲区二人，东洲区二人，中洲区一人，S国区一人，米洲区二人，西洲区五人，M国区七人，A国区九人。

A国，S市。

洛风城错愕地走出地下停车场，看向东新江对岸的那座黑塔。杰克斯气喘吁吁地跑过来："博士，怎么了？黑塔这是什么意思，怎么突然说出攻塔玩家的信息了。咱们A国居然有九个……"

杰克斯话还没说完，一道冰冷的童声打断了他的话——

叮咚！中洲区4区正式玩家皮科特·布尔贾纳泽通关失败，中洲区攻塔人数为零。

叮咚！欢迎来到诺亚的乐玩迷宫！

清脆的童声在唐陌的耳边响起，他一睁开眼，便脸色一变，动作迅速地撤过头，躲开一道射向自己的黑色东西。那东西擦着他的头皮飞过，直直地射入他背后的这堵墙里。唐陌抬头看向那个将暗器射向自己的家伙，然而面前一片空荡荡，根本找不到一个人。

这是一条幽静狭长的走廊，光线昏暗，只能看清周围三米的东西。

唐陌观察四周，低声说道："傅闻夺？"声音在墙壁之间不断回荡，形成回音，又回到唐陌耳中。

唐陌的心一下子沉了下去。

他竟然没有和傅闻夺分配到一起！

黑塔的所有攻塔游戏里，只要玩家是确认组队进入的，一般都会分配到同一个位置，或者至少是一个阵营。比如，唐陌和傅闻夺上次就被分配成地底人海关官员，陈姗姗不和他们在一起，但是任务也是协助他们通关。

唐陌转身走到墙边，将墙壁上钉着的暗器拿下。四角形的回旋飞镖泛着漆黑的亮色，唐陌观察片刻，将东西放进口袋里。他确认周围没有人后，从口袋里拿出一颗白色火鸡蛋，轻轻敲了三下。

"唐陌。"

"傅闻夺。"顿了顿，唐陌道，"你在哪里？"

傅闻夺没有说废话，直接道："一条黑色的走廊，或者说，这里应该是个迷宫，诺亚的乐玩迷宫。这条走廊的前方有一个左转的出口，我目前没有走过去。你在哪里？"

"也是一模一样的走廊。"唐陌将自己刚才被一支飞镖偷袭的事情说了出来。

傅闻夺心中一沉："找到偷袭的人了？"

唐陌："没有。"

傅闻夺："我们是组队进入游戏的，黑塔不会将我们分隔太远，我们应该在同一片区域。既然这里是迷宫，那我们两者间的路肯定是畅通且不长的。你站在原地不要动，我去找你。小心，躲在一个安全的地方，不要动，对方很可能再偷袭你。"

唐陌将泛着蓝光的火鸡蛋放进口袋，他的后背紧紧贴着迷宫墙壁，顺势坐下，尽可能地缩在墙角，掩藏自己。他压低声音："你怎么找到我？"

傅闻夺："特洛伊木马。"

漆黑的迷宫里一片死寂，听不到一点声响。唐陌的手按在小阳伞的伞柄上，双眼冷冷地盯着自己所处这条走廊的出口位置。他是在迷宫的一个死路口，能出去的路只有面前这一条，别人想进来也只能从这儿进来。

唐陌静静地等了片刻，确信那个用飞镖偷袭自己的家伙不在后，他将衣服拉链拉上，转身徒手开始爬墙。

所有的迷宫都有一个致命缺陷，就是只要爬到高处，就能俯视迷宫所有地形。

这个迷宫的墙壁并不高，只有三米。墙面光滑，但唐陌身手敏捷，他轻巧地蹬着墙面，两下就到了顶部。然而就在他的手伸向墙头、想要攀住时，一道无形的墙壁突然挡住了他的去路。唐陌落回地上，双手撑地，抬头看向天空。

叮咚！诺亚的乐玩迷宫，禁止攀登墙壁，请玩家按规则进行游戏。

唐陌没有再尝试。

黑暗中，呼吸声和心跳声显得格外明显。唐陌尽可能地减少自己的存在感。渐渐地，一道微弱的脚步声从墙壁的另一头传来。唐陌双目一凛，左手按在右手手腕的火柴文身上，整个人紧贴墙壁，将自己藏在阴影里。

那人越走越近，就在对方转了个弯，走进这条走廊时，唐陌反手取出一根大火柴，毫不犹豫地砸向对方。

巨大的火柴头直直地砸向男人的头颅，傅闻夺侧身后翻，避过这一击。光线太暗，双方并不能完全看清对方。唐陌的火柴没有丝毫减速，再次砸向来人。傅闻夺右手一动，变幻成漆黑的三棱锥形利器。

火柴与利器相撞，发出一道激烈的碰撞声。强大的后震力震得唐陌虎口一痛，傅闻夺一手抓住火柴柄，另一手拉住唐陌的手腕。两人抬头看向对方，目光在空中交会。

无声地凝视一秒，唐陌问道："特洛伊木马呢？我没听到它的声音。"所以他才以为来人不是傅闻夺，而是未知的敌人。

"它在地上走动的声音有点响。防止被别人听见，我放在口袋里，只有碰到岔路口才把它拿出来。"

傅闻夺从口袋中取出一只小巧的黄色木马。它被主人放在口袋里，但即便如此，它的四只脚依旧在空中不断扑腾。傅闻夺将木马塞到唐陌的手中，木马才终于不再乱跑。木制的马背咔嗒一声打开，弹出一张字条。

唐陌打开一看，嘴角微勾："……磨糖。"

只见在这张窄小的白纸上，赫然写着"磨糖"两个字。唐陌把这张字条塞回木马的身体里。

这下轮到傅闻夺指着不远处地上的一个人形黑影，问道："那是什么？"刚才傅闻夺就以为是唐陌坐在地上，才没有防备，被唐陌偷袭成功。

"骗人的东西。"顿了顿，唐陌笑道，"有骗到你吗？"

一边说着，唐陌一边走到傅闻夺手指的地方，将自己用衣服和背包制作出来的"假人"挪开。五分钟前，唐陌把背包塞进外套里，再把裤子脱下。两件衣服靠着墙壁，制造出一个虚假的靠着墙壁的人，用来迷惑敌人。

　　傅闻夺没有回答。他这才发现唐陌光着两条腿，正在穿裤子。

　　外套可以随便脱了当陷阱，裤子唐陌只穿了一条，为了迷惑敌人只能脱下。把衣服穿好后，唐陌背起背包，他抬头发现傅闻夺还盯着自己刚才放假人的地方。

　　唐陌："看什么？"

　　傅闻夺看了他一眼："幸好是我先找到你。"

　　唐陌立即明白，笑了一声。

　　两人不再多说，动身离开这条走廊。

　　这条走廊十分长，大约有二十米长度，傅闻夺道："我进入迷宫时，也是在一条这么长的走廊中。但是出了走廊，外面的迷宫很正常，再没有这么长的通道。"

　　唐陌也说出自己发现的信息："墙壁高三米，我试过，不能跳到墙上。虽然没有做过尝试，但我推测这个看上去很好弄碎的墙，也被黑塔保护，不能破坏。"

　　傅闻夺："偷袭你的是什么人？"

　　唐陌默了默："只有两种。"

　　两人互视一眼。

　　傅闻夺："黑塔怪物。"

　　唐陌："或者……人类玩家。"

　　唐陌将那支飞镖拿出来，递给傅闻夺。傅闻夺观察后，道："只是很普通的飞镖，铁制的，不是道具。这种飞镖很常见，不好说是黑塔怪物的东西还是人类的东西。"顿了顿，他看着唐陌，"你觉得是什么？"

　　异能超智思维，令唐陌在做出推测时，总能提升 10% 的准确率。

　　唐陌目光幽深，直接回道："人类。"

　　话音落下的一刹那，忽然，一道诡异沉闷的音乐声响起。唐陌和傅闻夺立刻抬头，看向漆黑的天空。数百道响亮清脆的童声，突然异口同声地唱了起来——

　　啦啦啦，星期一。

　　有个地底人，进了大迷宫。

啦啦啦，星期二。

有个小怪物，滑进大迷宫。

啦啦啦，星期三。

…………

啦啦啦，星期天。

人类想离开大迷宫。诺亚说，迷宫只有一条路。

声音戛然而止，再响起时，竟变成了低哑恐怖的粗重男声——

不可以，不可以，谁也不许出迷宫！

音乐声停住，黑塔僵硬的机械声提示道：

叮咚！触发支线任务一：离开诺亚的迷宫。

与此同时，地球。

当黑塔提示三十名玩家进入黑塔六层的攻塔游戏后，许多颇有心机、早就埋伏在黑塔附近的玩家纷纷从暗处走了出来，找到一个更近的隐蔽位置，警惕地盯着那座巨塔。

A国，S市。

洛风城在听到中洲区的攻塔玩家突然死亡后，直接让杰克斯开车，再加上唐巧，三人一起前往那座悬浮在静南路上方的黑塔。

杰克斯："博士，这到底是怎么回事？以前黑塔从没公布过攻塔玩家的信息，怎么现在突然这样。这还是全球通报。而且那个人死了，和咱们有什么关系？"

中洲区的玩家死亡，全世界的人类都能听到。那么其他地区的玩家死亡，莫非其他地区的玩家也都知道？

是的，攻塔失败只有一个结果：死亡。

如果在攻塔失败前利用国王的金币这类道具逃出黑塔，就不能算攻塔失败，只能算放弃攻塔。可黑塔说他失败了，所以他是死在游戏里，连使用稀有道具逃出来的机会都没有。

杰克斯挠挠脑袋："那可是一个强大的黑塔六层玩家，他肯定有保命的道具。什么东西居然能那么快杀了他，不给他一点生路……啊，不会是黑塔杀了他吧？他违反游戏规则了？"

唐巧看向洛风城："博士，是人类杀了他？"

听到这句话，洛风城身体一顿，他缓慢地抬起头，看向唐巧。这个女人的脸上不知什么时候多了一道深深的伤疤，如果有治疗效果的道具，这条伤疤是能完全去除的。可是她没用，任由丑陋的伤疤横在脸上，仿佛在提醒她黑塔游戏的残酷。

洛风城："能在这么短时间内杀了一个黑塔六层水平的高级玩家，就算是傅闻夺、唐陌，哪怕是慕回雪，我觉得也做不到。"

杰克斯："所以是黑塔怪物咯。六层真的好可怕，居然有那么强大的黑塔怪物，幸好我听了博士你的话，没去攻塔。"外国大汉松了口气。

唐巧却皱起眉，小心地问博士："真的这么简单吗……"

同一时刻，A国，首都。

李妙妙撇撇嘴："这么强的黑塔怪物，一个照面就把六层玩家给杀了？头儿和余筝不会有事吧？"

傅小弟也忧心忡忡："大哥和唐哥没问题的吧？他们那么强。"

"只是黑塔怪物吗？"

两人齐刷刷地扭头，看向短发女生。

只见陈姗姗抬着头，仰望那座漆黑的巨塔。她声音平静："黑塔将玩家的淘汰信息向全球公布，并第一次清晰地介绍了每个区的玩家人数。这种绝对的公平性，意味着在黑塔看来，所有玩家参与的游戏难度绝对一致，否则它不会公布中洲区的玩家被淘汰的事情。因为如果游戏难度不同，中洲区的淘汰玩家被全球公布，就会显得很不公平。"

傅闻声："所以他们的游戏难度是相同的？"

陈姗姗："不是相同，是绝对相同。"

傅闻声睁大眼："你的意思是……"

"他们参与的或许是同一个游戏。"陈姗姗手指捏紧，"我现在非常担心，唐陌哥哥他们在游戏里，能不能听到外面黑塔全球通报的声音。如果不能听到，那他们到底知不知道，全球三十个……二十九个六层水平玩家，如今和他们在同一个游戏里？"

漆黑的迷宫中。

唐陌握着小阳伞，与傅闻夺走过一条又一条的岔路口。每当遇到选择岔路口的时候,唐陌都会让傅闻夺进行选择,他比较相信傅闻夺的幸运值。

走到一半,唐陌停住脚步,仔细听了片刻。

"你有没有听到水声?"

傅闻夺停步,听了一会儿:"好像有一点?"

那是一道非常微弱的流水声,好像有谁没把水龙头关紧,极细的水流向下流淌,撞向水池。

唐陌左右看了看,想寻到那道水声,这时,他听到一道熟悉的嗒嗒的脚步声。有点像高跟鞋踩在地上的声音,又多了一道更脆的撞击声。好像有人在走路时,还用一根很细的东西不断敲击地面。

那声音越走越近,从墙壁的另一头,走到唐陌两人面前的岔路口。

在这声音出现时,唐陌和傅闻夺就紧贴墙壁,屏住呼吸,不发出一点声音。他们睁大眼睛看着对方,在心中同时说出那个名字。

脚步声的主人好像没注意到藏在岔路口这一侧的唐陌二人,他拄着拐杖,单手按了按深红色的礼帽,朝着另一个岔路口走去。

脚步声渐渐走远,唐陌和傅闻夺都松了口气。就在两人正准备恢复呼吸时,一道温柔的笑声从他们的身后响起。

两人唰地转首看去。

倚靠着光滑的迷宫墙壁,马戏团团长摘下礼帽,朝他们微微一笑,行了个绅士礼。他笑道:"很久不见,正式玩家唐陌,偷渡客……哦不,失礼了,是预备役傅闻夺。能在这里见到你们真是我的幸运。请问……我有这个荣幸取走你们的头颅吗?"

哪怕在说这种恐怖的话,格雷亚脸上的绅士笑容也没一点变化。

唐陌双眼一眯,反手取出大火柴,擦地点火,燃烧的火柴轰的一声砸向格雷亚。格雷亚侧身避开这一击,他轻笑一声,正准备开口,抬头一看,却见唐陌已经收起大火柴,和傅闻夺扭头就跑,完全没有和他打架的意思。

格雷亚:"……"

温柔的笑容有一瞬间僵住,格雷亚目光冰冷地勾起嘴角,细长的手杖在墙上一撑,整个人飞速地追了上去。

另外一边,娃娃脸青年双手插在口袋里,笑眯眯地在迷宫里散步,十分悠闲。

有件事唐陌不知道,白若遥的身体素质极高,不比傅闻夺差,但是他的嗅觉十分糟糕。他几乎闻不到任何味道。

白若遥悠闲地在迷宫里散着步,时不时左拐、右拐,完全没有刻意找寻出口的意思，又或者是他非常相信自己的外号——幸运遥。他足够幸运，所以哪怕乱走，也一定能走出去。

又是随便地向左拐弯，白若遥哼着走调的小曲，走进一条狭长的走廊。他刚刚走了两步，脚步猛地停住。而走廊的尽头，那头正在埋头吞吃人类血肉的狼外婆也忽然抬起头，绿色的兽瞳直勾勾地盯着白若遥。

一人一狼短暂地对视片刻。

白若遥嘻嘻笑道："继续，我走错了，下次再见。"

白若遥悠哉地转身离开，脚步不急不缓。他的身后，血液打湿地面，染红了狼外婆粉色的小洋裙。她尖锐的牙齿里夹着一缕金色的头发和白花花的人肉，她就这么眼也不眨地盯着白若遥，看着他一步步离开。

就在白若遥即将离开这条走廊时，一道沙哑贪婪的笑声从他身后响起："嘿嘿嘿，所以我最喜欢诺亚的迷宫了，在这里总是能找到迷路的小羔羊。"

破风声在话音落下的同时响起。

白若遥脸上的笑容彻底消失。

黑暗侵袭，漆黑狭长的迷宫中，两道人影嗖的一声穿破空气，向前方奔跑。

唐陌和傅闻夺一见到格雷亚，便决定逃跑。他们没打算和对方动手，攻黑塔四层与这位高级BOSS交手时的经历，两人并没忘记。如今唐陌二人实力提升许多，但单打独斗绝不是格雷亚的对手。就算联起手，恐怕也讨不了好。

更何况这是一个迷宫。

唐陌拿着会发光的夜明珠当照明物，将迷宫前方照亮。可怎么照，光线只能达到面前十米距离。等到两人跑入一条走廊，进入五米后，才发现这竟然是一条死路。

深红色的礼服因为急速奔跑向后飞去，格雷亚右手握着手杖，左手竟然还十分优雅地按在自己的礼帽上，不让这顶帽子被风吹走。他的速度不比唐陌二人慢，发现进入死路后，唐陌和傅闻夺转头想再跑，可惜格雷亚已经到来。

两人互视一眼，忽然一起攻上，分别攻击格雷亚的左、右两侧。

格雷亚举起短杖，挡住唐陌的小阳伞。另外一边左腿上踢，与傅闻夺对上。

金发马戏团团长微微一笑："刚见面就要动手，这样似乎不是很好。"

傅闻夺淡淡道："取走我们的头颅？"

格雷亚双眼一亮："我有这个荣幸吗？"

唐陌冷笑道："来试试看！"

粉色小阳伞啪嗒一声打开，被它的主人甩上空中，再以完全不符合物理学的方式重重落下。越往下坠，它速度越快。尖锐的伞头直冲格雷亚的脑袋，令他神色一凛。

如果仅仅是狼外婆的小阳伞,格雷亚还不会太看重,但这经过了薛定谔的加工。

薛定谔是黑塔世界最受欢迎的科学家,他看上去很不靠谱,作品却非常有保障。格雷亚不敢大意,他向后倒滑三步,躲开小阳伞的攻击,并以手杖击上。短手杖和小阳伞相撞,格雷亚感受到手腕上传来的力度,惊讶道:"只是这样?"

他以为这把小阳伞会更强,或许是稀有道具!

这本来就不是个稀有道具,哪怕被薛定谔强化过,也只是个精良道具。但这已经足够了,唐陌抓住被击飞的小阳伞,开启夜明珠吸引稀有道具的效果。果不其然,格雷亚的手杖直直地被吸向夜明珠。

但这把手杖没有立刻被吸上来。

格雷亚一只手抓着手杖,一只脚抵着墙面,阻止了手杖的前进。他的视线在夜明珠上停留半秒,又看向自己的手杖:"吸引金属的?"下一刻,金发地底人右手劈下,将手杖手柄上用来装饰的镂空花纹黄金全部斩断。

黄金全部被吸到夜明珠上,格雷亚肉疼得抽了抽眼皮。他再抬头一看,却见唐陌和傅闻夺借这个机会竟然转了个弯,趁机溜走。

格雷亚咬牙切齿地道:"唐陌!傅闻夺!"再追上去。

诸如此类的追逐在诺亚的迷宫中屡见不鲜。

白若遥第一次觉得自己如此不幸,他的幸运值是用光了吧,怎么会碰到狼外婆?!在见到对方的那一刻白若遥就认出来了,那是黑塔世界里非常有名的怪物狼外婆。

如果问地底人王国中实力最强的BOSS是谁,那没有定论。在白若遥收集的信息中,有玩家认为圣诞老人最强,有人认为红桃王后最强,还有人认为马戏团团长最强。但在怪物世界里,最强的怪物只有一个,那就是狼外婆。

低声骂了句脏话,白若遥头也不回地向前跑。假若唐陌看到这一幕恐怕会惊叹,白若遥还能跑这么快。人不被逼到极点,不知道自己到底有多大的潜能。

但是白若遥还是幸运的。他收集的资料没有告诉他,在黑塔世界第一阶梯的BOSS中,速度最慢的就是狼外婆。如果此时此刻他碰到的是红桃王后,他根本没有跑的机会,会立即被对方撕成碎片。

挥舞巨型镰刀的彼得潘;乘坐雪橇在迷宫走廊里横冲直撞,一边喊着自己从不伤害小朋友,却又把玩家撞得七倒八歪的圣诞老人;还有暴力的红桃王后和被机器人管家抱在怀里的小黑猫薛定谔……

诺亚的迷宫宛若一个巨大的城池,二十九个玩家被困在其中,被身后的黑塔怪物们追得疲于奔命。

唐陌和傅闻夺又转过一个弯,格雷亚已经离他们越来越近了。

这时,唐陌忽然看到迷宫墙边的地上放了一个黑色的箱子。他和傅闻夺对视一眼,两人一边全力奔跑,一边不动声色地靠近箱子。看清楚箱子上贴着的两行文字后……

唐陌:"……"

傅闻夺:"……"

只见小小的黑箱子上,挂着一个白板,上面用黑色的笔写道——

拥有智慧的生命,才有被拯救的价值。
黑化肥发灰会挥发。

这都是什么鬼!

唐陌明白这个箱子放在这里,绝对不是普通的东西。但格雷亚在身后追得极紧,两人没有时间停下来仔细查看箱子的异常。傅闻夺弯腰要将箱子捞走,可是他的手碰到箱子,便被弹开。他抬起头:"拿不走。"

唐陌也立即去试。

一道无形的屏障挡在箱子的外侧,令两人无法触碰到箱子。

格雷亚距离两人不到二十米,唐陌当机立断,喊道:"黑化肥发灰会挥发!"

叮咚!Ａ国Ⅰ区正式玩家唐陌成功开启104号宝箱。

唐陌哪里有时间管这是什么东西,他抱起箱子就跑。他一边跑一边拆开箱子。一个粉红色的糖球突然跳到他的面前,唐陌伸手一抓——

道具:粘着诺亚口水的糖球。

拥有者:唐陌(正式玩家)。

品质:一般。

等级:一级。

攻击力:一般。

功能:高喊一句"诺亚救救我",糖球会自动变大,直径与诺亚迷宫的走廊同宽。

限制:只能使用一次。

备注：这是一颗神奇的糖球，舔它一口，你就可以和伟大的诺亚先生间接接吻了。

唐陌毫不犹豫地喊道："诺亚救救我！"话音落下，他把糖球扔向身后。

粉色的糖球在空中变成巨大的大球，轰的一声砸在地面上，堵在迷宫中央。糖球上顶无形的迷宫天花板，左右死死抵住墙壁。格雷亚急速刹车，在糖球前停下。他想向左向右走都不可能，诺亚的迷宫被黑塔保护，所有建筑都不可毁坏。唯一的出路只有打碎这颗糖球。

糖球被放大，糖球上的口水也被数倍放大。格雷亚闻着糖球上臭臭的口水味，脸顿时黑了下去。他听到唐陌和傅闻夺的脚步声越来越远，嘴角抽搐地笑了一声："呵呵，诺亚。"接着，他抬起手杖，一击击碎了这颗糖球。

嫌弃地把手杖上的口水擦干净，格雷亚迅速地再追上去。

另一边，白若遥无数次快要被狼外婆抓住，又无数次地逃跑。他筋疲力尽，脸上的笑容早就维持不住。正在此时，他看到远处地上有个黑漆漆的箱子。他双眼一亮，走上去低头一看。

黑塔觉得人类的罪恶很大，终日所思的都是恶。
红鲤鱼与绿鲤鱼与驴。

白若遥："……"
什么玩意儿！
一个个相似的黑色箱子出现在玩家们的逃亡路上。

每个玩家看到的字各不相同，有的玩家看到箱子上写的是Y国文字，有人看到的是J国语言，还有人看到的是A国文字。迷宫里的玩家都是全球名列前茅的强大玩家，他们也在一瞬间就明白这些箱子的用法，但是在黑塔怪物的追杀下，很多人来不及说出绕口令拿箱子，就被逼着往前跑。

慕回雪身为一个南方人，天生不是很会翘舌音。看到这些绕口令，她脸都绿了。她的身后是驾驶雪橇，一边高喊"不要跑啊孩子，圣诞老人不会伤害你的"，一边撞飞其他玩家的圣诞老人。

圣诞老人确实不会故意杀玩家，只是他的雪橇不小心压着你、撞着你，那可不是圣诞老人的错。

又碰到一个箱子，慕回雪低头一看："……"

这时，一道沉闷沙哑的声音在她的身旁响起。慕回雪转首一看，安德烈盯着箱子上的字，老老实实地说了一串S国语绕口令，然后抱起箱子就跑。跑着跑着，他奇怪地回头看慕回雪："尼（你）不跑吗？"

慕回雪："……"

她第一次恨自己的母语。

普通话可真难，这要是S国语，刚才安德烈说的那串话她完全能说出来！

不错，不同的玩家看到的箱子上的字是不一样的。

一路跑来，唐陌和傅闻夺各抱了四个箱子。他们两个一个是北方人，一个是南方人，恰好弥补了对方的不足。大多数绕口令两人都能看一眼就说出来，极少数说不出来的，傅闻夺也能很快调整好，说出绕口令，拿走箱子。

箱子里的道具有时能抵挡马戏团团长的追杀，有时又是攻击性一般的普通武器。有好有坏，格雷亚始终没能追上他们。

又是一个箱子，唐陌低头说出箱子上的绕口令，他打开箱子。

道具：诺亚最喜欢用的泡泡浴。
拥有者：唐陌（正式玩家）。
品质：一般。
等级：二级。
攻击力：无。
功能：大力揉搓这块沾着泡沫的海绵，搓出泡泡。触碰泡泡，可进入泡泡。
限制：海绵只能使用一次，泡泡的效果为三分钟，时间到自动消失。
备注：诺亚每天都洗得香喷喷的，他的妻子并不懂，自己的丈夫每天洗得香喷喷的再出门，到底是要去见谁。

唐陌眼睛一亮，他快速地揉起这团海绵。海绵很快被他揉出一个泡泡，唐陌拉起傅闻夺的手触碰泡泡。只听啪嗒一声，好像泡泡破碎的声音，傅闻夺整个人被吸进泡泡。巨型泡泡包裹着傅闻夺，一边撞击墙面一边快速滑动，速度比他们自己逃跑要快上一倍！

唐陌也赶紧把自己装进泡泡，两人以泡泡做交通工具，很快就甩开了格雷亚。

唐陌转过头，看到金发地底人的身影越来越小，最后他停在原地，静静地看着自己和傅闻夺。似乎是觉得追不上了，格雷亚沉默地看了他们一会儿，接着按下礼帽，嘴角微微勾了勾，转身向回跑。

唐陌松了口气。

泡泡效果消失，唐陌二人继续在黑暗的迷宫中摸索。

一路上，他们收集到了许多道具，有诺亚的牙刷、诺亚的指甲剪、诺亚的头发，甚至还有诺亚穿过的内裤。

他们小心翼翼地在迷宫里走着，一旦听到怪物的脚步声，就赶紧躲起来，等对方离开后再现身。唐陌发现他们遇到黑箱子的频率越来越高，碰到的怪物也越来越少。

走了大约半小时，唐陌停住脚步，凝神听了一会儿。

"你听到什么声音了吗？"

傅闻夺听了片刻，猛地停步："水声？"

那水声越来越响，起初不静心听根本听不见，现在哪怕两人在奔跑，也能听出一道淅淅沥沥的流水声。

唐陌心中涌起一股不祥的预感，他总觉得这水声有哪里不对。

这时，两人拐了个弯，又碰到一个箱子。之前他们被格雷亚追的时候，跑半天才看到一个箱子。现在走两步就能见到一个箱子，箱子多得数不胜数。

唐陌走上前想去拿箱子，傅闻夺忽然道："不好！"

唐陌扭头看他。

"马戏团团长是因为追不上我们才跑的？"

唐陌愣住，他想了想，睁大双眼："他是觉得我们必死，所以才没有再来追我们？"

傅闻夺："是什么东西让他觉得我们俩肯定会死，根本不需要他动手。"

两人凝视对方，下一刻，异口同声地说道——

"无法离开迷宫！"

唐陌从背包中取出一张大白纸，他用笔在右上角标出一个星号标记，接着从星号开始，向下方画出一条直线："假设以1∶50000的比例，把我们刚才走的路线大致画出来。我的记忆力大约能记住五分钟的路程，你呢？"

傅闻夺接过纸笔，在唐陌画完的路线上再继续画下去："我大约也能再记住五分钟。"

迷宫这种东西对普通人来说，身在其中，根本找不出方向。但对唐陌，尤其是傅闻夺这种经常在野外出任务、空间感极好的人来说，所有的迷宫，不过是角度与长度的交叠。

知道自己每一个弯转过的角度大小，再记住所走距离，就可以估算出走过的路线，画出一张迷宫地图。

傅闻夺画好后，两人低头看着这张白纸。

唐陌："我们目前没有走过回头路，按照常理说，应该远离了迷宫的中心，向出口靠近。"

傅闻夺看着这张图："每个迷宫都有一个特征，越靠近中心位置，不仅拐角会变多，走廊的长度也会变短。因为圆心辐射，向外长度更大。所以我们确实是在远离迷宫中心。"

这下唐陌更加不明白："那我们确实在走向出口。"

傅闻夺定定地看着这张图，下一秒，他抬起头："这个迷宫的出口是在外侧？"

唐陌身体一顿："你的意思是……"

傅闻夺："它的出口或许是在正中央？"

水声愈加急促，从最开始的几不可闻，到现在几乎萦绕在每个玩家和黑塔BOSS的耳边。

唐陌和傅闻夺明白了自己所处的位置和情况后，两人没浪费时间，拿起地上的箱子转身便向回走。走到一半，唐陌拉住傅闻夺，傅闻夺转首看他。

唐陌思索道："如果说，迷宫出口是在中心，那为什么这些箱子越往外，反而越多？玩家要是一心想找出口，就很难拿到这些箱子。那这些箱子放在这儿的目的是什么？"他抬首看着傅闻夺。

不知为何，唐陌和傅闻夺都觉得这情况有些似曾相识。

出口在地图的中心，所有玩家都向中心会聚。可是道具却好像星空辐射，越向外越多，越向里反而越少。再加上里面的玩家多，想从里面抢到箱子就更不容易。这种游戏唐陌好像在哪儿见过……

忽然，两人惊讶地互视一眼，一个非常红火的游戏名字出现在两人脑海中。

"……绝地求生？！"

另一边，娃娃脸青年奋力向前奔跑，他的身后是一只穿着粉色小洋裙的狼外婆。一人一狼保持的距离实在太过巧妙，狼外婆的速度在第一阶梯黑塔BOSS中是最慢的，可她的最慢，就是白若遥的极限。

白若遥努力逃跑，确实能不被狼外婆追上，可这个时候他忽然有点希望这只狼外婆能跑得再快点，干脆抓住自己好了。

要是这家伙速度再快点，压根儿不给他希望，他也不需要跑半个小时之久了！

体力的消耗在所难免，白若遥的速度渐渐下降，狼外婆却不受影响。

眼看狼外婆就快追上白若遥，娃娃脸青年已经反手从袖中取出两把银色的蝴蝶刀，突然，两道急促的脚步声从不远处传来。白若遥警惕地抬起头，双眼冰冷地看着前方。当他看清来人后，白皙的娃娃脸扯开一个巨大的幅度，他开心地挥手道："哈啰，Deer，这么巧，碰上了哟。"

慕回雪好不容易甩开圣诞老人，一抬头看见白若遥，眉头微微皱起。等她再看见追在白若遥身后的狼外婆……

慕回雪："……"

慕回雪和安德烈都认识狼外婆，他们在看见对方的那一刻，扭头就跑。

"刚见面就要走，嘻嘻，Deer，等等我呀。"白若遥压根儿不觉得自己是个麻烦，他开心至极地把狼外婆往慕回雪和安德烈的方向引。

三人被狼外婆追着不断逃跑，忽然跑到一个死角，慕回雪和安德烈齐齐回头。白若遥看到他们两人为自己探明道路，笑眯眯地喊道："谢谢哟。"接着转了个弯，跑进另一条走廊。

这下换成白若遥一个人跑在最前面，慕回雪和安德烈紧跟在后面。最后是狼外婆。

这场追逐战持续了十分钟。

原本慕回雪和安德烈心想，狼外婆只有一个，她追白若遥的话，就追不了自己。可白若遥这混账根本不给两人甩掉他的机会，他深知自己单独撞上狼外婆，只有死路一条，所以疯狂地缠着慕回雪，不让她走。

终于，三人被狼外婆逼到一个死角。

狠狠地咬了一口手里抓着的人类断裂的手臂，狼外婆阴险地笑道："还跑吗？"

慕回雪解开腰间的长鞭，看着狼外婆，无奈地叹了口气。安德烈握紧双拳，随时准备进攻。白若遥跑到两人的身后躲着，被慕回雪一鞭子抽了出来。

白若遥眨眨眼，正准备说话，慕回雪微微一笑："Fly，你敢趁我们对付狼外婆的时候逃走，离开这个游戏，我就杀了你。"

白若遥愣了一瞬，看着慕回雪笑着的脸庞，他思索了一下被对方追杀的后果和被狼外婆击败、放弃这个游戏的后果。娃娃脸青年委屈地摊摊手："谁说我要逃了？"

安德烈："窝（我）也会傻（杀）了尼（你）。"

白若遥嗤笑道："先学好普通话再和我说话。"

三人各自拿起武器，默契地看了对方一眼，一起冲向狼外婆。

狼外婆优雅地拔出自己的粉色小阳伞，羞赧地掩住自己的血盆大口："这么多人一起欺负一个淑女，可不是绅士的行为。"嘴上说着柔弱的话，这小阳伞打开后，砰的一声砸向慕回雪的鞭子，将鞭子拍到墙上。

慕回雪手腕一动，收回鞭子，很快再上。

安德烈怒吼着挥舞双拳，一拳拳砸向狼外婆。狼外婆打开小阳伞，旋转伞面，安德烈的拳头砸在伞面上，被舞动的伞面卸开力道。一伞开，防御如磐石；一伞闭，攻击强悍如虎。

同样的小阳伞，狼外婆手里的这把很明显比唐陌的要强悍许多，至少是稀有品质。

白若遥身形灵巧，慕回雪擅长远攻，安德烈近身肉搏。

三人一起动手，终于让狼外婆露出一个破绽。白若遥的想法是趁机逃走，他高喊一句："走！"慕回雪也有此意，和他一起逃开，谁料安德烈却老老实实地攻上了狼外婆的破绽。慕回雪一愣，等她回过神时，已经咬牙帮着安德烈再攻上去。

白若遥跑了十几米，见状双眼一眯，他喊了一声，也回头攻上来。

三人将狼外婆压着打，逼到墙角。

狼外婆怒吼一声："你们这群该死的臭人类！"

三人顿觉不妙，只见狼外婆猛地扔开小阳伞，四脚朝天。她愤怒地吼叫着，发出刺耳的号叫，身上的粉色小洋裙被暴起的肌肉截截撑断。

慕回雪惊道："不好，她最强的不是那把伞，是她的身体！"

作为一个淑女，狼外婆的小阳伞便是她最强的武器。可是黑塔世界的每个居民都知道，只要狼外婆还是个淑女，那就一切安全。当她不再当淑女时，连圣诞老人都不敢看这头可怕的母狼一眼。

狼外婆怒吼着冲上来，双爪攻向白若遥。

这一爪白若遥根本不可能避开，他眼中光芒闪烁，谁也没看清他从口袋里拿出了一个什么东西。他用力地咬了这东西一口，狼外婆的爪子落下时，他的身体已经瞬移到十步外。

狼外婆没再管他，再攻向慕回雪和安德烈。距离她最近的就是安德烈。

这强壮的Ｓ国大汉用沉闷的双眼静静地盯着狼外婆，他最好的选择就是转身逃跑，但无论是他还是慕回雪，狼外婆总是会攻击到一个人。安德烈没多想，在他的心中，既然要战，那就迎面而战，他从不退缩，更不会让一个女人为自己挨刀。

安德烈双手握拳，胸腔中发出一阵野兽般的吼叫。他的双手变成炽热的火红色，双拳向前挥舞，与狼外婆的爪子撞上。

狼外婆的双爪裂开，鲜血渗出。安德烈的双手直接报废，骨头以诡异的姿势从小臂处断开，森白的骨头斜插着露在皮肤外。

慕回雪已经往回跑了几步，见状她骂了句脏话，转身再跑上来。

狼外婆很少受伤，她愤怒极了，再攻向安德烈。

一只女性的手出现在安德烈的头顶，那只手掌心向上，掌中放着一只小巧的罗盘。慕回雪抬头看着狼外婆，另一只手抬起，拨动罗盘上的指针。她双眼中闪烁光亮，一字一句地说道："谬论，我反驳！"

小小的罗盘上，红色光芒大亮。

砰！

狼外婆的身体突然向后倒转一百八十度，她的爪子砸在迷宫的墙壁上。

借此机会，慕回雪一只手抓住安德烈的领子，拖着他就跑。

三人跑了许久，狼外婆彻底不见了踪影。安德烈的双手以古怪的姿势断裂着，白若遥靠着墙壁喘着气。三人还没说话，忽然听到两道微弱的脚步声从不远处响起。

白若遥和慕回雪拿起武器，警惕地看着迷宫拐角。

唐陌走出拐角的一刹那，银色蝴蝶刀唰地朝他飞来。傅闻夺伸出手挡在唐陌面前，蝴蝶刀与银色的钢铁皮肤相撞，又回到白若遥手中。

双方看清楚来人，齐齐松了口气。

这种时候，比起黑塔怪物和其他区的玩家，同一个区的玩家，总是亲切许多。

唐陌看着白若遥，都觉得这神经病也没那么碍眼了。

傅闻夺看到安德烈几乎断成两截的双臂，他皱起眉："你们碰到了哪个黑塔BOSS？"

慕回雪："狼外婆。"

听到这个名字，唐陌头皮一麻。他看了看四周："你们甩掉她了？"

白若遥擦了擦不存眼泪的眼角："唐唐，我差点就死在那只母狼的爪子下。她好凶啊。"

傅闻夺看着慕回雪和安德烈之间，似乎并不存在那种你死我活的关系。于是他走上前，从鸡窝里拿出一瓶矿泉水，递给安德烈。安德烈明白这肯定是疗伤用的道具："鞋鞋（谢谢）。"

傅闻夺用S国语回了一句："不用。"

慕回雪一眼便发现，唐陌手里拎了个黑色的大袋子，里面沉甸甸地放了许多东西。唐陌在进游戏的时候，可没这些东西。她问道："这是什么？"

唐陌看了他们三人空着的双手："迷宫的地上，经常有黑色的箱子，说出上面的绕口令就可以拿到道具。你们没拿？"

南方人慕回雪不想说话。

被狼外婆追着压根儿没时间拿东西的白若遥也不想说话。

只有安德烈道："窝（我）拿了三个。"

唐陌皱眉道："如果我没猜错，这些道具对这个游戏其实用处很大。迷宫的出口在中心，但这些道具却放在远离中心的地方。这是在考验我们能不能察觉到这一点，然后抓紧时间拿到更多道具，再回到中心。"

慕回雪一下子明白他的意思："你是想说，要离开迷宫，必须拿道具？"

唐陌："这也只是我的猜测。"

傅闻夺："现在距离迷宫中心应该很近了，你们碰到过其他区的玩家吗？"

慕回雪道："碰到过两个，其中一个逃了，另一个被圣诞老人的雪橇撞死了。"

白若遥："有个人，我走路的时候看到狼外婆在吃他的肉。好像是个外国人，金头发哟。"

唐陌："那目前看来，至少已经死了两个玩家了。"

白若遥："嘻嘻，唐唐，你觉得这个游戏到底是什么呀？我怎么觉得我们好像小白鼠被放进迷宫里，到处都是狼外婆那种可怕的怪物。好吓人，我这么细皮嫩肉的，怪物不会都想吃我吧。"

唐陌扫了娃娃脸青年一眼，正准备讽刺反驳他，忽然，五个人脸色一变。

唐陌："水声不见了？"

傅闻夺肯定道："水声不见了。"

五人心中涌起一阵不祥的预感。

到他们这种水平，这种糟糕的预感已经不能完全算是预感，也是在经验丰富的基础上，一种下意识的推测。他们的潜意识察觉到了，有什么不好的事情即将发生。

唐陌："我们现在所处的地方，或许是一个封闭的空间。空气的流通并不好，也没有任何光照。还有那个水声……"

傅闻夺："那个声音很像一个封闭的水池。它的水声不仅仅是水流撞击水面发出的，还有气柱震动的声音。随着水流的增多，气柱的震动声越发频繁……气柱变小，那个水池要被放满了。"

唐陌："被放满的水池？"

五人陷入思考。

被放满的水池，这到底是什么意思。一个迷宫里为什么会有一个被放满水的水池？

"诺亚……"唐陌呢喃着这个名字，"诺亚的糖球、诺亚的牙刷、诺亚的泡泡浴、诺亚的内裤……"

话音落下，唐陌猛地抬头，与傅闻夺视线对上。

"诺亚是谁？"

白若遥眯起双眼："诺亚方舟？"

唐陌："那艘船在哪儿？迷宫的中心？迷宫的出口？"

安德烈的Ａ国语没那么好，唐陌几人说快了，他根本听不懂。但他能听得懂诺亚方舟，Ｓ国大汉闷声道："那大洪水呢？"

四人齐齐噤声。

寂静漆黑的迷宫中，怪物们正向着迷宫中心的出口进发。玩家们也狐疑地听着水声，纷纷靠近迷宫中心。在那奇怪的水声停止的第三分钟，一道诡异响亮的口哨声响了起来。这声音洪亮极了，仿佛是一个巨人在房间里高声歌唱，只是每个音都不在调上。

他开心地哼了一会儿，接着唱起歌来："我是伟大的诺亚，我是上帝的宠儿。诺亚最喜欢洗澡，洗掉污泥和臭汗。啊，我爱洗澡！"

在诺亚唱出"洗澡"两个字的那一刻，傅闻夺便拉住唐陌的手，疯狂地向迷宫中心跑。而另一边，白若遥三人也拔腿就跑，以最快的速度跑向迷宫中央。

迷宫的各个角落里，有些玩家可能反应慢些，有些玩家可能反应快些。但无一例外，在诺亚唱完最后一个字时，他们已经全部向迷宫中心跑去。

而在这首难听的歌唱完之后，一道重物落水的声音响起。

下一刻，无数的水从迷宫的四面八方涌了进来。恐怖的洪水以不可抵挡的速度冲垮了迷宫的墙壁，向中心进发。所有玩家、怪物都在向迷宫中心跑，而迷宫外，一个巨人美滋滋地泡进自己的浴缸，餍足地舒了口气。

"啊，洗澡真好。"

汹涌的洪水如同猛兽，以不可抵挡之势，叫嚣着要将迷宫的墙壁冲垮。

玩家和怪物无法破坏的墙壁，在洪水的冲击下仿佛纸糊的，一碰就碎。墙壁稍稍减缓了洪水的速度，但越来越多的洪水从迷宫外涌进来，眨眼间便吞噬了一小半的迷宫。

唐陌和傅闻夺跑在最前方，身后依次是慕回雪、白若遥和安德烈。

随着往迷宫中心前进，他们看到许多人类也从各个方向冲向迷宫中央。远远地，唐陌看见了一艘宏伟壮丽的大船。这艘船由黄金打造，金碧辉煌，宝石镶嵌在它的桅杆上，碧玉做成了它的船舱。

这艘船稳稳地坐落在迷宫中心的空地上，仿佛充满诱惑的毒蛇苹果，诱导人类乘上它。只要乘上它，就一定可以离开这里，避开那些恐怖的洪水。

看到它，所有人的心中都涌现出那个名字——

诺亚方舟。

然而当唐陌低下头，看清楚围在方舟旁那一圈黑压压的人头时，他的心骤然沉了下去。

浑身肌肉的狼外婆四脚抓地，幽绿色的兽瞳里全是饥饿的光芒，不怀好意地看着眼前飞奔过来的人类；高大的圣诞老人驾驶着雪橇，围着方舟不断转圈，他的雪橇车轮下是还没干涸的血液、肉片。

还有怪奇马戏团团长、红桃王后、彼得潘和薛定谔。

一共六个黑塔BOSS，他们围在诺亚方舟的四周，用看蝼蚁一般的眼神看着这群蜂拥过来的玩家。

玩家们停住脚步。

身后，洪水已经肆虐到了迷宫的核心层。虽然在场的所有玩家都能在水中闭气一个小时以上，甚至有部分玩家还有在水里生存的道具，但他们不敢冒这个险。

慕回雪："黑塔的支线任务是要我们离开迷宫。很明显，这个迷宫的出口就在这里。"她指了指远处被怪物包围的那座方舟，道，"身后的那些水可以冲垮我们都无法破坏的迷宫墙壁，所以它到底是什么东西，是不是水，有待商榷。唐陌、傅闻夺，合作一把？"

唐陌转过头，看向对方："这里面，我认为狼外婆实力最强，圣诞老人从来不杀人类。"

傅闻夺："他只是不亲自动手杀。他的实力我判断比马戏团团长要强。"

白若遥嘻嘻一笑："那彼得潘和薛定谔呢？我可要说，彼得潘的实力虽说不如圣诞老人，但薛定谔绝对是里面最弱的。以前我进入某个副本时，曾经和薛定谔碰过面。他是真的非常非常弱哦。"

安德烈闷闷地说道："但是，拉（那）只猫有很多很厉（厉）害的道具。"

和高级玩家一起攻塔，就是这么轻松。

六个黑塔怪物里，唐陌唯一没有接触过的就是彼得潘，但白若遥和对方交过手。慕回雪与红桃王后交手过，安德烈与薛定谔交手过。五个人将自己的信息合并后，得出结论："突破口是薛定谔！"

与此同时，其他区的玩家也找好了自己的对象。

唐陌看了四周一眼："练余筝、阮望舒和宁峥都没来，他们或许已经死了，或者离开了游戏。"话音刚落，一道狼狈的身影出现在左侧，唐陌一愣："练余筝？"

身上沾满了鲜血、脸上有一道横了大半脸颊的伤口，来人正是练余筝。

练余筝见到唐陌几人，开口便道："头儿离开游戏了。我们遇上了红桃王后，她太强了，我和头儿联手完全不是她的对手，头儿差点被她杀死，就先用道具离开了游戏。"这时，她看见那六个聚在方舟下方的黑塔BOSS，双目一凛，练余筝看向唐陌和傅闻夺："头儿说，如果接下来我能碰到你们，让我听你们的，希望能合作。"

练余筝的实力很不错，六个人联手将会更好地对付那些黑塔怪物。

这时，一共二十二个玩家全部集中到了迷宫中心。或许还有玩家没来，但洪水即将到来，玩家们再没时间等待新来的人。

二十二个玩家已经隐隐有了分队。黑头发黑眼睛的北洲人自觉地站到一起，西方人也组成了一个个队伍。他们似乎都选择好了自己要攻击的对象，也没打算互相联手。但是有一件事是他们都可以做到的——

"Go！"

二十二个玩家突然一起发起攻击。

六个怪物，二十二个人，平均三四个玩家对付一个怪物。但所有人都想攻击最弱的怪物，于是彼得潘和薛定谔就成了突破口。见状，另外几个黑塔BOSS全部围攻上来。情势非常不妙，一下子便成了混战。

薛定谔被机器管家抱在怀里，不停地朝玩家扔各种各样的道具。小黑猫一边扔，一边愤怒地吼道："有你们这么对待猫的吗！该死的，我压根儿不想来这儿，要不是黑塔，谁想来这儿？我想回我的堡垒！"

一个转首，小黑猫看见了唐陌和傅闻夺。圆溜溜的大眼睛瞬间瞪直，薛定谔怒吼道："圣诞老人，你要是把他们给我杀了，我立刻给你做一个纯金的新马桶，带自动冲水功能的，纯金的！"

圣诞老人原本正驾驶雪橇和两个西洲区玩家玩闹，听了这话，他双眼发亮，掉转车头便向唐陌和傅闻夺这边来。

"哈哈哈哈哈，Marry Christmas（圣诞快乐）！"

唐陌右手一抬，数根钢针出现在他的手旁。他右臂一挥，钢针齐齐地射向圣诞老人。另一边，傅闻夺直接冲向薛定谔，黑色利器劈向小黑猫，机器管家抬起手，用手肘挡住傅闻夺的这一击。

钢铁碰撞的声音在迷宫中响起。

傅闻夺眯起眼睛，再次攻向薛定谔和他的机器管家。他知道唐陌不是圣诞老人的对手，能拖延的时间并不长，必须速战速决。另一侧，红桃王后与慕回雪、安德烈、白若遥对上，他们那边还有两个M国玩家。五人联手，红桃王后渐渐落入下风。

慕回雪找到一个时机，一鞭子甩向方舟，整个人借力准备飞上大船。

红桃王后回头吼道："该死的格雷亚，你再在那里亲吻诺亚的船不过来帮忙，我绝对要把你剁成肉酱，当我的化肥！"

是的，从头到尾只有五个黑塔怪物与玩家动了手。还有一个黑塔怪物——怪奇马戏团团长，他用痴迷的眼神抱着诺亚方舟，疯狂地亲吻用碧玉做成的船舱，抚摸上面雕刻用的黄金。

红桃王后拦住慕回雪的去路，又扭头骂了一句，格雷亚这才失落地看了宝贝方舟一眼，用手按了按礼帽，叹气道："好吧，让一个淑女等待是一件非常不礼貌的事，虽然你也算不上淑女。"

话音落下，他嘴角勾起，下一刻，一把小巧精致的手杖以不可思议的速度射向那个M国玩家，射穿了他的手臂。M国玩家发出痛苦的叫声。

洪水不断地涌入迷宫，即将抵达中心。

这些黑塔怪物完全没有离开逃走的意思，他们疯狂地屠杀玩家。终于，有玩家被狼外婆一爪子屠成两段。他还没有死，他惊恐地拿出一块金色的硬币，想要在狼外婆彻底杀了自己前离开这个游戏，可话没说出口，狼外婆大张着嘴将他吃进肚子里，打了个饱嗝。

"嘿嘿嘿，谢谢你的金币。"

有人死亡，再加上洪水的威胁，令这些自以为很强的玩家再也不敢怠慢。

原本他们确实有想法，让这些黑塔怪物杀了玩家，减少自己的竞争对手。可是真的有人迅速死去后，他们终于明白不合作根本无法通关这个支线任务。

一个棕发蓝眼的强壮男人用外文大声道："攻击薛定谔。"

小黑猫惊恐地瞪圆了眼睛："为什么总针对我！"

因为你最弱！

所有玩家在心里回答了这个问题，齐齐转身攻向薛定谔。十几个五层水平玩家的联手攻击，令薛定谔根本没来得及用什么道具，就被他们攻破。防线一旦被破，很快就有玩家拿出奇异的道具，凌空跑上诺亚方舟。

当狼外婆等人赶来时，已经有七八个玩家登上方舟。他们上船时，耳边便响起了黑塔没有感情的提示声——

叮咚！支线任务"离开诺亚的迷宫"已完成。

慕回雪一鞭子捆住方舟的围栏，将自己和安德烈全部拽了上去。然而，唐陌被圣诞老人缠住，无法脱身。傅闻夺本来对付的就是薛定谔，他可以第一个上船。看到唐陌无法离开，他毫不犹豫地转身上去，两人一起对付圣诞老人。

傅闻夺这一走让出了一个位子，白若遥笑嘻嘻地说道："那我就不客气啦。"

娃娃脸青年正要上船，一道黑色的影子突然向他扑来，白若遥脸色大变，向后跳开。

只见狼外婆舔了舔尖锐的牙齿，恶狠狠地看着他。

"人类，你的肉虽然有点臭，但是你弄坏了我的裙子，我要吃了你！"

白若遥："……"

你的裙子根本就是你自己弄坏的！

一个玩家被格雷亚的短杖刺穿胸口，一个玩家被红桃王后逼得使用道具离开游戏。越来越多的玩家上了船，最终只剩下唐陌、傅闻夺、白若遥，还有两个西洲玩家。

洪水冲垮了最后一堵墙，向中心的大船袭来。

慕回雪站在甲板上，找到一个机会，将鞭子甩向傅闻夺，直接捆住了他的手臂："傅少校，拉着唐陌上来！"

红色的鞭子在慕回雪的手臂上绕了几圈，紧紧缠住。她怒喝一声，用力将傅闻夺拽上来。见状，安德烈和练余筝也来帮忙。三人一起用力，傅闻夺很快便被拉了上来，他一把抓住唐陌的手臂，也将唐陌拉上来。

大水已经逼到眼前，一个西洲玩家被冲进洪水里，另一个西洲玩家咬紧牙齿，肉疼地拿出某个道具，一下子在空中飞起来，飞向方舟。

唐陌被傅闻夺拉着飞向甲板时，他的余光瞄到白若遥。白若遥被狼外婆缠着，无法脱身，他双目睁大，同样看向唐陌。不知怎的，唐陌下意识地伸出手，"我是想成为海贼王的男人"异能发动，细细的橡胶绳从唐陌手心射出，捆住白若遥的手腕，将他也拉了过来。

洪水冲到圣诞老人的雪橇，圣诞老人失望地"啊"了一声，方舟上的玩家只见他和他的雪橇被一个巨型泡泡包裹住，浮在洪水上。

同样，狼外婆、彼得潘、薛定谔、红桃王后，他们一碰到洪水，就被透明泡泡包住。

红头发的萝莉王后愤愤地鼓起嘴巴："混账诺亚，你的破迷宫就不能大点，洗澡水就不能来慢点，我差点就能杀了这些臭臭的人类！"

黑塔怪物被洪水碰到，会被泡泡包住，再随着大水离开这里。但是大船上的所有玩家都知道，人类肯定没这么好运。掉进洪水里会是什么后果，谁也不愿去尝试。

其他玩家看到慕回雪三人想拉唐陌三人，都露出诡异的神色。有人想上前阻止他们救人，以此淘汰对手。练余筝松开拽着鞭子的手，冷冷地盯着他们，亮出银色匕首。

其他区的玩家思索片刻，在一旁虎视眈眈地看着，不再上前。

以傅闻夺、慕回雪和安德烈的实力，别说拽两个男人，就是拽二十个男人上船都不在话下。然而就在他们想把唐陌和白若遥拽上来时，一股恐怖的力量骤然出现。慕回雪整个人被鞭子拽着向前连跑三步，差点就要将鞭子脱手。

她抬头一看，双目眯紧。

"格雷亚·塞克斯！"

只见金灿灿的大船船舱上，一支黑色手杖牢牢地插进船身，令它的主人被吊在半空，没被洪水触碰。大水在一身礼服的绅士身旁泛滥，随时能碰到他，可只要洪水没碰到，他就可以不被泡泡覆盖。

马戏团团长微笑着侧过头，一只手握着手杖，另一只手牢牢地抓住白若遥的小腿。他也不动手，就这么从下往上，笑着看着白若遥和唐陌。他做出口型：放弃你的队友，人类，做回虚伪的你。

白若遥眼角一抽，很想把这个混账踹下去，可哪里能做到。

明明格雷亚随时能动手，甚至找机会杀了白若遥和唐陌，偏偏他就不这么做，仿佛在等待一出好戏。

傅闻夺、慕回雪、安德烈三个人加在一起，竟然也没法从格雷亚的手中将唐陌、白若遥拽上来，只能保持一个平衡。

格雷亚轻轻笑道："人类都是这么伪善吗？亲爱的唐陌，你还不放弃？再不松手，我就要一起动手了哦。"

唐陌沉默地看着格雷亚，接着他看向白若遥。

有件事格雷亚猜错了，他和白若遥从来不是队友。别说松开白若遥的手，就是把这家伙踹下洪水，唐陌都不会感到自责。当然，白若遥肯定有逃生的把握，估计也有一枚国王的金币在手。

唐陌想都没想，橡胶绳的一分钟异能限制已结束，他随时可以解除异能，把白若遥扔下去。就在他准备动手时，一道咬牙切齿的声音从下方传来："唐陌，不许松手！"

唐陌一愣，接着理所当然地反问："凭什么？"

白若遥："……"

等等，好像真没有凭什么。

白若遥默了默，声音平静："我要通关七层，七层对我来说很重要。你救我这一次，我欠你一个人情，怎么样？"

从没听过神经病这么认真的语气，唐陌惊讶地看着对方，只见白若遥冷冷地盯着他。

最终，唐陌还是没解开绳子，他冷笑道："记住，你欠我一个人情。"

没松开手，一方面是唐陌对白若遥的人情有点心动，让这种神经病欠一个人情，似乎还算值得。另一方面，更重要的是他相信傅闻夺。

傅闻夺一定会找到解决的办法。

只见傅闻夺看着下面的情况，他思索几秒，松开握着鞭子的手。鞭子又往下掉了一截，慕回雪奇怪地回首看他，傅闻夺反手从背包里取出一颗银色长筒形的金属物体。见到这东西，慕回雪脸色一变："M70 反坦克手榴弹？！你竟然有这种东西！"

傅闻夺直接拽下手榴弹底部的拉扣，用力地将它扔向远方。他扔得极远，完全炸不到格雷亚。然而当这颗手榴弹掉进洪水中后，一道沉闷而有力的轰炸声从水底响起。众人瞬间明白发生了什么事。

刹那间，洪水滔天。

冲击波掀起十米高的海啸，疯狂地朝诺亚方舟袭来。

这艘船本就在水中摇晃不已，海啸冲来，船上所有玩家愤怒地骂了一句，立刻找地方稳住身体，让自己不被海啸冲走。那海啸越来越近，格雷亚也察觉到不对，他一只手拉着白若遥，另一只手拔出手杖，想从下方绕至一旁，杀了唐陌。

然而他才绕到一半，便被白若遥拦住。娃娃脸青年眯起眼睛，危险地笑了起来："滚。"一脚将人踹开。

下一秒，洪水袭来，格雷亚触碰洪水的那一刻，就被包进了一个透明泡泡里。他缓慢地收回手杖，抬头看向诺亚方舟的方向。

在洪水快到的前一秒，傅闻夺几人用力，将唐陌和白若遥拉上了甲板。

泡泡里，红桃王后没好气地骂道："该死的格雷亚，你要是少亲那块黄金几下，我绝对能多杀一个人类。"

格雷亚摊摊手，微笑道："怪我咯。"

红发萝莉哼了一声，撇开头。

圣诞老人遗憾地摸了摸胡子："真可惜，这以后我们就没法捣乱了呀。"

六个黑塔 BOSS 的身后，汹涌的洪水疯狂地冲刷着那艘大船，诺亚方舟在大水中上下颠簸。唐陌踩上甲板后，耳边就响起了黑塔的提示声。但他没时间细想，海啸瞬间而至。所有玩家在猛烈的波涛中起起伏伏。当一切平息后，玩家们齐齐松了口气。

与黑塔怪物的对战使所有人都不可避免地受了伤，处理完伤口，方舟上的十七个玩家警惕地看着对方。

他们都知道，这艘船上站着的人，全部是通关黑塔五层的高级玩家。其中，盯着唐陌和慕回雪的人最多，也有人悄悄地看向练余筝。

　　唐陌的名字刚才已经暴露了，他们自然知道唐陌是谁。除此以外，年轻的北洲女人面孔，从这个特征看，她极有可能是时间排行榜第一位的慕回雪。

　　时间一分一秒地流逝，大船在大海中缓慢前行，忽然，船舱大门砰的一声敞开。

　　所有人警觉地看向大门。

　　叮咚！请玩家进入诺亚方舟。

　　众人狐疑地看着那扇门，黑塔又通知一遍。目前也没有其他路可走，玩家们陆续进入方舟。在进入方舟时，所有人都悄悄打量身边的人，将每个人的信息都记入心里。

　　进入方舟时，唐陌与傅闻夺走在最后，白若遥在他们前面。

　　唐陌淡淡的声音响起："别忘了，你欠我一个人情。"

　　脚步微微一顿，转过头，白若遥伤心道："唐唐，在你心里，我的命原来就值一个人情吗？"

　　唐陌挑眉道："当然不值。"

　　白若遥："……"怎么觉得这话哪里不对？

　　下一刻，傅闻夺拉着唐陌从他的面前走过去，留下一句话："你的人情也不是很值钱。"

　　白若遥："……"

　　"唐唐，傅少校，你们欺负人！"

　　白若遥最后一个跑进诺亚方舟，在他进入后，大门砰的一声从众人身后关上。所有玩家停住脚步，怀疑地盯着那扇门。黑塔清脆的童声响起——

　　叮咚！成功触发主线任务：诺亚在方舟上的晚餐。

　　漆黑的船舱内，只听"砰砰砰"三声，一盏盏灯光骤然亮起，照亮室内。

　　这是一条狭长的木制走廊，光线照在老旧的暗黄色木头装饰上，显得十分昏沉。唐陌站在队伍的最后，他伸手拉了拉门，转头道："开不了。"

　　傅闻夺等人对他的话没有异议，白若遥也笑眯眯地在一旁看着。其他区的几个玩家冷冷地看了唐陌一眼，一个个亲自上前检查了一下门把手。

确实打不开。

没有一个玩家想过用道具暴力开门，很明显，黑塔将他们关在了这里。众人警惕地观察着四周的玩家，接着沿着走廊依次向前走。走廊里一片寂静，没有一点声响，白若遥觉得无趣极了，突然嘻嘻笑了一声。

所有人立刻齐刷刷地扭头看他。

娃娃脸青年眨眨眼睛："诺亚在方舟上的晚餐……呀，这个晚餐到底是什么。刚才那个洪水很明显是诺亚的洗澡水，那诺亚应该很高大。"他用双手比画了一下，"他是个巨人？那他不会吃人吧。我的肉可不好吃，唐唐，要不吃你的肉？"

几个玩家不悦地皱起眉，一个金发的中年壮汉冷冷道："闭嘴。"

能被他一句话说得闭嘴，那就不是白若遥了。

白若遥哼起小曲，那壮汉十分不满，可也不敢轻举妄动。

能进入这里的，都是全球顶尖的玩家。他们不知道白若遥是谁，可是这个人绝对很强，这一点谁都清楚。

唐陌的目光在这十六个人身上一一扫过，除了傅闻夺、慕回雪这些他早就认识的人外，还有两个东方面孔的年轻男人，一个强壮的黑人女性和九个白人。九个白人除安德烈外，分为五男三女，唐陌的视线慢慢停住，定格在其中一个男性白人身上。

对方犀利的眼神朝他扫来，唐陌立刻移开视线。他看向傅闻夺，傅闻夺摇了摇头。

傅闻夺：地球上线前没见过这号人。

唐陌沉默片刻。

这个人，是个老人。

地球上线后，有两批人几乎无条件地被黑塔淘汰了。一个是小孩，一个是老人。像陈姗姗、傅闻声这样的，已经不算是小孩。傅闻声十二岁，有自保能力了。七八岁以下的孩子才是真正的重灾区，或许在第一个黑塔游戏，他们就全部死亡。

还有就是老人。

老人本就身体素质较差，无论是体力、速度、脑力，都远不及年轻人。而且老人虽然经验丰富，却与现代文化颇为脱节，在玩游戏这方面，一般不如年轻人。

唐陌玩了这么多黑塔游戏，只在一开始的大富翁游戏里见过一个老人，除此以外，他没见过一个六十岁以上的黑塔玩家。

可是眼前这个头发花白、皱纹满脸的白人男性，至少七十岁了。

"他的实力可能非常强，比其他人都强。"唐陌压低声音，对傅闻夺说道。

傅闻夺慢慢眯起眼睛，轻轻地"嗯"了一声。

先天条件比别人差，却能活到现在，还成为全球顶尖的玩家，这个老人必然实力极强。

一行人沉默不言，低头走路，心中各有想法。每个人都在悄悄观察其他玩家，想要了解更多信息，找到藏在其中的队伍。走了大约五分钟，站在最前方的黑人女性停住脚步，回头用外文说道："有扇门。"

众人没有吭声。

黑人女性道："我开门了。"

没有人反驳，她自然而然地握住门把手，轻轻地开了门。

大门打开的一刹那，这黑人女性往后跳了两步，防备地举起自己的武器。大门里并没有任何敌人，反而传来一阵奇异的味道。

慕回雪鼻子动了动，皱起眉头："面包？"

白若遥吸鼻子的动作就大多了，他用力地吸着空气，然后呼出。眼睛往门里瞄了一下，看到里面的东西，白若遥转开视线，大声道："哇，还有蛋挞、芝士、奶油的香味。咦？这是什么味道……我最喜欢的红酒？奥比昂酒庄的味道？"

所有人都理所当然地用外文说话，没有暴露自己的母语。

他们小心翼翼地进入房间，唐陌抬头看向四周，双目一凛。

这是一栋两层楼的城堡。

从诺亚方舟的外部来看，这艘大船里绝不可能藏着这样一栋古堡。哥特式的彩色玻璃，尖锐的黑铁烛台上插着一根根细长的蜡烛。数十根蜡烛将大堂照亮，大堂的中央是一张长长的桌子，桌子上摆放着金边白瓷餐具，上面全是各式精致的糕点。

这栋古堡完全不应该出现在一艘船的内部，但所有人都知道，刚才他们走了五分钟的那条走廊，也远超了诺亚方舟该有的长度。

"一共十二张椅子。"一个金发外国男人说道，"我们一共十七个人。"

黑人女性四处找了一下，目光在桌子正中央停住："倒是有十七个小玩偶。"

闻言，所有人都顺着她的视线看去。

在看到这十七个木头小玩偶的时候，许多人脸色微变，显然是想起了一个著名的故事。此时，古堡外忽然响起一道震耳的雷鸣。没有闪电的亮光，轰隆隆的雷声却突然降下。安德烈走到窗边，看向外边："外面全是黑暗，没有任何东西。"

他刚说完，又是一道雷声。

这时，黑塔用清脆的童声讲起一个故事——

诺亚活到六百岁的时候，黑塔看着大地，发现人类充满了罪恶，终日所思的都是无尽的恶。贪婪的人类喜欢吃单纯的黑塔怪物，将它们剥皮吞腹；狡诈的人类总是欺骗天真的地底人，让他们倾家荡产。

于是，黑塔对诺亚说，造一艘船吧，带走真正善良的人类，那是真正的希望。

诺亚恭敬地对黑塔鞠了一躬，虔诚地祈祷道——

我万能的黑塔啊，请允许我洗个澡、吃完饭，再为您挑选出最善良的人类，带领他们离开这个罪恶的世界。

黑塔用无比认真的语气讲述着这个故事，所有玩家听着它的话，脸上表情各异。

白若遥小声嘀咕："我都不敢这么扯淡。"

请所有玩家协助诺亚，为诺亚准备一份丰盛的晚餐。友情提示：有罪孽滔天的黑塔怪物伪装成人类，潜入方舟内部。抓住怪物，将其血肉做成美味的烧烤，那就是诺亚最喜欢吃的东西。

讲述的故事到此告一段落，所有人听到"黑塔怪物伪装成人类"，全部心中一紧，用怀疑的目光打量着站在自己身边的玩家。

故事讲完，黑塔再用清脆而无感情的童声宣布道——

叮咚！成功触发主线任务"诺亚在方舟上的晚餐"。

游戏规则——

第一，一共有十六位玩家成功进入游戏，还有一个黑塔怪物伪装成人类，混在其中。

第二，诺亚方舟中一共有十二个房间。

第三，诺亚的方舟里，每两个小时为一个白天，两个小时为一个夜晚。白天时所有玩家必须全部离开房间，夜晚时所有玩家必须进入房间，房间的门会被锁死。

第四，每天晚上，有三位玩家可以得到黑塔认可，离开房间。三位玩家的身份被隐藏，同房间的玩家也不可知道这三位玩家的身份。

第五，黑塔怪物的任务是，阻止诺亚拯救人类；人类玩家的任务是，抓住怪物，将它烧烤，送给诺亚。

第六，第七个日夜结束后，诺亚会出现。如果不能吃到被烧烤的怪物，诺亚会吃掉所有玩家。

第七，每个白天的最后一分钟，玩家可行使投票权，每个房间拥有一票，投出一个认为是怪物的对象。被投票的对象将受限制，所有异能和道具均不可使用。

第八，游戏里所有玩家的异能将受到不同程度的限制，具体限制由黑塔而定。所有道具皆不可使用。

诺亚觉得烧烤怪物很好吃，也觉得人类很好吃。反正都是吃，干脆都吃了，真是美滋滋。

轰隆隆——

刺耳的雷鸣在窗外响起，震得整个城堡微微晃动。

唐陌的视线缓缓转开，看向那漆黑的窗外。他手指捏紧，轻轻地说出五个字："……暴风雪山庄。"

与此同时，A国，首都。

自从唐陌几人进入游戏，天选组织便把控了悬浮在紫宫上的这座黑塔，陈姗姗、李妙妙等人在附近的小楼里暂时住下。第一个突然出现的是宁峥，他浑身是伤，整个人狼狈不堪。陈姗姗看到对方时先是一愣，视线在对方的长发上停留了几秒。

傅闻声直接看向宁峥的胸口，双眼瞪直。

宁峥的左腿不知被什么东西咬断，鲜血直流，右手也断了一截。他挣扎着想起身离开，这里对他十分不妙。陈姗姗几人也没拦他，毕竟这是A国最强大的偷渡客之一，谁也不知道宁峥有没有什么后手，而且他们也无仇无怨。

傅闻声大概是觉得宁峥实在伤得太惨太狼狈，犹豫了一下，掏出一瓶矿泉水递给对方。

宁峥看了他一眼，将水收下。

没多久，宁峥离开了黑塔范围。

又过了一个小时，阮望舒出现在黑塔下方。他就没宁峥这么好运了，还能自己走。使用国王的金币离开游戏已经用尽他所有的力气，幸好有李妙妙在。李妙妙赶忙上去，将手按在阮望舒的伤口上，转移伤势。

傅闻声喃喃道:"什么游戏这么难?宁峥……哦,那是宁峥吧?还有阮望舒,他们都变成这样了。这得多厉害的黑塔怪物啊,是怪奇马戏团团长那个级别的?"

猜得倒是不错,只不过数量有点不对。

是六个怪奇马戏团团长级别的黑塔怪物。

A国,S市。

穿着白大衣的洛风城坐在黑色越野车上,看着远处那座漆黑的巨塔。当唐陌几人听到黑塔宣布游戏规则时,他们并不知道,在地球上,黑塔也发出了一道通报——

叮咚!西洲9区正式玩家大卫·康纳德通关失败。

2018年6月18日,六区十六位玩家成功进入黑塔六层主线游戏。

共计东洲区一人,东南洲区一人,S国区一人,西洲区二人,M国区四人,A国区七人。

杰克斯疑惑地说道:"这么多玩家一起进入主线游戏,博士,我还是第一次见到这种游戏。这是什么游戏啊,大乱斗?混战?主线任务还没开始,就被淘汰了这么多人。"黑塔六层果然可怕……

洛风城微微勾起唇角:"十六个人……其实有一种游戏倒挺适合的。"

杰克斯好奇道:"什么游戏?"

洛风城笑道:"暴风雪山庄。"

雷声轰鸣,震得整个城堡微微晃动。

昏暗的烛光在墙壁上印出斑驳的黄色光影,黑塔宣布完游戏规则,十七个玩家站在长桌的四周,谁也没有吭声。过了许久,一个白人女性开口道:"只有十二把椅子,但我们有十七个人。"

不错,桌子中央共有十七个小玩偶,黑塔也说了,城堡里有十六个玩家和一个黑塔怪物。然而只有十二张椅子。

安德烈道:"椅子上有贴名字,黑塔已经给我们分好了组。"

所有人立刻走到跟前,看向椅子。

在昏黄的烛光下,这一张张古朴的椅子后背上,用利器刻下了一个个歪曲的名字。每个人的名字都是外文名,黑塔也非常人道地帮玩家隐藏了身份。唐陌看了一圈，看到最后一张椅子上的名字时，他双目一凛。

唯一的黑人女性冷笑道："用外文名字有什么必要吗，反正都会暴露，有哪些人是互相认识的。"

只见这十二张椅子中，赫然有四张椅子，上面刻的不只是一个人的名字。有三张椅子刻了两个人的名字，还有一张椅子上竟然用外文刻了三个名字——

傅闻夺、唐陌……和白若遥。

娃娃脸青年惊喜地眨眨眼："哇，唐唐，傅少校，我居然和你们分到一组了哦。"

唐陌的心沉了下去，他再看向旁边的椅子。上面写的是"慕回雪、安德烈"，还有两张椅子，属于两个外国男人，和一对外国男女。

很明显，黑塔将"这九个人互相有认识的"这个信息透露给了所有玩家。

其实很好理解，在这个游戏里一共有十七名玩家，游戏规则第七条："每个白天的最后一分钟，所有人可行使投票权，投出一个认为是怪物的对象。被投票的对象将受限制，所有异能和道具均不可使用。"

假若十七个人，每个人都有平等的投票权，那唐陌、慕回雪等人是互相认识的。他们一旦合作，直接用多数票投出其他玩家，对其他玩家不公平。所以黑塔采取了这样的措施，直接将他们组队，强行减少他们的票数。

其他玩家用打量的眼神盯着这四张椅子的主人，这九人神色平静，完全没有被拆穿的窘迫和紧张。

轰！

又是一道震耳的响雷劈下，这一刻，古堡里的蜡烛也全部晃动。烛影幢幢，唐陌警惕地扫视四周，忽然，一道诡异的齿轮转动声响了起来。众人全部握住自己的武器，看向发声处。

只见长桌正中央，十七个小玩偶中，一个小玩偶仿佛被人扳动了齿轮，咔嗒咔嗒地在桌子上向前走了起来。所有玩家都冷冷地盯着这个小木偶，它一边晃晃悠悠地滑动，一边用诡异空灵的声音说道："斯蒂芬·特斯拉夫看着我，拔出了他的匕首。"

声音落下，小木偶骤然停下脚步，对准了一个金发外国人。这外国人脸色一变，将手里的匕首收回袖子。

房间里突然又响起咔嗒咔嗒的声音，众人抬起头，看向这个小木偶的身后。只见第二个小木偶摇晃着向前行进，咔嗒一声，停在黑人女性面前："莉娜·乔科鲁看着我，生气地想杀了我。"

到这个时候，玩家还能不懂发生了什么事？

一个又一个小木偶摇摇摆摆地移动到每个玩家面前，喊出每个玩家的名字。想要伪装自己的姓名，或者和队友互换姓名都不可能，十七个木偶，说出了每个人的名字，也几乎暴露了一部分人的国籍。

然而国籍相同并不代表就一定认识，唐陌惊讶地看到一个小木偶跑到一个外国女性面前，对着她喊道"李夏"。

这是一个A国玩家？！

被喊出名字的短发外国女人冷冷地扫了唐陌几人一眼，默不作声。

所有木偶全部到位后，它们齐齐停顿一秒，接着异口同声地唱起了一首童谣。

十七小木偶，遇到大洪水。被水冲走没法救，还剩十六个。
十六小木偶，人人互防备。大火烧死成黑炭，还剩十五个。
十五小木偶，连夜想逃跑。千刀万剐血淋淋，还剩十四个。
十四小木偶，努力要活命。一刀穿心伤痕多，还剩十三个。
十三小木偶，勾心又斗角。千疮百孔血流干，还剩十二个。
…………
一个小木偶，七天吓断魂。无人问津被吓死，一个都不剩。
啦啦啦，啦啦啦……
嘘，诺亚来啦！诺亚来啦！
诺亚吃掉小木偶，木偶都死啦。①

诡异的歌声戛然而止，唐陌面前的小木偶突然开口道："诺亚的晚餐桌上，只有十二个客人。"

傅闻夺的小木偶说道："椅子前有一张白票，坐着椅子写名字。"

练余筝的小木偶说道："每个客人可以投一次票，不许多投票。"

外国老头的木偶说道："十二张椅子，十二张票，谁也不准多。"

"投票结果要保密，大家都不知道。"

"咦？还有一个红票，那是什么？"

众人立即看向桌面，当小木偶依次说完这些话后，十二张白色的票浮现在桌面上，很快，又出现了十二张红色的票。

安德烈的小木偶说道："我知道，我知道。那是'抢六'，那是'抢六'。"

"白票无穷尽，红票只一回。"

---

① 此处化用阿加莎·克里斯蒂《无人生还》中的童谣。

"每人只有一张票，只有一张票。"

"白票每天投，红票投一次。你觉得，谁是坏怪物？"

忽然，第十一个小木偶的声音变得尖锐起来："写上他，写上他！写他你就赢，写他你就赢！"

"写错怎么办？写错怎么办？"

第十三个小木偶怪异地笑了一声。

第十四个小木偶用天真的声音说道："写错抢不到六，抢不到六，没线索。"

第十五个小木偶围着红票和白票跑了两圈。

第十六个小木偶："写上他的名字，备注你的队友。"

第十七个小木偶兴奋地唱道："'抢六'啦，'抢六'啦！"

最后一声"抢六"，宛若指甲划在玻璃上的声音，尖锐刺耳，令玩家皱起眉毛。说完这一切，木偶们全部停住不再说话。它们如同整齐划一的士兵，齐刷刷地扭过身，咔嗒咔嗒地跑回长桌中央，一起立正转身，用诡异的木头眼珠盯着每个玩家。

另一边，只听嗡的一声，城堡的墙壁上，那只巨大的时钟轰隆隆地晃动起来。它的秒针以普通秒针六倍的速度飞速运转，十秒就走了一分钟。

窗外射来明亮的阳光，安德烈正好站在窗边，他看向外面，回头道："没有太阳，但是很明显，现在是白天。"

十七个人依次看了对方一眼，也不知是谁先拉开椅子，坐了上去。很快，一个接一个地，玩家们纷纷坐到自己的椅子上。被分到同一把椅子的玩家，选择一人坐上去。

安德烈让慕回雪坐了上去，白若遥看着这把椅子，嘻嘻笑着。这时，唐陌淡淡道："你坐。"

白若遥身体一顿，转过头："唐唐，我没听错吧，你让我坐？"

唐陌点头道："你坐。"

坐上这把椅子的玩家，很明显拥有主动投票权。白若遥压根儿没想过能从唐陌和傅闻夺手里抢到这个投票权。黑塔的这个游戏在暴露了玩家互相认识的事实外，还导致了另一件事：同一张椅子的玩家，只有一个人拥有投票权。

无论投票前玩家们商量得有多好，能投票的只有坐着椅子的那个人。举个例子，如果唐陌、傅闻夺、白若遥三人商量好，这次投票投出慕回雪，白若遥事前答应得好好的，最后反水，投唐陌一票，那唐陌和傅闻夺也没法阻止。

原本以为轮不到自己，现在居然主动送上门。白若遥突然起了逆反心思："不坐，唐唐，我坐多不好意思，你坐嘛。"

傅闻夺垂下眼眸："坐不坐。"

白若遥："……"

考虑了一下自己和这两个人单打独斗的胜率，白若遥耸耸肩，笑眯眯地坐了下来。

不坐白不坐，反正是好事。

白若遥入座后，十二张椅子上全有了人。

一个中年男人看了所有人一眼，低声道："黑塔说那个怪物很会伪装，所以我想，即使我们问很多东西，比如，只有人类知道的事情，那个怪物肯定也能说出来。"

没有人反驳他。

中年男人道："那现在，我想先说一件事。目前在这里的十七个玩家，几乎所有人的名字在过去的半年内，都被黑塔全球通报过。你们是谁，我知道。我是谁，其实你们也知道。"

一道嘲讽的笑声响起："当然知道，你们S国区被强制攻塔了。"

中年男人脸色一沉，一掌拍向桌子。长桌猛地颤抖了一下，一个深深的手印烙进桌面。偏偏嘲讽他的白人男性一点都不紧张，看着那个手印，他笑道："蛮力吗，所以通关五层那么慢？"

"好了，不要吵了。我想大家根本没想过合作吧。"

众人转首看向那个黑人女性，只见她坐在椅子上，冷冷地说道："不用废话了，这才第一个日夜。想要在这个时候就抓住那个怪物，明显不现实。有'抢六模式'在，我们不可能合作。所有人都组成一队，一起攻略六层也不现实，因为谁都不知道怪物在哪儿。那么有件事，希望大家能做到。"

唐陌："什么事？"

黑人女性看了唐陌一眼："所有人白天说的话，请务必在这张桌子上，讲给所有人听。"

部分玩家不悦地拧紧眉头，大多数玩家反而露出一副理所当然的表情。

白若遥意味深长地笑道："怪物肯定在这十七个人里，想要抓住它很难，但不能让其他人先抓到。晚上我们都要进房间，不能出来。白天的话，只要十七个人都是一起行动，至少所有人的言行都是透明的，不存在私底下找到线索的行为？哇哦，这是对自己的实力有多不自信呀，嘻嘻，觉得只要分开，别人就一定能找到你找不到的线索？"

黑人女性眯起眼睛："你什么意思？"

白若遥还准备再挑衅，傅闻夺一把按住椅背："我们同意这个提议。"

白若遥撇撇嘴，不再说话。

"我也同意。"

"我同意。"

十七个玩家中，有十五个人都同意。

还有两人不同意，黑人女性问道："不同意，是因为你们两人中有一个是黑塔怪物吗？"

那两人瞪了这黑人女性一眼，嘲讽了一句，接着道："同意。"

两个小时很快过去，这两个小时里，所有人都围在长桌旁，观察身边的玩家。第一个白天，大家说话都很少，从来不暴露任何秘密。在这无声的凝视中，他们将其他人的信息牢牢记在心底，等到两个小时的白天过去，只剩下最后一分钟。

叮咚！第一天投票时间，请玩家在白票上写下自己想要投出的玩家名字。

白人老头第一次开了口："我提议，所有人都写自己的名字。第一天没人能找到怪物，写别人的名字没有任何意义。"

听了这话，其余玩家看向这老头，露出深思的神情。老头一脸淡然，低头写下了一个名字。他仿佛真的写的是自己的名字，然后将白票倒扣在桌面上。

所有人一起开始写名字。

唐陌低头一看，白若遥理直气壮地在白纸上写下一个名字——

乔治·安索尼。

这是那个白人老头的名字。

写完名字，众人拉开椅子，回二楼。

唐陌和傅闻夺走在人群的最后，当十七个人全部走上楼梯后，唐陌回头看向长桌。只见十二张白票全部被倒扣了放在桌上，烛光摇晃中，那十七个小木偶静静地站在桌子中央。唐陌忽然看到一个小木偶轻轻动了一下，他心中一紧，再细看，并没有任何动静。

黑夜降临，十二组玩家各自进了自己的房间。

唐陌、傅闻夺和白若遥进了写着自己名字的房门，里面共有三张床。

房间的门后写着："请找到自己的床。"

唐陌走到自己的床前，床头上写着："请躺下来，拉上被子，安静地睡觉。"他转首与傅闻夺互视一眼，两人轻轻点头。

白若遥夸张的声音响起，他抱怨道："怎么会有三张床，不该是我们一起睡吗？"

嘴上这么说，白若遥的身体十分诚实地按照黑塔的要求，乖乖地爬上床，拉上被子。

唐陌进了被子后，发现他并没有被黑塔强制睡着。然而当他们进入房间后，房间外一片死寂，以他们三人目前的听力，竟然听不到一丝声音，仿佛被什么东西隔绝了声音。

唐陌："黑塔说，每天晚上随机三个玩家可以离开房间，而且离开房间时，即使是同房间的玩家，也不可能发现。"唐陌并不怀疑黑塔的游戏规则，甚至他猜测，黑塔不会让同房间的玩家与拥有出门资格的玩家交流。他道："所以今天晚上，我们三个人里，或许有人拥有离开房间的资格。"

有资格，并不代表必须离开。但是……

"这是唯一与其他玩家单独接触的机会。"傅闻夺道。

白若遥嘻嘻一笑："也有可能是与怪物单独接触的机会哦。"

唐陌："如果我们三个人里谁有资格出去，白天的时候就告诉其他两人，我们一起商量对策。"

唐陌和傅闻夺本就是队友，当然不会隐瞒对方。他这话是对白若遥说的。

白若遥仿佛没听见，他笑着说道："我给你们唱首歌吧。好久没尝试过和别人睡在同一个屋子里的感觉了，没想到和我一起睡的居然是唐唐和傅少校，我可真幸运。欸，唐唐，你喜欢听什么？"

唐陌没搭理他。

白若遥又道："傅少校，你喜欢听什么？"

两人都不理他，白若遥也不气馁，自说自话地道："那我就唱咯。"

一首走调难听的曲子突然在房间里响起。

唐陌面无表情地转过头，看向傅闻夺的方向。傅闻夺也静静地看着他。

房间里，白若遥刺耳的歌声不断回荡，唐陌和傅闻夺互相看着对方。良久，唐陌平静的声音响起："好了，不用唱了，我们确定是你，不是怪物。"这么难听的声音，这么欠扁的态度，不是白若遥还能是谁。

白若遥的歌声戛然而止，片刻后，他委屈道："唐唐，原来你就这么想我？"说着，似乎是觉得不服气，娃娃脸青年又唱起了第二首歌："我明明是真心为你们唱摇篮曲的。"

唐陌冷笑一声。

至此，唐陌已经明确了三个人的身份。

他，白若遥和傅闻夺。

三个人都不是怪物伪装的。

　　有些话不用说，当他看到傅闻夺的那一眼他就知道，这个人就是维克多，绝不是怪物。他相信，傅闻夺也是如此。

　　两个小时很快过去，一夜无眠。

　　阳光从窗外洒入室内，三人以最快的速度拉开被子，下床。当唐陌拉开房门的那一刻，慕回雪和安德烈正好从他的房门前走过，两人脸色微变，行色匆匆。

　　唐陌心里一沉，也走出门。他一边走，一边问道："怎么了？"

　　慕回雪停下脚步，看向他和傅闻夺，还看了眼慢吞吞地走在最后的白若遥。她正准备开口解释，但她嘴才张开，又闭上。她直接抬起手，指向前方。唐陌顺着她手指的方向看去，视线在触及对方的那一刻，猛地僵住。

　　只见在二层走廊拐角的楼梯处，一个黑人女性靠着楼梯扶手躺下，睁大眼，死死地盯着前方。

　　她浑身上下都湿透了，仿佛溺死一般，皮肤苍白，口鼻中有一些白色的蕈样泡沫。她的身下，浅色的木地板被水染成深色。住在最靠近楼梯房间的白人老头是第一个发现尸体的，他蹲下身体，检查了一下，转首看向其余十五个玩家。

　　苍白的头发下，老人神色平静地说道："死了，溺死的。"

　　白人老头这么说了后，其他玩家并没有听信他的话，而是一个个上前亲自检查这具尸体。唐陌这一组，傅闻夺对这种事情比较熟悉，他走上前仔细检查了一番，对唐陌道："死了大概一个小时，溺死。"

　　毫无疑问，这个女人是真的死了，和黑塔所唱的那首童谣一样，是被"洪水"淹死的。

　　一切都按照童谣的歌词发展，寂静空旷的城堡里，只听咔嗒一声脆响。所有人立即从楼梯向下看，只见长桌中央，一个小木偶晃晃悠悠地走了起来，一下下地向桌子的边缘走去。走到边缘处，它忽然诡异地回过头，木头眼珠死死地盯着楼梯上的十六个玩家。

　　下一秒，小木偶从桌子边缘掉了下去，摔在地上，四分五裂。

　　白若遥笑眯眯道："哇哦，这是要一个一个死掉的意思？"

　　一个年轻的白皮肤男人说道："把尸体处理一下吧，放在这也不是个事。我昨天进来的时候观察了一下，这个古堡居然有两层，上面还有一个阁楼。把她放在那儿吧。"

　　唐陌记得这个人，他是西洲区两个玩家之一，叫唐德·赛维克。西洲区第一个通关黑塔四层的玩家。

　　所有人对此没有异议。

一个强壮的男人拎起黑人女玩家的尸体，将她放进阁楼。

十六个人一起下楼。

黑人女玩家是单独有一个座位的，所以她死了后，她的椅子空了下来，只剩下十一张椅子。大家坐到各自位子上，白人老头开口道："她的名字被人划去了。"

众人立刻看向黑人女玩家的椅子。只见在那长长的木头椅背上，莉娜·乔科鲁的名字被人用尖锐的利器粗暴地划花。她的名字本就是用小刀歪歪扭扭刻上去的，如今被划花后，完全看不出原来的字迹。

慕回雪挑眉道："不一定是被人划的，也可能是黑塔划掉的。就像刚才那个小木偶。"那个掉下桌子的小木偶已经被玩家捡了起来，检查后没什么异常。"那个木偶是在我们所有人眼皮子底下自己走着掉下去的。代表玩家的木偶摔碎了，代表玩家的名字被划掉，这很合逻辑。"

安德烈站在慕回雪的身后，声音沉闷却有力："莉娜·乔科鲁是被人杀死的。"

莉娜·乔科鲁就是死去的那个黑人女性，她是 M 国第一个通关黑塔三层的玩家。

安德烈话刚说完，白若遥意味深长地哦了一声，众人都看向他。娃娃脸青年一脸严肃，义正词严地说道："那么真相就只有一个了，昨天晚上，她一定是三个可以离开房间的玩家之一。所以……是谁杀了她呢？"

长桌上一片寂静。

白若遥倍感无聊："喂喂，你们都不说话了吗？每天晚上可以有三个人出门，除了那个莉娜，还有两个人哦。"

叫作"李夏"的金发女人冷冷道："他们不会说的。"

白若遥看向她。

李夏道："很简单，杀了那个女人的，必然是那两个玩家其中之一。甚至九成可能性，他就是怪物。如果昨天晚上获得出门资格的玩家是你和我……"

"我可没有，你不要拉上我。"白若遥故作夸张地抱住自己的胸口，一副保护清白的模样。

李夏皱起眉头，她看向站在白若遥身后的傅闻夺："假设，昨天晚上出来的三个玩家分别是莉娜·乔科鲁、我、A 国最强大的玩家傅闻夺。我和傅闻夺绝对不会说出来。第一，我们说出来，你们就肯定知道，是我们俩其中一个人杀了她。第二，我知道我没杀人，那就肯定是傅闻夺杀人。但我没法证明这一点，你们只会冤枉我，我还没法反驳。"

顿了顿，李夏抬起蓝色的眼眸，看着桌旁的十五个玩家："另外，今天我提出一个要求。首先，从今天开始，我们不仅要在这张桌子旁度过白天的两个小时，避免玩家出现私底下接触的机会。其次，我们每个人都要说话，说话的次数必须一样。"

同为 A 国玩家，练余筝沉思片刻，道："你是不想惹人关注。"

李夏反问："你想吗？"

没有人吭声，可是大家都知道：谁也不想。

虽然没有人说，也没有人问，但大家都知道，昨天第一次投票的那张白票上，绝不可能有人写的是自己的名字。

白票每天刷新一张，被投出的人并不是死亡，而是会被黑塔封住所有的异能。

在进入这个游戏后，玩家就被限制无法使用道具，还封锁了一部分的异能。如果彻底失去异能，玩家的实力会大打折扣（白若遥这种异能除外）。那个黑人女玩家并非死在黑塔手下，她极有可能是在被封锁异能的情况下，被人杀死的。

那么为什么她的异能被封死了？

因为她昨天太过引人注目。

第一次投票，所有人都必须投票，但大家互不认识。于是硬要写出一个名字的时候，很多人会下意识地写下比较受关注的人的名字。比如，白若遥写的是那个白人老头的名字。但昨天说话最多的是那个黑人女玩家。

每个人说话次数一样，就意味着不再有格外醒目者。

唐陌沉默半晌，第一个开口："我同意。"

白若遥举起手："我也同意。"

十五个人全部同意这个观点后，李夏松了口气，不再说话。坐在她身旁的金发男人非常自觉，开口道："我是谁也不用多说了吧，我想以在座所有人的记忆力，咱们每个人的名字肯定都记在心底了。我是 M 国 7 区玩家，贝尔·弗斯克。那个死去的玩家我不认识，昨天晚上到底是哪两个人和她一起出门，我也不知道，也不关心，反正关心了你们也不会承认。"

轮到他身旁的白人女性说话了，这是一个冷酷的短发女强人。她双手环胸，轮到她说话时，她只是抬起头，目光冰冷地看向坐在自己对面的慕回雪，一字一句地说出那三个字："慕回雪。"

慕回雪抬头看她。

短发女人语气冰冷："莉娜·乔普霍斯，西洲 1 区，我和那个死掉的女人名字一样。"

仅仅是喊出了慕回雪的名字，莉娜没再说话，然而那浓烈的敌意和不屑完全无法忽视。倘若这不是黑塔游戏，她似乎现在就能与慕回雪动手。

慕回雪笑了："我们认识？"

莉娜还没开口，站在她身后的年轻男人笑道："当然不认识。别理她，她就是这样，非常讨厌任何人比她优秀。A国那个什么傅闻夺就算了，还有什么唐陌，以及全球第一个通关黑塔三层的那位，"他指了指慕回雪身后的安德烈，"这都是男人。你是个女人，还比她强，莉娜每天都想杀了你。"

这男人笑容开朗，但是说起杀人的话，脸上的笑容却一点没变。

想杀慕回雪的人太多了，然而每个人的结局都是被她杀死。她饶有兴致地看着短发女强人，微笑道："欢迎你来杀我。"

莉娜冷哼一声，撇开视线。

接下来，每个人将自己对昨天晚上发生的事叙述一遍。

没有人承认自己是昨天晚上出来的三个玩家之一，在他们的描述中，他们全部安安静静地待在自己的房间里，没听到门外有任何动静。第二天早上，他们离开房间，就看见了黑人女玩家的尸体。

唐陌："冒昧地问一句，如果我没算错，这里一共有六个区的玩家？"

白若遥撑着下巴："我们A国人真多哦，七个人呢。"

M国区的一个玩家不满道："你是想说什么，同一个区的玩家，就一定认识？很明显，那两个西洲人是认识的，他们坐在同一张椅子上。你们这几个人也是认识的，都坐一起。但我和M国的这几个家伙完全不认识。如果硬要说，除了那个女人，"他指着李夏，"除了她，你们六个A国玩家都认识吧？大洪水的时候，是慕回雪把你们三个拉上来的。"

唐陌："我没这个意思。"

这个棕色头发的M国玩家叫大卫，和之前被唐陌杀死的回归者叫同一个名字。但是他看上去高大威猛，一身遒劲的腱子肉，不像那个大卫，比较靠脑力玩游戏。

然而能走到这里的玩家，肯定没一个是蠢的。

这个白天，所有人不欢而散。

无论谁，都不肯承认自己是昨天晚上拥有出门资格的三个玩家之一，也没人承认认识死去的黑人女性。

距离白天结束只剩下五分钟，白若遥百无聊赖地玩着自己的白票。他回过头，语气随便："那我就乱写个人了？唐唐、傅少校，你们有什么看法吗，要我写谁？要不写唐唐的名字好了，唐唐，你看你刚才多惹人嫌，那个男人一定会写你。"

唐陌没理他，转首看向傅闻夺："你觉得该写谁。"

傅闻夺："那个黑人玩家是M国玩家。"

白若遥："所以？"

傅闻夺："写个 M 国玩家。"

白若遥小声揶揄道："傅少校，没想到你这么爱国，到这个时候都一定要写他们 M 国人。"

傅闻夺淡淡道："那个女人的身上没什么挣扎的痕迹。即使她失去异能、无法使用道具，身体素质肯定也不会太差，不至于被人一击毙命。五成可能性，杀死她的人，是她认识的。至少'披着的那张皮'，是她认识的人。"

只有五成概率，但是这个概率值得让人冒险。

白若遥想了想，说："玩家被投出去，会被封住所有异能。那怪物被投出去……嘻嘻，会怎么样呢？"

一边想着，白若遥一边瞄了瞄仅存的四个 M 国玩家一眼，他回头对唐陌道："唐唐，那个大卫刚才欺负你，我写他的名字。"语气幼稚，好像小孩们在商量要诅咒扎小人似的。

唐陌："你昨天晚上出门了吗？"

白若遥身体一顿。

唐陌直接道："我没有，傅闻夺也没有。所以……白若遥，你昨天晚上出门了吗？"

白若遥嘻嘻笑道："没有。"

唐陌定定地看着他。

白若遥慢慢眯起眼睛，重复了一遍："我说，没有。"

叮咚！第二天投票时间，请玩家在白票上写下自己想要投出的玩家名字。

唐陌低下头，看见白若遥在白票上飞速地写下一行字——

大卫·安德斯。

他竟然真写了那个男人的名字。

所有玩家投票结束，将白票倒扣在桌子上。第二个白天，依旧没有人在红票上写名字。在所有人聊天、投票的时候，唐陌一直仔细观察。十一个坐在椅子上的玩家，没有人多看红票一眼，也没多余的行为。大概除了白若遥，他唯恐天下不乱，好像个多动症儿童，在椅子上左右动作。

但就是白若遥，都没碰红票一下。

这个时候，谁碰了红票，谁就有"昨天晚上出门"的嫌疑。

毫无疑问，莉娜·乔科鲁是被昨天晚上出门的某个玩家杀死的。莉娜已经死了，还剩下两人。其中一个大概率是怪物，另一个人就肯定是真正的玩家。别人不知道谁是怪物，可那个玩家自己知道。

倘若他现在拿出红票，在上面写下对方的名字，就证实了自己昨天晚上出门的嫌疑。

没出门的玩家可不会信，他没有杀莉娜，他不是怪物。

所以他选择隐藏自己，不写下名字。

而且，如果那个人不是怪物，他写下对方名字，就失去了"抢六"的机会。即使最后他通关了这个游戏，也无法获得七层的线索。

城堡墙壁上的挂钟嗡嗡地响了起来，窗外，天色骤然变黑。

众人一起走回自己的房间，走到一半时，唐陌突然开口："被选中可以出门的玩家，并非强制出门。"

人群中，七八个玩家停下脚步，回头看了唐陌一眼。还有一些玩家依旧向前走，仿佛没听见这句话。

唐陌三人走进自己的房间，关门前，他与慕回雪、安德烈以及练余筝对了个眼神。几人点点头，各自进入房间。

门一关上，娃娃脸青年笑眯眯地走向自己的床，还没走几步，傅闻夺伸手拦住了他。

白若遥回过头："傅少校？"

傅闻夺垂眸看他："你昨天晚上，出门了吗？"

白若遥挑眉道："我说了，我没有。"

唐陌从白若遥的身后走过来："能够杀死那个黑人玩家，并且对方完全没办法挣扎，除了是她认识的人外，还有一种可能，杀死她的人，实力碾压于她。在这个游戏里，所有玩家的异能都被压制，黑人玩家更有可能完全失去了异能。而对于你……"顿了顿，唐陌语气平静，"白若遥，你的异能即使消失，对你的实力也没什么影响。你很强，你足以在她反抗前，杀了她。"

听着这些话，白若遥脸上的笑容慢慢僵住。

良久，他轻轻地笑了一声："黑塔给我的异能限制是，我的异能在这场游戏里，只能使用三次，且只能看一个人。唐唐，你知道我看的是谁吗？"

唐陌一愣。

白若遥将食指抵在唇边："嘘，我看的是你哦。一片黑气，深不见底。"

DI QIU
SHANG XIAN

第 3 章
FOX

唐陌和傅闻夺是队友，他与练余筝、慕回雪几人也能交流信息。但白若遥对两人来说，不能算是真正的队友，也无法完全信任。所以在游戏开始后，唐陌没有问过白若遥受到了什么异能限制。同样，他也没告诉白若遥自己的异能限制。

"诺亚在方舟上的晚餐"游戏，一开始，玩家就禁止使用道具，异能受限。

唐陌的异能限制是：仅可使用三个异能，且全部变为一次性异能。

傅闻夺的限制是：每次使用异能仅能持续三分钟，且使用后，有三个日夜的冷却时间。

如今，白若遥说，他的异能"凡人终死"只能对一个人使用。他选择了唐陌，然后看到唐陌被浓烈的死气缠绕。

"凡人终死"异能，可以看到对方的死气。

死气是每个人的死亡概率，并非一成不变。异能拥有者的一些行为可以改变对象的死气，但是如何改变、怎样改变，没有定数。

听了白若遥的话，唐陌面不改色，他冷冷道："你说的是真话还是假话？"

白若遥委屈极了："我看上去像是会骗你的人吗，唐唐？我对你这么好，你居然怀疑我。只能对一个人使用的异能，我都给你了呢。"

傅闻夺低沉的声音响起："那现在呢。"

白若遥看向他："一共只能使用三次，如今已经用过一次了。傅少校，你确定要现在用第二次吗？"

傅闻夺："嗯。"

白若遥非常无所谓，反正他的异能确实鸡肋，在这个游戏里，他把异能用到唐陌的身上，以后也没法再换。他双眼盯着唐陌，眼底有光芒流转。三秒后，他闭上眼睛，无奈地摊手："真可惜，死气好像少了很多。唐唐，一定是我做了什么事，帮你减少了死气，你是不是要好好谢我？"

唐陌没空搭理他。

怀疑白若遥，只是因为唐陌知道，这个人的单人作战能力极强，且不需要异能。

全球所有高级玩家中，白若遥这样的是少数。连慕回雪都说，如果没有异能，她不一定是白若遥的对手。可想而知，城堡里的十七个玩家里，白若遥很有可能是最强的几个玩家之一。

但是经过刚才的对话，白若遥暂时撇清了自己的嫌疑。

白若遥没有杀那个女人的理由。他和对方素不相识，他又是个极其惜命的人。他每次再怎么作死捣乱，都是站在自己已有把握离开游戏、保住性命的基础上。可这次，黑塔禁止使用所有道具，同游戏的玩家也都实力可怕。白若遥急切地需要七层的线索，他要争取前三通关游戏。

所以他不会乱来。

只要他不是那个黑塔怪物，他就不会随便杀人。

白若遥："唐唐、傅少校，你们有怀疑的对象吗？"

傅闻夺："没有。"

唐陌也非常诚实："没有。不过，我觉得傅闻夺刚才说得有道理，杀死那个黑人玩家的凶手，极有可能是一个M国玩家。"

白若遥嘻嘻一笑："你们就没想过，除了M国玩家外，还有可能是一个能让她放松警惕的人？"

唐陌皱起眉头："比如说？"

白若遥笑道："那个老头？一个老头，多没有攻击性呀。他怎么会杀人呢？"

傅闻夺冷冷地纠正他的错误："乔治·安索尼也是M国玩家。"

白若遥做作地睁大双眼："咦，他是M国玩家吗？我都没注意。"

唐陌："……"

这家伙根本就是根搅屎棍吧！

三人走到床边，拉上被子。唐陌和傅闻夺轻声商量自己在白天的两个小时里总结出的一些玩家信息和疑点，白若遥在旁边时不时地插两句话。他的话一般都是没用的废话，但是偶尔还能说出一点有用的信息。

时间一分一秒地过去，距离夜晚结束，还剩下五分钟。

唐陌和傅闻夺正在一个个排除怀疑对象，白若遥忽然笑道："说起来，最后要是在红票上写名字……唐唐、傅少校，我们也算是队友了？"

"抢六模式"，前三名通关六层的玩家队伍，都可获得一条关于七层的线索。

原本唐陌和傅闻夺并没有真的与白若遥组队，但这一次，他们被黑塔分配到了一个队伍。三个人共用一张红票，哪怕唐陌、傅闻夺不想和白若遥一队，他们都被绑在了一起。写红票的名字时，也一定会备注——

队友：唐陌、傅闻夺、白若遥。

除非……

唐陌淡淡道："你要是死了呢？"

白若遥夸张地喊道："唐唐，你就这么希望我死啊？"

唐陌没再说话。

城堡里，第一束阳光射进屋内。唐陌拉开被子，先道："昨天晚上，我没有出去。"

傅闻夺："我也没有。"

白若遥抱着被子不肯撒手："嘻嘻，我也没有。"

三人互视一眼，一起起身走向门外。他们拉开门时，练余筝和那两个西洲玩家正好从门里出来。几个人看了眼对方，一起走向楼梯。走到一半，那个西洲男玩家鼻子动了动："什么味道？"

唐陌脸色一变："焦味！"

傅闻夺："还有血腥味！"

众人迅速地走到楼梯口，向下一看。只见长长的桌子旁，一个焦黑的人形物体倒在地上，四肢朝天，被烧得僵硬。唐陌视线一转，在看到这人身旁的东西时，双目一凛。

练余筝惊道："竟然死了两个人？！"

十六小木偶，人人互防备。大火烧死成黑炭，还剩十五个。

十五小木偶，连夜想逃跑。千刀万剐血淋淋，还剩十四个。

浓稠的血液将地面染成深红色，当所有玩家从房间里出来时，看到这幅场景，也不免露出反胃的表情。他们都是经历过很多游戏的高级玩家，但这种死法，实在有些残忍。哪怕是回归者，大多也不会残忍地将人分成肉片，只会简单地杀了对方，节约时间。

是的，第二个晚上一共死了两个人。

其中一个被烧成了黑炭，另一个人被千刀万剐，根本分辨不出原来的样子。

长桌上，两个小木偶晃晃悠悠地掉下桌子，摔成碎片。众人再看向每个人的椅背，找到了死去的两个人的名字。

慕回雪："S国玩家，阿纳托利·库尔布斯基。"

安德烈说出了被千刀万剐的玩家的名字："M国玩家，大卫·安德斯。"

这种尸体非常不好处理，剩余的十四个玩家将地上的肉片收拾干净，再把

S 国玩家的焦炭尸体抬到三层阁楼。当傅闻夺推开门时，他动作微微一顿，站在他身后的唐陌问道："怎么了？"

傅闻夺沉默片刻，侧开身体，让其余玩家看清阁楼内的景象。

"那个女人的尸体不见了。"

阁楼里一片死寂。

玩家们迅速地走进阁楼内，将阁楼搜查了一遍。然而这阁楼本就狭小，除了一张破椅子外，没放任何东西，一眼就能看清全部。

尸体确实不见了。

只可能是晚上被别人偷走的。

练余筝提议："虽然不知道对方为什么偷走尸体，但这两具新的尸体我们不如不放在阁楼。"

西洲的男性玩家否决了她的建议："放在哪儿有区别吗？"他微微一笑，目光扫视周围，"反正，放在哪儿，那个家伙也肯定会知道。"

众人把 S 国玩家和 M 国玩家的尸体放进阁楼，一起下了楼。

傅闻夺关门的时候，尝试了一下："锁不了。"

唐陌："锁了也没有意义，无法使用道具，正常的锁对我们这些玩家，形同虚设。"

一下子，又少了两个人。

S 国玩家和 M 国玩家大卫都是一人一把椅子，他们的椅子空了，长桌旁只剩下九个人继续坐着。

一向很少说话的东南洲玩家阿布杜拉用阴冷的眼神将每个玩家扫视一遍，他的目光如同毒蛇的芯子。他嘴巴张了张，又闭上，依旧决定不说话。

不仅是他，今天大家得到的信息实在太多了。这一次，所有玩家都各自思索着，良久，李夏先开口道："确认一下，那个黑人玩家真的死了吗？"

白人老头抬头看向她："如果是昨天的那具尸体，我确定，死了。你们也都检查过，她确实死了。"

李夏："但是她的尸体不见了。"

西洲女玩家莉娜冷笑一声："所以呢？你是怀疑尸体自己长腿跑了？"短发女人不屑地看了一眼在座的所有玩家，她声音冷漠："你们之中，有人偷走了那具尸体。她确实是死了，即使她有障眼法，也不可能瞒过黑塔。"

唐陌悄悄地看了这女人一眼。

他们想到一起去了。

在发现黑人玩家的尸体消失后，唐陌的第一反应也是障眼法。

在暴风雪山庄模式的推理小说中，经常会让凶手假意死亡，逃脱嫌疑。在场的十七人都是全球最强大的高级玩家，谁也不知道对方拥有什么异能。如果那个黑人玩家的异能是让自己陷入假死状态，蒙骗了其他人，也不是不可能。

但这个念头一出现，就被唐陌否决了。

"她在椅背上的名字被黑塔划掉了，属于她的木偶也摔成了碎片。而且游戏规则第七条：每个白天的最后一分钟，所有人可行使投票权。"顿了顿，唐陌继续道，"如果她没有死，黑塔一定会在她的位子上更新一张新的白票。但是黑塔没有，因为她已经死了。"

假死的可能被排除，那只剩下一种可能。

白若遥："杀了两个玩家还不够，还偷走了一具尸体。有点意思哦。"

慕回雪敲敲桌子："所以，怪物为什么要偷走那个女人的尸体？又或者说，为什么要在第二天晚上才偷走尸体。在他杀死那个女人后，他完全可以直接把尸体藏起来。偷走尸体的原因是什么，他想从中得到什么？"

这个问题，没有人能解答。

傅闻夺："可以等第二天看看，今天那两具尸体会不会消失。"

白若遥笑嘻嘻地歪了头："所以问题来了……昨天晚上，有资格出门的三个玩家已经死了两个，还有一个，是谁呢？"

到这个时候，仅存的十四人每个人都有了嫌疑。

唐陌确定，A国的六个人中，除了他不熟悉的李夏，其余五人肯定不是黑塔怪物，同时他们没有杀害玩家的理由。所以杀人的，肯定是剩下来的八个人。

诡谲阴冷的东南洲玩家，沉默寡言的东洲玩家，似乎是队友的两个西洲玩家，M国玩家的白人老头，是队友的两个M国男性玩家……还有A国玩家——李夏。

在这八个人里，每个人都有嫌疑。正常而言，老人的身体素质是不如年轻人的，女性的身体素质也不如男性。在异能受限制的情况下，想要一次性杀了两个强大的男性玩家，女性和老人都无法做到。

唐陌的视线对准五个男性玩家。

这时，一个M国玩家开口道："大卫·安德斯，其实我听说过他。他是M国2区的，纽约人。他的异能类似于镜面反射，我不清楚详细的，但他的异能是战斗型异能，即使受了限制，也不可能这么简单地被人杀死。他实力很强。"

唐陌看向他，他记得这个玩家叫贝尔·弗斯克。

另一个M国玩家开口道："嗯，而且是一次性杀了两个玩家，凶手的实力绝对极强。"

这是 M 国玩家约翰·布鲁斯。

这两人是队友。

傅闻夺看向安德烈："那个 S 国玩家，你知道吗？"

安德烈摇摇头："不认识。"

虽说不知道那个 S 国玩家的异能，但很明显，就对方一身强壮的肌肉能看得出来，这也是一个体能很强的玩家。

白人老头忽然开口："虽然我们互相不知道实力以及异能，但是有件事，我想大家是知道的。全球第一个通关攻塔游戏的 A 国玩家傅闻夺，第一个通关困难模式的玩家唐陌，还有时间排行榜第一名慕回雪，以及第一个通关五层的莉娜·乔普霍斯和唐德·赛维克。"老头声音平静，"高级玩家中也有实力高低之分，因为战斗能力强，不代表就能通关游戏。你们五个人，可以说是这座城堡里，最厉害的玩家。"

李夏补充道："还可以加上他，他看上去就是个比较靠武力攻塔的玩家。"她指着安德烈。

东南洲玩家开口了："一共六个人。"

白人老头："不错，这六个人，是最有实力一次性杀了那两个玩家的人。"

啪啪啪——

掌声骤然响起，众人看向鼓掌的人。

白若遥笑道："精彩，这个推理可以。反正排除异己，一定没有坏处。不过，你们这么说我可就不开心了，唐唐也能算强者？"

唐陌猛地意识到对方要说什么，立即斥声道："白若遥！"

白若遥捂着嘴巴，偷笑道："你们是不知道他的异能是什么哟。要是知道了他的异能，你们就会知道，在异能受限的情况下，他能杀死一个玩家就很费力，杀死两个玩家，那根本不可能呀。"

唐陌直接出手，攻向白若遥。比他更快的是，傅闻夺反手拔出一把枪，抵在白若遥的脑后。

白若遥无辜地举起双手："我说错了吗？"

唐陌眯起眼睛，看着娃娃脸青年。片刻后，他按住傅闻夺的手，傅闻夺收起了枪。他转过头，看向那几个神色各异的玩家，神色淡定："所以现在你们可以猜测，我的同伴是不小心透露了'只要封锁住我的异能我就是个废物'这个信息，还是我们在演戏，希望你们认为封掉我的异能后，如果再出现死人，就肯定不是我杀的，洗清我的嫌疑。"

唐陌嘴角勾起："所以，你们猜是哪一个呢？"

第三个白天结束，白若遥在纸上写下"乔治·安索尼"，那个白人老头的名字。其余玩家也在纸上各自写了名字。

众人回到房间。

在房门关上的那一刻，唐陌抬手握拳，狠狠地砸向白若遥。白若遥早有防备，如他说的一样，没了异能，唐陌根本不是他的对手。他轻松地挡住了唐陌的攻击，可傅闻夺一个横扫，白若遥狼狈地向后退了两步。

完全没有之前在长桌旁的镇定自若。

唐陌握了握自己的手指，他抬头看向白若遥，眼神冰冷："虽然他们没有投票投出我的异能，但是白若遥，再有下一次，你可以试试。"

白若遥靠着墙壁，看着唐陌和傅闻夺："我猜猜，第一天被投票的是那个黑人玩家，因为她话太多了。第二天是慕回雪？因为她太强了，时间排行榜第一名。那现在被投出去的……"他转首看向傅闻夺，"傅少校？"

傅闻夺瞥了他一眼，没有否认。

白若遥笑道："唐唐，你看我这根本就是故意的。你再怎么强，他们也不会投你。他们会按照次序，依次把最强大的玩家的异能封锁住。你猜下一个是谁？我觉得还不会是你哦，会是那个西洲女人，或者安德烈。"

唐陌对白若遥这个人已经再无任何看法。他实在看不懂神经病的思路，有时他觉得白若遥的行为是有目的的，有时又觉得他压根儿就是在捣乱。

三人拉上被子，白若遥正准备说话，唐陌将手枪放在床头，对准了白若遥的脑袋。

白若遥无奈地眨眨眼："唐唐、傅少校，变态也有变态的好处，变态的脑回路，有时候很不一样哦。"

唐陌挑眉："你承认自己是变态？"

白若遥难得露出惊讶的表情："难道你们不是这样看我的？"

傅闻夺："他只是觉得，你是个神经病。"顿了顿，补充道，"我也这么觉得。"

白若遥竟然感动道："你们居然只觉得我是神经病，没想到在你们心里，我还算是有点形象的。"

唐陌："……"

傅闻夺："……"

虽然白若遥白天的捣乱，令其他玩家大致了解了唐陌是一个靠异能通关游戏的玩家，但同时他们也降低了对唐陌的怀疑。现在所有人的异能都受到了很大程度的限制，这也意味唐陌杀人的能力被大幅削弱。

至少未来的两三个日夜内，他们不会将重点对准唐陌，而会关注傅闻夺、慕回雪等人。

漆黑的房间里,白若遥令人厌烦的声音响起:"对了,你们真的觉得,是黑塔怪物杀死了那三个人吗?"

唐陌一愣,脑海中快速地闪过某个念头,但他没有抓住那感觉。

傅闻夺:"你想说什么?"

白若遥嘻嘻笑道:"傅少校,我刚才已经说了,变态的脑回路有时候很不一样。当然,这也只是我的猜测,或许他们不是被黑塔怪物杀的,是被人类杀掉的哦。比如第一天,假设我和你,以及那个黑人玩家是可以出门的三个玩家。我故意杀掉那个黑人玩家,让你误以为我就是黑塔怪物。你要是蠢一点,在红票上写下我的名字,那你就失去了'抢六'资格。"

唐陌:"那第二天的两个人呢?你杀了两个。"

白若遥纠正道:"唐唐你又冤枉我,我说了,我晚上没有出去过,不是我杀的。"

唐陌面不改色:"只是举例。"

白若遥无奈地说道:"行吧,你说的话我难道还能说不吗?傅少校都要打我了呢。杀了那两个人……"声音戛然而止,唐陌下意识地抬起头,看向白若遥。只见漆黑的夜色中,娃娃脸青年明亮的双眼里浸着一层幽幽的神色,冷得令人心底发寒。

白若遥用带着笑意的声音,理所当然地说道:"杀掉别的玩家,直接淘汰敌人……这不是更方便吗?"

一夜过去,唐陌拉开被子,他与傅闻夺确定过两人晚上都没出去,接着一起打开房门离开。就在唐陌快要走到楼梯拐角的时候,他看见慕回雪站在楼梯口,低着头,看向楼梯下方。

唐陌从没见过慕回雪这种表情,她静静地站在那儿,也不说话,只是看着。察觉到唐陌的视线,她转过头,瞳光微动,嘴唇张了张,又闭上。

傅闻夺皱起眉头,脑海中忽然闪过一个念头。

唐陌此时已经走到前方,来到慕回雪的身边。他顺着慕回雪的视线低头看去,双目在触及那具尸体的时候瞬间睁大。

过了几秒,唐陌走下楼梯,检查了一下尸体。他转首对傅闻夺道:"死了,和童谣说的一样,是被一刀穿心死的。果然,晚上出门根本无法发现,这或许是黑塔做出的障眼法,我们谁都没发现他出去了。直到刚才出门前,我们也没注意到这个事实。"

慕回雪手指紧了紧,轻轻叹了口气:"没想到,Fly……"声音停住,她改口道,"Fox 真的会死。"

唐陌低着头,看着白若遥睁大的双眼和胸口那个黑漆漆的血洞。他的目光在对方被砍断的右手臂上停了一刻。

良久,唐陌笑了一声:"还欠我一个人情,居然就这么死了……"

"嗯,我真亏。"

A 国,首都,国家博物馆。

阮望舒伤势极重,李妙妙将他的一部分伤转移到自己身上后,阮望舒才慢慢苏醒,却仍旧身体虚弱。傅闻声快速地拿出自己早就准备好的矿泉水,和陈姗姗以及天选的其他成员,一起帮着疗伤。

几个小时过去,李妙妙恢复正常,阮望舒仍旧脸色苍白。他艰难地从地上爬了起来,询问有哪些玩家已经退出了游戏,或者攻塔失败。

阮望舒从游戏里出来后才知道,这次他们的攻塔游戏,被黑塔进行了全球直播。

说是直播其实也不准确,黑塔只通报玩家的通关情况,没透露他们遇到的到底是什么游戏。当陈姗姗从阮望舒口中听说,玩家要面对的是六个马戏团团长水平的黑塔怪物后,她终于明白为什么会有这么多高级玩家死在游戏里,或者主动退出游戏。

陈姗姗道:"在你昏迷的时候,黑塔宣布进入主线游戏的玩家共十六名,死了两个,如今还剩下十四人。"

阮望舒皱起眉头:"这么多。"这个游戏的难度超乎他的想象。"天选一共只有一枚国王的金币,我用完后,余筝就不好出来了。或许从一开始,我就该只让她一个人进去,带着国王的金币。"

傅闻声诧异道:"有这么夸张吗?我记得练姐姐很强的,姗姗姐就夸过练姐姐,说仅看作战能力,练姐姐不比唐哥差。"

阮望舒正准备再说,忽然,一道清脆的童声在紫宫上空响起。这声音传遍全球,许多玩家早已对这个声音习以为常,因为今天短短几个小时内,他们已经听黑塔说了几次这样的通报。

叮咚!A 国 1 区正式玩家白若遥通关失败。

首都向阳区,某废弃商场。

宁峥正动作艰难地用矿泉水给自己疗伤。忽然听到这话,他倒水的动作停在空中。良久，他松了口气。

S市静南路。

洛风城惊讶地看向杰克斯，杰克斯一头雾水："不是吧，白若遥，是那个神经病白若遥？他通关失败了……他死了？！"

当这声音响起的那一刻，阮望舒双眼倏地睁大，错愕地转过头，看向那座黑塔。比他更震惊的，是傅闻声和陈姗姗。

阮望舒对白若遥的了解其实十分有限，这个神经病最喜欢纠缠的是唐陌和傅闻夺，对天选组织兴致缺缺。从十六个玩家进入游戏开始，还没死过A国玩家，突然死了一个，A国不少玩家都颇有唇亡齿寒之感。

只有陈姗姗和傅闻声知道，那个一贯不着调的娃娃脸青年实力有多深不可测。

陈姗姗在短暂的震惊后，冷静下来，分析道："白若遥是个非常惜命的人，我和唐哥、傅少校曾经推测过，他身上应该有很多保命道具。他既然会死在这个游戏里，极有可能这个主线游戏是禁止使用道具的。"言下之意，哪怕练余筝有国王的金币也没法使用。

阮望舒沉默片刻，道："连他都死了，练余筝的处境有些危险。"

他们在游戏外，再怎么着急也没法帮助游戏里的人。陈姗姗将矿泉水的瓶盖拧上，她转过头，发现傅闻声低着头，嘴巴微张，神色呆滞地看着不远处那座黑塔。

陈姗姗轻声问道："小声？"

傅闻声立刻回神："啊，姗姗姐。"

陈姗姗："你怎么了？"

傅闻声默了默，他抱紧怀里的两个矿泉水瓶，呆呆道："没什么，就是觉得心里怪怪的。我蛮讨厌那个家伙的，之前他缠着我、唐哥和大哥的时候，我特别想让他早点走，离我远远的，要不然死了也好。可现在他居然真的死了啊……"

小朋友想起了曾经在某家火锅店里，他听到那个神经病哼着的一首走调的曲子。

那家火锅店就在这附近，但是白若遥却已经死了。

小朋友喃喃道："……总觉得其实也没那么开心。"

黑塔六层，诺亚方舟。

幸存的十三个玩家陆续从房间里出来，他们一眼看见了倒在楼梯上的那具尸体。并没有惊讶，每个玩家都早有心理准备，他们各自上前检查尸体。

唐陌总结道："比前天死去的那两具尸体好很多，尸体没被破坏太多。致命伤是穿心的一刀，其他地方伤口也不少，符合童谣给出的死法。"

慕回雪走到楼梯下方，找到了掉落在餐桌附近的一只手臂。"手臂在这儿，切口非常平滑，是被利器用很快的速度斩断的。"

唐陌看向其余玩家："你们还有什么想法吗？"

几乎从未说过话的东洲玩家山本孝夫突然开口："他是你们的同伴？"

傅闻夺低首看他："是。"

山本孝夫："昨天晚上他离开房间的事，你们俩知道吗。之前死掉的三个人，全都是一人一个房间，只有这个……"他想了一下，"这个白若遥，他是和你们一个房间。"

唐陌："黑塔说了，玩家晚上离开房间时，不会被同房间的玩家发现。我们并不知道他走了。"

山本孝夫静静地看了唐陌一眼，移开视线："我没问题了。"

唐陌道："那就去阁楼吧。"

唐陌一边说着一边弯下腰，想将白若遥的尸体背起来，带到阁楼。他刚俯下身，傅闻夺就已经先将人背了起来。唐陌动作一顿，他的身旁，慕回雪拿着那只手臂，也跟了上去。

走到唐陌的身边，慕回雪声音平静地说道："亲眼看到 Fox 死了，我还真说不出是什么感觉。"

唐陌默了默，一边跟着上楼梯一边道："我也是。"

唐陌看着傅闻夺背着白若遥尸体的背影。

他知道，傅闻夺也是。那个娃娃脸青年曾经救了傅闻夺一命，甚至还救了他的战友。当初将这个家伙放走后，唐陌就知道，他们再不会杀了对方。只是谁也想不到，白若遥还是死了，死在黑塔游戏里。

傅闻夺推开阁楼房门，他抬首看清门内的景象，眸光闪烁了一下。他将白若遥的尸体放到地上，慕回雪把手臂放到尸体的上方。其余玩家依次进屋，练余等皱起眉头："果然不见了。"

不错，之前放在这里的两具尸体，在第三个白天也全都不见了。

如果说第一天死掉的黑人女性还有诈死的可能，那第二天，那具被烧成焦炭的尸体，以及那些肉片，绝对是死得不能再死了。可他们的尸体仍旧不见了。

李夏唰地转头，警惕地盯着阁楼里的每个玩家。

"是谁偷走了尸体？是那个怪物吗？"

没有人回答她的问题。

众人各怀心思地离开阁楼。把白若遥的尸体放在阁楼，就意味着这个晚上，他的尸体也会被偷走。然而无论放在哪儿，都肯定会被人偷。当唐陌路过自己的房间时，他发现门上刻着的"白若遥"三个字已经被人用利器划花。

城堡里的每个房间，只有房间活着的主人才能进入。

现在哪怕唐陌和傅闻夺想把尸体放回房间，也无法做到。

十三人走到长桌旁，各自拉起地上倒得乱七八糟的椅子。

光线昏暗的城堡内，只见彩色的玻璃碎片落了满地，椅子也东倒西歪地在地上横着。长桌上、楼梯扶手上、圆柱上，到处都有打斗的痕迹。很明显，昨天晚上的那场战斗结束得非常不平静，双方经过了激烈的战斗，最后的结局是白若遥身死。

椅背上白若遥的名字已经被划掉了，属于他的小木偶也摔在地上成了碎片。唐陌拉开椅子本想坐上去，傅闻夺先他一步，坐了上去。唐陌一愣，傅闻夺转首看他，给了他一个确定的眼神。

唐陌没有说话。

所有人都坐齐后，白人老头开口道："很明显昨天晚上那个人的死，和之前三个不一样。这一次，打斗痕迹非常多，他们经过了一次很激烈的战斗。这有两种可能——第一，杀死前三个人的玩家和昨天晚上的凶手不是同一个人，后者的实力没有前者强，才会造成这种争斗场面。还有第二种可能……"老头看向坐在椅子上的傅闻夺，"你们的那个同伴，实力很强吗？"

傅闻夺双手交叠："他很强。"

老头："那应该就是第二种可能了。因为实力强，才能与凶手缠斗，把城堡内部破坏成这样。"

东南洲玩家阿布杜拉阴冷的声音响起："既然双方进行了激烈的战斗，那现在才过去一个小时，凶手的身上或许还有伤口。"

众人齐齐一惊。

阿布杜拉漆黑的眼珠扫了众人一眼："我提议，检查所有人的伤口。"

"同意。"

"我也同意。"

大多数人都同意了这个建议，西洲玩家莉娜·乔普霍斯冷笑一声："你想怎么检查，把衣服全脱光了看吗？我不同意，你要是想看，我可以挖了你的眼珠子，让你慢慢看。"

慕回雪："这里一共有四个女玩家，我不介意咱们四个到二楼，互相检查。"

城堡内的四个女玩家是慕回雪、练余筝、李夏和莉娜·乔普霍斯。

莉娜双手环胸，后仰着靠在椅背上，看着慕回雪："你们三个都是A国人，我怎么知道你们会不会联起手来对付我。"

李夏蹙起眉头，她本想说自己和慕回雪、练余等根本不认识，更不可能联手。慕回雪微微一笑，单手撑起下巴："怎么对付你？说你身上有伤口，然后别人也不亲眼看一下伤口在哪儿，就信了我们三个的话，认定你就是凶手？"

莉娜咬紧牙齿，哼了一声："我同意。"

这位西洲女玩家脾气古怪，从一开始就说过想杀了慕回雪这样的话，所以她不同意检查身体也很正常。但是一直不答应就显得心里有鬼，她不得不答应。

就这样，男玩家在一楼大厅互相检查身上有没有伤口。女玩家到了二楼。

五分钟后，众人回到长桌旁。

白人老头："看来大家的身上都没有伤口。"

安德烈道："这不奇怪，都是高级玩家，虽然用不了道具，但是肯定随身携带了一些简单的药品。再加上自身强大的自愈能力，只要不是特别严重的伤，一个小时都能痊愈。在所有人都同意检查伤口的时候，就注定不可能找到凶手。"

事情一下子又陷入僵局。

慕回雪的手指轻轻敲击桌面，她说道："有件事，到现在了一直没提，但我想大家应该都想过这个问题。现在是第四个白天，已经死了四个人。还剩下两天三夜，诺亚就会过来。到时候我们如果不把怪物烤了交给他，他就会吃了我们，我们通关六层失败。"

金发M国玩家大卫·安德斯问道："你想说什么？"

慕回雪："没什么，只是想问一句，在座的都是通关了黑塔五层的高级玩家，实力强大。现在只剩下两天三夜，也就是十个小时……各位，有想好到底该怎么通关吗？"

两天三夜，在时间流速为六倍的情况下，留给玩家的时间只剩下十个小时。

当慕回雪说完这句话后，长桌上一片寂静。

在座的十三个玩家，每个都是经历过无数黑塔游戏、生死考验的高级玩家。哪怕是看上去似乎处于弱势的白人老头乔治，都已经通关黑塔五层，不可小觑。

强大的实力令这些玩家应该能更准确地找到隐藏在玩家中的怪物，可偏偏也是因为强大的实力，导致所有玩家互相隐藏、戒备。直到现在，唐陌也不敢说自己知道在座每个人的实力。所有人都隐藏得太好，这也导致这个游戏变得更加困难。

隐藏得越多，暴露得就越少。

黑塔怪物也是如此。

东洲玩家山本孝夫思索道:"我现在没有想到通关方法。"

练余筝直直地看向他:"你的意思是,现在没有想到,以后你就会想到?"

山本孝夫深深地看了她一眼,垂下眼睛,语气平静:"那个方法,我想在座的所有玩家都知道吧。"

莉娜·乔普霍斯发出一道意味不明的嘲讽笑声,她的同伴唐德也微笑着看着山本孝夫。东南洲玩家阿布杜拉依旧双臂环胸,不参与讨论。白人老头和两个M国玩家皱起眉头,似乎对山本孝夫的话很为不满。

然而他们还没开口,慕回雪含笑的声音响起:"有件事,我觉得可以考虑一下。这件事还是傅闻夺说的。"她转首看了傅闻夺一眼。

慕回雪笑了笑,继续道:"第二天死的那两个玩家,尸体被毁坏严重,根本无法确认他们生前是否与凶手发生过激烈战斗。而昨天死去的白若遥,他的尸体能辨认出来,是发生过斗争的。除此以外,只剩下第一天死去的莉娜。"顿了顿,她补充道,"我说的是莉娜·乔科鲁。"

练余筝道:"莉娜·乔科鲁身上没有任何挣扎的痕迹。"

慕回雪点点头:"对,所以私底下,傅闻夺说了两个可能性,我觉得非常正确。第一,凶手实在太强,所以莉娜·乔科鲁根本无法抵抗,就被对方杀死。第二,对方是莉娜·乔科鲁熟悉的人,至少说认识。所以她没有起防备心,被对方直接杀死。"

虽然所有玩家约定好要在长桌旁度过白天的时间,说的每句话都要让所有人听见。但私底下,玩家肯定能找到机会交流。比如唐陌六人,他们六个A国玩家有过简单的交流。慕回雪知道傅闻夺的推测,唐陌也知道过去的三天里,他们幸存的五个人中没有人获得过晚上出门的机会。

山本孝夫轻轻点头:"我同意这个推测。"

慕回雪又说道:"如果仅凭莉娜·乔科鲁的死,其实我没法确认,这两种猜测到底哪一种可能性更大。但是第二天死了两个人,其中一个人也是M国玩家,大卫·安格斯。"

话音刚落,金发M国玩家直接眯起眼睛:"你是什么意思?"

慕回雪抬眼看他:"我只是说,第二天也死了一个M国玩家而已。"

贝尔·弗斯克冷笑道:"回归者慕回雪,你不用在这里演戏了,我想这里所有的人都明白你想说什么。你是想告诉我们,第一天死去的莉娜·乔科鲁,要么是被强大的玩家一击毙命,无法反抗;要么是遇到了熟人。而第二天死掉的两个人,他们是两个人,还是两个一眼看上去就知道体能非常强大的玩家。想要同时杀了他们，那难度多大呀，更有可能的方法是，先联手杀了其中一个，再反水杀自己的同伴。"

安德烈淡淡道："贝尔·弗斯克，第三天的时候你自己说了，你认识大卫·安格斯。"

贝尔愤怒地拍桌子："我只是说我听说过他，大概从别人那里了解过他的一些异能情报。难道你们这些A国的玩家就从来不收集情报吗？你们之间也互相认识不是吗？甚至你们还是合作关系。是你，慕回雪，你将那张椅子上的三个玩家拉上诺亚方舟的。"

慕回雪抬起头："所以你现在承认你确实认识大卫·安格斯，不仅仅是听说过他了？"

贝尔恼怒至极："你……"

"够了，到此为止。慕回雪，你到底想说什么？"贝尔的身边，他的同伴约翰·布鲁斯开口打断，"我们确实认识大卫，算不上队友，但也不是敌人。可是我们没有杀他。至于莉娜·乔科鲁，我们听说过那个家伙，她在M国西部，我们都是东部玩家，和她距离太远，从没有过联系。"

慕回雪缓缓抬头："白若遥是你们杀的吗？"

约翰皱起眉毛："我说了，我们没有。"

"其实我还挺讨厌这个家伙的，但是你们或许不知道，我和他认识很多年了。我们同为一个组织的同伴，见面很少，但是无论如何……"慕回雪唰地抬头，与此同时，一只黑色暗器嗖的一声刺破空气，射向约翰，"他是我的同伴！"

约翰侧头避开暗器，他回头一看，发现那竟是小木偶的碎片。

啪！

红色的鞭子应声而至。

黑塔禁止使用道具，所以玩家的武器都没法用出原本的道具效果，但这并不影响使用。约翰或许是没想到，慕回雪会突然出手，他狼狈地躲开这一鞭，速度不够快，仍旧被打伤了手背。

贝尔立即拔出一把手枪，快速地射向慕回雪。

金发男人和棕发男人配合默契，与慕回雪交缠起来。其余玩家仍旧坐在位子上，盯着他们战斗。这场战斗开始得很突然，但是没持续多久，才打了两个回合，慕回雪的鞭子就被安德烈一把抓住。

"没有意义。"沉闷的声音响起，安德烈说道，"他们或许真不是杀了白的人。"

慕回雪看着自己的同伴，片刻后，她收起鞭子。

从进入这座城堡开始，慕回雪便一直表现得非常友善，哪怕是面对西洲玩家莉娜·乔普霍斯的挑衅,她都没有生气。所有人都忘记了,她其实是一个回归者,而且是一个拥有二十六万休息时间的回归者。

回归者的世界,杀害同游戏的玩家是最常见的事。

回归者与地球幸存者是不同的。

看到慕回雪的表现,莉娜·乔普霍斯眼中射出亮光,跃跃欲试。

坐下来后,慕回雪瞬间变脸,她笑道:"抱歉,开个玩笑。各位,我并没有想到什么通关的方法,你们有吗?"

仅仅是简单的出手,便震慑住了其他玩家。所有人都看得出来,贝尔和约翰两个人加起来,可能也无法杀死慕回雪。这个女人的实力极为恐怖。

这时,一道笑声响起:"我现在明白了,你刚才出手,并不是真的想为那个所谓的同伴报仇,而是想告诉我们,晚上就算碰到了你,也不可能杀死我。又或者说……你想威胁我们,到游戏的最后时刻,不要轻易对你动手?"

说话的是西洲玩家唐德·赛维克。

慕回雪靠着椅背,看着对方微微一笑:"你猜。"

唐德笑得更加灿烂起来。

一整个白天,不欢而散。

临走前,唐陌站在傅闻夺的身后,淡定道:"虽然我觉得说这件事没意义,但还是要问一遍。请问,有玩家承认自己昨天晚上获得了出门机会,在门外碰到了我的同伴吗?"

城堡里寂静一片,半晌后,莉娜·乔普霍斯嘲笑地说了一句"蠢货",起身离开。紧接着,玩家们一个个离开大堂,前往二楼房间。

唐陌这句话本就问得非常没有意义。

这个游戏从开始到现在,甚至未来,都不会有一个玩家承认自己在夜晚出了门。因为只要同出门的玩家死亡,就会无条件地被怀疑。这时候哪怕你不是黑塔怪物,也会被其他玩家抵制,甚至杀死。

唐陌和傅闻夺回到房间,两人关门前,与慕回雪三人悄悄说了几句话。综合了五人的实力,傅闻夺道:"如果晚上是你,练余筝你不要出去。其他人可以出去试试。"

和白若遥前一天推测的一样,今天被投票限制异能的玩家是安德烈,不是唐陌。也就是说,唐陌还可以使用异能。

练余筝思考片刻,道:"我不出去的话,会影响计划吗?"

唐陌:"我们这里的五个人,之前连续三天没人出门的概率只有 0.8%。这个概率已经低到可以说是我们五个人运气非常不好了。黑塔不会让我们再不出门,这太不公平。如果我推算得没错,今天晚上,我们之中肯定有人能够出门,明天,也会有。"

夜幕降临,城堡中的摆钟重重敲响,发出响亮的声音。

一道清脆的童声忽然在唐陌的耳边响起——

叮咚!获得出门机会一次。

唐陌心中一凛,他下意识地抬头看向对面床上的傅闻夺。他能清晰地听到傅闻夺还在和自己说话,而且就在下一秒,他甚至听到了自己的声音。说话的语气、用词习惯,乃至思维方式,这个"唐陌"简直与真正的唐陌一模一样。他和傅闻夺说了三分钟,傅闻夺完全没发现异常。

唐陌心里对黑塔有了更深的认识,他现在仿若成了一个透明人,掀开被子,走向房门。然后……直直地穿过了门板。

在他穿过门板的那一刻,门里的对话声骤然消失。

寂静漆黑的走廊里,时钟发出嘀嗒嘀嗒的声响,声音在城堡的墙壁间不断撞击,形成回声。唐陌静静地站在走廊中央,他冷静地观察四周,并没有看见一个人。他想了一会儿,转身走向阁楼。

嗒嗒的脚步声踩着楼梯,一步步上了三层阁楼。

当唐陌的脚踏上最上面那层台阶的一刹那,他突然拔出手枪,动作流畅地上膛,手腕一动,森冷的枪口直直地指向阁楼楼梯旁边的黑暗处。

光线昏暗的楼梯口,黑发青年头也不转地将枪口对准黑暗,他根本没有看,却仿佛知道那里有人。过了几秒,一个白发苍苍的身影从黑暗中走了出来。

乔治·安索尼并没有一丝慌张,他镇定地说道:"原来可以出来的人,是你。"

唐陌没有收起手枪:"你什么时候来的,为什么来这儿?"

白人老头说道:"我的房间离阁楼最近,我只比你早来一步。"

两人话还没说完,又是一道脚步声,轻轻地踩上了楼梯。唐陌和乔治齐刷刷转身,看向来人。狭窄的楼梯拐角处,一双阴冷的眼眸从冰冷的黑暗中探了出来,阴森森地盯着站在阁楼门口的唐陌和乔治·安索尼。

三人看着对方,片刻后,乔治道:"看来今天晚上的三个人是到齐了。我、唐陌,还有……阿布杜拉。"

黑暗中,身材干瘪、长相阴鸷的年轻男人从楼梯里慢慢走上来,正是东南洲玩家阿布杜拉。

白人老头看着两人,坦白道:"我是第一个来这儿的,我刚来半分钟,这位唐也来了。这里是阁楼,我想你们来这儿的原因应该和我一样。"一开口,他就撇清了自己的关系,说明自己的来意,"我是来看看,那具尸体还在不在的。"

唐陌:"我也是。"

阿布杜拉看了两人一眼:"一样。"

老头乔治默了默,问道:"一起进去?"

"好。"

老头的手按在阁楼的门把手上,轻轻扭开。昏暗的光线透过窗户,射入阁楼内。那门缝越开越大,唐陌的目光也越发集中。在他看到那具仍旧停放在阁楼里的尸体时,他心中稍稍松了口气。

阿布杜拉:"他还在。"

白人老头:"我对这具尸体没什么兴趣。"

唐陌:"出去看看?"

众人同意了他的建议:"好。"

晚上的时间一共有两个小时,但这并不意味着,玩家一定要在屋外待满两个小时。不出门是被黑塔允许的,出门很快又回来,也被黑塔允许。白天的时候,他们要面对的是十几个玩家,晚上只有三人,更容易观察对方。

然而三人并没打算一起行动,从阁楼下来,走到二楼的楼梯口,他们就分开了。

这是一个难得的单独调查这座城堡的机会。

白天时,每个人所有的对话都在长桌旁进行。哪怕去搜索线索,也必须所有人一起行动。一来是可以保证公平性,二来也是在防止怪物混在玩家里,偷偷摸摸地清除线索。

唐陌选择的是去一楼大堂,老头和阿布杜拉则选择在二楼逛逛。

三人分别时,唐陌悄悄地抬头看了眼这两人的背影。白人老头选择向左走,阿布杜拉选择向右走。两人没任何交集,也只是自顾自地寻找线索,仿佛真的不愿意浪费任何时间,谨慎地想查明真相。

唐陌走下楼梯,来到长桌旁。

狭长的木头桌子中央,摆放着十三个小木偶。木制椅背上,莉娜·乔科鲁、大卫·安德斯、阿纳托利·库尔布斯基和白若遥的名字全被划去。每当夜晚降临,玩家投完票倒扣了放在桌上,就没人去管这些票的下落。唐陌仔细看着桌面,发现并没有一张白票,也没有红票。

他一一走过每个玩家坐过的椅子。

接着,他去了壁炉,翻开厚厚的炉灰。又去了厨房,在橱柜里仔细寻找。

半个小时后，嗒嗒的脚步声在楼梯上响起。唐陌端着一只烛台，昏暗的烛光映照在他的脸上，显得颇为阴沉。他面无表情地顺着楼梯向上走，走过第二层楼，又走上三层阁楼。在阁楼的门口，他停下脚步，唰地回过头，看向楼梯下方。

一张阴沉的脸被烛光隐隐照亮。

唐陌沉默片刻："你脚步声很轻。"

阿布杜拉："我走路一直很轻。"过了片刻，"呵呵，你会因为这个，就觉得我是怪物？"

这讽刺的笑声听得唐陌眉头一皱，他没有回答，转身开了阁楼的门。

定定地看着门内的景象，下一刻，唐陌回过头，声音平静："你说，是谁偷走了尸体呢？"

只见狭窄昏暗的阁楼里，赫然空荡荡。

白若遥的尸体不见了！

阿布杜拉倏地抬头："你想说什么？不是我偷的。"

唐陌举着烛台："也不是我。"

阿布杜拉："哦，是那个老家伙。"

唐陌吸了吸鼻子，嗅着空气里的味道。只有尘封已久的灰尘气息，没有其他味道。他举着烛台，微微俯下身，让蜡烛的光芒照到阁楼大门的角落。看着木门边角上一块褐色的痕迹，唐陌伸出手，轻轻抹了一下。

已经抹不出任何东西，但是湿的。

唐陌："乔治去哪儿了？那个老头。"

阿布杜拉漆黑的眼珠里倒映着暗淡的烛光："我没见到他。"

唐陌握着烛台，微微勾起唇角："这是你的血，还是他的……"话还没说完，一道刺耳的破风声从唐陌身后响起，唐陌直接迎面扔了烛台上去。阿布杜拉一拳击碎烛台，站在楼梯下方，用阴冷如蛇的目光看着唐陌。

这是唐陌第一次看到他笑，他的笑容阴森瘆人，在黑暗中格外诡异。

"反正你是要死的，问那么多做什么呢。"

最后一个字说完，拳头应声而至。在这一拳即将砸到唐陌时，阿布杜拉五指一张，变成爪状，直剜唐陌心口。唐陌侧身躲开，一只手按住楼梯扶手。阿布杜拉双爪成鹰状，攻击如暗影，密密麻麻地向唐陌袭来。

他的指甲不知在什么时候变成了黑色，他一爪抓住楼梯扶手，竟生生地抠出五根手指的指印。在他的指甲触碰到的地方，木头发出滋滋的声音，很快腐烂融化。

唐陌见状不敢大意，他用手一撑，顺着楼梯扶手滚到二层。

阿布杜拉直接追了上来。

地形开阔一些后，唐陌不再处于被动，他开始主动进攻。

阿布杜拉并不强壮，甚至有些瘦弱，但他的动作快极了。他身体柔软，从各个角度向唐陌攻击，每当唐陌要碰到他，他都能弯曲身体躲避，滑如游鱼。

又是一击，阿布杜拉的五指深深嵌入墙中。

就是这个机会！

唐陌双眼一亮，怒喝一声，直接拔出城堡楼梯的一根金属扶手，用尖锐的一头刺向阿布杜拉。谁知下一秒，阿布杜拉竟然迅速地把五指拔了出来。阴沉的脸上露出一抹诡计得逞的笑容，唐陌双目睁大，才知自己中计。

阿布杜拉怒吼着攻向唐陌，直刺他的心口。唐陌迅速避开，但还是被他剜去腰上一大块肉。被那黑色指甲碰到的地方，血肉开始腐烂融化。唐陌毫不犹豫地割去一大块肉，同时一脚踹向对方。

两人各自倒退三步。

唐陌："你攻击的地方有些巧，害我不得不剜掉这块肉。"

阿布杜拉冷冷一笑："你还算聪明，如果你再晚挖肉一秒，我的异能剧毒肯定已经杀进你的心脏。"

唐陌轻笑一声："你不懂我的意思。"

阿布杜拉没理会他："给我死！"

这一次，阿布杜拉的攻击更加密集迅速。他好像没时间再和唐陌纠缠，抓住每一分每一秒，疯狂进攻。唐陌被他逼得连连后退，阿布杜拉一脚将壁炉踹碎，碎掉的砖瓦挡住唐陌的视线。此时，他快速攻上。他的爪子即将捅穿唐陌，可唐陌的身体突然以不可思议的形状弯曲，躲过了这一击。

阿布杜拉立即明白过来："原来这就是你的异能？"摸清唐陌的底牌，阿布杜拉露出势在必得的表情。"难怪那个家伙说，你要是没异能，很容易死。你的战斗实力根本不怎么样。"

唐陌没时间说话，他被对方逼得连连后退。

城堡里，阿布杜拉的爪子在墙壁上留下一道道爪印。他越发疯狂，好像再不快点杀死唐陌，他的异能就会失效。好不容易，他将唐陌逼到楼梯的死角。唐陌避无可避，黑色的毒爪直直朝他的胸口抠来。

然而就在这一刻，一道金属撞击的声音响起。

阿布杜拉睁大双眼，不敢置信地低下头，看向自己的右手。只见那黑色的指甲明明抓到了唐陌的胸口，却没能更进一步。不仅如此，他的手指微微颤抖，黑色的指甲发出一道清脆的咔嚓声，三片指甲竟然齐根断裂！

"不可能，你不可能使用道具，除非是稀有级别的道具，否则不可能有东西能阻挡我的指甲……"

声音戛然而止，阿布杜拉缓缓低下头，看向自己的腹部。

唐陌背靠着墙壁，狼狈地粗喘着气。汗水打湿了他的脸颊，他的衣服被腰部流下的血液染成暗红色。

阿布杜拉的瞳孔轻轻颤抖，看着那个捅进自己身体里的利器。

只见唐陌伸出手，用和他一样的姿势，右手向前，捅穿了他的肚子。唯一不一样的是，他的爪子碰到唐陌的胸口，就被刚硬如铁的东西崩裂；唐陌的右手手臂则幻化成了一柄漆黑的三棱锥形利器，冰冷的武器直直地捅穿阿布杜拉的身体。

口中翻涌上一股强烈的血腥味，阿布杜拉红了眼睛，想要再攻击。唐陌不给他机会，拔出黑色利器，下一击直接捅穿了阿布杜拉的头颅。

这位东南洲玩家张大嘴巴，额头上是一个黑漆漆的血洞。他沙哑着嗓子，想要说出那句"你竟然有两个异能"，但血液堵住了他的嗓子。他一个字都没能说出口，就倒在地上，没了气息。

唐陌手指颤抖地拉开自己的衣服，看向胸口。

异能：基因重组。

拥有者：傅闻夺（预备役）。

类型：基因型。

功能：身体任何一个细胞皆可钢铁化，所形成的钢铁身躯拥有稀有道具级硬度；恢复能力加速，为普通人类的一百倍；细胞可再生。

等级：九级。

限制：进化难度极高。

备注：上一个拥有这个异能的玩家，成为夏娃。

唐陌版使用说明：每天仅可使用一次，每次使用时间为三十秒。细胞再生速度为普通人类的五十倍，可持续时间为五分钟。

唐陌的心口处是一片黑色的钢铁皮肤。慢慢地，这块皮肤变成原样，但是上面还有五个黑色的指印痕迹。黑色的毒素缓慢地顺着皮肤侵入身体，唐陌眼也不眨地抬起右手，用黑色利器把胸口这块肉剜去。

他闷哼一声，擦了擦嘴角流出的血。

稍微休息了一分钟，唐陌走上阁楼，打开门。

安静空荡的阁楼内，地板上残留着前两天 M 国玩家大卫那几百份肉块留下的血迹。

没有白若遥的尸体。

"不对，这次的死亡方式和童谣里唱的不一样！"

当慕回雪和安德烈打开门，就听到一道洪亮的女声。两人对视一眼，一起走下楼。

只见在一楼楼梯的拐角，A 国女玩家李夏和两个西洲玩家正围在扶手附近，不知正在看什么。

闻言，莉娜·乔普霍斯冷笑道："这个凶手已经嚣张到明目张胆地告诉我们，杀人的不是黑塔、黑塔怪物，就是人类？连掩藏都懒得掩藏了吗？"

听到他们的对话，其余玩家也一一下楼。

两个 M 国男玩家一起下楼，接着是东洲玩家山本孝夫，然后是白人老头乔治。过了几分钟，唐陌和傅闻夺下了楼。

当白人老头看到唐陌时，他身体微顿，很快便掩饰过去，仿佛不认识唐陌，昨天晚上也没有离开过房间。唐陌的目光却一直死死地盯在他身上，嘴角微微勾起。

慕回雪弯腰检查了一下阿布杜拉的死因："被尖锐的利器刺穿大脑而亡，应该打斗挺久，身上有不少痕迹。同时，看看我们周围的这些墙壁、楼梯。"

众人顺着慕回雪的视线看去。

慕回雪："昨天白若遥和凶手战斗时，并没有留下这些爪痕和圆洞形的痕迹。所以，这些爪痕和小圆洞应该是昨晚上阿布杜拉和杀他的凶手留下的。如果我没猜错，"慕回雪抓起阿布杜拉的手指，只见他十个手指头上指甲漆黑，其中右手有三根指甲齐根断裂，鲜血淋漓，"爪痕是阿布杜拉留下的，其他的是那个凶手留下的。"

山本孝夫思索片刻，道："阿布杜拉的指甲很明显不普通，极有可能这就是他的异能。"

莉娜·乔普霍斯用不屑的眼神看着四周的所有人："所以，是谁杀死他的呢？"

慕回雪正准备开口，忽然她仿佛想起了什么，看向唐陌和傅闻夺。

三人对视。

唐陌轻轻点头，慕回雪惊讶了一瞬，接着转移话题道："昨天晚上只死了这一个人？"

阿布杜拉的尸体就在楼梯旁，众人这才想起来再去找别的尸体。

他们翻遍了整个城堡的三层,到阁楼时,所有人发现白若遥的尸体不见了。

李夏握紧手指:"果然,凶手是要带走所有人的尸体。他到底想做什么?"

"等等,我好像找到他的尸体了。"

众人立刻向发声处看去。

只见山本孝夫站在阁楼外的楼梯处,顺着楼梯扶手的方向向下看去。"那个是不是他的尸体?"

所有人再齐齐走下楼。

走到一层楼梯的拐角时,他们再向后走去,走到楼梯后方,一具倒在地上的尸体立刻映入眼帘。

唐陌嘴巴张了张,又闭上。

他没想到,对方竟然把白若遥的尸体藏在这种地方。夜晚时,楼梯后方光线昏暗,不拿灯仔细看,根本看不清东西。而且唐陌曾经来过这里搜查过,所以昨天晚上他杀死阿布杜拉后,又去二、三楼找了一下,没找到尸体,这才回了房间。他也没想到,白若遥的尸体竟然会被藏在这里。

M国玩家约翰皱起眉毛:"这是什么意思。昨天晚上的凶手没带走这具尸体?"

为什么昨天晚上不带走尸体,前两天的尸体全部带走?

难道凶手还挑人吗?

练余筝正要说话,一道低低的笑声响起。西洲玩家唐德·赛维克掩唇笑了一下,见众人奇怪地看他,他温柔地笑着,说道:"有件事其实我非常在意。今天以前,连续三天,这两位A国玩家⋯⋯也就是唐和傅,你们一直都是很早就离开房间,甚至第一时间赶到案发现场。但今天,你们在房间里待得真久⋯⋯"

唐德好奇地看着他们,笑道:"我有点好奇,你们在房间里做什么呢?"

这句话一出口,玩家纷纷脸色一变。

唐德补充道:"莫非,你们是有谁受了伤,想抓紧时间疗疗伤?"

练余筝这时也明白杀死阿布杜拉的凶手是谁了,她立即开口:"如果我没记错,你们三个M国玩家也是很晚才出来的吧?"

两个年轻玩家直接反驳:"你什么意思,我们出来的是稍微晚了一点,但根本没多晚。我们的房间本就在最里面,比你们动作慢点难道有什么不对吗?"

练余筝:"那他呢?"她指的是白人老头。

白人老头道:"我有点私事要处理,在房间里试了一下我的异能,看看能不能正常使用,所以才来晚了。"

莉娜·乔普霍斯:"理由都很充足呢,那你们呢?"

这个冷酷的短发女人冷笑地看着唐陌和傅闻夺,语气极冲,仿佛亲眼见到他们杀人了一样。

慕回雪三人面露不悦，然而让他们没想到的是，唐陌微微一笑："是，我昨天晚上离开房间了。"

什么？！

所有玩家错愕地看着唐陌。

唐德·赛维克脸上笑容消失，好像察觉到有哪里不对。

而下一秒，唐陌语气平静地说道："顺便一提，他是我杀的。"

慕回雪："唐陌？！"

两个M国玩家立刻拔出武器，警惕地看着唐陌。莉娜和唐德也严阵以待。

唐陌走到阿布杜拉的尸体前，道："我们从阁楼开始打。我从楼上跳下来，"他比画了一下，"他也追了下来。接着我们从餐桌打到壁炉，他一脚踹碎了壁炉，后来我用武器捅穿了他的脑袋。你们如果要找痕迹，应该能找到一条完整的线路，证明我说得没错。"

莉娜："所以你是承认，都是你杀的人了？你把之前那三具尸体放哪儿了？"

唐陌："我有说过之前的人都是我杀的吗？昨天晚上，是他先攻击我，我才反击的。那时候我以为他已经杀了另外一个人，所以才会出手。不过很快我就知道我错了，阿布杜拉没有杀另外一个人，而白若遥的尸体也是被那个人藏起来的。他的目的很简单，是误导我，或者误导阿布杜拉，让我们怀疑对方，从而大打出手，最后死一个人。"

安德烈："另外一个人是谁。"

唐陌直接指向白人老头："他。"

白人老头神色平静："我不懂你在说什么，我昨天晚上没有出门。"

唐陌笑了："阁楼门上那块血迹是你弄上去的吧？"

白人老头目光一闪，反问："什么血迹？"

唐陌带着众人上了楼，他蹲下身体，摸了摸阁楼门板上一块完全干涸的红褐色血迹。"你做得很巧妙，把血迹布置在这么不引人注目的地方，这样血迹被发现时，完全可以伪装成凶手没注意到，才留下这块血迹。但你深深地知道，或者说你相信我和阿布杜拉的实力，你知道我们无论谁第一个上阁楼，都肯定能发现这块血迹，以为你被对方杀了，对方还偷走了白若遥的尸体。"

白人老头："你说的这些，我确实都能做到，你的推理看上去也很天衣无缝。但事实上，我并没有出门，我也没必要做这么多事，这样对我有什么好处？"

唐陌："好处已经出来了，阿布杜拉死了。"

白人老头皱眉道："这算什么好处，他死了关我什么事？"

唐陌："你少了一个竞争对手啊。"

众人的目光在唐陌和白人老头之间来回徘徊。

白人老头紧紧地盯着唐陌，良久，他笑道："虽然你说的都很对，但我确实没有出门。"

唐陌没反驳他，而是从口袋里拿出一瓶红褐色液体。他打开后，将东西递给傅闻夺，傅闻夺闻过一遍，递给慕回雪。所有人再依次传递下去。

看到唐陌拿出这样一瓶东西，白人老头露出怀疑的眼神。他接过这瓶褐色液体，低头闻了一下："红酒？！"

"是，就是红酒。"唐陌语气淡定，"第一天我就从桌子上的红酒瓶里倒了一些出来，装在自己随身带的小瓶子里。红酒放在空气里久了，味道会变淡。这小瓶红酒的味道已经淡到我们谁都闻不出来，除非凑近了闻。所以昨天晚上我出门的时候带上了它，顺便找机会在我碰到的两个玩家的身上，都洒上了一点。"

白人老头惊愕地睁大眼，低头向自己身上看去。

唐陌笑道："别找了，在你的背后。昨天晚上我关阁楼门时碰了你一下。"

贝尔立即走到白人老头的背后，果不其然，在他穿的米白色西装外套的后方，发现了一块手指大小的褐色痕迹。贝尔凑上去一闻，冷笑道："果然是红酒。昨天晚上，你就是三个出来的玩家之一！"

白人老头沉默片刻，再说话时并没有被人揭穿的慌张："我没想到，你竟然准备了这么多。不错，我昨天晚上出门了，但我昨天晚上什么都没有做。我之前之所以否认，是因为不想惹祸上身，让你们怀疑我。而且你们也听到了，他刚才也承认了，是他杀死了阿布杜拉，和我没关系。你们很清楚，其实我也一直知道，论战斗能力，我是这十七个玩家里最弱的。所以昨天晚上我在城堡里搜寻了一圈后，就回到自己的房间。我害怕被他杀害，"他指着唐陌，"幸好我回来了，否则我一定和阿布杜拉一样，成为一具尸体。"

唐陌："你是不承认你搬走了白若遥的尸体，并且故意留下血迹？"

白人老头反问："我为什么要这么做，这对我有什么好处？你们就算全死了，我也不能通关。"

一道低沉的男声响起："原因你刚才不是已经说了吗？"

白人老头扭头看向傅闻夺。

傅闻夺嘴角微翘："因为你弱。"

唐陌："山本孝夫先生，现在可以请你告诉我们，昨天白天，当慕回雪询问大家有没有想到通关方法时，你说的那个方法到底是什么？"

山本孝夫默了默，他看了唐陌一眼，最终还是决定开口说道："当诺亚来的那一天，其实并不需要真的找到怪物。我们只需要活得比其他玩家久就可以了。黑塔说了，诺亚如果吃不到烧烤怪物，他就会吃了所有玩家。那么……如果那一天，在诺亚吃人的时候我们把那个人点火烧了，总有一个，他会吃到真正的怪物。"

他总结道："所以，我唯一要做的，就是活下去，活得越久越好。不过这样就只能说是活命，通关游戏，我们谁也没找到怪物，没法在红票上写下名字，也没法完成'抢六模式'，获得七层的线索。"但是比起线索，他更想活下去。

最后一句话山本孝夫闭上了嘴，没有说出口。

安德烈看着白人老头："这个方法，我们所有人其实都知道。所以，你一定是第一个被诺亚吃的人类。"

白人老头脸色黑了黑，他很快恢复镇定。他冷笑道："或许你们说的都是对的，但是我实力最弱，我杀不了人。昨天晚上，我并没有参与你们的战斗，那也是我第一次获得出门机会。已经死去的五个玩家，没有一个是我杀的。"

约翰思考道："他说得没错。不要说第二天被杀死的大卫和阿纳托利，就连第一天死的莉娜·乔科鲁，他应该也杀不掉。"

慕回雪忽然笑了："确实不是他杀的。"

约翰转首看她。

慕回雪双手环胸，似是无奈地低笑了一声，轻轻说道："变态的脑回路，有时候很不一样。这是我死去的那位同伴说过的话。他虽然是个很神经病的人，但是他其实算不上变态，所以他猜到了一些事，却猜得还不够。比如说，在这个城堡里，有几个人从一开始就想到了一个真正通关'抢六模式'的方法。"

李夏惊讶道："什么方法？！"

慕回雪："无法在红票上写名字，是因为根本不知道谁是怪物。哪怕最后让黑塔吃到怪物，但为时已晚。所以……假若杀了除自己以外的所有人呢？怪物隐藏得再好，再会伪装，始终和人类是不同的。亲手杀死它的那一刻你就会明白，它到底是人类还是怪物。"顿了顿，慕回雪声音平静，"这，就是变态通关这个游戏的真正方法。"

慕回雪话音落下，李夏几人露出恍然大悟的表情。

山本孝夫也皱起眉毛，他思索了一番这种方法的可行性，最后叹气道："原来还可以这样。"

白若遥死去的那个白天，唐陌五人聚集在一起。到那时，他们才明白那个娃娃脸青年最后说的那番话的意思。

变态的脑回路，有时候真的很不一样。

白若遥隐约猜到了这种方法，可他终究不是那么变态的人，不至于杀掉同游戏的所有玩家获取自己的胜利。所以他的结局是死在真正的变态手中，没能回到房间。

约翰："你刚才说，有几个人早就想到了这个方法，所以他们杀死了其他玩家……是谁？"

乔治·安索尼冷漠地站在一旁，没有吭声。

唐陌看了他一眼，所有人都知道，这个看上去最弱的白人老头其实也是杀人派的玩家。但是除了他之外呢？

唐陌从鼻子里发出一道笑声："能够找到方法把尸体偷走、不被我们发现，这种神奇的方法，能有人想到就很难得，不可能有两伙人一起想到，只能是同一伙人。偷走莉娜·乔科鲁尸体的人和偷走大卫、阿纳托利的人，肯定不是他。"他指着白人老头，"如果他想到了那个方法，他就不会留下白若遥的尸体。"

李夏握紧自己的匕首："是谁？"

"是……"

下一刻，一道银光闪过，傅闻夺手腕一抬，一支小巧的飞镖从他手中射出，直直射向莉娜·乔普霍斯。这位强大的西洲女玩家侧过头，伸出双指，竟用手指牢牢地夹住了这支飞镖。

唐德·赛维克笑道："什么意思，傅闻夺？"

傅闻夺："他们不知道，但我们知道白若遥的实力。那个人非常强大，在限制所有人异能的情况下，他尤为可怕。如果仅仅是我出手、不留情面地杀他，他死亡的可能性也只有三成。慕回雪出手，可能性也不到三成。这个城堡里，无论是谁，只要和他单打独斗，想要杀了他，概率都只有一半不到。但他死了，所以……那天晚上除了他以外，是另外两个玩家联手杀了他。"

唐德无奈地辩解道："我的朋友，这座城堡里可不只有我和莉娜是队友。你的那两个朋友也是哦，再说，还有这两个 M 国人呢？"

"该死的家伙，你别想胡说！"约翰和贝尔不悦地出声反驳。

慕回雪："你以为我昨天为什么突然对他们出手。"

唐德双目一凛，脸上笑容消失。

慕回雪："因为我要验证，他们到底有没有那个实力，杀了 Fox！"

话音落下，慕回雪骤然暴起，红色鞭子刺破空气，如同一只凶猛的猎豹，扑向莉娜·乔普霍斯。另一边，唐陌几人也攻向唐德·赛维克。

李夏、山本孝夫和两个 M 国玩家犹豫了片刻，没有动手。

一时间，慕回雪和安德烈对上了莉娜，唐陌、傅闻夺和练余等对上了唐德。

七人在城堡的一层缠斗不已，将桌椅、瓷砖全部劈碎。

真正动手时唐陌才明白，为什么白若遥会死在这两个人手里，这两个人又为什么会成为全球第一个通关黑塔五层的玩家。

他们的近身格斗能力强极了，不比傅闻夺弱！

这两人的配合也十分默契，哪怕唐陌几人故意将两人分开，想逐个击破。两人也总是能联起手，互相帮助，形成一加一大于二的效果。然而，他们终究只有两人，很快落入下风。

这时，莉娜回过头，对其他玩家怒吼道："该死的，你们还不快上来帮忙。乔治你个老家伙，你不想赢吗？一共有三个名额，我和唐德只占一个。现在我们手上有三具尸体，如果怪物在这三个人中，我们俩死了，你们找不到尸体，还能通关吗！"

李夏四人听了这话，脸上表情闪烁，最终并未出手。

白人老头权衡再三，忽然心一狠。

不这样，他根本不可能获得"抢六模式"的奖励！

只见白人老头怒喝一声，忽然双掌拍地。一阵奇妙的波动透过空气，传向周围，波及城堡里唐陌等人的身体。

白人老头："我的异能被黑塔限制了，只有三分钟！"

在场所有玩家都不知道这老头的异能是什么，能让他顺利通关到黑塔六层。但随即，唐陌举起小阳伞，想挡住唐德的突然进攻。他无法打开小阳伞使用，但这把伞毕竟是精良道具，做盾牌也很好用。

但就在唐陌抬起小阳伞的时候，他亲眼看着唐德的刀正好劈在小阳伞的伞柄上，可是他的肩膀却突然一痛。

唐陌顿觉不妙，一脚踹向唐德，自己连连后退。他摸了摸肩膀，鲜血染红手掌。

同样的情况也发生在慕回雪那边。

慕回雪的鞭子明明准确地对着莉娜的胳膊缠上，但是一秒后，她却眼睁睁地看着鞭子没把莉娜捆住。

交手几回合后，傅闻夺大声道："他的异能是催眠你的视力，让你的视觉呈现发生延迟，延迟时间在零点三秒内！"

众人脸色一沉。

没错，这个老头的异能在此刻暴露无遗：对敌人进行视觉催眠。

在唐陌的眼中，他明明看到唐德的刀劈向他的胸口，可事实上，他所看到的东西比真实发生的要晚零点三秒。高手对战，毫厘之差，错之千里。老头本身没太大的战斗实力,他的异能却是比阮望舒的重力压制还要恐怖的辅助战斗异能。

三分钟的时间看上去很短,却足以改变战局。

第一分钟,唐德和莉娜抓住机会,进行反扑。但是第二分钟,傅闻夺第一个适应过来。他恐怖至极的作战经历令他迅速地催眠自己,将眼前发生的景象延推到零点三秒后,大致能跟上唐德的动作。

很快,慕回雪、唐陌几人也都适应了这个恐怖的异能,开始反攻。

假若此时此刻他们对上的不是唐德和莉娜两个人,再多两个对手,甚至一个,结局就大为不同。

莉娜和唐德被压制得节节败退,白人老头的异能也快结束。他满头大汗,忽然觉得自己选错了队友,不该相信这两个该死的西洲人。

从头到尾,莉娜和唐德都没使用任何异能。或许他们的异能也和傅闻夺一样,两天前,在他们杀死白若遥的时候使用过一次,现在进入了冷却时间。

终于,白人老头神色苍白地收起按在地上的双手,整个人虚脱地倒在地上,异能忽然终止。傅闻夺抓住一个机会,右手一翻,漆黑的三棱锥形利器直直刺向唐德的心口。另一边,安德烈双拳如虎,猛烈地堵住莉娜的去路,慕回雪一鞭子捆住她的脖子,将她拽到身前。

唐德为避让傅闻夺的黑色利器,将心口暴露给了唐陌。

唐陌双目一凛,反手拔出一把小巧的银色蝴蝶刀,刺向唐德的胸口。但就在这一刹那,唐德和莉娜的脸上露出一抹阴险的笑容。

时间在这一刻忽然静止,唐陌握着蝴蝶刀的手停在半空中,慕回雪拽回莉娜的鞭子僵滞在空气里。

只有莉娜和唐德,他们两个人的身体迅速地移动起来。时间紧迫,汗水从唐德的头上滴落,落在地上,发出啪嗒的声响。他绕到唐陌的身后,举起小刀,一刀劈下。

静止的时间河流再次流淌起来,但唐德和莉娜已经绕道后方,即将杀死唐陌和慕回雪。

砰!

砰!

两道刺耳的枪声响起,莉娜和唐德齐齐低下头,不敢置信地看向自己的胸口。

只见在他们的胸前,一个巨大的黑色血洞横穿了整个身体。鲜血喷涌而出,唐陌仍旧背对着唐德,他的左手拿着一把银色蝴蝶刀,右手却悄悄伸到身后,握着一把手枪，藏在腰后，扣动了扳机。同样，傅闻夺的枪准确无误地射穿了莉娜的心脏。

唐德张开嘴，血液从他的口中喷出。

"为……为什么，你知道，早有防备……"

唐陌收起手枪，他低头看了眼那把银色的蝴蝶刀，道："我和这个家伙第一次见面的时候，我逼他砍断自己的右臂，从此他一直想杀了我。他知道我的异能是什么，但他并不知道，我当初到底为什么能反杀他，还能知道他的名字。"火鸡蛋的秘密只有小队内部知道，唐陌和傅闻夺保守得极好，从没透露给任何人。

唐陌将银色蝴蝶刀收起来，转过头看着一脸绝望的唐德·赛维克，声音平静："不过他很聪明，他肯定知道，我是拥有什么可以回溯时光的能力。所以，他临死前突然砍断自己的右臂，你们其实都不懂为什么吧？"

两天前，诺亚方舟城堡。

莉娜和唐德从没遇见过这么强大的敌人。

这天晚上，他们的运气好极了，三个可以出门的资格，他们俩都在其中。他们两人联手，杀死一个玩家简直是易如反掌。但他们没想到，自己居然差点翻车。

幸好莉娜的异能类似于静止时间。

原本那个娃娃脸青年差点就杀了莉娜，还能逃走，但就在那一刻，莉娜发动异能。一刀狠狠地捅进那个家伙的胸口，对方错愕的神情莉娜曾经在别的玩家脸上看过无数次，可是每一次都觉得无比精彩。

她舔舔嘴唇上的血，拔出自己的刀。

"蠢货，死吧。"

幸运总有用完的那一刻，无论是谁都看得出来，她和唐德赢了，这个自称自己非常幸运、谁也杀不死的 A 国玩家，肯定死了。

然而在对方临死前的那一刻，他忽然不知从哪儿来的力气，一刀砍断了自己的右臂。

莉娜阻止不及，但她和唐德都没觉得有什么不对，还以为对方有什么可以金蝉脱壳的本领。等了一会儿没等到异常，确认对方真的死了，两人正打算收拾尸体，白天却快来了。

没时间处理尸体，两人只能急急地回到房间，处理自己的伤口。

那只右臂在他们的身后顺着楼梯落到地面，而这声沉闷的落地声像极了此刻射穿莉娜和唐德胸口的两道枪声。

"'高潮总是来得很快'，我相信那个家伙，所以特意把这个异能留给了你们。"

将蝴蝶刀收进口袋，唐陌双手插着口袋，抬起头看向楼梯的拐角，看着那个娃娃脸青年死去的位置。

"……其实，他已经把人情还给我了。"

寂静宽敞的城堡里，莉娜·乔普霍斯和她的同伴唐德·赛维克彻底咽了气。至此，黑塔六层攻塔游戏"诺亚在方舟上的晚餐"，只剩下唐陌、傅闻夺、慕回雪、安德烈、练余筝、山本孝夫、李夏，还有两个M国玩家贝尔·弗斯克和约翰·布鲁斯。

一共九人。

不，其实还有十人。

慕回雪缓慢地转过头，看向那个因为过度使用异能、而瘫倒在地的白人老头。她眯起双眼，正要开口，一只红色的飞虫嗖地向这老头的后脑飞来，迅速地射穿整个头颅。老头睁大双眼，额头上是一个黑漆漆的血洞。

山本孝夫冷漠地收回那只虫子。

李夏错愕地看他："你？"

所有人都知道九成可能性，这老头不是怪物。他和那两个西洲玩家一样，只是想杀光其他玩家，获得胜利，自己"抢六"。

山本孝夫没对自己的行为做出任何辩解，他看向唐陌和傅闻夺："现在唯一要做的，就是找到被他们藏起来的三具尸体。无论如何，那三具尸体里或许有真正的怪物。"顿了顿，他补充道，"你其实已经知道那三具尸体在哪儿了吧？"

他看着唐陌。

唐陌神色平静地反问："我为什么知道？"

山本孝夫指了指莉娜和唐德的尸体："你刚才说，之所以判断三具尸体都是他们两个人藏起来的，是因为你认为，正常玩家不会想出藏尸体的办法。这座城堡我们所有人都搜过很多遍了，除了每个人的房间其他人进不去，其他地方都搜过。没搜到。"

M国玩家约翰跟着说："不错，而且就算是他们，也不可能把那三具尸体藏到自己的房间。因为他们不能把尸体带进去。"

"事实上，你这个理由有些牵强。都是黑塔五层玩家，他们能猜到那个方法，其他人未必猜不到。但你非常肯定是他们藏的。"山本孝夫定定地看着唐陌，"在哪儿？"

唐陌看着他，片刻后，笑道："确实，我昨天晚上找了很久，找到了那三具尸体。跟我来。"

尸体总归要在第七天交给诺亚的，唐陌一定会把它们找出来，不可能自己私藏。

众人先将莉娜、唐德，以及白人老头的尸体搬到阁楼，和白若遥的尸体放在一起。接着再一起下楼。

唐陌走到长桌旁，停在属于那两个西洲区玩家的椅子旁，抬头道："就在这儿。"

李夏皱起眉头："在哪儿？"她弯下腰，检查长桌下方。很遗憾的是，并没有那种恐怖片里的常用镜头，一低头看到桌子底下有具尸体。李夏找了半天，没看到任何东西。

唐陌敲了敲身旁的椅子："在这里。"

傅闻夺也不知道那三具尸体藏在哪儿，唐陌回来后还没来得及说这件事。他的目光定在那张老旧的椅子上。半晌后，他睁大双眼，难得露出一丝厌恶的神情。

又过了一会儿，慕回雪、练余筝……所有玩家都明白了那三具尸体到底藏在哪儿。

练余筝反手取出一把匕首，走到椅子旁，划开那张椅子的椅背。尖锐的刀锋迅速地划破木块，木屑散落在空气中的同时，啪嗒几声，一片片烧烤过的肉片从椅子中落了下来。

从椅子的顶端到四根脚的最下方，数不清的肉片被塞满了整张椅子。

当这些肉片掉在地上时，李夏和M国玩家贝尔露出作呕的神情，移开视线。

谁能想到，这竟然是灯下黑。

当他们坐在长桌旁，交流投票时，莉娜·乔普霍斯坐的椅子里竟然塞满了肉片。然而联想到莉娜和唐德一开始就想杀了全部玩家、自己"抢六"，众人也都释然。这种变态行为，他们确实做得出来。

练余筝蹲下身体，一片片地把椅子里面的肉全部挑了出来。

安德烈看了看地上的肉量，抬头道："不够，大约只有三分之二个人。"

谁也不知道他是怎么测出地上的这些肉片相当于三分之二个人的，傅闻夺道："但这里肯定有三个人。诺亚要吃的是烧烤怪物，并非整个怪物。只要是烧烤的怪物，就算过关。至于那些多出来、藏不进椅子的肉，他们或许私下处理了。"

李夏："……"

这怎么私下处理？吃了？！

想到这种可能性，在场最正常的女玩家整个人都感觉不好了。

安德烈和练余筝把这些肉片收好，这时，距离第五天结束，已经只剩下十分钟。所有人再坐到桌子旁，慕回雪顺脚踹飞了莉娜坐过的那张椅子，把椅子踹进壁炉。

空气中还弥漫着那股烤肉的味道，这一次，唐陌抢在傅闻夺之前，坐上了椅子。

傅闻夺挑眉看了他一眼。

唐陌做出口型：该结束了。

傅闻夺勾起唇角，没再说话。

练余筝："现在很明显，黑塔给出的那首童谣，并不是我们每个人真正的死因。按照童谣，昨天晚上被唐陌杀死的阿布杜拉，他应该死于血流干而亡，但他是被捅穿心脏死的。所以之前死掉的三个人是被凶手故弄玄虚，伪装成童谣的死法。"顿了顿，她道，"这个凶手应该就是莉娜和唐德了。"

山本孝夫声音低哑："有一点我不同意。"

众人看向他。

"按照你的说法，莉娜和唐德是杀死三个玩家的凶手，但事实上，第二天晚上死的大卫和阿纳托利，他们的实力并不简单。第三天晚上，那个A国玩家可能确实是被莉娜、唐德联手杀死的，但大卫和阿纳托利呢？我不认为他们两人中有谁有这个实力，能一次性杀死那两个玩家。"

唐陌："谁说他们是被一个人杀死的？"

山本孝夫皱起眉毛，疑惑地看着唐陌："你的意思是？"

唐陌："为什么你们会认为，想到'杀死所有玩家，令自己获胜'这个办法的，只有莉娜、唐德和乔治呢？大卫·安德斯以及阿纳托利，或许他们两人中，也有一个人有这样的想法。"

众人思索片刻，便明白了事情真相。

第一天晚上杀死黑人莉娜·乔科鲁的人，暂且不明，有可能是西洲玩家莉娜和她的同伴唐德。而第二天，西洲玩家莉娜和唐德必然有一个被选中可以出门，因为他们偷走了黑人莉娜·乔科鲁的尸体。

第二天晚上，假设是西洲玩家莉娜出门，那出门的三个人就是莉娜、大卫和阿纳托利。

并不是说莉娜能一个人杀死这两个强大的玩家，而是说鹬蚌相争，渔翁得利。两个男玩家中，或许也有一个想杀死别人的，甚至他们第二天晚上出来的三个玩家，都抱着这样的想法。只不过最后，莉娜获胜了，她是最后活下来的人。

而第三天晚上，出门的是白若遥、莉娜和唐德。

第四天，出门的是唐陌、阿布杜拉和乔治。

慕回雪："现在除了第一天晚上，其他晚上的出门情况我们已经知道了。我想再问一遍,有没有玩家肯承认,自己在第一天晚上出门了?"

长桌旁一片死寂。

慕回雪无奈地摊摊手。

这时,黑塔的提示声响起——

叮咚!第五天投票时间,请玩家在白票上写下自己想投出的玩家名字。

众人开始投票。

第五个晚上,顺利过去,没人死亡,又或许是三个被选中的玩家压根儿没出门。

第六个白天,唐陌的异能被投票封住。很明显,除了他、慕回雪和练余等外,另外的玩家都选择投他一票。在这一天结束前,山本孝夫负责将莉娜·乔普霍斯三人的尸体全部烤焦,各自挖了一些出来。

山本孝夫淡淡道:"现在,我们有六具尸体了。"

黑夜降临,傅闻夺获得了出门机会。他变成透明状态,不过他没选择出门,而是走到唐陌的床边,坐下。他看见唐陌还在和"自己"说话,那个"自己"对答如流,完全没露馅。

但是过了三分钟,唐陌声音停住,他问道:"维克多,是你吗?"

"傅闻夺"声音低沉:"嗯?"

唐陌笑了:"我在想,那天晚上我出门的时候,你是不是也发现了留在房间里的不是我。"

闻言,坐在床边的傅闻夺挑了挑眉。

而他的对面,"傅闻夺"忽然闭上嘴,不再说话。

唐陌道:"黑塔能模拟玩家的用词习惯,甚至预设出玩家接下来可能会说什么话,问什么问题。但他模仿不出人的灵魂。我和傅闻夺不了解白若遥,也根本没打算和他交流,所以黑塔模仿他的时候,我们谁都没发现。但是你和我不同。我知道,这不是你。"

被拆穿后,"傅闻夺"直接翻了个身,不再理唐陌。

唐陌无奈极了,转身看着天花板,他并不知道,傅闻夺此时此刻就站在他的身边。

"你还在吗?"

刚准备走的傅闻夺突然停住动作,回首看向唐陌。

真正互相了解的人,是不可能被模仿的。就像那天晚上,唐陌一出去,傅闻夺就发现了不对。现在，也是如此。

黑夜结束，真正的傅闻夺回归。

第六个晚上过去，早晨，唐陌从床上爬起来，直接问道："你昨晚出门了吗？"

傅闻夺反问："什么？"

唐陌怀疑地看着他。

傅少校神色坦荡地拉开房门，先走了出去。

第七个日夜也顺利结束。

阳光穿透窗户，洒进城堡。在第七个夜晚结束的那一刻，天光大亮，一道沉重的脚步声突然从城堡外传来。这一瞬间，九个玩家瞬间清醒，全部从床上爬下，走到窗边。

他们抬头看去。

只见遥远的地平线处，一只巨大赤裸的右脚在空中缓缓落下，砰的一声砸在地上，砸出一个深深的脚印大坑。那是一个无比巨大的人，大约有一百米高，他一步一步地走向城堡，在距离城堡一百米时，他弯下腰，双手伸向城堡。

众人惊道："不好！"

与此同时，黑塔的提示音响起——

叮咚！请玩家立刻离开城堡。

众人："……"

早不说晚不说，在诺亚准备抓住城堡的时候，黑塔才允许玩家离开。

幸好这九个玩家都不是普通人，傅闻夺一脚踹碎玻璃，拉着唐陌的手臂，将他拉到城堡外。两边，其余人也都选择直接从自己的房间里跳出来。

众人狼狈地在地上打了个滚，稳稳落地。他们抬起头，只见这个高大的巨人挡住了太阳，他双手将城堡从地上拔起，如同拔一个小玩具。然后他将城堡倒扣向下，怒吼一声，用力地晃了起来。

瞬间，城堡里的桌椅、床铺全部哗啦啦地砸在地上。

玩家们四散躲开后，诺亚缓慢地抬起头，看向这九个蚂蚁大小的人类。

九个人类也终于看清了他。

在真正见到诺亚前，谁也想不到，他竟然长了一张老实憨厚的脸。

诺亚穿着朴素的麻布衣衫，站在地上，俯视人类。因为太过巨大，他的呼吸都成了风旋，吹得所有玩家的衣服猎猎作响。他看了看地上的东西，再看向这九个人类，声如洪雷："我的烧烤呢，它在哪里？我要吃了它！"

大家走得匆忙，烤肉又不能带进房间。李夏等人顿时黑了脸，想去寻找废墟里的烤肉。

这时，只见慕回雪从腰上解开一个黑袋子，扔了过去。她嘴角翘起："出来前顺便去了楼下一趟，拿了点东西。"

山本孝夫警惕地看着慕回雪。

这女人的实力竟然恐怖到有时间去楼下拿东西，她到底是什么时候去的？

诺亚捏起地上的黑袋子，打开后，脸上厌烦的神情并没有消减。

所有人都紧张地看着诺亚。

李夏、山本孝夫和两个M国玩家，他们握住自己的武器。一旦黑袋子里的六具尸体都不是怪物，他们会毫不犹豫地对其他还活着的玩家动手。

只见诺亚用指甲捏起一块肉，放进嘴巴里尝了尝。他啐了口唾沫："该死的，不是那个怪物！"

傅闻夺："还有呢。"

诺亚哼了一声，再捏起一块肉。

他一连吃了四块肉，当吃到第五块时，他双眼一亮。巨人哈哈一笑，将袋子里的肉全部倒进了自己的口中。

看到这一幕，李夏四人松了口气。

另一边，唐陌五人却淡定极了。

三天前。

在众人发现白若遥的尸体，傅闻夺背着他走上阁楼时，唐陌悄悄走到慕回雪和练余筝的身旁，说出了那个名字："莉娜·乔科鲁。"

慕回雪和练余筝齐齐看向他。

慕回雪只是惊讶了一瞬，便勾起唇角，点点头。

练余筝则疑惑地小声问道："怎么会是她？"

是的，就是第一天死去的那个黑人女玩家，莉娜·乔科鲁。

在白若遥死之前，唐陌和傅闻夺一直在思考，到底谁才是真正的怪物，同时……怪物到底该怎么通关这个游戏。

黑塔游戏规则第五条：怪物的任务是，阻止诺亚拯救人类。

游戏开始前，黑塔给出了这个攻塔游戏的背景。黑塔看人类充满罪恶，于是决定降下洪水，惩罚人类。但是在此之前，黑塔又命令诺亚，让他制作一艘诺亚方舟，选择善良的人类进入方舟，拯救他们。

那么怪物该如何阻止诺亚呢？

其实黑塔早就告诉了玩家，怪物该怎么完成任务。

我万能的黑塔啊，请允许我洗个澡，吃完饭，再为您挑选出最善良的人类，带领他们离开这个罪恶的世界。

对于黑塔的要求，诺亚给出了这样的答案。
七个日夜结束后，诺亚洗完了澡，他需要吃饭。
他要吃的是被烧烤的怪物。
在白若遥死之前，唐陌并没有想到，变态的脑回路到底是怎样的，所以他也没意识到，怪物的想法是什么。直到他看到白若遥之死，明白他的死绝对不是怪物造成，而是另外两个玩家联手后，突然就懂了这个游戏的真相。
这是一道再简单不过的顺推游戏。不洗澡，诺亚不会吃饭；不吃饭，诺亚不会挑选善良的人类，更不会拯救他们。
唐陌对练余筝道："在这个游戏的最后，黑塔说了，如果我们无法找出那个怪物，并且将它烤了送给诺亚，诺亚会吃掉怪物和人类。他要吃掉的是怪物和人类，所以从一开始……在进入这个城堡后，那个怪物只有死路一条。"
唐陌微微一笑："既然都是死路一条，为什么不选择杀了自己，从一开始就撇清自己是怪物的嫌疑，同时还能迷惑人类，让他们自相残杀呢？"
一旦确定谁是怪物，很多事情就可以解释了。
比如，在进入这个游戏后，所有玩家都明哲保身，尽量地不想多说话，以免成为众矢之的。只有莉娜·乔科鲁，在第一天直接站出来，俨然让自己变成了最引人注目的玩家。
因为她的目的就在于此。
或许她第一天出门，是巧合，是黑塔故意安排的，但无论如何，她的死没有人起疑心。
就像唐陌和傅闻夺都猜测，莉娜·乔科鲁是第一天被投票封住异能的玩家。没有了异能，她被杀死的可能性极大。
而在她之后，没有一个人会怀疑她是那个怪物。
怪物会第一个死吗？
这个可能性太低了。
只是怪物莉娜的运气太差了。她碰到的是经验丰富的黑塔五层玩家，其中还不乏莉娜·乔普霍斯这种变态。
变态的脑回路，或许和一般人不一样。

在莉娜、唐德几人的心里，即使他们认为黑人莉娜不是怪物，他们也会顺手把她给烤了，再塞给诺亚。这似乎是在赌，又似乎是在自己已经确认不可能活下去的时候，给人类的一个报复。

当第一个人死去后，玩家之间的信任关系注定会破裂。

越多死一个人类，对怪物莉娜来说，她死得就越有价值。

虽然事情的发展和她想象的不一样，但最后确实又死了七个人类，只剩下九个人。

诺亚大快朵颐，他把这些肉全部吃完后，餍足地摸了摸肚子，这才低头看向存活下来的九个玩家。他的眼中露出贪婪的光芒，但是过了几秒，只能郁闷地哼了一声。

这时，一道道清脆的童声响起——

叮咚！Ａ国７区正式玩家李夏成功通关黑塔六层。

叮咚！Ｍ国２区正式玩家约翰·布鲁斯成功通关黑塔六层。

…………

叮咚！Ａ国１区正式玩家唐陌成功通关黑塔六层。

叮咚！Ａ国１区正式玩家傅闻夺成功通关黑塔六层。

诺亚不屑地蹲下庞大的身体，将手伸进城堡的废墟中，在里面摸了摸。他摸出三张红色的纸，随手捏成球，扔给玩家："喏，你们几个是先猜到谁是那只臭怪物的，这是给你们的奖励。"

三个红色的纸团在空中划出一道抛物线，唐陌伸手抓住，慕回雪也抬起手抓住一个纸团。

最后一个纸团直直地飞向练余筝，但就在练余筝抬起手想要拿那个纸团时，她惊讶地发现，这纸团突然穿过她的手，飞向了她的身后。

看到这一幕，所有人都错愕地转过头。

只见红色纸团啪嗒一声，被金发女玩家李夏抓在手里。

全场一片寂静。

诺亚哈哈一笑："干什么，你们这些该死的人类原来也喜欢贪功吗？别人的东西都要抢？你们还不如我们地底人，我们从来不觊觎人家的宝贝，我们只会杀了那个人，把他的脑袋当凳子坐，把他的血酿成酒，顺便把东西抢过来。"

拿着这团红色纸球，金发女玩家抬手把自己落在额头上的碎发向后捞去。她抬起头，没有看向唐陌、练余筝几人，反而看向了山本孝夫。

从进入这个游戏后,这个女玩家一直表现得聪明却有些莽撞,实力不错但肯定属于众人的末流。直到此时此刻,灿烂的阳光照耀在她白皮肤的脸上,唐陌眯起眼睛,第一次仔细地观察起这个人。

李夏微微一笑,道:"你什么时候写名字的?"

山本孝夫沉默片刻:"第五个白天。你呢?"

李夏:"第二天。"

山本孝夫一惊,接着没再说话。

这位金发碧眼的女玩家朝唐陌挥了挥手里的纸团,笑道:"你很聪明,你确实是推理出来的,那几个变态的通关思路我也没想到。但是很可惜,你输给了运气。第一天离开房间的是我、山本孝夫和莉娜·乔科鲁。"

美丽的脸庞上全是淡定的神情,李夏自信而从容地笑道:"当莉娜·乔科鲁突然死了的时候,我确实怀疑了山本孝夫。我没有杀人,那杀人的肯定是他。但同时我也意识到,山本孝夫是很强,但他不可能强到没给莉娜反抗的机会,就杀死了她,即使莉娜可能没有异能。

"那个时候我就意识到了,怪物总归会死。

"那怪物该怎么获胜,完成自己的任务?"

能想到怪物从一开始是通过自杀掩藏身份,从而成为最不被怀疑的那个人。光是这一点,慕回雪就很佩服李夏。

慕回雪笑着鼓掌:"精彩。你很聪明,我一直知道你不是怪物,但我也从没把你放在眼中。现在看来,是我们大意了。但是我想知道,即使你一开始就猜到了怪物的通关方法,你怎么敢确定,它会在第一天以自杀来迷惑玩家,撇清自己的嫌疑?这太大胆了。"顿了顿,她总结道,"你为什么敢在第二天就写上莉娜·乔科鲁的名字?"

无论如何,这实在太冒险了。

李夏能在第一天就看出怪物的通关方法,看出怪物必死的结局。这一点,唐陌、慕回雪、傅闻夺,谁都没做到。但她为什么敢写下莉娜的名字?

这个问题,慕回雪不明白。

同样,唐陌和傅闻夺也不明白。

在第二天,所有情况、信息都不明晰的情况下,这个女人到底是哪里来的自信和判断?

李夏淡定地说道:"因为你们也说,我太弱了。"

她看向山本孝夫:"从进入这个城堡后我就知道,我可能是最弱的几个玩家之一。通关这个游戏的方法,我想不出来。我能想的和你一样,就是最后,活得比其他人更久，让其他人变成烧烤。但是我肯定会死在前面。所以既然都是死，为什么不赌一把？"

唐陌默了默，声音平静："不仅仅是运气……很果断，你赢了。"

因为实力弱，所以反而有放手一搏的勇气。

运气、智慧、敢于尝试的大胆意识，李夏第一个通关黑塔六层，合情合理。

诺亚看着这些玩家互相戒备的模样，哈哈一笑，觉得有趣极了。但是他的时间到了。

哗啦啦的水声从天边而来，众人看向天空。只见天空好像缺了一块，水流从空中飞流直下，全部砸在地上。诺亚叹了口气，郁闷地骂了句"我最讨厌黑塔了"，接着挥手从口袋里找出一艘大船。

这艘船和玩家之前在迷宫中心见到的那艘一模一样，诺亚把船放在地上，抬头发现这些玩家竟然看着自己，他挑挑眉："你以为你们都是善良的人类，可以被我拯救吗？我告诉你们，你们这些杀死同伴的人类，全部充满了罪恶！快看看黑塔给你们的线索吧，否则我可不会救你们。"

一听这话，唐陌几人立刻打开红色纸团。

纸团的正面写着"莉娜·乔科鲁"这个名字，这是第四个白天，傅闻夺亲手写上去的。唐陌将纸团翻到反面，他看清上面的字，错愕地转首与傅闻夺对视一眼。他清楚地看到了傅闻夺惊讶的神情。

同样，慕回雪和安德烈也看了一条线索，李夏看了一条线索。

三个队伍看完线索后，红色字条突然自燃。在空气中，化为烟灰。

这时，洪水离玩家只剩下不足一公里的距离。众人纷纷拿出自己的道具，应对恐怖的洪水。但就在洪水即将到来时，一道白光从他们的眼前闪过。

与此同时，世界各地，黑塔终于放完了那首重复播放、长达五分钟的 Happy New Year（新年快乐）。在这首歌放完的那一刻，全球玩家警惕地盯着黑塔，接着，他们听到了黑塔说出了一长串的通关消息。

东洲一个玩家通关。

M 国两个玩家通关。

A 国竟然有六个玩家通关！

A 国通关玩家的数目超乎所有人的预料。

接着，黑塔说道——

叮咚！A 国 7 区正式玩家李夏、A 国 1 区正式玩家傅闻夺、唐陌、A 国 1 区正式玩家慕回雪、安德烈，率先通关黑塔六层，完成"抢六模式"。

"抢六模式"结束。

听到李夏这个名字，阮望舒、陈姗姗、洛风城、萧季同……所有认识唐陌和傅闻夺的玩家都露出惊讶的神情。

"李夏是谁？"

没有人知道李夏是谁，但她竟然先于傅闻夺和慕回雪，通关黑塔六层。

陈姗姗皱着眉头："A国7区，Q市？"她之前听傅闻声说过，傅闻夺第一次和唐陌见面，是在黑塔一层。那时候唐陌在攻黑塔二层，当时游戏里还有一个人——白若遥，他攻略的也是黑塔一层。他就是A国7区的玩家，也就是Q市。

傅闻声："没听说过这个人啊，是男人还是女人啊，他很厉害吗？"

陈姗姗思考片刻，正要说话，突然，黑塔又发出了一道提示。而当提示音响起时，全球所有玩家都惊愕地睁大双眼，不敢置信地望着那座黑塔。

阮望舒直接从病床上爬了起来，迅速地跑向紫宫上悬浮的那座黑塔。

同样，S市、N市、莫克奇、罗伦、古约……

全球各地，数以百万计的玩家全部涌向距离自己最近的黑塔。

这时候，他们仿佛不担心其他玩家偷袭自己，杀人夺宝。因为所有人都知道，这世上再也没有任何事，比黑塔现在正在宣布的话重要。

当唐陌和傅闻夺回到地球时，他们睁开眼，正出现在黑塔下方。

唐陌还没看清眼前的景象，一道响亮而无感情的童声从他头上响起。他听到，黑塔用平静的语气说道——

叮咚！黑塔六层结束，地球玩家攻塔成功。

开启黑塔七层攻塔游戏。

时间：2018年6月19日，格林尼治时间2点22分。

地点：地球。

对象：全地球三百一十七万玩家。

正在读档地球数据……

正在回归地球……

唐陌不敢置信地抬起头，看向自己头顶上的这座黑塔。

正在回归地球？！

数据读档完毕……

正在加载……

加载成功……

叮咚！2018年6月19日，欢迎回到地球。

耀眼的阳光刺进唐陌的眼睛，他情不自禁地伸出手阻挡光芒，双眼眯起。忽然，他听到了一道熟悉而又陌生的声音。那是一道轻缓却厚重的鸟鸣声，咕咕，似乎是鸽子。极度进化的听力令唐陌在没有睁开眼时，就清晰地听到了那双翅膀扑闪的声音。

拍开空气，好像受到了什么惊吓，向天空快速飞去。

他迫不及待地睁开眼，终于看到了那只鸟——

是只珠颈斑鸠。

A国最常见的鸟类之一，它惊恐地看着突然出现在黑塔下方的这些人类，吓得拍着翅膀逃跑。

在这一刻，全球三百多万人类齐齐停住脚步，停下了奔向黑塔的步伐。

他们的脸上有彷徨、有茫然，渐渐变为震惊，最后是惊喜。

阮望舒颤抖着蹲下身体，看着地上一群正在搬运食物的蚂蚁。陈姗姗望着不远处树上的几只麻雀，嘴巴张大，一个字也说不出口。

还有傅闻夺、慕回雪；刚刚回到M国的约翰·布鲁斯和贝尔·弗斯克；在黑塔下，迫不及待地跑到桥边，低头看着河里游鱼的山本孝夫。

A国，S市。

洛风城僵硬住了，杰克斯和赵子昂都惊喜地看着黑塔。过了很久，洛风城才缓过神。他抬步走到静南路起始的那座石碑，这座石碑上有六个鎏金大字"静南路步行街"，他摸着这块完好无损的石碑。

"你也回来了……"

杰克斯："博士，回来了？"

小胖子赵子昂摸着脑袋："回来了？什么回来了？！"

洛风城笑了笑，没有回答。

与此同时，首都紫宫黑塔。

在看到那只飞往天边的珠颈斑鸠时，唐陌和傅闻夺便明白了什么叫"回归地球"。

全球各地，一部分玩家已经理解到底发生了什么事，一部分玩家还处于茫然之中。但黑塔并不给人类一点欣喜激动的时间，傅闻夺反应极快，在那只珠颈斑鸠刚刚飞向天空时，他拿起一颗小石子，手腕一动，将那只鸟打了下来。

珠颈斑鸠坠落在地，扑闪翅膀。

慕回雪一鞭子把那只鸟轻巧地捆了回来，并没伤害到小鸟。但紧接着，那道清脆的童声再次响了起来，打断了所有人的思绪。

叮咚！成功开启黑塔七层攻塔游戏——
游戏名称：黑塔愉快的寻宝游戏。
游戏对象：全体玩家。

声音戛然而止，全世界的人类还没从惊喜的情绪中回过神，他们齐齐抬头，看着那座黑塔。只听它用平静的声音这样说道——

黑塔作为人类最喜欢的游戏伙伴，陪伴地球人类度过了无数美妙有趣的游戏。然而快乐的时光总是如此短暂，又到了说再见的时候。

说的每一个字都充满了感情，可是说话的却是黑塔。
它用最冷酷无情的语调说着充满感情的话语，极端的反差令它的话全是讽刺意味。

叮咚！感谢A国1区玩家傅闻奕、唐陌、慕回雪……A国7区玩家李夏，东洲2区玩家山本孝夫，M国2区玩家约翰·布鲁斯、贝尔·弗斯克。

黑塔重复了一遍攻略黑塔六层的九个玩家的名字，接着它话锋一转，语气冷漠至极。

现在开启黑塔七层攻塔游戏。
游戏规则——
第一，除去海洋上空，地球共有一万五千二百零九座黑塔。从格林尼治时间6月19日凌晨2点26分至6月26日凌晨2点26分，七天时间内，按照每天减少两千一百七十二座的速度，减少地球黑塔数量，同时抹去该黑塔存在的地域，包括该地域上的所有人类玩家。
第二，被抹去的黑塔完全随机。除游戏内容内的五座黑塔，认定为游戏结束后抹去。
第三，每座黑塔都配有一位守塔人，守塔人可能是地底人或怪物。

第四，一万五千座黑塔中有五座特殊黑塔，藏有特殊的宝物。找到五座黑塔，并攻略该塔，击败守塔人，即可获得宝物。找全五件宝物，可通关黑塔七层。

第五，即日起，所有黑塔游戏全部停止，所有游戏中的玩家立刻强制弹出游戏。

第六，全人类皆可攻塔，不局限于九位黑塔六层玩家。

重申黑塔三大铁律——

一切解释归黑塔所有。

6点-18点是游戏时间。

请玩家努力攻塔！

停顿片刻，就在所有人都以为它宣布完这一次的游戏规则时，黑塔用机械般的童声轻轻地说道——

最后一场黑塔游戏，祝各位玩家游戏愉快！

突如其来的黑塔七层，回归地球，全球玩家的集体攻塔游戏。

黑塔一次性爆出了许多让人难以接受的信息，唐陌和傅闻夺竟没有反应过来。片刻后，傅闻夺听着周围的动静，他伸手按向地面。感受到地面的震动，他转首说道："有很多人向黑塔这边过来了。"

唐陌："黑塔突然说了这样的话，我们还突然全部回到了真正的地球，玩家想来看看黑塔，到附近搜查信息，很合情理。"

安德烈闷声道："肘（走）吗？"

众人："走！"

不浪费时间，五人立刻动身离开黑塔下方，避免被赶过来的玩家围住。走到一半，练余等发现从首都火车站跑过来的阮望舒几人。大家碰了面，阮望舒道："走，去第八十中学。"

"好！"

一路上，唐陌看见数以百计的玩家蜂拥向黑塔，也看见许多玩家用不可思议的眼神看着路边的各种动物。无论飞鸟游鱼，甚至爬虫蚂蚁，任何一个非人类的生物都让他们感动得热泪盈眶。仿佛是回到了家乡，好像突然就有了根，也有了活下去的动力。

唐陌的心狠狠地抽动了一下，他扭过头，和众人一起进了天选基地。

没有多说一句废话，阮望舒开门见山："这里是地球。"

唐陌手指微微缩紧，他点头道："嗯，这才是真正的地球。"

看到那些动物和忽然恢复如新的城市，所有人便意识到，这才是他们曾经生活过的、真正的地球。

2017年11月18日，地球上线，全世界动物消失，玩家进入游戏，只剩下人类一个族群。

那时的人们不是没有困惑，那些动物去哪儿了？可他们没时间去思考这些。他们要活下去，他们面临了一个又一个的黑塔游戏。危险的黑塔游戏令他们疲于奔命，他们只得接受现实，接受自己被拉入了一个没有止境的游戏。

而直到现在所有人才明白……

唐陌："回归者所在的那个地球，不是真正的地球。但事实上，我们之前所在的地球，也不是真的地球。"

唐陌总觉得自己忘记了什么信息，可他无法记起。

这时，陈姗姗说道："有件事我一直忽视了，今天黑塔宣布全人类回归地球后，我才想起来。"声音停住，小姑娘抬头看向唐陌和傅闻夺，道："唐陌哥哥，傅少校，八个月前，黑塔宣布地球上线，并把回归者强行赶到另一个世界时，它所说的话，你们还记得吗？"

八个月前，地球上线？

傅闻夺回忆道："我记得，那是11月18日，三天的进入游戏的时间结束，首都时间早上8点，现在看来也就是格林尼治时间凌晨0点，黑塔宣布四亿多玩家成功载入游戏。"

陈姗姗摇头道："不，在此之前，它说了一个词。"

傅闻夺："什么？"

小姑娘声音平静："'游戏存档中'。"

众人齐齐一惊，当有人提出后，在场这些高级玩家再回想，终于想起了那句话。

叮咚！四亿九千八百一十六万玩家成功载入游戏……

游戏存档中……

游戏数据加载中……

玩家信息载入中……

存档成功……

加载成功……

载入成功……

叮咚！2017年11月18日，欢迎玩家进入游戏。

唐陌惊道："游戏存档中，存档成功……"他抬起头，"也就是说，从一开始，黑塔就将那个时候地球的所有信息全部存档，只等有人通关黑塔六层，它就读取存档，接着全体人类一起攻略黑塔七层？"

"……地球本身，就是黑塔七层？"

众人沉默下来。

几分钟后，阮望舒从一个天选成员手中接过一只电子表，递给大家："或许就是这样。"

众人接过表一看。

果不其然，这只电子表上的时间显示的正是2017年11月18日。

慕回雪："难怪，这就能解释为什么全球动物全部消失，只剩下人类。因为黑塔只需要人类进入游戏，不需要其他动物。也能解释为什么动物全部消失后，地球的生态系统没有崩溃。因为我们生存了八个月的地方，其实是黑塔所创造出来的地球，所有的生态系统都在黑塔的操控下……没想到，它竟然能创造出一个地球。"

众人对那座黑塔更加望而生畏，傅闻声下意识地说："不过黑塔说了，这是最后一个游戏。"

傅闻夺："嗯，但它也说了，从今天开始，每天地球上空将会减少两千多座黑塔。只要黑塔消失，它所在那块区域的人类和人类痕迹也会全部被抹掉。一共一万五千座黑塔，每天两千，也就是说，七天后如果没有找到那五座藏宝黑塔并攻略它，地球上的所有人类痕迹就会全部消失。"

阮望舒眉头紧皱道："其他动物呢？只抹去人类，其他生物呢？"

唐陌道："……难道从头到尾，它所考验的，不是只有人类吗？"

众人将各自得到的情报做了一个汇总。到这个时候，谁也不会藏私。唐陌将黑塔六层发生的事情告诉大家，阮望舒这才明白，为什么六层的主线游戏会死那么多高级玩家。

杀死那些玩家的不是黑塔怪物，而是人类自己。

只有人类，才能杀了人类。

陈姗姗听完后，总结道："所以现在我们其实已经在黑塔七层的攻塔游戏里了。这个游戏是一个寻宝游戏，全球各地共有一万五千多座黑塔，我们要从其中找到五座。不过还好，全世界的玩家都可以参加，所以这并不是一个孤军奋战的游戏，更像一个合作游戏。"

慕回雪想了想："光是找到并没有用。不出意外，每座黑塔应该都有人会去攻略，那些藏在人迹罕至的地方的黑塔，应该也不会是宝物黑塔。否则深山老林、沙漠深处，这种地方的黑塔，人类根本不可能攻略。但是真正的难题是，找到黑塔后，还必须攻下黑塔。"

毫无疑问，以黑塔游戏的正常套路，黑塔从不会在"把宝物黑塔放到人类找不到的地方，使人类无法下手"这种地方动手脚。这五座黑塔一定是人类可以触碰到的，甚至极有可能，是玩家数量极多的地区。

可是找到了并没有用，找到后还得攻略黑塔，击败守塔人。

唐陌："所以高级玩家必须尽可能地多攻略黑塔，想办法找到真正的宝物黑塔。"顿了顿，他道，"这件事，我有一个线索。'抢六模式'，你们都知道的，黑塔给了我和傅闻夺一个关于七层的线索。"

唐陌看向傅闻夺，两人对视一眼，傅闻夺轻轻点头，说道："'万物初始之塔，平行交会之塔。'这就是黑塔在那张字条上写给我和唐陌的线索。"

万物初始之塔，平行交会之塔。

唐陌拿着粉笔，在教室的黑板上写下这十二个字。

这是唐陌和傅闻夺的那张红票的背面，写着的一行字。

当时唐陌和傅闻夺还没离开诺亚方舟，还在黑塔游戏内。没有突如其来的黑塔七层寻宝游戏，这个线索就显得十分奇怪，让人完全摸不着头脑。所以在看到它的时候，唐陌和傅闻夺都觉得很惊讶。

"现在看来，这条线索其实是在暗示藏宝黑塔的位置。"

练余筝："什么是万物初始之塔？"

万物初始，是一切的起源。

一年前，黑塔是一夜之间突然出现在全球各地上空的。它们是一起出现的，没有第一座塔，也没有最后一座塔的分别。那么哪个才是万物初始之塔？

唐陌思考道："首先不可能是第一个降临的黑塔。黑塔的降临没有先后顺序。"

众人思索片刻，很快，唐陌、陈姗姗和慕回雪几人纷纷转过头，看向傅闻夺。

傅闻夺看着黑板上的字，声音平静："首都共有两座黑塔，一座在紫宫上方，一座在盛平。我是在盛平的那座黑塔附近被通知准备强制攻塔的，万物初始之塔，是那座黑塔。当然，后来我是在紫宫附近进入攻塔游戏的。所以我也不确定具体是哪座。"

万物初始，是第一个出现的含义。

但万物初始，也可以是第一个开启攻塔游戏，被黑塔全球通报三遍，专门唱歌进行感谢的那个人。

A国第一玩家傅闻夺，世界上最强大的偷渡客。

2017年11月23日，他以一己之力成为世界上第一个攻塔的玩家，并拉了全体A国玩家下水。同一天，他自己通关了黑塔一层，成为全球第一个通关攻塔游戏的玩家。

这就是万物初始。

唐陌思索道："我们先去盛平区看看，然后再去紫宫。"

找到第一座塔，众人并不着急。他们需要获得更多信息，不能莽撞行事。

陈姗姗分析道："万物初始指的是第一个通关黑塔一层的那座塔，很巧，那座塔离我们很近，只要去看一眼就知道是不是，很容易验证。那平行交会……"话没说完，小姑娘忽然意识到了什么，转过头，看向慕回雪。

扎着高马尾的年轻女人微微一笑，无奈道："A国3区，G市。"

2018年3月27日，时间排行榜第一名、A国3区回归者慕回雪，成功通关黑塔四层，开启黑塔4.0版本。那一刻起，回归者因为她可以回归地球，两个世界就此交会。

如果说一切是从傅闻夺的攻塔开始，那两个世界的融合，就是慕回雪的攻塔。

这就是平行交会。

唐陌："不出意外，五座黑塔中，这两座塔应该是确定了。如果真有错误，我们也可以随时验证纠正。可惜三条线索里有一条线索被李夏得到了，我们不知道她得到的是什么线索。但是还有一条线索。"唐陌抬起头，看着慕回雪和安德烈："你们得到的是什么线索，也是暗示藏宝黑塔的位置吗？"

安德烈眸光一闪，这个粗糙强壮的S国大汉默默地看了慕回雪一眼，转身离开教室，没有说话。他走得很突然，唐陌和傅闻夺眉头一蹙，察觉到一丝不对。他们再看向慕回雪，只见这个爽朗的女人无奈地摊摊手，笑道："这条线索还真有点复杂，不是很方便说，但是我保证和藏宝黑塔的位置没关系。"

傅闻夺默了默，道："没有像我们的线索一样，暗示黑塔所在的位置？"

慕回雪："没有。"

她语气肯定，目光平静。

唐陌和傅闻夺静静地凝视着她，过了片刻，傅闻夺转开视线："好。那我们先去看看盛平区的那座黑塔。"

虽然和慕回雪才认识不久，但唐陌和傅闻夺都选择了相信她。

这位强大的回归者拥有某种特殊的力量，和她相处过后你就会明白，她或许不是一个纯粹意义上的好人，却一定是个好队友，一个值得信任的队友。这一点在诺亚方舟的游戏里，体现得淋漓尽致。

事不宜迟，众人收拾东西，准备去盛平区的那座黑塔附近看看。

唐陌道："如果还有时间，或许我们要再去 G 市一趟。我们已经知道第二座黑塔在 G 市。"他看着慕回雪，慕回雪接着他说道："是在 G 市中心旁边。我们尽可能地早点攻略盛平的那座黑塔。G 市玩家的平均水平我不是很了解，我在那里其实没待很久，但是我在的时候，G 市最强大的几个玩家组织曾经派人秘密跟踪过我。我和他们交过手，实力还行，但最多也就是黑塔四层的玩家水平。我是说，现在最多能达到四五层水平。"

黑塔四五层的水平放在全球玩家中，绝对是佼佼者。但这是黑塔七层的攻塔游戏。

连唐陌几人都不敢说自己有攻略成功的把握，其他人更不敢肯定。

阮望舒看了眼时间："为保证攻塔成功，傅闻夺、唐陌、慕回雪，还有……"他本来想说安德烈，但发现安德烈早就走出教室，至今没有回来。声音顿了顿，阮望舒继续道："你们去盛平区看看，我和练余筝、李妙妙，带着天选的人先去 G 市。我们两边一起攻塔。"

唐陌点点头，道："你可以顺路从 S 市走。S 市阿塔克组织是我和傅闻夺的朋友，他们其中也有几个比较厉害的玩家。你们可以一起合作，去 G 市，看看能不能攻略那座黑塔。"

阮望舒点头同意。

双方商量好，决定分头行动。

慕回雪回头看了一眼："安德烈那家伙终于走了？"

S 国玩家安德烈从半个月前就开始缠着慕回雪，时时刻刻想杀了她。但两人一起合作了几个黑塔游戏后，安德烈没再提杀慕回雪的事。尤其是当他无意间从唐陌的口中得知，慕回雪成为时间排行榜第一并非她杀了那么多人，而是因为她杀了之前的第一名，复活一个人时，他就更没说过这件事。

唐陌和傅闻夺想攻略黑塔七层，是因为不想坐以待毙。

游戏规则第二条：被抹去的黑塔完全随机。除游戏内容内的五座黑塔，认定为游戏结束后抹去。

如果他们猜得没错，首都盛平区的黑塔是五座黑塔之一，那只要待在盛平区，就至少可以活过七天，到最后一天这座黑塔才会被抹去。

安德烈不想攻塔也不是不可以理解。

唐陌道："我们几个人先去？"

慕回雪想了想："我去找一下好了。别看他那样，他身手非常好，不比傅少校差。安德烈很强,我是说武力方面。"

傅闻夺:"那我们先去,盛平见。"

"好。"

唐陌和傅闻夺先行离开天选基地,慕回雪在学校里找了一会儿,很快在操场旁找到了坐在篮球场边的安德烈。

对于三百多万地球玩家来说,他们已经在黑塔游戏里度过了八个月,现在是 6 月 19 日。但对地球来说,现在是 2017 年 11 月 18 日。

从第一次见到安德烈,他便是穿着这身厚重的裘衣。灰色的狐毛将他的脸庞埋了大半,再加上茂密的络腮胡子和毛毡帽,他露在外面的只有一双眼睛。任谁也想不到,这个粗糙高壮的 S 国玩家居然有一双清澈的浅绿色眼睛,此时此刻这双眼睛正静静地看着篮球场的中心。

慕回雪双手抱臂,靠在篮球架上,皱起眉头:"去盛平吗?傅闻夺、唐陌都去了。"

安德烈缓慢地抬起头,看向她。良久,他说道:"你杀了多少个人,从地球上线至今,一共?"

和慕回雪单独一起,安德烈说的就是母语。比起怪异搞笑的 A 国语言,这位 S 国玩家说起母语时,声音粗犷,沉闷闷得好像在胸腔里引起共鸣。

慕回雪道:"所有?"

"嗯,所有。"

慕回雪回忆了一下:"七十八个。"

安德烈突然沉默。片刻后,他道:"我刚才和自己打了个赌,如果你杀的人超过九十一个,我就会毫不犹豫地杀你,复活瓦莲京娜。"

这是慕回雪第一次听说这个名字,原来这就是安德烈想复活的人。她道:"你的妻子?"

安德烈摇摇头,从裘衣里拿出一张照片。照片的边缘被磨得发黄发皱,可是却很干净。很明显它的主人非常爱护这张照片,舍不得弄坏它,却又忍不住地将它拿出来,一遍遍地看着它。

从 S 国到 G 市,从 G 市到 S 国。

仅这一路上,安德烈就看了它两百六十四次。

慕回雪视力很好,她一低头,就看见了照片上那个笑得十分开朗的中年女人和她牵着的一个灰发小女孩。这女人微微有些发福,皮肤上有一些浅褐色的雀斑,可她笑得非常开心,没有一丝忧虑,幸福得令人刺眼。

她牵着女孩,一个高大英俊的中年男人抱着她的腰。

那双清澈的绿色眼睛暗示了这个中年男人的身份。

看着照片,慕回雪笑道:"原来你长这样。"

她在缓解气氛,安德烈道:"瓦莲京娜是9月1日的生日。她的母亲死之前求我,一定要保护她。但我没做到,她被黑塔单独拉进了一个游戏,然后再也没出来。你如果再多杀十三个人,慕回雪,我一定会杀了你,拼尽全力也要杀了你,救回瓦莲京娜。"

微风吹过篮球场,将地上的碎石卷起。

良久,慕回雪转身走向篮球场的铁门,她没有回头,朝后挥挥手道:"去不去,盛平的黑塔。"

安德烈低下头,手指捏紧照片的边缘。

几秒后,他收起了这张照片,将它珍藏在自己的上衣内袋里。他站起身,跟在慕回雪的身后,走向第八十中学大门。

半个小时后,六人抵达首都的盛平区。

还没靠近那座黑塔,唐陌就听到了一阵十分熟悉的音乐声。他仔细听了片刻,惊讶地看向傅闻夺。傅闻夺肯定了他的猜测,两人走近后,只见一个巨大的黄色感叹号突然从天而降。

"噔噔!答错啦,答错啦!"

好像卡通片里那种夸张的特效,这个巨型感叹号猛地从空中砸下,砰的一声砸在地上,将那个站在黄色格子里的玩家砸成肉泥。鲜血四溅,地上出现一朵血花。

这朵血花的周围,还有十几朵同样的血花。

七八个玩家颤抖地站在这一个个黄色格子里,惊恐地抬起头,看着前方。只见在黑塔的正下方,赫然摆放了一张精致的铺着蕾丝边桌布的小桌子。桌子上是三层点心盘,各种小巧漂亮的点心摆放其上。

一只戴着白色蕾丝手套的手轻轻地拿起白瓷杯,放到嘴边,喝了口浓醇的红茶。

美丽的少女掩唇一笑:"还是格雷亚阁下您拥有好东西,这可真是我喝过的最好喝的红茶。"

在她的对面,戴着深红色礼帽的绅士微微一笑,朝王小甜举了举杯子,笑道:"My lady,你喜欢就是我的荣幸。"

王小甜甜甜地笑了一声,她转过头,看向那几个正在答题的人类。忽然,她瞥见了站在不远处的唐陌六人,她惊喜地眨眨眼:"尊敬的格雷亚阁下,您瞧我看见了谁,我看见了几个老朋友哦。"

格雷亚笑道:"如果不是知道他们肯定会来攻塔,我也不会到这儿了。"

王小甜:"原来您选择这座塔,不选择其他三座,是出于这个原因呀。我还以为是因为它和我的塔离得近呢,您真让我伤心。"

"你如果哭一下,我会觉得更可爱。淑女的眼泪,有时候会使她更加美丽。"

王小甜闻言憋了半天,可就是憋不出一滴泪。她干脆不再装了,转头对唐陌六人举了举茶杯,笑道:"既然来了,就不要走了哦。"

美丽的灰姑娘狡黠地眨眨眼:"欢迎来到'灰姑娘的开心问答游戏'。"

DI QIU
SHANG XIAN

第 4 章
DEER

A国，S市，静南路。

沉重的锁链拖地声在长长的步行街上嘎吱嘎吱地响起，好像有一个巨人，用力地拖拽着什么东西，在地面上负重而行。当铁鞋匠用铁锁捆着两个玩家、路过一家特产店时，他唰地扭头，看向店内。

里面一片寂静，没有任何动静。

铁鞋匠怀疑地看了一会儿，这才继续拖着两个玩家向黑塔的方向前进。

他的身后，特产店里，小胖子赵子昂和杰克斯后背紧贴墙面，听到那铁锁的声音消失了，才猛地松了口气。

赵子昂心有余悸地说道："博士，那不是我们当初听说过的现实副本，铁鞋匠副本里面的铁鞋匠？我记得唐哥和傅少校好像还进入过那个游戏，通关了。他怎么出现了，难道说他就是S市这座黑塔的守塔人？"

洛风城道："看情况，应该是这样了。我们现在没有任何关于黑塔的线索，幸好唐陌、傅少校他们那边有线索，有姗姗在，他们很可能已经找到了一座藏宝黑塔。"思索片刻，洛风城道："杰克斯，你在这里观察铁鞋匠的动静。小胖子，你去基地，把唐巧叫过来。接下来我们四个一起攻略这座黑塔。"

经历了这么多黑塔游戏，甚至是A国第一个获得夏娃的奖励的玩家，杰克斯对黑塔世界也了解不少。他道："博士，铁鞋匠实力很强，虽然不到狼外婆、圣诞老人那个层次，但我们要对付他，可能也得花一番功夫。我们没有一点关于七层的线索，你确定S市这座塔是藏宝黑塔之一吗？"

洛风城抬头看他："不确定。"

杰克斯一愣："博士？"

他习惯于相信洛风城，所以哪怕洛风城说出"不信"，他也相信对方肯定有自己的理由。

赵子昂琢磨了一下，竟然琢磨出了一点真相："博士，你是认为黑塔选中的五座藏宝塔肯定是特殊的？黑塔不可能随便选五座塔，让玩家去攻略。这五座塔对玩家，甚至对黑塔，都肯定有重要意义。欸，咱们 S 市这座塔有什么特殊意义吗？"

小胖子进步很多，洛风城笑道："有件事唐陌没说，但后来通过一些手段，我知道了这条信息。2017 年 12 月 7 日，A 国 2 区玩家唐陌顺利通关黑塔一层困难模式。这是全世界第一个困难模式，你说，这是不是有点特殊？"

杰克斯和赵子昂齐齐点头。

洛风城看向窗外，远处，铁鞋匠的背影越来越小。

"……哪怕只有一丝的可能性，我们也不能随便地放过这座黑塔。"

与此同时，A 国，G 市。

当黑塔宣布"回归地球"时，G 市的玩家和全球各地的玩家一样，都迫不及待地以最快的速度奔赴位于 G 市中心新电视塔上方的这座黑塔。而当那个抱着巨型火柴的双马尾小女孩出现在新电视塔塔尖时，众人都没反应过来，便见她哈哈一笑，说了一句"好多好多可以烧的燃料啊"，接着，她用力地划开火柴，大火瞬间烧着了整个 G 市中心。

这火焰诡异极了，蔓延速度极快，且根本无法扑灭。

玩家们纷纷逃跑，可很多人都来不及逃走，就被这火焰包围住，还有一些实力较弱的玩家被火焰点燃身体。他们无法扑灭火焰，只能砍去被火焰点燃的部位，防止火势蔓延。

被困住的玩家中，不乏 G 市几个高级组织的首领和成员。在黑塔宣布七层的游戏规则时，他们就已经打算找机会攻略 G 市的这座黑塔，不能放过任何一座有可能成为藏宝黑塔的黑塔。现在看来，这个小女孩就是 G 市黑塔的守塔人。

几个首领互视一眼，齐齐道："上！"

一时间，数十个黑色人影嗖的一声划破空气，冲向到处放火的小女孩。有玩家小声嘀咕了一句："拿着大火柴到处放火的地底人，我好像在哪儿听过。"没等他想起来，几个玩家已经顺利将小姑娘制伏。

这小姑娘弱得不可思议，最多黑塔二层水平，在 G 市这些精英玩家的面前根本不够看。

众人抢走她纵火的大火柴，正要将她捆住，脸上顶着一层厚厚马赛克的小姑娘突然像条鱼，滑溜溜地跑了。她一边跑，一边哭喊着："你们欺负我，你们欺负我，我要告诉我妈妈，呜呜呜呜……你们给我等着！"

大概是从没受过这样的委屈，双马尾小姑娘大哭着越跑越远，最后跑进了燃烧着大火的 G 市中心。

玩家们在想是追，还是放弃。

一个玩家皱着眉毛说道："拿着大火柴到处纵火、脸上还有一层马赛克的女孩，到底在哪儿听过。我真的听过……"

下一刻，一道粗重的女声直接回答了他的问题："是谁！是谁打了我的女儿！打狗还得看主人，你们该死的、肮脏的人类不懂吗？"

马赛克正躲在妈妈的身后，对 G 市玩家们做鬼脸。突然听到这话，她身体一僵，被马赛克糊住的脸上看不清表情，可是想也知道，她郁闷极了："妈妈，我不是狗……"

妈妈哼了一声："不爱学习的小女孩，生你还不如生块叉烧！叉烧都比你强！"

马赛克："……"

妈妈欺负人！！！

看到这个凶狠暴力的女狼人，玩家们终于想起这个顶着马赛克的小姑娘到底是谁了。这个女狼人是黑塔三层、四层最常见的一个黑塔 BOSS，实力极强，但她只是强在武力值方面，通关她所守护的攻塔游戏时，只要能使用巧妙的计谋，就能成功通关。

但是这个女狼人的武力值是真的极高。

G 市某玩家组织的首领就曾经被对方打得濒死，现在想起来他被对方差点剖成两半的肚子还有点发疼。不过现在，他们已经不是当初的自己，面对女狼人根本不畏惧。

双方的战争一触即发，也不知是谁先动了手，数十个 G 市玩家和狼妈妈战成一团。这女狼人狠辣至极，每一爪都将玩家的身体几乎劈成两半。但她终究双拳不敌四手，很快她的右臂被砍得只剩一层皮黏在胳膊上。

马赛克见状不妙，转身就跑。

狼妈妈骂了句："生你不如生块叉烧！"接着，她怒视这些 G 市玩家："你们给我等着！"

G 市玩家："……"

不是，这句话怎么觉得有点耳熟，好像在哪儿听过。

三分钟后，当那个穿着蕾丝边小洋裙、打着粉色小阳伞的"淑女"缓步走出 G 市中心，抬起绿色的兽瞳，对着这些玩家舔了舔尖锐的牙齿时，G 市玩家齐刷刷地睁大双眼，后背绷直，冷汗浸湿了整件衣服。

刺眼的阳光下，狼外婆微微一笑："是谁，刚才打了我的女儿。打狗还得看主人，嗯，不懂吗？"

G市玩家:"……"

打完小的来老的,打完老的来个老祖宗!

全球各地,诸如此类的情况到处都有发生,唯一不一样的是,有些地区的黑塔守塔人非常弱,只是大火鸡、大鼹鼠那个级别,短短半个小时后,就有玩家攻略了那座黑塔,但是很可惜,这并不是藏宝的黑塔,而有的地方的守塔人极强。

比如,首都盛平区的守塔人马戏团团长格雷亚,又如G市区的守塔人狼外婆。

D国,博林。

一片茫茫的大雪中,一个身材娇小的银发女性低着头,双手各拿一把漆黑的长枪,一脚一脚踩在深深的大雪里,走向那座位于博林市中心波兰斯特堡门上方的黑色巨塔。

在这样的大雪中,她是唯一一个逆着风雪而行的人。她一路走来,地上横了许多具尸体。他们仿佛是被什么东西活生生撞死的,睁大双眼倒在地上,血液染红了洁白的雪。

终于,她走到了那座黑塔下方。

叶莲娜·伊万诺夫娜抬起头,静静地看着黑塔下方那个驾驶着雪橇、横冲直撞地绕着勃兰登堡门转圈的圣诞老人。

大雪中,还有三个玩家没有死,被圣诞老人和他的驯鹿追得精疲力竭。

圣诞老人似乎察觉到了一道目光,他转过头,看到了那个走进这里的矮小女人。

他哈哈一笑:"Marry Christmas,我可爱的孩子!"

叶莲娜双目一眯,她反手抬起两把长枪,直直地射向圣诞老人。

Y国,新克里,德立门。

和博林的波兰斯特堡门相似,这座德立门的上空也悬浮着一座黑色巨塔。但不同的是,在这座塔的下方,是铺天盖地的血海。一个矮小的红发萝莉咧开嘴巴,露出两颗小小的虎牙。她拥有一张天真可爱的脸庞,可是她的双手却沾满了鲜血。

无数Y国玩家冲她跑来,被她一拳一个。

但是没有一个人放弃。

愤怒高昂的Y国语在这恐怖的尸海上响起:"她是红桃王后,这肯定是一座藏宝黑塔。七天后死也是死,现在死也是死。杀了她啊!!!"

全球各地，一万多座黑塔下，每个地方都有玩家在奋力攻塔。

而 A 国，盛平区。

当王小甜说完话后，她从椅子上走下，优雅地走进她面前的一个黄色格子里。在她踩进去的那一刻，一个金色的名字浮现在她的身前。"王小甜"三个字浮在半空中，唐陌再看向四周，那些被困在格子里、脸色苍白的玩家面前，也浮现着一个一模一样的金色名字。

只不过他们面前的名字不是王小甜，而是他们自己。

"来了新伙伴哦，那我们先暂停一下游戏吧。"王小甜抬起手，那些悬浮在玩家头顶的巨型黄色感叹号全部停住。她拍拍手，一本薄薄的册子突然出现在她的手中。这册子的封面上写着"《开心问答》节目嘉宾邀请单"几个字，王小甜翻开册子，手腕一动，将册子传给了唐陌六人。

"在上面写下你们的名字，可别写错了，写错了就不能更改了。"

这时，黑塔的提示声响起——

叮咚！请在王小甜的册子上写下自己的名字，标记为"嘉宾"栏。

众人互视一眼，依次在册子上写下名字。当他们写下自己的名字后，他们的名字闪烁出一道金色的光芒，似乎被烙在了这本小册子里。

唐陌抬眼看了下册子的最上方，那行字是——

节目主持人：王小甜。

王小甜拍拍手，节目单回到她的手中。看到册子上的名字后，灰姑娘甜甜一笑，道："好呀，那咱们就开始游戏吧。六位嘉宾请快点进入你们的格子，咱们开始了哦。"

叮咚！成功触发大型多人副本游戏"灰姑娘的开心问答游戏"。

游戏规则——

第一，在开心问答游戏里回答问题，必须回答正确答案。答案错误，直接出局。

第二，玩家和主持人按次序回答十个问题，玩家十个问题全部答对，即可通关。主持人的问题由玩家提出，如果主持人回答错误，主持人被淘汰，玩家也可通关。

第三，不可询问通关方法等类似问题。

第四，掌管好自己的名字，那是参加节目的通行证。

不知为何，《开心问答》的收视率最近连连暴跌，上周已跌破最低线。为什么观众都喜欢看狼外婆的新节目《荒野求生之怎么烹饪人类才会更好吃》这一点王小甜想不明白，想秃了脑袋也想不明白。

王小甜愤怒得红了脸："我才没秃，我一点点，二点点都没秃！！！"

当当当当，游戏开始！

欢快紧张的音乐声响起，王小甜从袖子里变出一支话筒，她露出甜美的微笑。一只手拿着话筒，一只手拿着一支自拍杆，谁也想不到，一个黑塔BOSS居然会这么时髦地自拍自演，开始她的节目直播。

"给大家介绍一下。刚刚我们的节目组又来了几位非常有名的嘉宾，大家应该都听过他们的名字了吧。我来隆重介绍一下哦。"

王小甜一直站在写着她名字的黄色格子里，她转过身，把镜头对向傅闻夺几人。

刚才另外几个玩家玩游戏时，王小甜根本提不起精神，一直坐在桌上吃点心，和格雷亚聊天喝茶，完全不理那几个玩家。现在傅闻夺、唐陌来了，她立即起身，开心地直播起了节目，仿佛看见了疯狂暴涨的收视率。

傅闻夺、唐陌、慕回雪、安德烈。

新来的六个玩家中，除了两个小朋友，这四个玩家每个在地底人王国都大有名气。王小甜一边说话，一边看着直播界面的收视率。她开心地笑眯了眼睛，道："哇哦，看来大家都很欢迎我们的新嘉宾。那事不宜迟，咱们开始回答游戏了哦。现在请大家拿起你们的遥控器，进行投票。想让我先提问傅闻夺的，请按1，提问慕回雪的，请按2……提问唐陌的，请按4。投票开始！"

完全不把玩家当回事，王小甜等了十秒，看到投票结果后，她惊讶道："哦，居然是先提问她。"

话音落下，灰姑娘转过身看向慕回雪，笑道："那么，游戏开始。时间排行榜第一名的玩家慕回雪，请听题！

"第一题，哇，这是一道填空题，没有选项。世界上第一个通关黑塔五层的玩家叫什么名字，请在五秒内作答！"

慕回雪脱口而出："莉娜·乔普霍斯。"

一天前才在黑塔六层的攻塔游戏里亲手杀了这个女人，慕回雪对对方的名字记忆犹新。这道题实在太过简单，王小甜似乎也只是拿它当开胃菜。她笑眯眯地说了句"回答正确"，就去提问投票数排在第二的唐陌。

灰姑娘好奇地摸着下巴："你们居然喜欢这种长相的人类？哦哦，原来是他细皮嫩肉、看上去就很好吃啊。喂，不许在我的节目里说有关《荒野求生》节目的事，再说就不许你看啦，讨厌！"

啰唆了一通，王小甜看向唐陌，甜甜地笑道："那么轮到你了。请听题！"

"第一题，运气真不好，是计算题啊。如果一个回归者本身拥有一百分钟的休息时间，他杀了三个没有休息时间的回归者，一个拥有二百一十分钟休息时间的回归者和一个拥有一千三百……等等，一百分钟的家伙能杀一千三百分钟的？"自己吐了个槽，王小甜继续说道，"他再杀了一个一千三百分钟的回归者。请问！他最后还有多少休息时间？请在十秒内作答！"

一秒后，唐陌淡淡道："九百零五分钟。"

"回答正确。"

好像不是在玩游戏，而是在进行一场节目直播。

王小甜专心致志地与观众互动，向玩家进行提问。在这个游戏里，玩家是依次回答问题。所以唐陌六人各回答了自己的第一个问题后，王小甜来到一个早就进入节目的玩家面前。她翻了翻自己的小册子。

刚才唐陌看那本册子时，只看到上面写了一些名字，根本没看到任何题目。可是王小甜现在翻开那本册子，却照着上面读出了一条题目。

她看着这个玩家的名字，忽然惊喜道："不错哦，你居然回答到了第五题。恭喜你，终于过半了。你是第一个过半的玩家，我王小甜特别大方，你可以得到一个小奖励。就奖励你，这一局回答的问题是选择题吧。请听题！

"第五题，地底人王国里，最有钱的人是谁？

"A.铁鞋匠、B.马戏团团长、C.圣诞老人、D.彼得潘。

"请在五秒内回答！"

这玩家站在一朵朵绽放的血花中，早已吓得脸色苍白，瑟瑟发抖。王小甜突然提问，他只勉强听清楚问题和选项，根本来不及思考，王小甜就不耐烦地催促道："快点回答，还剩三秒。三、二、一……"

"我选B！我选B！"目光正巧看到坐在王小甜身后的马戏团团长，这玩家下意识地喊道。

格雷亚正端起茶杯喝红茶，突然听了这话，他微微一笑。

王小甜笑眯眯地说道："不错哦，居然还有心思听清问题，没被吓死。"

听着这话，这玩家松了口气，用希冀的目光看着王小甜。只见美丽的灰姑娘朝他露出一个甜美的笑容,用动人悦耳的声音说道:"恭喜你,答错了,去死哦。"

下一刻,这玩家睁大双眼,不敢置信地看着王小甜。他根本来不及说一个字,悬浮在他头顶的巨大感叹号轰的一声砸下来,直接把他砸成了肉泥。

格雷亚委屈地说道:"我必须声明,我是真的破产了,真的真的破产了。不要冤枉我,我一分钱都没有。"

王小甜:"所以你也不可能退票钱咯?"

格雷亚眨眨眼:"钱是不会退的,一分钱都不会退的。"

两个黑塔BOSS聊了会儿天,王小甜又走向下一个玩家。

这些玩家多的已经回答到第五题,少的也回答到第四题。如果说唐陌几人回答的第一题都是可以推理,或者计算出来的,那第四、第五题已经不是人类可以分析出来的范畴。回答这种问题要看运气,并非想答对就能答对。

唐陌:"看样子,越往后,题目会越难,一开始只是热身。"

陈姗姗:"所以这个游戏真正需要注意的,是提问王小甜什么问题。"

正在此时,王小甜把所有玩家都问了个遍,又有三个玩家被砸成肉泥。黑塔下,只剩下唐陌六人和一个干瘪瘦弱的年轻男人。

王小甜:"好啦,现在轮到你们问我了。谁来提问我呢?我事先说明,我可只会回答一个问题。欢迎来提问。"

那个年轻男人害怕得脸色惨白,根本没有说话。

众人看向陈姗姗,小姑娘冷静地站上前一步,道:"我提问。"

王小甜:"哦?是个很陌生的小姑娘。说吧,你要问我什么问题。"

到唐陌、傅闻夺这种级别,经历过太多黑塔游戏,就算黑塔不明文规定,他们也不会把问题浪费在询问通关方法上。很明显,黑塔不会允许BOSS回答这类问题。同样,如果直接问一些关于"黑塔是什么""该怎么攻略七层"这类问题,也不可能得到答案。

陈姗姗思考半响,抬头问道:"我想问,爱因斯坦提出的大统一公式到底是什么?"

话音落下,黑塔下突然一片死寂。

连唐陌都没想到陈姗姗会提这样的问题,但随即他便明白过来。

提问这个问题有两个原因。第一,这个问题极难,物理界对是否存在该公式都存疑,更不用说它是什么。如果王小甜回答不出来,那他们直接通关游戏。其次,要是王小甜能回答出来,这件事就有些可怕了。

王小甜能知道的东西,肯定是黑塔知晓的范围。而这已经超出了人类认知的范畴。

什么东西能知道这种公式？

王小甜定定地看了小姑娘，半晌后，她扑哧一笑："好，我可以回答，但是出于知识密封准则，这个知识不是你可以知道的，超出你的文明。在我说出这个答案的同时，所有听到答案的人将会立即死去。怎么样，小姑娘，你要听吗？"

一道含笑的声音在王小甜的身后响起："原来你竟然还知道那个东西？"

王小甜身体一僵，她转过头笑道："格雷亚阁下？"

格雷亚："我都不知道呢。"

王小甜眨眨眼睛："我私底下和您说。"

格雷亚继续喝茶，不再说话。发现唐陌看向他，他朝唐陌举了举杯子，露出一个笑容，做出口型：击败她，来挑战我。

唐陌移开视线。

陈姗姗考虑片刻，决定重新换个问题。她问的是一个非常高深的物理学难题，这个问题唐陌几人听都没听说过，想必小姑娘是从洛风城那儿学习到的。但是王小甜对答如流，不见一丝惧色。

当王小甜回答完毕，又轮到唐陌几人。

这一次她问的问题难度大了很多。

提问安德烈的问题难度最大，这位S国壮汉想了许久，在最后两秒钟给出一个答案。王小甜遗憾地啧了一声，不过她一抬头，惊喜地发现："哇，收视率破2了！果然，你们都喜欢看这几个坏人类输掉游戏，被我吃掉是不是？"

王小甜像一下子打了鸡血，更加开心地提问问题。

那个陌生的年轻玩家撑到了第五题，也一样没有撑过去，死在巨型感叹号下。

又轮到提问王小甜，陈姗姗上前一步，声音平静。

"我的第二个问题，请问，另外四座藏宝黑塔，具体在哪儿？"

王小甜双眼圆睁，错愕地看着陈姗姗。

游戏规则第三条：不可询问通关方法等类似问题。

陈姗姗完整地问出了这个问题，黑塔没有禁止她提问，也没给出任何警告，似乎已经默认了可以提问。

王小甜默了默，用古怪的眼神看着眼前的小女孩。她嘀咕了一句"现在的小孩都这么可怕了吗"，接着她翻了翻自己的小册子，忽然露出一个微笑。

"啊，这个问题其实很简单，我要回答也没问题。但是黑塔一定会屏蔽我的答案，你们要听吗？"

陈姗姗十分镇定:"它不会屏蔽。它既然已经允许我问出来,也不认定我违反游戏规则,就说明这个问题是可以提问的,且你必须回答。"顿了顿,她重复一遍,"王小甜,第二个问题请你告诉我,另外的四座藏宝黑塔到底在哪儿?"

王小甜脸上的笑容一僵,她哼了一声。

"那你可别后悔。那四座塔分别位于A国G市、Y国新克里、D国博林,和哔——"

听到前三个位置时,众人目露欣喜。然而就在王小甜说出最后那个地名时,一道突如其来的哔声打断一切。唐陌愣了片刻,抬头看向王小甜。

只见这个可爱的少女狡黠地歪了歪脑袋,笑道:"我说了呀,黑塔会屏蔽我的答案的,你们还不信。那个地方,谁都说不出来哦。"

虽然没能知道其余四座塔的全部信息,但是G市、新克里和博林这三座塔位置暴露,也算是意外之喜。

安德烈用母语低声道:"最远的是博林。离开这个游戏后,我立刻动身前往博林。"

慕回雪:"来得及吗?"

安德烈:"来不及也得去。西洲最强大的两个玩家莉娜·乔普霍斯和唐德·赛维柯全部死了,如果没人攻下博林那座塔,我们就算攻破其他塔也没有用。"

慕回雪思索片刻:"我和你一起。"

安德烈愣了愣,良久,他看向慕回雪:"你不是有事吗?"

慕回雪:"……或许我也可以去。"

两人没再说话。

另一边,王小甜或许是觉得自己被陈姗姗算计了,小姑娘的第二个问题令她感觉自己吃了大亏。黑塔设置了五座藏宝黑塔,玩家们面临的第一个难关不是攻略黑塔,而是找到那五座黑塔。

现在可好,她一开口就暴露了四座黑塔的位置。

A国首都盛平区、G市、Y国新克里和D国博林。

"幸好最后那座塔谁也不知道在哪儿,要不然可真讨厌,人类都太讨厌了。"王小甜郁闷地自言自语。当镜头给到她时,她又瞬间变成一副高兴的模样。她开心地朝观众挥挥手,道:"那么,接下来就是第三道题了哦。咱们《开心问答》的老观众都知道,第三道题是最后一道简单题。嘿嘿,不知道这六位嘉宾会怎么作答呢?"

说完,灰姑娘眼睛一扫,看向六人。

她舔了舔嘴唇,咬牙切齿地盯着陈姗姗,最后哼了一声,撇开眼。脸上在笑,实则暗自下定决心,一定要弄死这几个浑蛋人类。

王小甜快速地翻动册子,似乎想从中找到难题,为难住唐陌几人。

她出的题目一道比一道难,但并非完全无解。她好像也被什么东西无形地限制着,不能随便提一些玩家根本不可能解答的问题。没有为难住玩家,王小甜的心情糟透了。当她看到第三个问题,又是陈姗姗走上前向她提问时,她嘴角一抽,突然后悔来到这里帮格雷亚守塔了。

不过随即她似乎想到了什么,不屑地撇撇嘴。

"问吧,小朋友,随便问,想问什么,就问什么。"

陈姗姗定定地看着她,半晌后,她问道:"第三个问题,请问,如何击败马戏团团长格雷亚·塞克斯?"

王小甜一愣,接着她转过头看向格雷亚。

和她一样,格雷亚听到这问题时也愣了片刻。他缓慢地转过视线,用温柔黏腻的目光看着陈姗姗,良久,他笑道:"这个问题是唐陌还是傅闻夺让你问的,我可爱的小 lady,嗯?"

陈姗姗面不改色,仿佛没察觉到那浓烈到几乎成为实质的杀气。"我自己问的。"

格雷亚目不转睛地盯着陈姗姗,似乎想从小朋友身上找出她说谎的痕迹。但是他徒劳而返。格雷亚笑了,他一只手的手指轻轻地在小圆桌上敲击着,另一只手撑着下巴,饶有兴致地看着王小甜和陈姗姗。

王小甜无奈地摊手:"格雷亚阁下,这可不是我想说的,是她提问的哦。"言下之意,要怪别怪我,算计你的是这些该死的人类。

王小甜回答道:"击败格雷亚·塞克斯非常简单,只需要比他强就可以了。但是在黑塔世界里,只有不超过三个人比他强,想要真正击败他难度很大。但是如果是你们四个,傅闻夺、慕回雪、安德烈和唐陌,你们四个人联手,再加上你们拥有的道具,有七成概率击败他。只是你们要注意他的拐杖,那是个非常神奇的稀有道具。它的作用在黑塔世界里没有人知道,因为没人能让他使用出那根拐杖的真正效果。"

格雷亚笑道:"我该谢谢你,至少没把我的拐杖到底有什么用说出来吗?"

这句话说完,又是一轮提问结束,陈姗姗再次走上前。她看着王小甜,一字一句地说道:"第四个问题,请问马戏团团长格雷亚·塞克斯的拐杖到底有什么效果?"

王小甜:"……"

格雷亚:"……"

王小甜咬牙切齿地回答:"他的拐杖在触碰到敌人后,以敌人为圆心,拐杖为半径,格雷亚本人能瞬间位移到该敌人的任意位置。前提是拐杖始终触碰敌人,且他一直拿着拐杖。"

陈姗姗点点头:"谢谢。"

王小甜:"……"

王小甜忽然觉得自己录制这么多期《开心问答》,从没有这么憋屈过。但明明吃亏的是格雷亚,他的底牌被唐陌几人知晓了。原本以唐陌四人的实力,联起手来对付他,他的胜率就较低。现在可好,连自己的武器是什么作用都被对方知道了,他阻止唐陌六人攻略这座黑塔的可能性就更低了。

格雷亚无奈地摇摇头,他姿势优雅地端起茶杯,轻轻喝了口红茶。

另一边,王小甜气得是七窍生烟。

她费尽心思地翻找自己的小册子,想从中找到黑塔允许范围内的、最难的问题。然而就算她真的问出问题,六个玩家中,总有一个人能给她答案。

这一次,王小甜问了傅闻声一个极难的问题,眼看傅小弟即将回答不上。这时,唐陌轻声说道:"选 C。"

傅闻声毫不犹豫:"我选 C!"

王小甜:"……"

"等等,这是我提问他的问题,你凭什么回答?"

唐陌勾起唇角,看向傅闻夺:"我记得黑塔给出的游戏规则里,有说过旁观者不能说话吗?"

看着黑发年轻人狡猾的模样,傅闻夺低低地笑了一声:"嗯,没有。"

王小甜:"……该死的该死的该死的,从今天开始,我要在我的节目里加上一条规则!不可以场外求助!"

然而无论如何,玩家们又顺利通过第五道题。轮到王小甜被提问。

看到陈姗姗再次站了出来,灰姑娘忽然冷静下来。她摸了摸自己的话筒,微笑道:"你想提问什么呢?"

气到极致,便是近乎可怕的冷静。

王小甜知道,前五道题或许对他们来说,还算简单。但是最后的五道题,那是地狱难度的问题。六个人,一共二十四题。她敢保证,这二十四题里肯定至少有一道题,这六个玩家谁也答不上来。

难道报复这些该死的人类,还在乎等待时间的长短吗?

灰姑娘微微一笑,她有的是耐心。就算哪个玩家被迫用国王的金币退出游戏,不参与问答,那也是她赚了。

国王的金币是唯一可以退出攻塔游戏的稀有道具，用一个少一个。

王小甜已经做好准备，陈姗姗再问出一些非常古怪的问题。谁料她说道："你说你什么都知道，那么我想问你……我的父亲在临死前到底想对我说什么？"

听了这话，唐陌低头看向面前的小女孩。

陈姗姗太过聪明，也太过冷静，经常会让人忘了她只是个十五岁的孩子。

以前唐陌在E市图书馆工作时曾经听同事提到过，"神棍"和前妻离婚后，一直想去S市看女儿，可他的前妻不允许。父女俩由此整整三年没见过面。

傅闻声听了陈姗姗的话，错愕道："这个问题也行？"

这个问题当然行。

黑塔唯一禁止的是提问通关有关的问题，王小甜也说她知道所有问题的答案。既然如此，那陈姗姗提出这个问题，当然不违反游戏规则。

王小甜用莫名其妙的眼神看着陈姗姗，她的身后，格雷亚突然发出一道笑声。

灰姑娘回过身，好奇地看向马戏团团长："格雷亚阁下？"

格雷亚微笑道："继续，我只是觉得这个问题很有意思。"

王小甜不明所以，她回答道："你爸爸想告诉你，好好活下去。"

这个答案非常万金油，一个父亲在突发的黑塔游戏中，当然会想要女儿活下去。可是听到这种鸡肋的答案，陈姗姗却没说什么，而是接受了这个回答。

王小甜摩拳擦掌地拿出自己的小册子，想要找出难题刁难唐陌六人，但她还没翻开册子，慕回雪含笑的声音响起："我好奇一件事。"

王小甜抬头看她。

"如果我没推测错，这座黑塔是属于马戏团团长的，你，灰姑娘要守护的黑塔是附近的另外一座。那么你现在在这里'帮'他的忙，那你自己的黑塔呢？你不需要过去守塔吗？"

这个问题王小甜大可以不答，因为这不是她的回答时间。但她并不在意，她淡淡道："其他玩家去攻略我的黑塔，也会进入'开心问答游戏'。"

慕回雪："所以说就像我们刚来到这里的时候一样，这个游戏有没有你其实并没有什么差别。你和马戏团团长坐在那里喝茶，之前那些玩家也能自己玩游戏，回答问题、被惩罚。"

王小甜心中一紧，她依旧淡定地反问："你想说什么？"

慕回雪没有说话，她转首看向唐陌。

唐陌抬手从空气中取出一本薄薄的异能书，他当着王小甜的面，翻到中间某一页，然后拿出一支笔，在上面写下了几行字。

王小甜不知道他写的是什么，但是她察觉到那东西肯定对自己非常不利。

她轻哼一声，冷冷道："你们又想耍什么花样？！"

陈姗姗："有件事不知道我的推测对不对，别人向你提问前，你并非全知全能的。"

王大甜猛地愣住。

"如果你真的什么都知道，为什么你不知道我将会对你提出什么问题，在我提出那些问题的时候还会惊讶，会生气。你并非全能。但是刚才你一共回答了我三种问题。第一种，是人类根本不知道的宇宙公式，你知道，但这件事连马戏团团长都不知道。"

陈姗姗继续说道："就实力而言，我不认为你比马戏团团长强，但你知道的东西比他还多，这是一件很不合常理的事。除此以外，你又回答了我第二种问题。你告诉了我，一个所有黑塔怪物都不知道的信息，可是你却知道。那就是马戏团团长的拐杖到底有什么用。"

王大甜已经彻底明白是哪里不对，可她没法反驳，只能冷笑道："所以呢？这只能证明，我真的是全知全能的。别人不知道的东西，我都知道，我和黑塔BOSS不同，我是《开心问答》的主持人王大……"

声音戛然而止，王大甜错愕地说道："不是，我怎么叫王大甜，我明明叫王大甜……"

嘴巴张在半空中，灰姑娘竭尽全力地想说出自己的名字，可任凭她怎么想，她都觉得自己就是叫王大甜。仿佛有什么东西在冥冥中改变了她的一切认知，不仅是她，连格雷亚、所有认识她的黑塔BOSS、观众都一致觉得她就叫王大甜。

然而在她的面前，她所站立的格子上，"王小甜"三个字依旧闪烁着金色光芒。

同样，那本薄薄的册子上，"主持人：王小甜"六个字并没有改变。

一旦在本子上写下名字，名字就无法改变。

但是如今，这个站在主持人位子上的灰姑娘再也不是王小甜。薄薄的册子从王大甜的手里飞出，直直地飞向天空，悬浮在七个感叹号的中央。

是的，当唐陌在异能书上写下"王大甜"这个新名字的那一刻，天空中悬浮的感叹号就由六个变成了七个。一个崭新的感叹号悬浮到了王大甜的头顶，时刻可以坠下。

陈姗姗："你回答了三种你根本不该回答出的问题，尤其是第三个问题，你给出的答案并非一个万金油答案，你的一切行为举止都在告诉我，你说的答案就是正确的。

"真理，秘密，情绪。

"这三种问题不该有人能回答出来,你却都知道。"

"如果我没有推断错误的话……"短发女生思索了一下措辞,说道,"主持人在这场节目里拥有一个不可改变的因果律,只要嘉宾向她提问,无论问出的问题是什么,主持人都必然知道。前提是玩家提问;玩家没提问的东西,你一概不知。所以……"

"所以她并不知道,我拥有一个异能,一个可以改变任何人名字的异能。"唐陌将异能书随手塞回空气里,他声音平静:"这是一个因果律异能,发动方式其实很苛刻,要求我知道名字更改对象的一个大秘密。秘密越重要,更改名字的成功率就越高。我想你最大的秘密,就是'开心问答游戏'的真相吧?很幸运,我竟然猜对了。"

异能:你爸爸还是你爸爸。
类型:特殊型。
功能:有一定概率更改对象的名字,作用时间七天,每十天可使用一次。因果律异能,不可扭转。
限制:必须知道作用对象的姓名、长相,对使用对象的了解程度越深,异能奏效的概率越大。
唐陌版使用说明:作用时间为三天,每三十天可使用一次。使用后,被使用对象将得到唐陌最重要的一个秘密。

唐陌笑道:"很巧的是,我现在没什么不可以说的秘密。哪怕那个秘密被你知道了,我也无所谓。"

被这六个人类玩家逼得走投无路,王大甜捏紧手指,低下了头。

她知道,她已经输了。

这场游戏无法再继续下去,她转过身看向格雷亚,哭泣道:"格雷亚阁下,真可惜,我没法继续替你守塔,这场游戏我要单方面终止了。你一定要为我报仇啊,他们竟然这样欺侮我一个可怜无助的女孩子。"

格雷亚站起身,递上一块手帕。

王大甜擦了擦并不存在的眼泪,只听格雷亚说道:"事实上,你也很开心,不是吗,My lady?"

佯装哭泣的哭声戛然而止,王大甜从手帕里抬起头,睁大那双漂亮的蓝眼睛,看着格雷亚。

格雷亚温柔地摸了摸她的头:"恭喜你,My lady,你尽力了,你解脱了。"

王大甜开心一笑，她忽然迈出步子，走出了黄色格子。在她走出格子的那一刹那，空气中响起一阵玻璃破碎的声音，唐陌六人的脚下，那些黄色格子也全部消失。

叮咚！恭喜玩家唐陌、傅闻夺……陈姗姗、傅闻声，成功通关"灰姑娘的开心问答游戏"。

王大甜走路的脚步轻快许多，她完全没在意自己的名字被人恶意地从王小甜这么可爱的名字，改成了莫名其妙的王大甜。她拍拍手，一辆南瓜马车出现在黑塔下方，她高兴地走了上去，驾驶着南瓜马车离开这里。

王大甜走后，唐陌淡定地看向格雷亚。他的手握住了小阳伞的伞柄，同时，傅闻夺、慕回雪、安德烈几人也拿出了自己的武器。

他们并没有将时间浪费在其他地方。

格雷亚·塞克斯微微一笑，他拄着拐杖，笑道："My lady，你们想一起上？我从不对孩子下手，大部分时候也不会对女人下手。不过像玩家慕回雪这类的，我并没有把她当作女人。"顿了顿，他继续说道，"所以……现在是要一起上了吗？"

话还没说完，格雷亚突然神色一凛。

他的面前，陈姗姗拉着傅闻声迅速地躲到一边，而傅闻夺、唐陌、慕回雪和安德烈，则以极快的速度消失在空气里。他们速度太快，导致奔跑时在空气中形成虚影。四人忽然从四个方向一起攻向格雷亚，格雷亚也不敢大意，他低笑一声，直接抬起那根短杖。

"Ladies and gentlemen（女士们先生们），表演……开始了！"

这句话说完，一道深红色的光芒在格雷亚的短杖上亮起。他的短杖轻轻地触碰到安德烈的胸膛，在两者相接触的那一刻，安德烈的拳头用力地挥了上去，可是只挥到一片空气。格雷亚不知何时已经瞬移到他的身后，他拿着短杖，短杖一头抵着安德烈的背部。

唐陌与傅闻夺对视一眼，慕回雪甩出红色长鞭。

格雷亚并不慌张，反而挥舞短杖，游走于四个玩家之间，好似在跳一场优雅盛大的舞蹈。

红色长鞭如同软蛇，轻巧地缠上那根细细的短杖。

格雷亚惊讶地挑眉。他此刻正在使用短杖的特殊效果，不断变换自己的位置。瞬移的同时，他的拐杖其实也在三百六十度地不断变动。慕回雪能一把捆住移动中的短杖，足以体现她的实力。

慕回雪高声道:"我捆住他了!"

捆住短杖,等于捆住马戏团团长。

慕回雪一脚蹬地,双手死死拽着长鞭,与格雷亚形成分庭抗礼的架势。另一边,安德烈怒吼一声,两手握拳朝格雷亚砸下。

因为拐杖被长鞭捆住无法动弹,格雷亚没法瞬间移动。但是这并未限制住他的实力,他无奈极了,一只手握着短杖,另一只手按住自己的礼帽,动作敏捷地在安德烈的拳头中左右躲避。安德烈的拳头快到超越唐陌的动态视力范围,同样,格雷亚躲避的速度也形成虚影,连他也无法看清。

慕回雪在一旁牵制,安德烈正面强攻。

唐陌和傅闻夺对视一眼,两人从左、右两侧直接攻上。

四个人一起动手,格雷亚双眼一眯,忽然松开拿着短杖的手。这根细细的短杖被慕回雪拿到手,她直接扔给唐陌,想让唐陌使用。可唐陌学着格雷亚的话,说了一遍使用短杖的咒语,却没见到任何效果。

格雷亚微笑道:"My lady,这世上只有一个怪奇马戏团团长。"

短杖无法使用,却也是一个极为强劲的稀有道具,不是狼外婆那种批发量产的小阳伞。唐陌干脆将小阳伞扔到一边,以这根短杖为武器,攻向格雷亚。

傅闻夺和安德烈是主攻,唐陌和慕回雪动作轻巧地不断偷袭。

很快,四人身上都有了伤口。格雷亚侧首避开傅闻夺的攻击,另一边,安德烈的拳头便挥了过来。他灵巧地躲过这一击,出现在他面前的又是唐陌和慕回雪的武器。

再这样下去,结果显而易见。

和狼外婆、圣诞老人那种强攻型、纯粹暴力的黑塔怪物不同,马戏团团长和红桃王后都属于身姿矫健型的黑塔BOSS。虽然他们的实力不一定比前两者强,但是却能在群战中拖延时间,令敌人打不到他们。

傅闻夺三人将格雷亚逼到一个死角,唐陌立刻双手叉腰,大声道:"还我爷爷!"

炽热的火焰瞬间扑上,将格雷亚吞噬。

大火中,一个黑色人影狼狈地一脚蹬地,整个人跃向空中。慕回雪挥舞鞭子想要捆住格雷亚的腿,在鞭子缠上对方的脚踝时,只见红发绅士低下头,朝她露出一个优雅的微笑。

慕回雪心道不好,立刻松开握着鞭子的手。可惜还是晚了一步,格雷亚一只手抓住这根鞭子,闪电顺着他的掌心一直传到慕回雪的身上。慕回雪被暴烈的雷击震得向后倒飞出去,倒在地上,吐了一口血。

唐陌几人抬头看向格雷亚。

马戏团团长拿着慕回雪的鞭子，稳稳落地。他笑道："你们拿走了我的武器，我当然也得找一个回来。这个似乎不错！"

慕回雪的鞭子也是一个稀有道具，而这时众人也终于明白，马戏团团长拥有操控闪电的特殊能力。

他每一鞭挥下，地面便劈出一道深深的裂口，闪电将大地灼烧出一道黑色的痕迹。

四人不断躲避他的鞭子，这时他们发现，鞭子对于格雷亚来说，或许比短杖更好使用。那根短杖实在太短，不像鞭子，攻击范围很广，现在他们都近不了格雷亚的身。

傅闻夺双目一眯，转首道："一起，我劈出一条路。"

"好！"

三人全部选择相信傅闻夺。

好不容易找到一个机会，傅闻夺双手一甩，漆黑的三棱锥形利器出现在他的两臂上。格雷亚看到他，直接甩出长鞭。傅闻夺挥舞双臂，漆黑的金属利器与红色长鞭相撞，发出激烈的金属撞击声。

鞭影密布，傅闻夺硬生生劈出了一条路，唐陌三人顺势冲了上去。

格雷亚见势不妙，微微勾起嘴角。他下一击直接捆住了傅闻夺的左臂，傅闻夺眉头一蹙，正要闪身离开。剧烈的闪电顺着长鞭劈上傅闻夺的左臂，竟硬生生地将那把黑色利器绞断。

傅闻夺闷哼一声，向后倒跳三步，单手撑地稳住身形。

他的左臂被砍断，鲜血顺着断面流下地面。但另一边，唐陌三人已经逼到格雷亚的面前。格雷亚退无可退，几乎注定了必败的结局。到这个时候，他低笑了一声："怎么说你们也得死一个，否则黑塔可会认为我放水了哦。"

说着，他反手取出一颗小小的、七彩的球。

这颗球是马戏团经常用的那种平衡球的缩小版，当它出现在空气中时，所有人心中一凛，一股不祥的预感笼罩全身。唐陌高声道："退！"但哪里来得及。

怪奇马戏团团长是个心眼极小的人。现在，他的心分成了三份，两份给了唐陌，一份给了傅闻夺。

四人中，和格雷亚结仇最深的就是唐陌。

他转首看向唐陌，一把捏碎了这颗七彩的球，耀眼炫目的彩色光芒从他的手中溜出。瞬间化为一根绳子，用不可思议的速度缠住了唐陌，并将他一把抓到格雷亚的面前。格雷亚一只手擒住唐陌的脖子，另一只手拿走唐陌手里的短杖。

唐陌眸光转动，他打算使用异能"一个很快的男人"逃脱。然而格雷亚一下子捏紧了擒住他的手，俯下身，在他的耳边轻轻地嘘了一声："My lady，灰姑娘只说你们能打败我，没说你们要付出什么代价才能击败我。只死一个人，已经说明你们很强了哦。这根捆住你的七彩绳子可不是那么好挣脱的，不要浪费你的道具……"顿了顿，他笑得深邃，"或者异能。"

唐陌双目一凛，格雷亚已经毫不犹豫地掐紧他的脖子。只要一瞬，唐陌就会被他活活掐碎脖子。众人根本来不及救他，傅闻夺直接冲了上去。但就在这时，慕回雪反手取出一只小巧的罗盘，用掌心托着，另一只手迅速地拨动指针。

"谬论，世上没有不可解的绳子，我反驳！"

刹那间，仿佛玻璃破碎的声音，牢牢捆住唐陌的七彩绳子碎了满地。

格雷亚难得露出惊讶的神情，唐陌趁机取出大火柴，怒喝一声，点燃了他的右手。格雷亚当然认识这根大火柴，马赛克实力不强，她的道具却很有意思。他眼也不眨地把自己的右手砍去，在唐陌逃走的同时，他抬起头看向慕回雪，诧异道："人类怎么会有它？"

唐陌抹去唇边溢出的血，转首看向慕回雪。

这个问题也是他想问的。

谬论罗盘，这是一个和真理时钟同等级的稀有道具。

稀有道具之间也有高低之分。

国王的金币比不上格雷亚的短杖，格雷亚的短杖比不上圣诞老人的巨型棒棒糖。而在这之上，便是真理时钟和谬论罗盘。

当初在薛定谔的钢铁堡垒里，唐陌只是想拿走那只假时钟，都被薛定谔嘲讽为痴人说梦。但现在，慕回雪竟然拥有谬论罗盘，还是正版。

慕回雪收起谬论罗盘："世上没有不可拥有之道具，这一点我也反驳你。"

格雷亚定定地看着她，良久，他无奈地笑了起来。

马戏团团长走到一旁，捡起自己刚才躲避唐陌的大火柴时落到地上的礼帽。他将这顶礼帽戴正，轻轻一笑："我认输，恭喜你们通关我守护的黑塔。黑塔可没告诉我，你们还拥有谬论罗盘。"他看向慕回雪，似乎在观察什么，接着道，"My lady，原来你早就和它融为一体了。有它在，世界上没有任何生物能杀死你。拥有这种级别的道具可是一件很危险的事，你完全打破了游戏的公平性，可是会被黑塔记恨上的，会发生不好的事哦。"

闻言，慕回雪身体一顿，接着她淡定地说道："那我就慢慢等着黑塔的报复。"

格雷亚摊摊手。

虽然他嘴上说了认输，但四个玩家全都没放松警惕。

只见格雷亚用完好的那只手挂着拐杖，转身走向黑塔。他走到一半时，停住脚步，抬头看向天边缓缓落下的夕阳。黑塔世界没有夕阳，只有一轮红铜色的光体。他定定地看了一会儿，仿佛以后再也看不到这么美丽的景色。

格雷亚低沉地笑了一声，他低下头，按住礼帽，继续走向黑塔。

"欢迎来到怪奇马戏团，今晚的演出也圆满落幕了呢。"

怪奇马戏团团长的身影逐渐消失在黑塔下方，当他彻底消失后，唐陌四人才终于松了口气。

在格雷亚消失的那一刻，众人头顶的这座黑塔绽放出七彩光芒。一首欢快的童谣响起，全世界的玩家都停住动作，惊讶地听着这首歌。

当这首歌结束，黑塔清脆的童声进行全球通报——

叮咚！2018年6月19日17点14分，A国1区正式玩家傅闻夺、唐陌、慕回雪、安德烈·彼得诺夫、傅闻声、陈姗姗，成功通关第一座黑塔。

叮咚！2018年6月……

一连播报了三遍，黑塔最后总结：

倒计时六天，总计还剩四座黑塔，请玩家努力攻塔！

唐陌抬头望着那座黑塔，轻轻舒了口气。

格雷亚消失，陈姗姗和傅闻声赶紧跑上来，给大家疗伤。

其中受伤最重的是傅闻夺。他一个人挡住格雷亚的鞭子攻击，左臂被生生绞断，身上也布满了狰狞的伤口。但是因为基因重组异能，他恢复速度极快，没过多久，安德烈就成了伤势最重的那个。

众人先行离开，找了个地方落脚。

躲在一个废弃的写字楼里，唐陌正打算询问慕回雪关于谬论罗盘的事。忽然，一道沉闷的轰隆声从窗外响起。这声音好像数万座高楼齐齐坍塌，大地发出一声哀鸣。众人心里一震，迅速地跑到窗边，看向南方。

站在三十一层楼的高度，唐陌六人看着不远处的城市，慢慢睁大了双眼。

只见在那辽阔的土地上，以盛平区和北淀区的交界处为分割线，一座座摩天大楼轰然坍塌。

好像被瓦解一般，人类的文明在所有玩家的面前全然破碎。

耸入云霄的大厦、长桥高塔、立交桥……

紫宫、天庙、北郊公园……

城市之中，所有关于人类的记忆全盘瓦解。这景色壮丽得如同末日最后的辉煌，沐浴着夕阳最后的余晖，数以万计的人类疯狂地跑出这座城市。

当城市崩塌到最后一块砖瓦时，那座悬浮于紫宫上方的黑色巨塔闪烁了一道白色的光芒。它用平静的声音淡淡说道：

叮咚！A国1区消失完毕。

这一句话落下，一切仿佛被按下了暂停键。

所有还没跑出A国1区范围的玩家全部停在原地，他们有的还保持着逃跑的姿态，有的距离首都界线只剩下短短数米。然而他们停住了。

傅闻声看到盛平区与北淀区的交界处，一个年轻女人在废墟中奔跑着，猛地停住。就在她面前半米的位置，一道泛着光辉的白色墙壁徐徐升起，将她和整个首都笼罩在了这层光幕中。

一道清脆的崩裂声，一万多名玩家轰然破碎，消失在了大地之上。

那座位于紫宫上空的黑塔也发出一道轻轻的响声，化为一道耀眼的白光，完全消散。

一切只发生在五分钟内。

叮咚！2018年6月19日，两千一百一十八座黑塔随机消失完毕。

唐陌以极快的速度捂住距离自己最近的傅闻声的眼睛，同时，慕回雪也遮住了陈姗姗的双眼。

唐陌感到掌心一阵湿热，他怀中的男孩身体颤抖，眼泪止不住地流淌下来。

陈姗姗则冷静许多，她拉下慕回雪的手，声音沙哑："……没事。"这声音哑到小姑娘听时也沉默了。又过了一会儿，陈姗姗看着那座成为废墟的城市，再次开口。这一次，她的声音坚定无比："真的没事。"

所有人都没有说话。

就这样，在这场无比震撼又壮丽的死亡面前，六个人都无声地凝视了许久。

终于，傅闻夺伸出手将窗帘拉上，大家回过神。

傅闻声擦干眼泪，心里还是闷闷的一阵难受。他知道黑塔说过，在这七天里，每天都有两千多座黑塔会消失，与之一起消失的是那块区域和区域上的人类。但是……

"击败马戏团团长的时候明明不是很难，大哥四个人联手，真的没有那么难。可是为什么，为什么……"

为什么当他亲眼看到人类文明的坍塌时，他才明白，这个游戏是多么残酷。他们能救得了几个人？

每一天，都有两千多座黑塔消失。他们只有六个人，而全世界一共有五座黑塔。

安德烈突然站起来："我去博林。"

众人明白他的意思，慕回雪也下意识地站起身："我和你一起。"

安德烈目光漆黑地看着她，声音沉闷："你留下。"

慕回雪愣住。

安德烈深深地看了慕回雪一眼，没有给出原因，他拿起自己因为疗伤而脱下的裘衣，转身走出大楼。高大强壮的 S 国壮汉行走在荒凉的道路上，盛平区里到处都是从首都逃亡过来的玩家，他们全部向着北方逃跑。

在这蜂拥的人流中，只有一道高壮的身影逆着人群，坚定地朝着西方而去。

他要去的地方是西洲。

即使七天时间他可能走不到那儿，即使路途中他随时可能因为黑塔的消失而死亡，但是他非去不可。

傅闻夺站在高楼上，看着安德烈的背影。片刻后，他道："先去首都看看有没有幸存下来的人类，明天我们也动身去 G 市。"

"好。"

首都的黑塔消失后，这里变成了一座无人的废墟。一切泾渭分明，同一条道路的两端，一端毫无变化，一端已经成了水泥碎片。

唐陌站在道路中央，将手伸至两区的交会线。他转首道："没事。看来现在活过七天的一个方法是找到一个已经消失的区域，在其中就可以活下来。大部分人应该都能想到这个方法，估计很快他们就会回头，躲在这里安稳地度过七天。"

众人走向第八十中学。

很可惜，他们没找到任何天选成员。不知他们是死在城中，还是顺利逃脱了。

高楼残破的砖瓦在大地上堆出一座座小山。当现代楼宇全部塌陷后人们才发现，人类在这片大地上建设出来的文明竟然已经超越了大自然本身。

首都，向阳区。

唐陌和傅闻夺动身去寻找幸存的人类，并且搜索一些废墟，想找寻黑塔消失的信息。陈姗姗和傅闻声则在其中休息。傅闻声今晚受到了极大的震撼，他是队伍六个人中心理承受能力最差的那一个，回想起自己傍晚时的失态，小朋友感到自责。

他很快坚强起来。

他能做的事情不多，只能尽可能地耗费自己的异能，做出更高级的治疗矿泉水。

陈姗姗在本子上写写画画着，她抬起头观察四周，突然发现慕回雪不见了。小姑娘皱起眉毛，想了想，起身去寻找对方。

皎洁明亮的月光洒在首都的废墟上，四周空旷寂寥，找不到一个人影。

陈姗姗自然不知道，她所要寻找的慕回雪就躺在他们身旁这座废墟小山的顶端。她枕着右手，看着那轮洁白的月亮。良久，她伸出左手，眯起眼睛。月光透过她的手指缝隙洒下来，斑驳的影子照在她的脸上。

就这样，世界上最强大的回归者晒着月光，看着月亮。

五分钟后，慕回雪笑道："既然来了，干什么不出来？我以为我们已经算是朋友了，或者说……队友？"

一道沉闷的脚步声从废墟后响起。

裹着厚厚的裘衣、将脸埋在帽子里，只露出一双绿色的眼睛。安德烈一脚一脚地踩在破碎的砖石玻璃上，走到废墟小山的顶端。他没说话，也没说自己为什么去而又返，只是用平静的目光静静地看着慕回雪。

慕回雪看着月亮，说道："你为什么回来？"

沉默许久，安德烈声音低闷："我走到一半，还是决定回来杀了你。"声音猛地顿住，安德烈视线一动，看了旁边一眼，接着继续转过头，对慕回雪说道，"对不起，但我们都知道……你必须死。"

慕回雪："你怕死吗？"

安德烈："不怕，如果你不愿意，我可以在杀了你后，自杀。"

但是，你必须死。

后面的话安德烈没说出口。

慕回雪当然知道他的意思，她看着月亮，笑道："其实我也不怕死。既然你不是为了自己活着，那你杀了我，是为了什么？你还是想复活你的女儿，还是妻子？"

"我不会复活瓦莲京娜。我答应过你，你一共杀了七十八个人，那个赌我输了，所以我不会杀你复活瓦莲京娜。但是这个世界上还活着三百多万人类，这个世界是瓦莲京娜生活过的地方。就算那三百多万人都死了……我也不想让这个世界消失。所以，你知道的，我要复活的是他。"

"哪怕真相不是那样，杀了我复活他，我们也不一定能找到最后那座塔？"

安德烈闭上了嘴，没再出声。

慕回雪撑起双臂，看着月色笑道："即使只有1%的希望，也不能放弃，是吗？"下一刻，她道，"怎么还躲着，出来吧。"

几秒后，陈姗姗默默地从废墟后走了出来。

刚才安德烈和慕回雪说话时，用的都是S国语。慕回雪转首看着小朋友，用S国语道："你听得懂吗？"

这么小的孩子，不会S国语才是正常。

然而她是陈姗姗。

陈姗姗静默片刻，用S国语回答："老师教过我。"

慕回雪愣了一瞬，接着道："你是我见过的最聪明的小孩。我知道这是你的异能，不过我挺好奇，就刚才我和安德烈那段对话，你知道我们在说什么吗？"她狡黠地眨了眨眼，"如果你猜对，我送你一个秘密，怎么样？"

陈姗姗很想说她根本不想要慕回雪的秘密，但是她没有出声，而是闭上眼睛将两人刚才那段对话回忆了一会儿。她再睁开眼时，声音平静："杀死时间排行榜第一名，可复活一个死在游戏里的玩家。安德烈之所以去而又返，是因为他不敢确定你会不会自杀，杀死自己去复活那个人。他担心你怕死，所以他回来想亲手杀了你。"

听着这话，安德烈露出惊讶的神色，第一次这么认真地看着陈姗姗。

这不是慕回雪第一次和这个小姑娘交手，她抱着自己的膝盖，坐在地上，饶有兴致地看着陈姗姗："继续。"

"安德烈说了，他杀死你不是为了复活自己的妻子和女儿，现在看来，他之前一直追着你要杀你，是为了复活他的妻女。但现在他不想这么做了。不是为了亲人，却还要杀你，且决心更盛，那只能是一个原因……他要复活的那个人，和黑塔七层的攻塔游戏有关。"顿了顿，陈姗姗抬头，语气肯定，"那个人知道最后一座塔在哪儿。"

慕回雪笑出声，她鼓掌道："你果然是我见过的最聪明的小孩。不，你或许是我见过的最聪明的玩家。你的答案十有八九是对的，除了我和安德烈也不敢确定那个人到底能不能找到最后一座黑塔。不过你可以猜猜，安德烈要复活的那个人是谁。友情提示，那个人你还认识。"

陈姗姗捏紧手指，看着慕回雪。

"……是他吗？"

"是。"

陈姗姗几乎是脱口而出:"为什么?!"

慕回雪反问道:"原因你不是知道吗,只有他知道最后一座塔在哪儿。"

陈姗姗嘴巴张开,很快她冷静下来。小姑娘看了慕回雪一眼,又看了看安德烈。

废墟一般的城市中,那个扎着高马尾的黑衣女人坐在最高的一座小山上,微笑着看着她。月光洒在她的身上,显得冷清又寂寞。而她的身边,那个棕熊一般的S国玩家默默地站在她的身边,他的眼中没有杀气,可是他的注意力一直集中在黑衣女人的身上。

只要她一跑,他就会追上她,然后用尽所有方法杀了她。

慕回雪并没有逃跑的意思,在陈姗姗转身离开的时候,她道:"让她杀了我吧。"

陈姗姗脚步一顿,回过头。

安德烈低头看她:"她?"

慕回雪摊摊手:"既然都是死,谁杀了我不一样?比起你这个家伙,我更想死在小朋友的手里。她可比你可爱多了。"

安德烈认真地看着慕回雪,他发现慕回雪还在笑,可是她眼神坚定,抱着必死的决心。

他们从不是畏死的人。

"好。"

S国壮汉走下废墟,不再说要亲手杀了慕回雪。

陈姗姗第一次觉得手足无措。她站在废墟上,看到慕回雪反手取出一只小巧精致的罗盘。她说道:"其实之前我让傅闻夺、唐陌一起杀我,嘴上说着我想死,其实我还是想活的。别误会,我没Fly那么怕死,我也没那么想活下去。但事实上,就像今天马戏团团长说的一样,他杀不了我,你们谁都杀不了我。因为……我有这只罗盘。"

拿出谬论罗盘,慕回雪另一只手拿出了一把匕首。她将刀尖对准自己的心脏,猛地捅了进去。

陈姗姗惊道:"你?!"

"没事,这种伤哪怕没有谬论罗盘,我也死不了。"匕首带出一丝心头血,慕回雪擦了擦唇边的鲜血,将匕首上的心头血涂在罗盘上。她一边非常有耐心地用鲜血染红谬论罗盘的指针,一边说道:"说起来,你这小朋友这么聪明,那很久以前,我通关黑塔四层,就是使两个世界融合的那次,你能猜出来为什么我明明已经通关了四层,却突然通关失败,过了十几天才通关成功?"

三个月前，黑塔突然为一个陌生的玩家唱了一首歌。一贯冷漠的黑塔极尽热情地赞美这位玩家，毫不掩饰地表达自己对这位玩家的喜欢。

当时慕回雪通关了黑塔四层，差点就直接开启黑塔 4.0 版本。可是忽然，她的通关告一段落，黑塔的更新也暂时中止。等过了半个月，她才再次正式通关，开启黑塔 4.0 版本。

陈姗姗思索道："因为谬论罗盘？"

慕回雪："哇，你呢个细路女真系醒目（哇，你这个小女孩真是聪明）。"

没听懂这句方言，但不妨碍陈姗姗理解这句话的意思，她解释道："你刚才说因为谬论罗盘，所以你怎么也死不了。接着又问这个问题。很明显，你通关四层失败肯定是因为谬论罗盘。"

"你终于猜错了。"

陈姗姗一愣。

"不是因为谬论罗盘。那时候我攻塔，只是为了让黑塔 BOSS 杀了我，死在游戏里。我不想让任何一个回归者杀了我，复活别人，也不想把二十六万的休息时间送给一个杀人如麻的回归者，所以我选择进入黑塔四层的攻塔游戏。但是很遗憾，我通关了那个游戏。在我通关的时候，我看到了那只谬论罗盘……"慕回雪的鲜血彻底染红了谬论罗盘的指针，她笑道，"普通的黑塔怪物杀不死我，那谬论罗盘呢？所以在我通关的那一刻，我开始抢夺这只罗盘。"

陈姗姗双目睁大，她想过很多可能性，但是从没想过，慕回雪竟然是为了抢走一个稀有道具，才突然终止了自己的黑塔四层。

鲜血顺着谬论罗盘的指针滴落到地上，当那滴血落在地上的那一刻，慕回雪的喉咙里发出一道闷哼声。她的脸色瞬间苍白下去，好像有什么东西从她的身体里消失了。

慕回雪将谬论罗盘扔向大地，这只小小的罗盘呈现出一道抛物线，砸向地面。但是飞到一半，它就消失在空气里。

慕回雪："马戏团团长说得没错，这种道具本来就不该被玩家拥有，这是 Bug（漏洞），因为我的异能才造成的 Bug。而现在的一切，或许就是黑塔的报复。"

陈姗姗的大脑迅速运转起来，她猜到了三四种可能，但是不敢确定。

处理完谬论罗盘，把偷来的东西送还给黑塔，慕回雪拍拍衣服站了起来。她走到陈姗姗面前，笑道："好了，现在你可以随便杀我了。我不会反抗。"

陈姗姗抬头看着她，终于忍不住问道："……为什么是我？"

慕回雪微微一愣，似乎没想到小朋友会问出这个问题。

她低头看着这个总是无比冷静又坚强到可怕的女孩，良久，她伸出手，温柔地摸了摸陈姗姗的头："因为啊，当初那个被我复活，后来又被我亲手杀死的人，和你真的很像呢。"

慕回雪的脸上是无奈又怀念的笑容，陈姗姗看着她这番模样，嘴唇张了张，还是没问出口。

过了几秒，陈姗姗冷静地说道："既然你已经决定死亡，那么我想让唐陌哥哥杀了你。"

慕回雪以为自己听错了："什么？"

陈姗姗一脸认真地分析道："你或许已经猜出来了，唐陌哥哥的异能是收集别人的异能。但是这个异能实在太过'逆天'，所以异能越强，他收集的难度就越大。事实上，如果他想获得你这种级别的异能，只有杀死你这一种方法。"小姑娘单纯天真的脸上，是无比严肃的神色，她非常不客气地说道，"既然你决定要死了，不如让唐陌哥哥拿走你的异能。"

慕回雪："……"

慕回雪屈起手指，用力地弹了一下陈姗姗的额头。

小姑娘的脑门一下子红了，她伸手捂住额头。

慕回雪面无表情地说道："这一点你和她就不一样了。明明我都要死了，你就不能说点好听的？小朋友，做人不能这样，知道吗？"

陈姗姗抬起头，理直气壮道："我可以叫唐陌哥哥来吗？"

慕回雪："……"

"行，去吧，我在这里等你们。"

陈姗姗："好。"

陈姗姗转身就跑，慕回雪看着她的背影，片刻后，她又躺了下来，晒着这美丽的月光，仿佛每晒一秒就会少一秒，这辈子再也见不到这样的景色。

而她并不知道，那个短发女生转身跑下废墟的时候，死死捏紧了自己的手指，指甲深深地嵌进掌心。这个理智到令人发指的女孩——在生死面前也能毫不客气地提出最后的利用，把慕回雪的生命价值榨得干干净净的小姑娘，眼眶湿了。

但是在眼泪掉出来的前一刻，陈姗姗抬手把眼泪擦干净，依旧是那副冷静的模样。

唐陌和傅闻夺刚回到废墟小山，就碰见了陈姗姗。

小姑娘面无表情地看着唐陌，将事情告诉给了对方。唐陌猛地怔住，他转首看向傅闻夺。两人轻轻点头，接着一起走上废墟，很快便看到了躺在废墟顶的慕回雪。

发现他们来了，慕回雪伸了个懒腰，站起身。

她走到陈姗姗面前，再次屈起手指，弹了一下她的脑壳。

安德烈在暗中躲了很久，见唐陌和傅闻夺回来，他也走出来，不吭声地站到一边。

慕回雪爽朗地笑道："事情她都已经告诉你了吧？其实我对死不死没什么感觉，我不怕死，有时候活着也没太大的意义，我死了或许更有价值。安德烈说得没错，黑塔给出的第三条线索就注定了我要死。如果你不动手，安德烈也会动手，甚至我自己也会动手。我自杀是浪费，没法让你得到异能。所以不如利用起来，由你杀了我吧，唐陌。"

傅小弟从陈姗姗的口中得知真相，他道："不是，慕姐姐，你真的要……"

小朋友说不出那个字。他完全不明白，明明白天的时候大家还一起攻略黑塔，通关游戏，怎么突然之间就变成这样了。

慕回雪对孩子有着出人意料的耐心，她蹲下身体，摸了摸傅闻声的头。"这座城市，已经没了。"她摸着傅闻声的头，带他看着脚下这片满目疮痍的大地，"不是突然，从我和安德烈看到那条线索的时候，我们就明白了黑塔的意思，知道有这一天，只是我们一直到现在，当首都消失在面前时，才肯面对。"

傅闻声咬紧牙齿，他很想说什么，但什么也说不出口。

傅闻夺："真的必须这样吗？"

慕回雪皱起眉头，看向他："傅少校，我已经把谬论罗盘扔了，还给黑塔了，你现在才跟我说这个？"

傅闻夺没回答，他刚才又不在。

唐陌也道："你没必要现在就这样，还没到最后的时刻。或许还有转机，还有其他方法找到那座塔。"

"然后看着六天内，每一天都有几十万人跟着黑塔一起消失吗？"慕回雪微笑道，"黑塔既然给出了那条线索，就意味着那是唯一的方法。今天当格雷亚说黑塔要报复我的时候，我突然明白了一些东西。

"唐陌，明明那个家伙运气一直很好，为什么他就突然很倒霉，碰到了两个队友一起出门？只要出门的不是那两个强大的玩家，甚至只是他们其中的任何一个，他都不会死。可是他死了。现在想想，这不是黑塔在报复他，这是黑塔在报复我。

"或许不仅仅是只有他才能找到那座黑塔，也有可能只有他，才能攻略那座黑塔。

"所以……唐陌，杀了我吧。"

唐陌握紧手指，定定地看着慕回雪。半晌后，他从口袋里取出两把银色蝴蝶刀。

慕回雪看向陈姗姗，朝她招了招手，露出一个灿烂的笑容："以后代替我多晒晒月亮。刚才我说，你如果猜对了我就告诉你一个秘密。我其实没什么秘密，只是很久以前我还没杀死那个和你很像的人的时候，她说想回到地球，想看看月亮。回归者的世界没有月亮，只有白天。这个接力棒现在我交给你了，你就多晒晒吧。"

陈姗姗神色平静，可是她没说话。

慕回雪笑道："嗯？"

陈姗姗："……好。"

这时，唐陌已经走到慕回雪的面前。

慕回雪收起笑容，认真地看着他："那就开始吧……"

她抬起眼睛，目光坚定，一字一句地说道："唐陌，杀了我，复活白若遥。"

清爽的女声淹没在晚风中，慕回雪咧开嘴角，露出一个坦然乐观的笑容。

两天前，黑塔六层，诺亚方舟。

唐陌和傅闻夺都没注意到，在他们翻开自己的红色字条，看清背后的十二个字时，慕回雪、安德烈也翻开了自己的纸，看到了上面写着的字。

只有三个字，但这三个字足以令两个强大的黑塔六层玩家都怔在原地，久久没有回神。

在看到这三个字的那一刻，他们忽然感觉无比讽刺。

慕回雪和安德烈看清楚线索，这张纸就化为飞灰，消失不见。可那三个字烙在了他们的心里，刺伤了他们的眼睛，永远不可能忘记。那三个字是——

白若遥。

"今天的月光其实也很美啊。"

银色的刀光一闪而过，这一刻，竟比月光更加皎洁。

西洲，D国博林，下午5点31分。

浓厚的雪云将天空密密遮蔽，大雪早已停止，铺在地面上的积雪却已经有十厘米厚。波兰斯特堡门被洁白的厚雪全部盖住，远远看去如同一个白色的门框。忽然，一个黑色人影重重地被抛出去，摔在波兰斯特堡门的一根石柱上。

这座有两百多年历史的古老石门剧烈地震颤一下，一道狭长的裂缝出现在门身上。被摔上石柱的银发女性根本没时间休息养伤，她落在雪中，下一刻便一手撑地，整个人向后倒跳三步。

砰！

一根巨型棒棒糖出现在她刚才掉落的位置，将地面砸出一个大坑。

圣诞老人脸上是慈祥的笑容，却挥舞起那根棒棒糖："哈哈哈，一起玩耍吧，我可爱的孩子！"

这场战斗几乎是压倒性的。

死在波兰斯特堡门下的尸体被雪花掩埋，银发女人是唯一的幸存者，但是她已经伤痕累累，动作和反应再也跟不上。又是一击，这一次银发女人没有躲开，她被棒棒糖用力地砸了出去。她倒在地上，吐出一口鲜血，再也无法站立。

红色的血顺着她头上的伤口，打湿了眼睛。她艰难地撑住上身，她看到那个威武强壮的圣诞老人一步步走上了他的雪橇，他拉住缰绳，笑道："那么就到最后的时刻了。孩子，圣诞老人从不杀人，但如果你躺在雪里，不小心被我的驯鹿踩死、雪橇碾死，那可不能怪圣诞老人。老人家的眼神总是不好，这点全地底人王国都知道的。"话音落下，圣诞老人哈哈一笑，驾驶驯鹿朝银发女人碾轧过去。

叶莲娜双目一凛，她竭尽全力地想站起来，可是她早已筋疲力尽。

就在雪橇距离叶莲娜只有五米时，一道尖锐的破风声忽然响起。圣诞老人脸色一变，掉转车头，避开了这发冒着火焰的子弹。火焰子弹射进波兰斯特堡门，顿时，大火燃起，波兰斯特堡门周围的积雪融化大半。

圣诞老人转首看向来人，眯起眼睛。

叶莲娜也艰难地转过头，看向那个方向。只见不知何时，雪云渐渐散开，夕阳即将滑落大地。在天空与地平线的交界处，六个黑色身影沐浴着温暖的阳光，朝波兰斯特堡门的方向走来。其中一个金发青年左臂平举，一把布满金色花纹的火枪架在他的胳膊上。

很明显，刚才那发子弹就是他射出来的。

六人走到波兰斯特堡门旁，圣诞老人看着这六个人类，似乎认出了其中一两人，他笑道："可爱的孩子们，好久不见，Merry Christmas！"

一个中年男人将地上的叶莲娜拉了起来，用充满 F 国口音的外文问道："你是谁？"

叶莲娜冷冷道："叶莲娜·伊万诺夫娜。"

金发青年凑过来："S 国第一个通关黑塔五层的那个？"

叶莲娜扫了他一眼，没说话。

中年男人笑了笑，众人转首看向圣诞老人。

"莉娜和唐德那两个丧心病狂的疯子死了，并不代表我们西洲区没人了。西洲唯一一座在全球引起关注的黑塔，西洲1区博林黑塔，不需要你们S国人来攻略。兄弟们，看来这次我们找对了。"中年人拔出一把长刀，看着圣诞老人，露出嗜血的笑容，"杀了他，夺下博林黑塔！"

M国，古约。

彼得潘抓住机会，飞跃到空中，俯冲向下，长长的金矛直刺贝尔·弗斯克的胸口。然而，贝尔脸上没有一丝紧张的神色，他露出一个计谋得逞的笑容。彼得潘察觉不对，惊讶地赶忙飞离，但为时已晚。

约翰突然从他的背后出现，三颗子弹直射彼得潘的胸口。

全球各地，到处都有玩家在努力地攻塔。

A国，首都。

天色漆黑，已然是深夜。

月光皎洁，五个人影从废墟小山上走下。

傅闻声抹了抹湿润的眼睛，陈姗姗看向他。小朋友摇摇头："眼睛被风吹得有点疼。"

陈姗姗没有吭声。

时间排行榜排名第一个回归者，拥有的高级道具比唐陌还要多。那根红色的鞭子被它的主人交给了陈姗姗，其余道具五人各自分配了一下。

陈姗姗开口时发现自己声音有些沙哑，她停顿片刻，再说话时声音已经恢复正常："虽然已经复活了白若遥，但是没看到他。黑塔既然说他已经活了，那他在哪儿？我们得去找到他。"

傅闻夺："他死的时候是在黑塔游戏里，现在他最有可能出现在黑塔下方。"

悬浮紫宫空中的黑塔已经随着整个首都一起消失，但如果白若遥出现，最有可能的地方还是那里。五人收拾了东西，动身向紫宫的方向走去。他们才走到一半，傅闻夺猛地停住脚步。

众人立即看向他。

安德烈闭上眼睛听了会儿，道："有脚步声。"

首都刚刚消失几个小时，这片大地上原本的玩家要么逃走，要么跟着城市一起消失。这时候竟然还有人？

唐陌的心里浮现出一个名字，他惊讶地与傅闻夺对视一眼，两人瞬间明白对方的意思。

"欸，那是谁？"傅闻声惊呼出声。

众人回头看去。

只见在明亮的月光下，一个瘦削的人影从地平线处走来。

那个娃娃脸青年双手插在口袋里，漫不经心地走着，走得不快不慢，看得让人烦躁，就如同他这个人一样，总是很欠揍。他就这么一步步地走了过来，看到唐陌和傅闻夺时，故意做出吃惊的表情："哇哦，这么巧，又看到你们了，唐唐、傅少校。这难道就是缘分？"

唐陌淡淡地看他一眼："你是故意过来的？"

白若遥眨眨眼："什么故意过来的？唐唐，我突然出现在一片乱七八糟的废墟石头上，可把我吓坏了。"一边说，一边演出害怕的模样，只是那笑眯眯的脸上完全看不出这人有一点害怕，他道，"我稍微观察了一下，认出地上那些石头砖块什么的很像紫宫的，然后我就随便找了个方向，想看看附近有没有人，问问是什么情况。嘻嘻，唐唐，你看我们之间的缘分果然连老天都认可，竟然一下子就让我找到你们了。"

白若遥的视线在五人身上一一扫过，看到安德烈时他目光一顿，很快闪开。

他没有询问那个经常和安德烈一起，总是被安德烈追杀的人去了哪儿，而是歪着头，道："我的蝴蝶刀呢？"

唐陌面无表情地从口袋里拿出两把银色小刀，扔了过去。

白若遥接下刀。他灵巧的手指抚摸着细细的刀柄，在空中甩出两道漂亮的刀花。啪嗒一声，蝴蝶刀以肉眼难以企及的速度消失在他的袖中，动作快得连傅闻夺都没看清。

白若遥再次双手插进口袋，勾起嘴角："所以现在可以告诉我了吗，我死以后……发生了什么事？"

唐陌用简单的话将白若遥死后的事情叙述了一遍。

从莉娜、唐德的死，到玩家攻破黑塔六层，再到他们拿到线索，黑塔直接开启七层攻塔游戏，要求全球玩家一起攻塔。

陈姗姗说道："Q市玩家李夏的那条线索我们暂时不知道，我推测很有可能也是关于黑塔位置的一条消息。但是黑塔给出的第三个线索，是你。"顿了顿，小姑娘抬头看向娃娃脸青年，"你是不是知道第五座黑塔在哪里？"

白若遥没有回答她的话，而是挑了挑眉："首都盛平，G市，博林和新克里。你们现在是打算去G市？"

陈姗姗点头道："马戏团团长虽然厉害，但他并非黑塔世界最强的玩家。狼外婆、圣诞老人都比他强。虽然阮望舒已经带着天选的人去了 G 市帮忙攻塔,可是慕……"声音停住,小姑娘手指紧了紧,继续道,"可是我们听说,G 市没有什么特别强大的玩家,所以我们打算现在动身前往 G 市,越早攻塔越好。"

安德烈沉闷的声音忽然响起:"尼(你)到底知道什么线索,缩(说)!"

凌厉的杀气猛地压下,白若遥转头看向这个高壮的 S 国大汉。安德烈从未表现过这样凶狠的模样,似乎只要娃娃脸青年敢不配合,他一定会动手扭断他的脖子。

白若遥定定地看了他一眼,片刻后,他委屈地说道:"我又做错什么了?唐唐,你看他,他欺负我。"

唐陌:"你到底知道什么?"

白若遥收起演戏的模样。

良久,他道:"有件事其实你们猜错了,如果黑塔给出的第三条线索真是你们说的那样,是我。那它的意思并不是只有我知道那座塔在哪里,因为我根本不知道这个游戏,黑塔也从没告诉我类似的信息。那条线索就是表面上的含义,就是我。而在地球上,只有一座塔和我有不可分割的密切关系……

"其实我以前还死过一回,死在黑塔二层的攻塔游戏里。"

唐陌双目一凛:"你什么意思?"

白若遥低头看他,嘻嘻一笑:"就是表面意思呀,唐唐,难道我还会骗你不成,我是这种人?好啦好啦,你这个连普通话都说不清的外国人不要拿拳头砸我了,我不说废话了还不行。"话音落下,娃娃脸手指一动,一个被咬了一半的苹果出现在他的手中。

"黑塔二层的攻塔游戏,我是在路过某个县城时,被黑塔强制要求攻塔的。原本那只是个普通的攻塔游戏,只要完成主线游戏就可以通关。但是我作死……我做错了一个选择。"他看向唐陌,"全球第一个通关黑塔一层困难模式的玩家叫陌陌,唐唐,那个人是你吧。黑塔二层的困难模式,原本我该是第一个通关的,只不过我死在了那里。但是临死前我偷走了一样东西,并咬了它一口,然后我活过来了……从此以后,我的命就和那个游戏里的 BOSS 强行绑在了一起。

"她沉睡了,我却活了。

"黑塔告诉我,只有攻破七层,我才能摆脱这颗该死的苹果,真正地活下去。"

白若遥眨眨眼:"唐唐,你猜到她是谁了吗?"

唐陌看着白若遥手里那被咬了一半的苹果,红得鲜艳。一个名字在他的心头缠绕,他几乎脱口而出——

"……白雪公主。"

半个小时后，六个人来到首都和谷城的交界处。

在两座城市的分界线上，六人停住脚步。这并不是说他们清楚地看到一条线分隔了两个城市，A国的城市从没有刻意画出城市界线。但是此时此刻，他们亲眼看到了一根线。

在这根线的北边，是满目疮痍的人类废墟，这根线的南边，是一栋栋矮小的房屋。

走到这里众人便明白，他们已经离开首都，离开A国1区了。

傅闻夺看了身后的废墟城市一眼，转身离开。其他人也遥望北方，看了一会儿，继续向南边走。

唐陌道："首都的东西全部毁了，找不到车。谷城应该有车，我们先去市区找辆车，Q市还是很远的。"

傅闻夺道："分头找速度更快。"

"好。"

傅闻声走到一半，发现那个神经病一样的家伙居然没跟上来。他扭头一看。

只见晨光熹微之间，那个娃娃脸青年站在两座城市的交界线处，遥望着首都。他手腕一动，一把银色蝴蝶刀突然出现在他的掌中。傅闻声一惊，没明白他想干什么，下一秒就见他扔出小刀。

漂亮的蝴蝶刀在空中划出一个美丽的弧线，割掉了旁边杂草中唯一的一朵小白花，飞向白若遥的手中。他的力道掌控得太好，在蝴蝶刀落回手心的同时，那朵花也被他拿到手中。

娃娃脸青年闻了闻这朵花，语气嫌弃："啧，一点都不香。"

接着，他蹲下身体，将这朵花插在了满目疮痍的首都的大地中。

一朵小巧普通的野花静静地立在泥土里，随风摇摆。

白若遥笑眯眯地戳了戳这朵花，轻声说了一句话，接着转身离开。

傅闻声感觉自己听错了，这时白若遥从他的身旁走过，做作地说道："唐唐，看到我死的时候你有没有哭呀，啊，是不是难过极了？"

唐陌："闭嘴。"

"嘻嘻嘻嘻……"

六个人继续向南方前进。

"难道真的听错了？"

小朋友摸了摸脑袋，跟着大家一起往前走。

那句话随风消散在首都废墟的上空。

——Deer，我回来了。

月光消散，朝阳升起。

很快，傅闻夺在谷城一个县城里找到一辆废弃的吉普车。六人坐上车，迅速地向 Q 市赶去。

白若遥这样说道："Q 市很大，一共有八座黑塔。那座塔很不起眼，在 Q 市的东边，我是在离开 Q 市的时候意外到那里去的，黑塔太坏了，我就路过一下，它就把我拉进攻塔游戏了。"

傅闻夺："那座塔在哪里？"

"Q 市奉城。"

地球由西向东自转，日落日升，太阳坠入地平线下。

6 月 20 日 18 点，"黑塔的寻宝游戏"第二天结束。当太阳渐渐垂落至地面下方，全世界，任何一个地区的玩家都惊恐地看着距离自己最近的那座黑塔。许多聪明的玩家找到两个区的交界处，忐忑地等待这一天的世界坍塌。

那一刻来临之际，大地发出一声悲鸣，刹那间，全球七分之一的城市开始疯狂崩塌。

许多玩家有了前一天的准备，发现自己所在的地区黑塔开始消失，他们便立刻跑到相邻的区域，躲过灾难。但也有部分地区的玩家站在两区的交界处，看着左、右两侧的黑塔，绝望地睁大双眼。

"不！！！"

两座黑色巨塔无情地开始一起塌陷。左侧的城市，高楼如雪崩；右侧的大地，颤抖着将地面上所有关于人类的痕迹全部冲刷干净。

眼泪瞬间涌上他们的眼眶，他们痛苦绝望地呐喊着，疯狂地想离开这两个区，可是一切早已来不及。

世界再次消失了七分之一，黑塔发出全球通报——

叮咚！2018 年 6 月 20 日，两千一百一十八座黑塔消失……

声音突然顿住，过了片刻，黑塔继续说道：

两千一百一十八座黑塔消失完毕。

这句话说完，没给幸存的人类一点反应的机会，黑塔继续道：

叮咚！2018年6月20日18点01分，南洲1区玩家，成功通关第二座黑塔。
叮咚！2018年6月……

一连播报三遍，如末日后突然出现的希望曙光，两百多万人类听到黑塔的通告，绝望的泪水还没落下，欣喜激动的笑容便浮现在脸上。
"赢了，赢了！又赢了一座黑塔，又赢了！"

倒计时五天，总计还剩三座黑塔，请玩家努力攻塔！

这一刻，南洲玩家的胜利成了全球人类的胜利。
唐陌和傅闻夺正驾驶车子，艰难地跨越无数的城市废墟，抵达南和省。一路上他们也碰到了一个正在崩塌的区域，幸好他们反应快，傅闻夺开着车带大家逃离该区域。
听着黑塔的话，傅闻夺敏锐地发现一个异常之处，他皱眉道："黑塔这次没有宣布是哪些玩家攻略了那座黑塔。"
唐陌想了想，道："南洲1区，应该是Y国新克里的那座黑塔。没有宣布是什么人通关了……是因为通关的人很多吗？"
陈姗姗思考片刻，在消息闭塞的情况下，明明他们根本不知道Y国发生了什么事，但是一个奇怪的念头突然浮现在她的脑海中。小姑娘脱口而出："还有一种可能，攻略那座塔的玩家全部死了。"
唐陌猛地一怔，转首看向陈姗姗。
陈姗姗也被自己刚才说出来的话吓着了。她很想说自己只是不知道为什么，突然说出这句话。然而她和唐陌都知道，异能超智思维，在没有任何凭据的情况下，随口说出的任何一个推测，都有最高50%的可能性是正确的。
陈姗姗不会无缘无故地说出一个推测。
唐陌转过头，看向前方，他声音平静："南洲1区的攻塔玩家，全部死了。"

Y国，新克里，德立门。
刺鼻的血腥味充斥着空气，这座城市的空气仿佛停止了流动，温暖的夕阳照耀在满地的鲜血上，映射出金色的光辉。红色的血将这座辉煌巍峨的德立门染成鲜艳的颜色，一个小小的红色身影被一把长枪钉在德立门上。

精致的小王冠坠落在地，红发萝莉颤抖着想将胸口的这把枪拔出来，可她吐出大口的鲜血，已经到了生命的尽头。

在她的脚下，是尸山血海。

南洲玩家用生命铺成了一座高桥，用血液浇筑出了一把长枪。这把枪此刻深深地穿透了红桃王后的胸口，让她再也没有力气反抗。

有件事唐陌和陈姗姗都猜错了，南洲玩家损失惨重，却不是真的没有生还者。听到黑塔的提示声，倒在尸山中、幸存下来的玩家先是呆呆地愣住，接着哭声响起。

他们号啕大哭。

半个月前，黑塔强制攻略五层，那一次，南洲所有的高级玩家全军覆没，没有一个人获得攻略六层的机会。而如今，他们成功了。

红桃王后嘴唇动了动，她似乎有话想说，可是她连睁开眼睛的力气都快没了。

红发萝莉气得很想哭，她想告诉这群该死的家伙，攻略一座塔不是只有杀了守塔者这一种方法，高级玩家的攻塔方式还有很多。可是她忽然想起脚下这群人类中最强大的玩家不过才攻略了黑塔四层，她只能闭上眼睛，再没办法骂出任何话。

红发萝莉连眼睛都快睁不开了，在她完全闭上眼的前一刻，她感觉自己好像被谁抱进了怀里。这人非常粗暴，一点也不温柔地直接拔出她胸口的长枪。他无奈地笑道："My lady，你为什么不委婉一点，让他们用别的方式攻塔呢？"

嘴里说不出话，红桃王后气得在心里骂道：那也得他们这群臭人类里有一个至少通关五层的啊！连五层都没有，她就算想开一场游戏，都没法做到。

马戏团团长轻轻笑了一声，抱着红桃王后消失在黑塔下方。

"My lady，我救了你一条命，你现在欠我十朵月亮花，不可以分期付款。"

红桃王后："……"

6月21日早晨，第三座黑塔也被攻破。

唐陌六人来到Q市的边界，白若遥嘻嘻一笑："哇，那现在只剩下G市和Q市两座塔了？"

安德烈瞥了他一眼，冷冰冰地说道："第五座塔在拉（哪）里，尼（你）带路。"

娃娃脸青年哈哈大笑起来："怎么过了这么久，你的普通话还是一点没有进步。"

安德烈一拳砸断白若遥身后的一棵大树作为威胁，想让这个家伙快点闭嘴。白若遥却仿佛什么都没听到，笑眯眯地转身去骚扰唐陌："唐唐，傅少校开车开得一点都不好，我来开怎么样？"

唐陌冷冷道："你带路。"

白若遥自讨没趣，只能无奈地摊摊手。

6月21日16点58分，一辆吉普车穿过奉城景门大桥，来到Q市奉城县。

车子驶出大桥时，傅闻夺突然踩下油门，众人齐齐看向他。只见他倏地转头，目光如炬，同时手腕一动。一支黑色飞镖嗖的一声刺破空气，射向不远处一家废弃的报刊亭。

好像有什么东西在报刊亭前一闪而过，飞镖射穿报刊亭，报刊亭很快成了一片废墟。

傅闻夺快速道："这城市里有东西。"

那东西大家都看到了，可它跑得太快，没人能看清具体是什么。

安德烈道："是一个很小的洞（东）西，非常矮，应该不是人类。"

白若遥挑挑眉："大熊，为什么不能是人类？万一是个小孩子，或者是个侏儒呢？"

听到"侏儒"两个字，唐陌心中一动："侏儒？"

白若遥笑道："对呀，白雪公主的故事里一直不都有侏儒吗？嘻嘻，白雪公主……和七个侏儒呀。"

众人："……"

人家那是七个小矮人！

未知的危险永远是最可怕的。

众人弃车步行，趁机仔细观察这座城市。

半年前白若遥在这儿被强行拉入攻塔游戏，攻略黑塔二层，但他只是路过，并没有在这座城市久居。Q市奉城是Q市诸多县城之一，并不起眼。它坐落在群山拥抱间，江水穿城而过，河水拍击江岸，溅起一朵朵白色泡沫，水声响烈。

这里一切都和地球上线前没有两样。

藏在大山中的安静县城，人口不多的城镇，绿水青山。除了……

唐陌握紧小阳伞："你们有看到人吗？"

众人齐齐摇头。

一路走来，六个人没有放过城市的每一个角落，可是他们一个人都没看见。

傅闻夺做出结论："不算之前在大桥上碰到的疑似是小矮人的那个，这座城市没有一个人。"说完，他看向白若遥。

白若遥举起双手："别看我，我顺道路过这里的时候，这里和其他区没什么两样,有很多玩家哦。或许半年过去,他们没能顺利攻塔,都死在游戏里了?"

这种可能性不是没有。

黑塔曾经开启过末位者淘汰游戏,如果奉城的玩家比较弱,被黑塔选为末位者进行淘汰。那整个区没有一个玩家通关,也不是不可能。或许也有玩家通关,但是他们离开了这座城市,去往资源更丰富的地方。

然而,唐陌还是说道:"不对劲。"

六人全是高级玩家,连傅闻声都攻略了黑塔四层。整座城市仿佛被冻结了一般,看不到任何打斗的痕迹,或者血迹。如果是经历过末位者淘汰游戏的地区,不该是这样。

他们小心翼翼地朝着城市中心走去。

忽然,唐陌扭过头,看向街边一家奶茶店。他的双眼死死地盯着这家店的门口,店门大开,黑漆漆的商店宛若一只怪兽,张开巨大的口等待猎物的进入。唐陌定定地看着这家店,片刻后,他与傅闻夺使了个眼神。

傅闻夺点点头,唐陌拔出小阳伞,轻手轻脚地走向店铺。

就在他快要进入店内的一刹那,一个黑色身影嗖的一声从旁边蹿出来,挥舞一根木棒,凶狠地打向唐陌。傅闻夺的速度比它还快,他脚下一蹬,漆黑的三棱锥形利器直接拦下这根木棒。

瘦小的矮人见自己被拦住,他龇开牙齿,做出一副恶狠狠的模样。当他看见傅闻夺的脸时,却猛地一怔。同样,傅闻夺看见他也是皱起眉头,他在脑海里回忆了一下,竟然一下子没想出自己曾经在哪儿看见过这张脸。

同样,唐陌也觉得这个小矮人似曾相识。

很快,只听一道尖锐的叫声响起:"该死的 A 先生,你是那个该死的 A 先生,啊啊啊,还有该死的 B 先生!就是你们,我这辈子也不会忘记你们这两张丑陋的脸!是你们害得我被马戏团团长炒鱿鱼,害得怪奇马戏团倒闭,害得我失去工作,又得回来给那个该死的白雪公主倒洗脚水!我要杀了你,啊啊啊啊!!!"

再次挥舞大棒,喷嚏精愤怒地朝傅闻夺劈来。

白若遥嘻嘻一笑,伸手就挡住了这一击。他故作惊讶:"咦,好弱啊,比我想象的弱好多。"

喷嚏精想把木棒从白若遥的手里拔出来,可他的力气根本比不过对方。

这时,唐陌终于想起来,他惊讶地看向傅闻夺:"集结副本'怪奇马戏团的惊喜之夜',这是当初那个付给我们银币,要我们负责押送大蚯蚓的侏儒马戏团成员?"

DI QIU
SHANG XIAN

第 5 章
人类上线

唐陌和傅闻夺认出了喷嚏精，两人双眼一眯，毫不犹豫地伸手抓向小矮人。但是喷嚏精却以极快的速度嗖地溜走。他抛弃了自己的大木棒，转身就跑。小矮人力气不大，速度却快极了，几下便消失在荒废的城市里，不见踪影。

下一刻，整座城市突然响起歌声，仿佛有数百个儿童在齐声唱歌，歌声响彻山谷。

魔镜魔镜，她的皮肤像雪一样白。
魔镜魔镜，她的嘴唇像血一样红。
魔镜魔镜，她的头发像乌木一样黑。
…………
魔镜魔镜，到底谁才是世界上最美丽的女人？

这歌声一会儿从西边响起，一会儿从东边响起。问出最后一个问题，歌声戛然而止，七双眼睛从街道两旁的灌木丛中探出来。一道粗重的男声说道："才不是那个坏女人。"

第二道声音略显尖细一点："是谁都不会是那个坏女人。"

第三道声音慢慢吞吞："那个该死的女人，她怎么还不死掉？"

第四道声音："蠢货，谁能杀得死她。"

第五道声音："这些人类不是带着毒苹果回来了吗？"

第六道声音似乎看见了什么东西，忽然拔高："啊啊啊，浑蛋，我看到那两个浑蛋玩家了！是他们，害得我丢掉了地底人王国海关长官的工作，就是他们！"

第七道声音就熟悉多了，是怪奇马戏团的喷嚏精："该死的糊涂蛋，你居然也和他们有仇？杀了他们，不能让他们吵醒那个坏女人，就让她睡一辈子吧！"

在第一道声音响起时，唐陌六人已经握紧武器，随时准备攻击。这些小矮人行踪诡谲，声音从各个方向传来。傅闻夺仔细辨认，当第六个小矮人说话时，他已经找到了一个方向。当最后一个小矮人说完话，傅闻夺、唐陌、白若遥、安德烈齐齐冲了出去。

尖叫声刺破天空："啊啊啊啊，他们发现我们了，杀了他们！"

"杀了他们！！！"

傅闻声拉着陈姗姗躲到一家餐厅里，他从背包里拿出一把手枪。这个十二岁的男孩将身体藏在餐厅的桌子后，保护着身后没法进化身体的短发女生。他握着枪，每一枪下去都射准一个小矮人，小矮人被他的子弹逼得暴露身形。

当小矮人动作慢下来时，唐陌几人的攻击便立刻跟上。

漆黑的三棱锥形利器一刀劈下，劈断一棵粗壮的树，吓得小矮人瞌睡虫瞬间清醒，再也不打瞌睡。唐陌的小阳伞尖锐无比，他一把撑开伞，用坚硬的伞面将两个小矮人推到白若遥跟前。银色的刀光一闪，两个小矮人摸着自己的头发，惊恐道："不许剃掉我的头发，我就剩这一点点遮秃的头发啦！"

安德烈则是一拳一个"小朋友"。

七个小矮人每个都弱得惊人，但是他们的速度和实力成反比。他们非常弱，根本不是唐陌六人的对手，光比体能，可能陈姗姗都能胜过他们。

但他们的速度快极了。

唐陌四人互视一眼，安德烈一拳砸向街边的巨型广告牌，将这广告牌砸倒在地，挡住四个小矮人的去路。

白若遥堵住一条路，唐陌和傅闻夺各堵住一个出口。七个小矮人被堵得死死的，最聪明的小矮人万事通眼珠子一转："我去找那个臭女人来，你们等着。"

其他小矮人顿时不乐意了："你分明就是想跑！"

万事通无比阴险，哪怕目的被拆穿了，他脸不红心不跳，甚至还能理直气壮地说道："能逃一个是一个，我才不要和你们一起死。"可是他话刚说完，一根橡胶绳便紧紧缠住了他的胳膊。万事通错愕地看向对方。

只见一根细细的橡胶绳从唐陌的掌心射出，死死地捆住了小矮人的手臂。任凭万事通怎么挣扎，他都无法解开这根绳子。

安德烈走上前，像串糖葫芦一样，把七个小矮人依次绑到了一起。

这七人仿佛一个模子印出来的，都是矮小干瘪的瘦侏儒。被捆到一起后，他们开始互相埋怨。

"都怪你，我就说不能管这些坏人类，他们可厉害了。"

"我怎么知道他们这么厉害，以前的人类也没这么强啊。"

"他们当然厉害。就是他们，就是这两个浑蛋，害得我丢掉了马戏团的工作。他们连尊敬的格雷亚阁下都敢得罪！"

唐陌看着说话的小矮人，端详片刻，他认出来：这竟然是地底人海关的那个侏儒长官？！

"我认识那个大块头，他可讨厌了，那次在香蕉酒馆里，就是他偷走了我私藏的一瓶香蕉酒！"

一个穿着绿衣服的小矮人愤怒地瞪着安德烈，安德烈回忆片刻，用外语对绿衣服的小矮人说道："难道是去年我曾经进入过的一个单人副本游戏，让我从香蕉酒馆里偷走的一瓶酒？这都快一年了。"

小矮人恼怒地叫道："一年了，你还没赔我香蕉酒钱！"

安德烈："……"

唐陌六人每个都是经历过无数黑塔游戏的高级玩家，他们的名字在黑塔世界十分响亮。同样，因为参加过太多黑塔游戏，他们也跟很多黑塔怪物和地底人结了仇。

七个小矮人都被绳子捆了起来，六人聚集在一起，开始讨论怎么处置这七个家伙。

唐陌："他们是七个小矮人，以他们的实力，这座黑塔肯定不是他们守护的。真正的守塔者是白雪公主。利用他们，能找到白雪公主，甚至威胁她。"

傅闻夺难得和唐陌持相反意见，他指着其中一个小矮人，声音平静："他刚才说，他非常想杀了白雪公主。这是黑塔世界，不是童话故事。白雪公主是个危险的黑塔BOSS，她和小矮人的关系明显也不好。"

白若遥："那怎么办，难道要放了他们？放了他们，说不定他们会回去给白雪公主通风报信哦。"

唐陌看向他："你不是说白雪公主沉睡了吗？"

白若遥露出一个神秘兮兮的笑容，他拿出自己的背包，拉开拉链，给唐陌看。

唐陌看了一眼："干什么？"

白若遥："嘻嘻，唐唐，你就没发现少了什么东西吗？"

少了东西？

唐陌再仔细看这只背包。

几秒后，他睁大双眼，惊道："苹果呢？"

白若遥笑眯眯道："好像在进入这座城市后，苹果就自动从我的背包里消失了。啊，难道说它被它的主人发现了，自动回到白雪公主身边去了？那该不会现在白雪公主已经醒来了吧。"

众人:"……"

唐陌现在就想抬起脚,把这个浑蛋娃娃脸青年踹进江里!

这么重要的信息,你现在才说?

似乎听到了唐陌心中的话,白若遥有点委屈:"我也是刚刚才发现的。"

然而他的话根本没人信,这就是"狼来了"的故事。被耍多了,大家对白若遥的话连个标点符号都不信。

六人还没讨论出一个头绪,小矮人先叫嚷起来了。

"啊啊啊啊,她醒了?"

"浑蛋浑蛋浑蛋,那个臭女人居然真的醒了!"

"我不要给她倒洗脚水,我不要给她洗袜子,她快点去死,啊啊啊啊。"

陈姗姗抓住重点,她冷静地问道:"你们说的丑女人是白雪公主?你们也希望她死?"

七个小矮人一起点头,如同捣蒜,动作整齐划一,竟有种特殊的喜感。

"那当然,谁想遇见那个臭女人。她除了一张脸,一无是处!"

陈姗姗:"既然这样,敌人的敌人就是朋友。你们谁知道,该怎么杀了白雪公主?"

陈姗姗话刚说完,清脆的童声立刻响起——

叮咚!触发单人挑战合作游戏"白雪公主和毒苹果"。

在茂密的黑塔森林中,住着一位美丽善良的公主。她拥有雪一样的皮肤,血一样的嘴唇和乌木般的黑发。森林里的所有动物都对她喜欢极了,小鸟愿意为她唱歌……

话刚说完,城市里,突然传来乌鸦嘎嘎的叫声。

花朵愿意为她绽放。

道路两侧,刚刚还含苞待放的花丛骤然枯萎。

七个小矮人心甘情愿成为她的仆人。

萝卜丁似的小矮人们:"我呸!"

黑塔继续说道——

白雪公主是森林里最受欢迎的女人。作为地底人王国最美丽的姑娘，她每天遭受无数的人身攻击。如果美丽是种罪，那她已然罪孽深重。美丽的东西总是要在高潮时戛然而止，才会更加动人。马戏团团长如是说。

叮咚！游戏规则——

第一，能杀死白雪公主的只有毒苹果。

第二，每日的白天，玩家们拥有一次向白雪公主投毒的机会，投毒方式自选，投毒人员自选。投毒时，该玩家可自动变换成自己想要的模样。注意：每天只有一个玩家可以变换模样。

第三，玩家一共有三次机会，三个日夜来寻找杀死白雪公主的机会。

第四，白天是玩家投毒的时间，夜晚是白雪公主出门猎杀玩家的时间。

"全世界都在嫉妒我的美貌！"白雪公主发出呐喊的声音。

黑塔宣布完所有规则后，一棵棵碧绿的大树猝不及防地拔地而起。巨大的树木神奇地从水泥地中钻了出来，有的树长在了道路上，有的树则长在两栋大楼间，将这两栋楼挤得向两边倾斜。

树木草丛，花朵鸟鸣。

三秒后，一片寂静的森林出现在众人面前。谁能想到这片森林在几秒前，还是一座人类城市？

这森林还残留着城市的遗迹，只不过树木太多，整个奉城县都被它们遮蔽了。而在这群树环绕间，一座巍峨的黑塔悬浮在半空中。

这时，一道美妙的歌声从远处传来。

甜美的歌声如同夜莺最动听的歌唱，哪怕是唐陌六人，都被这完美的歌声打动，一时间失了神。然而就在下一刻，歌声戛然而止，对方嘿嘿一笑："瞧我发现了什么，一只受伤的兔子！好的，今晚就吃麻辣兔头吧。"

众人："……"

这绝对不是白雪公主！

白雪公主是全世界家喻户晓的童话人物。

陈姗姗曾经分析过黑塔世界的 BOSS 名单，很轻易地就能发现，黑塔里的 BOSS 们大多是童话人物，或者在全球范围内拥有普遍认知性的人物。这一点从只有圣诞节惊喜副本，没有春节、万圣节等其他节日惊喜副本中就能看出。

"2017 年 4 月黑塔降临地球后，整整半年它没有一点动静，应该是在收集地球上的各类信息。"陈姗姗在本子上写下一个个关键词，诸如"童话人物""惊喜副本""半年"等，她道，"圣诞节可以说是全球知晓范围最广的一个节日。"

就像全世界使用人数最多的语言是 A 国语一样，使用的人多，并不代表这种语言就流传甚广。全世界传播最广的语言是外语。

圣诞节是一个西方节日，但是在这个时代，全球各地都庆祝圣诞节。

所以黑塔选择了这么一个特殊的日子，开了一个圣诞惊喜副本。

然而问题就出现了。

唐陌指着本子："白雪公主呢？"

灰姑娘是王小甜。睡美人也出现过，傅闻夺曾经参加过一个普通副本，游戏地点是一座城堡，游戏 BOSS 是睡美人。只不过这个 BOSS 从头到尾就没有清醒过，也没露过面。

如果真要说谁才是全球范围内流传最广、认知度最高的童话人物，白雪公主绝对有一争之力。

但是这个黑塔 BOSS 从没出现过。

唐陌、傅闻夺、天选组织所有成员、阿塔克组织，乃至 N 市组，都没听说过白雪公主的存在。末位者淘汰游戏之前，N 市组收集了 N 市两万多名玩家的游戏信息，可是这两万多人，没有一个人见过白雪公主，也没人参与过有她的游戏。

直到如今他们才知道真相：不是白雪公主不存在，而是她从一开始就沉睡了。

寂静茂密的森林里，六个人类玩家小心翼翼地藏在城市高楼与树木之间，死死地盯着那个在森林里采摘蘑菇的美丽少女。

她拥有一头乌黑的头发，穿着一件红袖白色长裙。她的脸庞被树叶挡住，被阳光照耀，模糊得令人看不清。可是任何人在看到她的那一刻便知道，她是这个世界上最美丽的姑娘。

白雪公主弯下腰，将地上受伤的小白兔捡了起来，扔进自己的篮子。她一边哼歌，一边继续采摘蔬果。将一片圆形区域全部采光后，她在刚才那棵有受伤兔子的树下等了十分钟。

白雪公主失望道："啊，果然没有第二只小兔子了啊。"

守株待兔不成功，白雪公主拎着篮子，慢悠悠地转身离开。

等她彻底走远后，傅闻夺转首看向白若遥："白雪公主的实力怎么样？"

没有人见过白雪公主，除了白若遥。

白若遥理直气壮道："我不知道。"

众人："……"

唐陌："你没和她交手过？"

娃娃脸青年嘻嘻一笑："没呀。唐唐，白雪公主可不是黑塔二层这个等级的BOSS，她至少是黑塔五层水平。我在二层要完成的游戏只是'离开白雪公主的森林'，是发生意外我才触发困难级别副本，然后不小心吃了毒苹果。"

没人和白雪公主交过手，那就不知道她的底细。

唐陌皱起眉头。

未知的敌人使这个游戏变得更加困难。

正在此时，白若遥道："不如问问他们咯？"

众人朝着白若遥手指的方向看去。

被指着的七个小矮人正在互相责骂，埋怨自己被同伴拖累，导致被绑在这里。忽然被人一指，小矮人们齐刷刷竖起汗毛。

矮人老大万事通吞了吞口水，道："你、你们想干什么？我告诉你们这些该死的人类，虽然我们现在被你们绑在这里，但、但我们可以逃出去的。那个浑蛋白雪公主压根儿不会做饭，当她捡了兔子回去发现没人给她做麻辣兔头的时候，她一定会来救我们！"

傅闻夺皱起眉头："她来救你们，你们就能走得了？我们有六个人。"其中四个还是全球武力值极高的高级玩家。

小矮人爱生气不屑地哼了一声，非常自信地说道："她可是白雪公主，虽然又臭又坏，但打倒你们这些该死的人类还是没问题的。"

陈姗姗抓住重点："所以你们知道白雪公主到底有多强，或许你们还知道她拥有什么样的能力？"

七个小矮人齐齐一愣。

万事通眼珠子一转："喂，你们这些坏人类是想从我们口中套出那个女人的信息吧。我们会告诉你们？"

另一个小矮人接道："做梦去吧！"

"对，才不告诉他们，让那个女人和他们打个鱼死网破。"

"然后我们找机会溜走。"

"这样就不用被这些坏人类吃掉。"

"也不用给浑蛋白雪公主倒洗脚水啦！"

某些方面而言，这些小矮人非常聪明，一下就明白唐陌几人的意图。但他们又傻得可爱，无论心里在想什么，都会直接说出口。唐陌与傅闻夺互视一眼，齐齐点头。两人各从一边，抓住了一个小矮人。

爱生气被傅闻夺抓住，惊恐地睁大眼："你想干什么？！"

"你、你做什么？！"喷嚏精被唐陌抓住，下意识地打了个大喷嚏，唐陌侧首避开这黏糊糊的鼻涕。

差点被绿色鼻涕糊了满脸，唐陌嘴角勾起："总会有办法，让你们开口的。"

七个小矮人一起吞了吞口水，一股不祥的预感笼罩在他们心上。

下一秒，白雪公主的森林里传来一道尖叫声。正拎着篮子回小矮人木屋的白雪公主停住脚步，再仔细听了一下。"咦，听错了吗？看来最近听力有所下降，得多吃点兔耳朵补补呢。"说着，她舔了舔嘴唇。

捂住小矮人的嘴巴，唐陌和傅闻夺直接用上了一个他们从没用过的道具——

道具：睡美人的八音盒。

拥有者：傅闻夺（预备役）。

品质：普通。

等级：一级。

攻击力：无。

功能：打开八音盒，放奏一首美妙的音乐，听到音乐的任何生物，将会做一场无比可怕的噩梦，在梦里，将保持最清醒的意识，见到自己最害怕的人，遇见自己最害怕的事。

限制：一次性道具，只能使用五分钟。

备注：今天也是美好的一天呢——最喜欢看恐怖片的睡美人如是说道。

在八音盒被奏响的那一刻，唐陌等人便捂住自己的耳朵。他们听不见八音盒的声音，但是他们能看见这七个小矮人的动作神情。在第一个音符响起后，所有小矮人一起惊声尖叫。幸好唐陌几人反应快，赶紧捂住了他们的嘴巴。

但这七个小矮人的脸色以肉眼可见的速度，瞬间白了下去。

"呜呜呜呜，救救我，我没有偷看她洗澡，我怕长针眼。"

"我就知道你天天让我给你倒洗脚水是因为你一直想让我喝你的洗脚水，呜呜呜，好臭啊，我不要喝这盆洗脚水。"

"我不看你，我不看你，你是世界上最美丽的女人。"

七个小矮人虽然被绑着不能动，可他们用自己唯一能动的身体部位，竭尽全力地向玩家们演示了什么叫生不如死。

八音盒一共有五分钟，才放了三分钟，矮人老大万事通就挣扎着倒立起来。他的裙裤自然下落，露出白色的内裤，竟然是挥白旗投降了。

唐陌将八音盒的按钮关上，这只小巧的黑色音乐盒啪嗒一声，碎成两半，没了作用。

白若遥将堵着耳朵的棉球拿出来，他凑上去用脚踢了踢口吐白沫的小矮人喷嚏精，笑眯眯道："不就是做了个噩梦吗，怎么这么严重？好像在梦里喝了谁的洗脚水一样。"

小矮人们像霜打的茄子，蔫蔫地趴在地上。

万事通是第一个缓过神的，他先嘀咕了一句"黑塔啊，这真是太可怕了"，接着老老实实地把自己知道的事说出来："那个女人是真的特别可怕，特别可怕。你们对上她根本没有一点胜算。她的可怕，超乎你们所有人类的想象。如果她很好对付，那我们七个也不会被她当用人，使唤这么久。"

唐陌："她的武力值很强？"

爱生气："她确实很会打人，她的拳头砸人特别痛，特别暴力。"

害羞鬼："但她最厉害的不是她的拳头，如果要说打架，红桃王后可比她还厉害，红桃王后的拳头砸在我身上，我就成一个死的害羞鬼了。"

陈姗姗："她到底会什么？"

瞌睡虫害怕地缩了缩脖子："她……她什么都知道！"

陈姗姗："她知道什么？"

瞌睡虫瑟瑟发抖道："就是什么都知道。"

听了这话，众人脸色微微一变。

傅闻夺声音沉了下去："有什么东西，是她不知道的？"

"没有！她什么都知道！你们的异能，你们用过的每一个道具。只要是你们曾经在黑塔游戏里用过的任何东西，她全都知道！她全知全能，她就是黑塔最宠爱的女人！"

安静的森林里，白雪公主一边哼歌，一边回到小木屋。

和万事通说的一样，当她把篮子扔在厨房的餐桌上，大摇大摆地坐在沙发上，准备好吃麻辣兔头时，白雪公主才发现："咦，那几个话多又蠢的丑侏儒哪里去了？"

白雪公主将小木屋翻了个底朝天，没见到一个小矮人。她生气道："那些臭侏儒，又出去玩了！别让我抓住他们，等我抓住他们，我要让他们天天喝我的洗脚水！"看着这张白雪般的脸庞，谁能想象出拥有这张脸的少女竟然能骂出这么难听粗鲁的话。

就在白雪公主愤怒地打算出门去找人时，一道敲门声响了起来。

白雪公主走到门前，拉开木门。她低下头，看着眼前的小矮人，哼了一声：

"喷嚏精,你最好现在立刻马上给我去做麻辣兔头!要是三分钟之内我没吃到好吃的麻辣兔头,我就把你的脑袋拧下来,当麻辣矮人头吃。欸,对,多放点花椒和孜然!"

喷嚏精听到这话,身体抖了一下。他畏畏缩缩地走到厨房,老老实实地开始做麻辣兔头。

白雪公主:"那六个家伙呢?"

喷嚏精小声道:"他们听说你想吃麻辣兔头,去森林里抓小兔子了。"

少女难得露出感动的表情,但她也只感动了一瞬。"果然,没有人能抵抗我的美色,你们也被我的美丽诱惑到了。"

喷嚏精:"……"

做完麻辣兔头,小矮人默默地把盘子端过去。

白雪公主夹了一块兔子肉,喷嚏精小心翼翼地抬眼看她,看她一点点地把这块兔子肉放到嘴中。但就在红色的肉块快要进嘴的那一刻,少女突然停住动作。

明亮的眼中闪烁着动人的神色,樱花般的红唇缓缓勾起,露出一个危险的笑容。

"……把苹果榨成汁,搅拌在麻辣兔头里,你当我就闻不出来了吗?"

下一刻,异变突生。

白雪公主一脚踹翻这盘兔子肉,同时她右手握拳,凶狠地砸向眼前的喷嚏精。可喷嚏精竟然反应极快地向后倒退三步,躲过她这一击。白雪公主稍稍一愣:"身手不错,你是谁?"

一张硬挺的脸庞渐渐浮现在空气中,矮小的侏儒骤然变成高大英俊的男人。

白雪公主看着这张脸,她用手指点着额头。忽然她双眼一亮:"哦,原来是地底人王国公认的'我最想吃的玩家'第一名的傅闻夺呀。见到你可真高兴。我从不吝啬将自己的美丽展现在所有人的面前,你真幸运,能见到美丽的我。为了奖励你,今天晚上就吃红烧偷渡客吧。"

话音落下,狠烈的拳头直接砸下。

傅闻夺右手一甩,变成漆黑的利器。

另一边,三道身影从树丛中嗖地蹿出,直直地攻向白雪公主。

傅闻夺抬起双臂,挡住白雪公主的攻击。金属碰撞的声音在森林里格外刺耳。与此同时,唐陌三人也从不同方向攻了上来。

安德烈怒喝一声,直接将一棵三人合抱的大树连根拔起。巨大的树木轰隆一声砸向白雪公主,一身白裙的少女灵巧地脚尖点地,很快落在一棵大树的树干上。这时,两道银色刀光从她的身后飞来。

白雪公主露出惊讶的神色，她从树上跃下，躲开两把蝴蝶刀。银色的刀光很快飞回娃娃脸青年的手中，白若遥嘻嘻一笑，手上耍了个漂亮的刀花，双刀消失在他的手中。谁也不知道他下一次攻击会是什么时候，从哪里逼来。

　　另一侧，唐陌也堵住了白雪公主最后的出路。

　　小矮人的木屋位于森林的一个空旷地带。参天大树将这片区域层层包住，高树直蹿云霄，五个人影站在树下，渺小得宛若蚂蚁。

　　白雪公主被四个玩家团团围住。然而她的脸上没一点惊慌，反而饶有兴致地看着这四个男性玩家。宝石般的眼眸里闪烁着好奇的神色，少女摸了摸下巴，突然一拍手："我懂了，你们都是因为我的美色而来的吗？你们真是荣幸，能见到美丽的我。"

　　唐陌双目一眯，视线牢牢地锁在白雪公主身上。

　　包围圈中，白雪公主还在认真地说："曾经最出名的偷渡客傅闻夺，与马戏团团长有很深过节的唐陌，从 S 国远道而来的安德烈。"声音顿住，她转过视线，看向慢慢走来的娃娃脸青年："呵呵，还有一个当初偷吃我的苹果，害我沉睡的恶心的男人。"

　　白若遥无辜地眨眼："美丽的公主，他们都有资格被您直呼姓名，为什么就我这么不幸？"

　　白雪公主嘴角勾起，泛起一丝冷笑："看你的模样，应该没有把我的苹果吃完。"

　　白若遥："我只咬了一口，真的只有一口。"

　　白雪公主遗憾道："那还真可惜。那种东西你要是吃了它，也算帮我解决一个难题。可现在你既没有吃了它，还害得我陷入沉睡。在我醒来后，又带这么多又脏又丑的男人来我的森林，想骗我吃苹果……"从鼻子里发出一道嘤咛，白雪公主生气道，"黑塔知道，这个世界上我最讨厌吃的东西就是苹果了，没有之一，从我出生到现在，我吃过的苹果不超过五个。"

　　傅闻夺淡淡地抬眼，顺手将一个红色的东西从衣袖里拿出来，直接抛到身后。

　　傅小弟牢牢地接住这颗苹果，嗖的一声钻进树林，跑远了。

　　白雪公主见状，道："原来这就是你刚才从我的厨房里偷到的苹果。"

　　傅闻夺的手指放在口袋里，悄悄摸上了一个东西。他没回答白雪公主的问题，四人中，唯独白若遥特别乐意和白雪公主交流，他道："美丽的公主，请问你为什么不喜欢吃苹果？"

　　白雪公主理直气壮地反问："我为什么要喜欢吃苹果？那是蠢笨的人才吃的东西，难道我看上去很蠢吗？"

"美丽的女人如果再蠢一点，会更惹人爱。"

白雪公主定定地看着他，微微一笑："你是在说我不够可爱吗？"

白若遥摊摊手："我可没这么说。"

白雪公主清澈的双眼定在娃娃脸青年的身上，她古怪地哦了一声，抬起脚向白若遥走近。就在她快要走到白若遥身边时，唐陌忽然道："跑！"

白若遥毫不犹豫地转身就跑，白雪公主心中一惊，迅速地转首看向唐陌的方向。

只见在他的身后，傅闻夺高举左手，抛出了一个银色的东西。这东西在空中划出一道抛物线，直直地落向白雪公主站立的位置。一丝濒死的不祥预感猛地涌上心头，所有人都转身逃跑，找个安全的地方藏住自己。

银色的手榴弹落在地面，空气有一瞬间的安静。

下一刻，一股滚热的冲击波压着地面，轰的一声炸响。

整片森林在这一刻都颤抖起来，大地震颤，树木被恐怖的爆炸吞噬。大火熊熊燃起，很快烧焦了数十棵大树。而在爆炸的正中心，硝烟四起。等爆炸的余波彻底消散，唐陌四人从巨石后站了起来，小心翼翼地看向森林正中央。

当看到那个横在中央的东西时，唐陌心中一紧："那是什么？"

一道银铃般的笑声响起："这是整片森林对我的喜爱。"

话音落下，唐陌的身后响起一道快速的窸窣声。他脑海里迅速地反应那是什么东西，但身体并不能跟上大脑的速度。三根粗粗的藤蔓以极快的速度缠住了唐陌的双腿，将他重重地摔向天空，再砸下来。

这东西力大无比，唐陌轻而易举地被它举到高空。在落地时，唐陌念出咒语，赶紧打开小阳伞。小阳伞作为冲击，挡去了大部分的力道，使唐陌稳稳落地。可一切并没有结束，这三根藤蔓依旧捆着唐陌，如同荡秋千一般，将他挥向空中，再砸向大地。

同样的情况也发生在傅闻夺、白若遥和安德烈身上。

这片森林好像有了思维，当它们发现这四个人类竟然敢加害那美丽的少女，用炸弹炸她，它们彻底愤怒了。

白若遥一把抓住藤蔓，用蝴蝶刀砍断它们。他第一个落地，接着没有一丝迟疑，直接飞手甩出两把蝴蝶刀。这两把刀直接割断了捆着唐陌和安德烈的藤蔓，而傅闻夺则自己挣脱了藤蔓。

四人安全后，互视一眼，一起攻向白雪公主。

七个小矮人曾经说过，白雪公主是全知全能的，她是黑塔的宠儿。然而这并不是说白雪公主真的什么都知道，她知道的是每个玩家的异能和玩家曾经使用过的道具。

当安德烈两手拔起两棵大树，砸向白雪公主时，白雪公主早有防备，迅速躲开。当傅闻夺用黑色利器斩断藤蔓，并一脚蹬地冲向她时，她轻轻地笑了："我好害怕，你难道真的要杀了这么可爱的我吗？"话还没说完，两棵大树疯了似的挡在白雪公主的身前，不让傅闻夺攻击她。

白雪公主的实战能力在红桃王后之下，唐陌四人联手，按理说能制伏她。可这片森林却成了她的帮手。

她了解每个玩家的异能和他们曾经使用过的道具，唐陌的异能在这片森林里几乎成了废物。他使用"还我爷爷"异能，白雪公主一下子就发现，并抓住这个异能不能轻易改变方向的特点，灵敏地避开。唐陌使用"画个圈圈诅咒你"异能，还没画完圈，白雪公主便抛出武器，将唐陌画了一半的圈打乱。

"只要不画出那个圈，你就不能诅咒我哦。我知道的。"少女俏皮地眨眨眼。

唐陌眯起眼睛，反手取出大火柴。

"知道异能和道具也没关系，让她没法躲避！"

四人一起攻上，处处堵住白雪公主的退路，唐陌不断地找机会想要点燃大火。他要点燃的不是白雪公主，大火柴的因果律作用，只要被它点燃的火焰不把对象燃烧殆尽，不可能熄灭。所以唐陌只要点燃一棵大树，就能烧光整片森林。

可这些树木狡诈极了。

唐陌好不容易点燃一棵小树，这棵树竟然无比主动地把自己被点燃的部分割断，扔在地上。

有了森林做帮手，唐陌四人一时间很难拿下白雪公主，但他们也渐渐占了上风。

这时，光线渐渐昏暗下来。

太阳向地平线落去，月亮从东边的天空升起。

当最后一缕阳光没入大地之下，刚刚被唐陌四人追着跑的白雪公主突然停住脚步。唐陌心中顿觉不妙，傅闻夺反应更快一步，拉着他的手臂转身便跑。四人以最快的速度逃跑，这时，那个少女缓慢地转过身，脸上是充满恶意的笑容："不好意思，现在……到了我的猎杀时刻了。"

下一秒，白雪公主一脚蹬地，整个人向唐陌四人冲来。

唐陌惊道："她的速度比刚才快了一倍！"

安德烈躲开一击，只见白雪公主一拳头下去，三棵树接连倒地。"她的力气也大了恨（很）多。"

唐陌瞳孔缩紧："游戏规则第四条……夜晚是白雪公主出门猎杀玩家的时间。"

谁能想到，到了晚上，白雪公主的实力竟然会强上一倍！

眼看白雪公主越追越紧，傅闻夺从口袋里又掏出一枚手榴弹，拉开扣环扔向身后。白雪公主知道玩家用过的所有道具的信息，这时候使用人类创作的武器，反而比黑塔道具效果更好。

果不其然，面对一个陌生的武器，白雪公主警惕地停下来。等这东西爆炸了，她才再次动身，这时唐陌四人已经跑远了。

漆黑的森林里，回响着小鸟叽叽喳喳的叫声。

一道微弱的脚步声在森林中轻轻回荡，白雪公主哼着歌，一边寻找四个玩家的踪影，一边温柔地笑道："人类，怎么不出来和我玩了？我最喜欢和人类玩了哦，难道你们不喜欢和我玩？"

刚才逃跑的时候，唐陌和傅闻夺与白若遥、安德烈走散了。

唐陌的后背紧紧贴着一块巨大的石头，他能清晰地听见白雪公主的脚步声在距离自己不足二十米的地方。他屏住呼吸，转首看向傅闻夺。

几成把握？

不足五成。

白雪公主知道唐陌和傅闻夺的所有异能，以及他们用过的道具。这对玩家来说，他们的实力无疑被削弱了许多。无法出其不意地使用异能，唐陌的能力更是被削弱了大半。

傅闻夺凑到唐陌的耳边，压低声音："白天一共有两个小时。"

他们进入游戏后，一共过去两个小时。按照黑塔正常的惯例，夜晚应该也是两个小时。

唐陌捏紧手指：……躲下去。

傅闻夺：好。

到了夜晚，实力突然加强的白雪公主，再加上整片森林的保护，唐陌和傅闻夺现在最好的选择，就是等待黎明的来临。

时间一分一秒过去，天色漆黑，没有一点擦亮的意思。

但是唐陌在心里默数着时间。

傅闻夺声音低沉："白天是两个小时，黑塔是绝对公平的，所以夜晚也一定是两个小时。"

唐陌抬首看向他："她走远了。"

白雪公主的森林很大，当天黑时，想在这片茂密的森林里找到一个人类，实在难如登天。幸好黑塔对白雪公主还没厚爱到主动帮她在森林里找人的地步，她必须自己一步步在森林里找。

那脚步声越行越远，唐唐渐渐松了口气。

最后三分钟，唐陌握住小阳伞的伞柄，与傅闻夺动身准备前往之前抓住七个小矮人的地方。在白天的时候，陈姗姗提议如果毒死白雪公主的计划出了错漏，所有人被迫分开，就回那个地方集合。

黑暗的夜色中，两道人影在弓腰前行。

只剩下最后三十秒，唐陌和傅闻夺也已经看到被捆在树上的七个小矮人。这七个侏儒叽叽喳喳地吵闹着，到这个时候还在互相埋怨，觉得自己是被同伴拖累了。然而，就在唐陌快要进入这片空地时，一道银铃般的笑声从他的身后响起。

"呀，抓到你了哦。"

唐陌双目一凛，下意识地转身打开小阳伞。然而无数根藤蔓嗖的一声，向他抓来，阻止他伤害那个美丽的少女。但傅闻夺反应更快。原本唐陌距离白雪公主比较近，在白雪公主说话的一刹那，傅闻夺一手抓住唐陌的手腕。

唐陌惊道："傅闻夺？"

漆黑的双眼里是深沉的颜色，傅闻夺点点头，低声道："相信我。"接着手臂发力，一下将唐陌甩到了身后。

"傅闻夺！"

唐陌大声喊道，可他并没有上前帮忙。只见那数十根藤蔓一下子缠住了傅闻夺的左臂，它们一齐发力，很快将傅闻夺向白雪公主的方向拉去。但就在这一刻，一根红色的鞭子从唐陌的身侧飞出，牢牢拽住傅闻夺的手臂。

"我这么喜欢你，你喜欢我一下会死吗！"

柔弱的女声响起，红鞭上亮起一道浅浅的光辉。原本傅闻夺被那数十根藤蔓拉得双脚嵌进地里，也无法阻止藤蔓扯走他的力道。但这根细细的鞭子仅仅是缠住他的手腕，也没表现出什么绷紧竭力的姿态，傅闻夺就被反过来拉向了红鞭的方向。

只见森林大树之间，一个矮个子女生手里拽着一根红鞭，将傅闻夺往回拉了过来。她其实并没有用力，但只要抓住鞭子的一端就够了，因为这是一个稀有品质的因果律道具。

道具：一条恋爱了的红绳。

拥有者：陈姗姗（正式玩家）。

品质：稀有。

等级：三级。

攻击力：极强。

功能：被这根红绳缠上的任何生物，只要大声喊出"我这么喜欢你，你喜欢我一下会死吗"，因果律作用，被捆住的生物一定会被拽到拥有者身边。

限制：如果被捆住的对象喊出"你是个好人"，效果立刻解除。

备注：别看我长得像根鞭子，其实是条红绳。明明我这么可爱，可是我的上任主人却从来不肯念出咒语呢。

藤蔓根本抢不过红鞭，见状，这些藤蔓松开傅闻夺，直接攻向抓着红鞭的主人。这时，白若遥和安德烈已经回来。两人联手，击退藤蔓和树木。白雪公主眯起眼睛正要攻击，忽然，一道淡淡的晨光从东边的天空亮起。

白雪公主一愣，接着尖叫道："啊啊啊，天亮了？我居然通宵没睡觉？我的美容觉，我牛奶一样的皮肤，我丝绸一样的头发……我要去补个美容觉！！！"

走的时候，白雪公主似乎看见了那七个被绑架的小矮人，七个小矮人见到她时也激动得直喊"白雪快救救我们"，可白雪公主一边捂着脸，一边尖叫着转身跑开了，压根儿没有救七个小矮人的念头。

七个小矮人生气极了。

"该死的该死的该死的，我就知道，那个坏女人的心里根本没有我们。如果不是要吃饭，要泡澡，要打扫屋子，她才不会想起我们！"

"我一定要把她泡脚用的玫瑰花瓣全部换成仙人掌刺！"

"我要在她的饭菜里倒上满满一壶苹果汁！"

"我、我要天天吹笛子，吵得她不能睡觉，变成黄脸婆！"

七个小矮人发泄了一通，还是气不过，到最后竟然气得哭了起来。

娃娃脸青年猛地俯身，凑到一个小矮人面前，嘻嘻一笑："你哭起来更丑了哦。"

小矮人喷嚏精："……"

下一刻，他哭得更大声了："为什么无论是人类还是黑塔怪物，都是这种欺负人的变态啊，呜呜呜！"

众人都受了一些伤，傅闻声赶忙为大家疗伤。

七个小矮人终于哭到嗓子哑了，不再吭声。

陈姗姗将所有人的情况全部汇总一遍，沉思片刻，她道："整个森林都在帮她的话，那我们所有人加起来，也不会是白雪公主的对手。她本身实力就不弱，近战能力也很强,再加上这片森林。"短发女生抬起头,看了看四周,"白雪公主是黑塔的宠儿,这片森林也会帮着白雪公主,我们还剩下两个白天,每个白天都可以伪装形象去对白雪公主下毒……"

眼中闪过一道亮光,小姑娘道:"有了。"

众人商量一阵,傅闻夺带头同意了陈姗姗的提议:"嗯,这是最有可能的方法,而且我们还有两个白天去实验。"

七个小矮人没听到他们在说什么话,但是他们看出唐陌几人志在必得的表情。刚刚被白若遥欺负了一遍,哭得上气不接下气的喷嚏精打了个大大的绿色鼻涕泡,不屑地说道:"你们就别做梦了,那个女人的恐怖是你们无法想象的。只要是你们曾经在黑塔游戏里用过的异能和道具,她在看到你们的那一刻,就全部知道了。"

爱生气也冷嘲热讽道:"你们想骗她吃下苹果?这绝对不可能。那个该死的女人只对苹果'情有独钟'。你就算把榴梿拿给她告诉她是西瓜,她也不会觉得有一点奇怪。只有苹果,哪怕是苹果叶子,她都能在一百米外闻到苹果的味道。"

"对,她最讨厌苹果了。"

"只要是苹果,她绝对不会尝一口。"

"你们这些蠢人类马上就要死在她的手下了,我要给你们每个人的嘴里全灌上洗脚水!"

几个小矮人越说越起劲,似乎已经看到玩家们未来的惨状。

唐陌微微勾起嘴角,看向小矮人:"你们刚才说,她最讨厌吃苹果了?"

喷嚏精:"那是,她这辈子吃过的苹果绝对不超过五个。"

"这样吗……"

白若遥嘻嘻一笑:"唐唐,你想到什么坏主意了吗?"

唐陌没搭理他:"有个东西,我一直有点介意,这一次实验的时候,或许也可以尝试一下。"

Q 市奉城,白雪公主的森林。

钢铁城市被一棵棵参天大树贯穿,繁茂的原始森林让人类的文明掩藏在树木间。清脆的鸟鸣声一旦响起,便在整片森林里回荡。就这样,第二个白天过去,黑夜来临。

白雪公主伸了个懒腰,从美容觉里醒来。她嘀咕道:"咦,那些该死的人类竟然没来打扰我睡觉?"

白雪公主觉得有哪里不对,她想了想,走出木屋,低头对着一朵含苞欲放的玫瑰轻声说了一些话。这朵玫瑰激动坏了，开心地左右摇晃。白雪公主撇撇嘴，又说了句话，玫瑰轻轻点头。

白雪公主困惑地皱眉："这群人类是改性了？"下一秒，她冷笑道，"肯定有阴谋。"

然而明知道对方有阴谋，白雪公主也无所畏惧。

任何一个童话故事的主人公，哪一个不是经历各种艰险困难，才获得王子与公主幸福地生活在一起的结局？

她是白雪公主，这里是她的森林，她是被黑塔宠爱的女人。

任何危险对她来说，都不再是危险。

白雪公主哼着歌，慢悠悠地在林子里散起步，顺便去寻找几个臭人类。只是这一次，玩家们躲藏得更好了。白雪公主特意去了之前绑架七个小矮人的空地，果不其然，只剩下几根烂绳子，玩家和小矮人都不在了。

漂亮至极的少女在黝黑的林子里漫步，这画面既美丽又危险。任何人看到这一幕都会忍不住为她担忧，担心她被林子里的野兽袭击。可这一路走来，没有任何东西伤害她。

荆棘林看到她，主动让开一条路；老虎看见她，开心地低下万兽之王的头颅，如同一只大猫咪，任她抚摸。

当她走回小屋时，连黑塔都无比宠爱她，正好天亮了，她又该回去睡个美容觉。

可就在白雪公主走到小木屋前时，她猛地停住脚步，睁大双眼，错愕地看着那个站在小木屋前的人。

白雪公主："……"

木屋前的人："嘻嘻嘻嘻。"

跟着白雪公主走回来的小动物们一脸疑惑。

白雪公主嘴角一抽："你是什么玩意儿！"

只见在小矮人的木屋前，一个同样穿着白裙的"美丽少女"笑眯眯地站在门口，似乎早已等候多时。她明明长了一双和白雪公主一模一样的明亮眼眸，同样乌黑茂密的头发，同样红艳的嘴唇，可是她一看就不是白雪公主——

那个欠扁的笑容和这张绝世的脸庞实在太格格不入了！

白雪公主已经猜到了这个人的身份，她昨天见过对方，所以她能准确喊出对方的名字："……玩家白若遥，你变成我的模样，是想干什么？你以为这样就可以成为美丽可爱的我了吗？你这个山寨货！"

白若遥失望地眨眨眼："啊，被你认出来我不是白雪公主了呀？"

白雪公主："……"废话，你要是白雪公主，那她是什么！

白若遥的嘴角慢慢扯开，他将食指抵在唇间，轻轻地嘘了一声："不要生气，我美丽的公主，你是如此聪明睿智，当然能辨认出我是假的。但是这有什么意义呢？你可以猜一下，这片森林……能不能辨认出我们谁才是白雪公主呢？"

白雪公主双目一凛，骤然明白了对方的意思。但为时已晚。

白若遥话一说完，三道人影立刻从木屋后蹿了出来，直冲一脸发蒙的白雪公主。森林里的树木藤蔓在第一时间反应过来，动手阻拦他们。但白若遥忽然捂住心口，娇弱地瘫坐在地："啊，我受伤了，你怎么舍得伤害我，你这个假白雪公主！"

藤蔓和树木的动作在这一刻全部停住，它们似乎没搞明白，到底哪个才是自己要保护的人。

而这时，唐陌、傅闻夺和安德烈已经逼到白雪公主的面前。

砰！

漆黑的三棱锥形利器锋利无比，轻松地砍断一棵百年大树。白雪公主侧身躲过这一击，可安德烈的拳头已经如期而至。属于S国硬汉的拳头拥有如他本人的粗犷和暴力，大地被砸出一个一米宽的大洞。

白雪公主怒道："你们怎么舍得打我这么美丽的少女？！"

她话音刚落，倒在地上的白若遥捂住脸，假哭道："就是，你这个假白雪公主怎么舍得打我这么美丽的少女。"还多加了一句做作至极的嘤嘤嘤。

白雪公主："……我可去你的！"

白雪公主坚信美丽的公主必须保持优雅，不可以说脏话，这是她平生第一次说脏话，但她觉得爽快极了。

傅闻夺淡笑道："骂得好。"

唐陌收起小阳伞："是骂得不错。"

嘴上这么说，唐陌三人却没给她再骂白若遥的机会。

凌厉的攻击如同暴力，压得白雪公主喘不过气来。如果仅仅是傅闻夺一人，或者唐陌一人，白雪公主都有能逃脱的办法。可她面对的是三个顶尖的高级玩家。哪怕她知道这些人的异能和使用过的每个道具，她还是渐渐落入下风。

白雪公主见势不妙，转身便想跑。可哪里能让她跑了。

一道小小的身影不知何时从草丛里突然钻出，在白雪公主离开的道路上，她甩出红鞭，一把缠住了白雪公主的手臂。公主惊愕地看着这根捆住自己的红鞭，她刚想甩开，便听一道女声没有感情地说道："我这么喜欢你，你喜欢我一下会死吗。"

白雪公主目光一闪，反应极快："你是个好人！"

陈姗姗的鞭子骤然松开，白雪公主借机再逃。可陈姗姗拖延住的这点时间已经足够唐陌使用"我是要成为海贼王的男人"，顺利绑住白雪公主。这个异能的作用与红鞭相似，却没有任何破解的咒语。被捆上后的一分钟内，谁也无法解开这根橡胶绳，连唐陌都做不到。

白雪公主被四人成功抓住。

还没完成任务，白若遥依旧保持"白雪公主"的外形。他捏着小裙子走上前，看着被同伴制伏的白雪公主。

白雪公主被他"辣"到眼睛："你不要用我的脸做这种表情，这简直是我这辈子见过的最大的灾难。"

白若遥嘻嘻笑道："那你多看我几眼。"他一边说，一边把脸凑到白雪公主的面前。

白雪公主："……"

"该死的，你们就不想砍了他吗，你们是怎么忍受得了他的！"

唐陌："等我们喂你吃下苹果，你可以随意砍他。"

白雪公主："……"那是毒苹果，吃了就死了好吗！

仿佛听到她心中的话，陈姗姗道："白雪公主吃下毒苹果后，静静地死去了。但她的皮肤还是那么红润，嘴唇还是那么鲜艳。小矮人们以为她死了，把她放在特制的水晶棺材里。但她其实并没有死，当王子亲吻她时，她便醒了过来……你会死吗？"

白雪公主哼了一声，扯开话题："反正我才不吃苹果，苹果是这个世界上最恶心的东西！"

唐陌："每个人都有讨厌的食物，我能理解，比如我就很讨厌香菜。"

傅闻夺惊讶道："你讨厌香菜？"

"你也讨厌？"

"不，我很喜欢。"

唐陌："……"

傅闻夺低低地笑了一声，没再说话。

唐陌看着他唇边的笑容，挑挑眉，再对白雪公主道："我们尊重你的意见，所以在喂你吃毒苹果前，会多给你一些吃的，算是最后一顿饭，给点好吃的。"

白雪公主竟然问道："有麻辣兔头吗？"她还没忘记自己前天抓到的那只兔子。

"……有。"

白雪公主耸耸肩："那来吧。"

众人将一盘盘点心水果拿了出来，放在白雪公主的面前。中间居然还真有一盘麻辣兔头，这菜色丰富得如同真正的断头饭。白雪公主依旧被众人绑着，六人互相看了一眼，白若遥正要说"那我委屈一点来给她喂饭好啦"，唐陌便站了出来。

黑发青年面无表情地拿起一盘麻辣兔头，喂了白雪公主一口。

美丽的少女餍足地眯起眼睛："啊，就是这个味道。"

白若遥看着唐陌的背影，露出狐疑的神色。

然而唐陌没做任何坏事，真的一直老老实实地给白雪公主喂饭。他喂完麻辣兔头，又喂了一点沙拉。最后他拿起一盘白色切开的水果，夹了一块果肉，送到白雪公主的面前。白雪公主张开嘴，将这块水果吃了下去。

她一边嚼，一边道："这东西的味道怎么怪怪的，这是什么？"

唐陌放下盘子，微微一笑："果然，你没认出来吗？"

白雪公主的动作突然僵住，她立刻明白了对方的意思："你……这怎么可能是苹果！"然而她没机会得到唐陌的回答，骤然终止，白雪公主的脸上还是惊愕的神色，人却已经倒在地上，没了呼吸。

唐陌反手取出一把镶满宝石的匕首。他低头看着这把匕首，只见刀身上有一丝被粘连起来的痕迹，似乎这把匕首曾经断过。

道具：白雪公主削苹果用的小刀。

拥有者：唐陌。

品质：垃圾。

等级：无。

攻击力：差。

功能：挺漂亮的。

限制：不需要限制。

备注：白雪公主："你家吃苹果还削皮啊？"

"果然，一旦削了皮，你就不认识苹果了。"

这是唐陌在刚得到马里奥的帽子之后，曾经撞出来的一个道具。这把匕首看上去精美华丽，又和黑塔 BOSS 白雪公主有关，怎么说都应该非常有用。可它脆极了。唐陌用手指就能将这把刀砍断，直到现在唐陌才找到这把刀真正的用法：为毒苹果削皮。

任何一个游戏都有通关的办法。

在白雪公主的游戏里，这片森林是她的帮手。唐陌四人几乎代表了现存玩家的最强战斗力，如果连他们都拿白雪公主没办法，那再多来几个高级玩家，大家联手也不会是白雪公主的对手。

那就真的没有通关方法了吗？

当然不是。

一天前，陈姗姗压低声音道："黑塔给出的通关方法……就是白天，玩家可以伪装成任意一个模样。黑塔给出的伪装一定是最成功的伪装，不可能被识破。所以昨天傅少校去骗白雪公主时，她也没发现不对，是后来咱们偷偷放了苹果汁，她才注意到异常。所以我们可以试一试，连白雪公主都辨认不出来的伪装，这片森林能辨认出来吗？"

为了验证这一点，第二个白天，他们并没有选择攻击白雪公主，而是决定检验自己的猜测。

六人以压倒性的票数，投票决定让白若遥负责伪装白雪公主。娃娃脸青年虽然觉得很无奈，但也没反对。于是便出现了白雪公主在木屋前看到的那一幕。

对于森林来说，它们无法识破黑塔给予的伪装。当两个白雪公主出现，它们也不知道该帮谁，于是白雪公主最大的助力就此消失。

见到白雪公主"死亡"，七个小矮人激动坏了，不知从哪儿蹿出来，围在白雪公主的身旁。

"太好了，她终于死了，我要把她扔进洗脚水池子里！"

"我要把她的化妆品全部当球踢！"

"我要在她面前吃光她最喜欢的麻辣兔头、辣子鸡、水煮肉片！"

唐陌六人没有管这些小矮人，一道清脆的童声在他们的耳边响起——

叮咚！Ａ国１区正式玩家傅闻夺、唐陌、白若遥……顺利完成"白雪公主和毒苹果"游戏。

下一刻，一道响亮的声音在全球通报道——

叮咚！2018年6月24日17点51分，Ａ国１区正式玩家傅闻夺、唐陌、白若遥、安德烈·彼得诺夫、陈姗姗、傅闻声，成功通关第四座黑塔！

叮咚！2018年6月24日……

一连播报了三遍，六人全部愣住。

这时，他们才知道，外界竟然过去了三天三夜。

游戏里的白天只有两个小时，可是游戏外，却是整整一个白昼。三个日夜过去，已经是6月24日，还剩下最后一天！

众人沉默一瞬，傅闻夺先道："现在看来只剩下G市那一座了？"

唐陌皱起眉头："我们现在赶过去，以我们的速度，应该还来得及。"

全球一共就五座藏宝黑塔，这代表黑塔认可了A国玩家的实力。但这同样是对他们的考验。实力越强，责任越大。最后一座塔，他们势在必得。

没有犹豫的时间，六人立即动身前往G市。但就在他们刚刚离开小矮人的木屋，还没走远、能听到小矮人们的抱怨时，一道童声传遍全球——

叮咚！2018年6月24日17点58分，A国3区正式玩家阮望舒、练余筝、洛风城……成功通关第五座黑塔！

这一刻，整个地球有一瞬间的寂静。

下一秒，世界发出欢呼。

A国，N市。

一个金发混血男孩坐在花坛上，听到黑塔的通报，他下意识地扭头看向自己身旁的黑发女人。安安静静地抬着头，看着黑塔，如同过去这两百多天一样，安静地凝视。

D国，博林。

四天前的那场大战直到现在，都让这些高级玩家受了重伤，没有完全恢复。他们躺在地上，感受着大地的脉搏，听着黑塔的通报，放声大笑起来。

Y国，新克里。

浑浊不堪的德立门前，血流成河。当黑塔的声音传到这片土地上时，仿佛也温柔了一瞬。微风吹过，抚过地上已然干涸的黑色鲜血。

M国，古约。

艰难地把彼得潘击败，约翰和贝尔听到黑塔的通报，两人脸色一黑。

约翰不满道："搞什么，原来我们M国没有藏宝黑塔，这样一点都不合理。"

贝尔也十分郁闷："黑塔为什么这么对待我们 M 国？我觉得完全可以再来一次，给我们 M 国一座黑塔！"

约翰转首看向自己的同伴，忽然笑了："那你别哭啊，贝尔。"

"你、你才哭了，我是疼哭的！该死的，彼得潘还真是强，痛死我了。"

还有世界各地……

斑驳狼藉的大地上，伤痕累累的人类，全部仰起头，看着那座高高悬浮在半空中的黑色巨塔。它沉甸甸地压在每个人的心脏上，整整八个月，压得人类无法呼吸，几乎濒临灭绝和崩溃的边缘。

可是现在他们成功了。

人类在哭泣，数不清的人瘫坐在地上，放肆地大哭起来。

黑塔七层终于攻完，这场游戏终于可以结束了。

在这一刻来临前，他们失去了自己的父母、爱人、朋友，失去了自己曾经以为能够抓住的一切。

终于结束了。

唐陌站在白雪公主的森林里，缓慢地抬起头，看向身后那座黑塔。

一切仿佛变得不真实起来。

良久，他低声道："……真的结束了？"

陈姗姗声音里有种难以自抑的激动："结束了。"

一共五座黑塔，六天时间，人类全部攻略完毕，完成了黑塔给予的任务。

太阳缓慢地垂落，夕阳照耀在森林的高树上，披上一层瑰丽的金纱。唐陌松开了一直紧紧握着小阳伞的手，他转过头，看向傅闻夺。傅闻夺也正看着他。

两人嘴唇翕动，话语藏在口中还未说出，一道残酷又冰冷的声音突然打断了全球人类的狂欢——

叮咚！2018 年 6 月 24 日，两千一百一十八座黑塔消失完毕。

世界在这一刻归于宁静。

下一秒，唐陌不敢置信地转头看向那座黑塔。

"不可能！！！"

黑夜降临，第六天的攻塔游戏，暂时结束。

如同刚刚燃起的火光，在乍现星星之芒时，便骤然熄灭。世界在这一刻陷入死寂。唐陌看着身后那座沉重的黑色巨塔，嘴唇微微翕动，他的脑海里突然闪过一个词，接着白雪公主的森林里，六道声音同时响起——

"宝物？！"

"包（宝）物？！"

六人看着对方，陈姗姗冷静地思索片刻，第一个摇头："不会，这不可能。虽然黑塔说攻略五座黑塔、收集五件宝物，就可以通关游戏，但事实上在我们击败格雷亚后，曾经就搜索过，他有没有掉落任何宝物。"

是的，五天前唐陌六人攻下第一座黑塔时，他们就对盛平的那座黑塔进行过地毯式的搜索。

怪奇马戏团团长走得很快，没留下多余的话，更没留下任何宝物。

那时候陈姗姗便分析道："很有可能这件宝物不是某种实质性的东西。"小姑娘先把游戏规则仔细解读了一遍，接着道，"击败守塔者，可以攻略黑塔。攻略黑塔，就可以得到宝物。可我们现在什么都没得到，格雷亚也没送东西的意向。所以会不会那件宝物其实是某种精神性的东西？"

唐陌："比如？"

陈姗姗道："比如……马戏团团长的认输。"

虽然这个答案有些让人觉得不可思议，但他们都相信黑塔的公平性。

唐陌六人仔细地搜了很久，就是没找到任何宝物。这只能说明一个问题，这件宝物确实不是真实存在的。黑塔既然说他们成功攻略第一座黑塔，那就肯定没有问题，不存在没得到宝物的情况。

然而五天后，两千一百一十八座黑塔的消失如同一道无声的讽刺，刺在每个玩家的心头。

傅闻夺沉吟半响，道："五天前之所以没法确认宝物的存在，是因为马戏团团长直接走了，没给我们留下任何线索。但这次，白雪公主没有消失。"

众人转首，看向倒在地上的白雪公主。

雪白的长裙如同绽放的花瓣，摊开铺在地上。吃下那块毒苹果后，白雪公主就失去呼吸，静静地躺在地上"睡"着了。她确实没有消失，因为她已经没有能力离开，但这并不意味着玩家以后有办法与她交流：她已经死了。

傅闻声后悔道："早知道就晚点完成游戏，先问问她如果通关游戏，攻下她这座黑塔，我们可以得到什么宝物。刚才被我们绑架以后，她看上去还蛮好说话的样子，比那个马戏团团长好多了，说不定真的会告诉我们……"

唐陌眼珠转了转，忽然道："现在也不是没办法。"

傅闻声一愣："啊，难道白雪公主还能活过来？"

白若遥笑了一声："嘻嘻，小朋友，白雪公主是肯定活不过来了，但是还有别的黑塔怪物活着呀。"

"欸？"傅闻声先是惊讶，接着他想起一件事，视线慢慢转向白雪公主的身边。

空旷寂静的森林里，七个小矮人正朝着白雪公主的尸体发泄愤怒，就差恨不得上去踩这个女人几脚，可每次刚想动脚，又劝自己"这么漂亮的一张脸，踩了多可惜"，只得放弃。忽然，七个小矮人突然感觉背后一阵凉意，他们缓慢地转过身，接着……

七道声音齐声叫道："跑啊！！！"

唐陌几人直接出手，将这七个小矮人全部抓了回来，继续用绳子捆在树上。

唐陌与傅闻夺走到这几个小矮人的身边，他们想再拿出睡美人的八音盒威胁这几个家伙，可惜那个道具是一次性的，用过一次就没有了。小矮人们也亲眼看到了道具的消失，他们有恃无恐。

"哼，我们可是伟大的小矮人，就算你们杀了我们，我们也不会告诉你们这些恶臭的人类任何关于黑塔的消息！"

"就是，士可杀不可辱！"

"小矮人万岁！"

七个小矮人团结一心，拧成一根麻绳，大有和玩家死磕的架势。

如果说唐陌没法对付他们，那也不是。这几个家伙明显是欺软怕硬的，如果他们真的那么骨头硬，就不会被白雪公主奴役这么久，敢怒不敢言。只是这时，傅闻夺反手从背包里拿出一颗小小的南瓜。

白若遥和安德烈从没见过这颗南瓜，他们眯起眼睛，盯着这个东西。

傅闻声见到这东西，他想起这是什么，惊喜道："啊，这是那个灰姑娘的小南瓜！"

道具：灰姑娘的小南瓜。
拥有者：唐陌（正式玩家）。
品质：垃圾。
等级：一级。
攻击力：无，砸人可能有点疼。
功能：好吃，小矮人挺喜欢吃。
限制：没什么作用，可能是它最大的限制。
备注：辛辛苦苦打游戏，一朝回到解放前。想开点，至少它还挺好吃。

不错，这是很久以前唐陌四人参加夏娃的游戏时，从一个副本里得到的游戏奖励。那个游戏的 BOSS 是灰姑娘王小甜，通关游戏后，他们只得到了这样一颗奇怪的小南瓜。当时唐陌还觉得这东西一点用没有，完全是个废物。现在傅闻夺拿出它后，它的作用变得无比清晰。

当这颗小南瓜出现在空气里后，七个小矮人嘲讽的声音戛然而止。

明明这东西没有一点气味，小矮人们却仿佛看到了最美丽的少女，他们双眼放光，痴迷地看着傅闻夺手里的这颗小南瓜，黏糊糊的口水从嘴里直接流出。

在这东西出现的一刹那，小矮人害羞鬼再也不害羞了，他大声喊道："你快把它给我，只要你给我，我现在就告诉你白雪公主留下的宝物是什么！"

喷嚏精："不，你给我，你快点给我，只要你给我，我什么都愿意告诉你。"

"浑蛋，你们都给我去死，它是我的！"

"明明是我先看到它的，它是我的，你这个愚蠢的胖驴！"

小矮人们见到南瓜，便陷入疯狂。他们不断咒骂自己的同伴，恨不得把同伴全部骂死，自己能独吞这颗小南瓜。哪怕知道这颗小南瓜是小矮人喜欢吃的食物，但它的威力还是让玩家们始料未及。

傅闻夺单手托着南瓜，淡淡道："抢答怎么样？"

小矮人们忽然静住："抢答？"

"谁先说白雪公主这座黑塔里藏着的宝物是什么，这颗南瓜就给……"

"是白雪公主的怨气！是白雪公主的怨气！"

七道声音骤然拔高，每个小矮人都扯开嗓子用力喊出这句话，他们的声音在森林里形成回音。

陈姗姗上前一步："你的意思是，宝物不是某个真实存在的东西？"

小矮人爱生气急急道："不能这么说，它确实曾经存在过。那个女人的毒苹果，你们不是曾经拥有过吗？那是白雪公主的宝物，在你们使用过它以后，它就变成了白雪公主的怨气，也就是这座塔藏着的宝物。"

众人惊讶道："竟然是这样？"

按照这个逻辑，陈姗姗很快厘清思路："既然如此，那马戏团团长的宝物应该是他的那根拐杖？我们也确实曾经'得到'过它，虽然后来被他拿走了。"

白若遥挑挑眉："那可不一定，说不定对他而言，他最大的宝物是那些钱呢……啊呀，那他的大宝贝不是早就被唐唐和傅少校夺走了吗？我知道的呢，怪奇马戏团团长在很久以前就破产了哦。"

白若遥故意在"大宝贝"上加了重音，唐陌冷冷地扫了娃娃脸青年一眼，不理会他。

唐陌回归话题："既然如此，我们就不需要再回首都，找那个属于马戏团团长的宝物。白雪公主的宝物也被我们得到了，那我们还差什么？除非……"声音戛然而止，唐陌想到了一个最坏的可能性。

这个可能性十分明显，傅闻声也脸色骤变，小男孩想到那个可能，顿时傻了眼："该不会是其他区的玩家，没能从黑塔怪物手里拿到什么宝物，即便他们攻下了塔，咱们也无法通关……不会吧，这不可能，不会这样的。"

陈姗姗的脸色也不大好看："如果真的是这样，那黑塔怪物已经走了，想再拿到什么东西也不可能……"

此时，傅闻夺猛地捂住陈姗姗的嘴。

小姑娘错愕地抬起头，看向傅闻夺。只见高大的男人微微蹙眉，面色严峻地看向四周。与他一样，唐陌、白若遥和安德烈也猛地变了脸色，观察四周。森林里，只有小矮人们的哀号声和微风吹过树叶发出的沙沙声。

然而这四个高级玩家却始终没有吭声，仔细地聆听着。

忽然，傅闻夺扭头看向一个方向，他脚下一蹬，瞬间冲那个方向而去。大约二百米外，黑色利器直直地劈断一棵大树，刚好走到树后的人惊吓得立刻向后倒退三步，单手撑地才稳住身形。

其余玩家这时也都跟了上来，见到对方，唐陌露出一丝惊讶。

金发碧眼的外国女人却没有觉得吃惊，似乎早就知道他们在这里。只不过刚才被傅闻夺偷袭，她稍稍吓出了一身冷汗。她站起身，看向唐陌几人。在看到白若遥时，她猛地睁大眼睛，惊道："是你，你怎么可能还活着！"

白若遥一眼就认出这女人是谁，他委屈地说道："你这个女人好恶毒，你就这么希望我死了吗？"

李夏："……"

不是，一个死人突然复活，难道还该觉得理所当然吗？

这个神经病一看就不是很好相处的模样，李夏也不在这个问题上多纠缠。她并没有发现，娃娃脸青年借机转移了话题，没有让她多问下去。

李夏看向傅闻夺和唐陌，犹豫半响，道："我是 A 国 7 区玩家，也就是 Q 市玩家。我在这座城市待了大半年，A 国 312 区是 Q 市奉城，这件事我还是知道的。所以在听到黑塔通报你们通关后，我立刻知道你们在这儿，没想到有座黑塔居然在奉城。"她解释了自己来这里的原因，接着道，"我来这……是想和你们分享我得到的线索。"

唐陌敏锐地察觉到一丝异常，他语气肯定："你的这个线索，很重要。"

李夏先是点头，又摇了摇头："黑塔从不会给一个没用的线索。不过在此之前，我想知道一下你们的黑塔线索是什么？"

攻塔已经结束，线索没什么好隐瞒的。唐陌道："五座塔中，一座是首都的、一座是 G 市的。"

李夏："果然，我们的线索完全不一样。"

傅闻夺："你的是什么？"

李夏沉默片刻，说出了七个字："……卖火柴的小女孩。"

几乎是一瞬间，唐陌的心中便闪过一个名字。不过他没有说出那个名字，因为他记得那个小女孩曾经特意将脸上的马赛克卸下一部分，就为了专门鄙视他：别以为所有用火柴的都是卖火柴的小女孩。

然而一道笑声在他的身后响起，白若遥摸了摸下巴："卖火柴的小女孩，火柴，女孩……哇，唐唐，你有没有觉得在哪儿听过这个东西呢？"

燕大的现实副本里，唐陌和白若遥作为对手通关游戏，当时的游戏 BOSS 就是马赛克。

白若遥只是故意装作记不清，但他看到唐陌迟疑的模样，渐渐眯起眼睛："有什么问题？"

傅闻夺也想到："你的那根火柴？"

唐陌翻手取出一根巨型火柴。

这根火柴有人的腰粗，半人高。拿在唐陌的手中都觉得格格不入，如果它被一个小女孩拿在手里，可想而知会多么搞笑。

唐陌沉默片刻，道："八成可能性，她就是卖火柴的小女孩。但我们现在并不知道她在哪儿。"

这时，一道尖锐的叫声响起："我知道我知道！"

众人齐刷刷地转身，看向被绑在树上的七个小矮人。

每个小矮人都积极地伸长了脖子，争先恐后地大声喊道："你把小南瓜给我，我就告诉你她在哪儿。"

"不，你给我，我连卖火柴的小女孩她全家人的信息都告诉你！"

"我不只知道他们家的信息，我还知道灰姑娘的信息。灰姑娘以前和白雪公主是好朋友，经常来找她玩，我们知道她好多小秘密。把小南瓜给我，我全部告诉你！"

"我先说！"

"我先说！"

小矮人们急得不断扭动身体，如果不是捆住他们的道具绳子无比结实，他们早就挣脱绳子逃出来了。唐陌和傅闻夺互视一眼，傅闻夺轻轻托着那颗小小的南瓜，声音平静："那么……还是抢答题，卖火柴的小女孩在哪儿？"

"她在最高的那座塔上！！！"

G市，南珠区。

夕阳向西边的天空落去，光辉洒满大地。如同破开黑暗的一道晓光，纤长的新电视塔上反射出一道道瑰丽的霞光。忽然，一道轰隆巨响，G市新电视塔中段某个位置，一个巨大强壮的粉色身影挥舞拳头，一拳砸碎了两块巨型玻璃幕墙。

玻璃哗啦啦地向下坠落，砸在地上。

狼外婆砰的一声落在地上，双脚在水泥地上踩出两个巨大的坑。

她的周围，是几具玩家的尸体和一些受伤倒地、无法动弹的玩家。还有一些人依旧站立在地面上，只是他们的情况也十分不妙。

阮望舒本就脸色苍白，如今更是白得如同一张薄纸。他气喘吁吁地将双手按在地面上，只是他完全不敢想象，有一个强大如此的黑塔怪物，竟然能够随随便便地腾空跃起上百米，令他的异能很难发挥作用。

练余筝、杰克斯、唐巧的情况也不是很妙。

他们与G市的高级玩家联起手，也只能与狼外婆打个平手，完全无法打败她。狼外婆有一张粗犷的脸和一个魁梧的身体，行动却无比敏捷。一旦练余筝几人不留神，她就会偷袭一个实力较弱的玩家，这才导致一天下来有几人死亡，也有不少人受重伤，失去战斗力。

狼外婆抬起头，咧开尖锐的獠牙，露出一个阴险狡诈的笑容。

阮望舒冷着一张脸，喘气道："我们已经成功攻略这座塔了，为什么，你还是要攻击我们？"

是的，现在已经是黑塔七层攻塔游戏开启的第七天。早在前一天的上午，天选组织与阿塔克组织的玩家一起，抵达G市，来到新电视塔下。

前几天洛风城已经组织阿塔克的成员攻略了S市的黑塔，那座被铁鞋匠守护的黑塔并非真正的藏宝黑塔。正好阮望舒带着G市黑塔的线索来了，洛风城便率领阿塔克的核心成员，来到G市帮忙。

他们抵达新电视塔下时，G市玩家已经快撑不住狼外婆的攻击。

G市玩家中有人顺利通关四层，狼外婆开了一个黑塔游戏。只是很可惜，没有人能通关这个游戏。阮望舒几人到来后，他与洛风城一起，联手通关了这个游戏，顺利攻略这第五座黑塔。然而，在黑塔发布全球通报，宣布五黑塔全部被攻破后，新电视塔下的玩家还没来得及高兴，狼外婆沙哑地笑了一声："都结束了，所以……现在我可以吃了你们了！"

异变突生，狼外婆忽然向玩家发起攻击。

这一战打了一天一夜，狼外婆受了不轻的伤，玩家更是损失惨重。

洛风城武力值较弱，一直被阿塔克组织的成员保护着，他出声为所有玩家问出了那个问题："为什么？"

狼外婆似乎是觉得打累了，正好休息一下养养伤。她抬起锋利的狼爪放进自己的耳朵，懒洋洋地掏了掏耳屎，另一只狼爪则将自己大腿上的血擦干净，那是练余筝一刀砍在她身上的，也是她最严重的伤，几乎砍断她的腿。

"为什么？"狼外婆低低地笑了一声，"嘿嘿嘿，打狗还得看主人，你们这群愚蠢的人类不知道吗？"

一个G市玩家怒吼道："那现在还不够吗！我们也没对你的外孙女、女儿怎么样，是她们想攻击我们，我们才还手的。"

幽绿的兽瞳忽然看向说话的玩家，这玩家惊得脸色煞白，一个字也说不出口。

狼外婆咧开巨大的狼嘴："哦，所以那只是个借口。"

阮望舒咬紧牙齿，忍住喉咙里泛起的甜涩味："所以真正的理由是什么？"

"真正的理由……是我想吃了你们啊，哈哈哈！"

话音落下，狼外婆再次攻上。她的动作快极了，她的皮肤也坚硬如铁。她能硬生生地扛住玩家们的攻击，玩家们却不能承受她的爪子。她如同一个疯狂的绞肉机，走到哪儿，玩家被打倒在哪儿。

杰克斯怒吼一声，双手按在地面，掀起一块巨大的石板，砸向狼外婆。

狼外婆根本不躲，她迎面而上，一拳轰碎石板。杰克斯一惊，狼外婆抓住机会，猛地冲向站在远处的洛风城："聪明的人类肉是最香的，你看上去最好吃！"

洛风城反应极快，虽然他也被吓了一跳，但是他没有转身逃跑——他知道以他的实力就算跑也跑不过狼外婆。只见他才从口袋里掏出一块巧克力，扔了出去。狼外婆见到那巧克力顿时脸色一变，身体不受控制地扭过去，跟着巧克力跳跃出去。

好像玩巡回游戏的狗一样，她迫不及待地一口咬上巧克力，在吃掉巧克力后，狼外婆双眼通红，转身怒吼道："人类，你竟然敢耍我，让我丢脸！我一定要吃了你！"

这就是洛风城迫不得已不会使用这块巧克力的原因。

从这一刻起，狼外婆对准洛风城，疯狂地进攻。阿塔克组织的玩家再怎么保护，也不是狼外婆的对手。千钧一发之际，眼看狼外婆就要一爪子把洛风城劈成两半，一道红色鞭子倏地飞过来，捆住了洛风城的腰部。

"我这么喜欢你，你喜欢我一下会死吗！"

洛风城一愣，整个人被这根红鞭拉了过去，恰好避开狼外婆的攻击。

他转首一看："姗姗？"

接着，左右两边，三道身影立即蹿了出去。还剩下一个人留在原地，洛风城看向对方，皱起眉头："白若遥。"

陈姗姗道："老师，他现在也算是我们的队友。"

洛风城一针见血："那他为什么不去帮忙击杀狼外婆，唐陌和傅少校都去了。"顿了顿，他看着那个攻击狼外婆的外国壮汉，"那就是 S 国玩家安德烈？"

小姑娘点点头。

傅闻声也奇怪道："你怎么不上？"

白若遥嘻嘻一笑："有唐唐他们上，完全够了嘛，我在这里陪你们多好。"

傅闻声："……"你压根儿就是懒！

事实证明，白若遥也只是嘴上说说。有了唐陌、傅闻夺和安德烈的加入，玩家实力大幅增强，狼外婆渐渐没了优势，落于下风。但一时间，双方还是无法分出胜负。

唐陌反手拿出一支小飞镖，没射向狼外婆，反而射向那个一直看热闹的娃娃脸青年。

"再在那边站着，我杀了你。"

白若遥接住飞镖，委屈地说道："唐唐好凶。"嘴上这么说，他却立刻攻了上去。

A 国最强的玩家都在这里，一起攻击狼外婆。即使狼外婆是黑塔世界最强的怪物 BOSS，在玩家的联手下，也一点点地溃败。粉色的小洋裙被划开一道巨大的口子，露出白色的内裤。众人顿觉"辣"眼睛，狼外婆竟然捂住身体，羞报道："你们这群流氓！"

说着，狼外婆一巴掌将距离自己最近的唐陌扇飞。

唐陌下意识地打开小阳伞挡住这一击，被扇飞出去后，他虎口震得一痛。傅闻夺一把抓住他的手臂，把他拽了回来。

裙子都破了，狼外婆捂着身体，又羞又恼。

这场面简直"辣"眼极了，这么一个凶悍丑陋的巨狼，用羞涩的目光瞅着你，任谁都受不了。傅闻夺面不改色地捂住唐陌的眼睛，另一只手抬起，黑色的三棱锥形利器直直指向狼外婆。

"马赛克在哪里？"

狼外婆眸光一闪："我怎么知道。那个不爱读书的小畜生每天都到处去玩，谁知道她逃课去哪儿了？"

洛风城注意到："马赛克？"

陈姗姗点点头："是的，这次之所以五座黑塔全部被攻破，人类还没有通关七层，就是因为卖火柴的小女孩……也就是马赛克。老师，小矮人告诉我们，卖火柴的小女孩在最高的塔上。原本我们以为他说的是'最高的黑塔'上，后来一想，他们说的是 G 市新电视塔。"

陈姗姗只说了几个关键信息，压根儿没解释小矮人是谁，他们又是怎么知道"卖火柴的小女孩"这个线索的。但洛风城也不需要问，直接道："G 市新电视塔是 A 国第一高塔，高六百米，是全球第二高的塔，仅次于东都天空树。再加上 G 市是一座藏宝黑塔的所在地，这里确实最有可能是那座'最高的塔'。"顿了顿，他道，"虽然我不知道马赛克是谁，但是用火柴的小女孩确实曾经在这里出现过。"

陈姗姗双眼一亮："她在哪儿？"

洛风城："不知道。六天前，她出现在 G 市新电视塔上，她放火烧塔，和 G 市玩家产生了冲突。她被 G 市玩家击败，接着她回去……"揣摩了一下用词，他继续道，"回去找妈妈帮忙。她的妈妈也被玩家击败，最后就变成了狼外婆来帮她们母女俩报仇。"

陈姗姗抬起头，大声道："唐陌哥哥，卖火柴的小女孩果然在 G 市！"

唐陌一边抵挡狼外婆的攻击，一边问道："她在哪儿？"

陈姗姗的大脑迅速运转起来，忽然她抬头看向 G 市新电视塔的顶端："唐陌哥哥，我记得你说过卖火柴的小女孩特别喜欢纵火。她一定还在这里，所以哪里有火，哪里就肯定有她。那么……"陈姗姗抬手指向天空，"她在那里！"

唐陌顺着陈姗姗手指的方向看去，只见六百米高的 G 市新电视塔的顶层，炽热的红色火光正疯狂燃烧着。以唐陌的视力，他根本看不清里面到底有没有人，但是那是附近唯一着火的地方。

咬了咬牙，唐陌快速地转首对傅闻夺道："我上去找她！"

傅闻夺动作一顿，狼外婆一拳砸向他的胸口，被他用双臂挡住。

视线交会的那一刻，几乎不用言语，一种无须言语的信任令傅闻夺微微勾起嘴唇，点点头。见状，唐陌毫不迟疑地冲向前方，跑向 G 市新电视塔。

狼外婆挡在了玩家和 G 市新电视塔之间，见到唐陌冲过来，她不屑地冷笑一声，直接朝唐陌扑去。

傅闻夺回头道："把那根鞭子给我！"

陈姗姗立即将鞭子扔给了傅闻夺，傅闻夺手腕一动，鞭子便灵巧地捆上了狼外婆的手臂。狼外婆惊讶地咦了一声，只听一道低沉的声音在风声中轻轻响起："我这么喜欢你，你喜欢我一下会死吗。"

此时此刻，唐陌已经跑到距离狼外婆的二十米处。

这时，狼外婆想冲过去攻击唐陌，手臂上的鞭子却猛地用力，将她拉向傅闻夺。

狼外婆一使劲发现自己挣脱不了，她便意识到："该死的因果律道具？"

眼看唐陌就要冲上Ｇ市新电视塔，一道银铃般的女声从一旁响起："快说'你是个好人'！"

唐陌双目一凛，他抬起头，只见不知何时一个穿着白裙的美丽少女出现在Ｇ市新电视塔旁。她并没有上前帮忙的意思，却大声地喊出了那句话。见唐陌看着自己，她笑眯眯道："我可没有帮忙哦，我就是说句话嘛，有什么问题吗？"

白雪公主的身边，马戏团团长摘下礼帽，笑着朝唐陌行了个绅士礼。红桃王后坐在树上，不屑地哼了一声。圣诞老人坐着雪橇，他看到这么多人类，兴奋地舔舔牙齿，一想到自己不能吃掉他们，就心碎一地。

还有铁鞋匠、彼得潘、王小甜、小黑猫薛定谔……

许多黑塔怪物不知道什么时候都到了Ｇ市新电视塔的旁边，他们并没有插手狼外婆与人类之间的战斗，只是在一旁兴致盎然地围观。

狼外婆大声喊道："你是个好人！"

红鞭立刻松开，狼外婆沙哑地笑了一声，再冲向唐陌。

然而安德烈怒喝一声，挡在她的面前，拦住她的去路。两道银色光芒从狼外婆面前闪过，逼得她不得不停下动作。蝴蝶刀回到白若遥手中，这时傅闻夺也冲了过来，还有练余筝、杰克斯……Ｇ市数不清的玩家。

狼外婆看到唐陌已经进入Ｇ市新电视塔，她皱皱眉，无奈地叹气："行吧，那就让我把你们吃了，有多少吃多少吧，哈哈哈。"

六百米的高楼，电梯已然停用，唐陌找到楼梯，一层层地飞奔上去。

他的速度快极了，两秒便冲上一层楼。

Ｇ市新电视塔下，玩家们疯狂阻拦狼外婆。Ｇ市新电视塔中，一个黑色人影嗖嗖嗖地蹿上高楼，只花了一分钟，他便来到一百零七层。

还没到顶层，一股热浪扑面而来。

大火将整个一百零七层包围，唐陌眸光一闪，张开嘴巴，剧烈的风暴猛地从他的口中喷出。

异能——气吞万里如虎！

强风瞬间将这层楼的大火吹灭五成，露出一道可供人类行走的道路。没有时间浪费，唐陌迅速地冲进火场，寻找那个藏在大火中的小女孩。

他以最快的速度找着这一层的每个角落，明明不是个容易藏人的地方，却因为大火的烧毁，变得混乱不堪，难以搜寻。当视野里终于出现那个穿着红衣的小姑娘时，唐陌抬手发出一排钢针。

轻盈的破风声响起，十根钢针齐刷刷地钉在马赛克的面前，吓得她往后一跳。再回过头，看见那个冲自己跑来的青年，双马尾女孩张大嘴巴。她的脸被藏在浓浓的马赛克下，可是那股惊骇的表情完全藏不住。

"啊啊啊啊，抓人啦，我不要回去读书，不许抓我！"

马赛克实力不强，速度却挺快，她一溜烟冲进大火中。她能够在火海里穿越，唐陌却不行。然而没时间使用异能，唐陌一咬牙，从地上拔起一张嵌进地里的铁桌，挡在身上阻隔大火。

马赛克急得想直接跳楼算了，她撞碎玻璃，直直地冲楼下跳去。此时，一只手牢牢地抓住了她一边的一根马尾辫。

马赛克："……"

唐陌："……"

小女孩哭道："浑蛋唐陌，我还没长大，你就要我变成秃子！呜呜呜呜，你又欺负我！"

唐陌沉默半晌，默默地用力，拎着小女孩的辫子将她拉了上来。大火中不好找这个小姑娘算账，唐陌拎着马赛克的后领，带她冲出火场，来到没有被大火烧着的第一百层。

马赛克委屈极了，她的辫子被唐陌一扯，发绳都歪了，乱七八糟地横在肩膀上。更不用说她的头皮还隐隐作痛，差点就痛死在G市新电视塔上了。

好气，一定要欺负回来！

然而现在的唐陌已经不是当初那个还没接触过黑塔游戏的新人，他手腕一动，一把银色的手枪出现在他的掌中。哪怕站在四百多米高的塔顶，唐陌也能清晰地听到，塔下狼外婆不断地将玩家扔向地面发出的砰砰声。

不仅如此，他透过窗户，看到太阳即将垂落到地面下方。

随着这轮圆日的落下，整座G市，从视野可以企及的地方，一座座大楼开始坍塌。在夕阳红色的余晖下，仿若末日最壮丽的崩塌，这是第七天的傍晚6点，也是最后的死期。

黑塔留给人类的时间已经不多了。

黑漆漆的枪口抵在小女孩的额头上，唐陌快速道："黑塔七层，到底该怎么通关？"

马赛克愣了许久。

唐陌重复一遍。

马赛克:"我又不是守塔者,守塔者是我外婆!"言下之意:你问我干什么?

唐陌直接说出那条线索:"卖火柴的小女孩。"

马赛克顿了顿,哼了一声:"我又不是卖火柴的小女孩。早就跟你说了,不要以为喜欢玩火柴的就一定是卖火柴的小女孩,你幼稚不幼稚,我鄙视你……哦……"

冰冷的枪口直直地抵在额头上,马赛克很久没说话,当唐陌开始上发条时,她才生气地说道:"宝物我早就给你了,你们这些贪得无厌的人类,到底还想要我做什么!烦死了,我一定要找外婆杀了你,一定会杀了你!"

唐陌一惊:"宝物已经给了?是什么?!"

马赛克才不肯说。

唐陌思索一会儿,道:"如果你不说,我就把你送到你妈妈、你外婆那儿,她们一定很希望见到你,抓你去读书。"

马赛克赶忙道:"我的神奇火柴啊,浑蛋!"

唐陌瞬间从记忆里找出三根神奇火柴。但是他惊愕地说道:"那三根火柴只有我有,在燕大现实副本里,只有我一个人顺利通关。如果我没有找到你,或者说我早就死了,难道这一层就无法通关了?"

马赛克抬起手摸了自己眼睛上的马赛克。

白白的手指如同一块橡皮擦,轻轻地擦去那厚重的马赛克,露出一双没有机质的眼睛。渐渐地,这眼睛中出现狡黠的神色。大火已经从高层燃烧到第一百层,大火轰的一声烧断了前往楼上的楼梯,只见马赛克抬起头看着唐陌,理所当然地偷笑道:"……那人类就去死好啦。运气,也是实力的一种,人类的运气好差哦。"

唐陌呼吸一顿。

他拿出那三根几乎被他遗忘的金色火柴,道:"怎么用?"

马赛克:"点燃它,每一根火柴,都可以提问一次,或者让你看到一个幻境。"说着,小姑娘不满地嘀咕道,"明明只能有一根火柴的,都是你这个大坏蛋,敲诈我,害我吓得多给了你两根。"

唐陌将手伸进口袋里,接着他单手依旧拿枪指着马赛克,另一只手拿起一根火柴,向墙上摩擦而去。

欻!

火苗瞬间点燃。

这一刻,时间仿佛停止。唐陌看到马赛克眼睛上的马赛克正在缓缓恢复,可当这火光亮起的那一刻,一切都停住了。

燃烧着 G 市新电视塔的大火也瞬间停住,空气凝滞。

唐陌的手中拿着那根火柴,缓缓地抬起头。被大火烧穿的地方,那座漆黑的巨塔悬浮在 G 市新电视塔的一旁,沉甸甸地立着。

一个问题,或者一场幻境。

唐陌声音平静:"黑塔究竟是什么?"

轰!

眼前的一切骤然破碎,唐陌感觉自己被拉入无穷无尽的黑暗中。很快,他的视野里出现一颗颗璀璨的星星。瑰丽星河无限漫长,时间无涯地停止,他的意识迅速地被拉进一颗颗不同的星球。

每一颗星球上,都出现了数不尽的黑塔。

有的是几十万座,有的只有几百座。

当七层黑塔被攻略结束,黑塔消散,星球上的生命发出喜极而泣的呐喊;当七层黑塔没被攻破,黑塔湮灭在无尽的长河中,与星球上的生命一起毁灭。

而一年半前,数万座黑塔降临地球。

为什么黑塔 BOSS 几乎都是童话人物?因为那是人类启蒙的开始,是一次次临睡前的叮嘱与诉说。

这是所有人类最可能认可并接受的方式。

沉寂的半年时间里,这些黑塔如同一块块饥渴的海绵,疯狂地吸纳人类社会的一切信息。最终,它以无上的文明创造出了一个全新的世界——黑塔世界,在这个世界中,出现了无数的黑塔怪物。

黑塔究竟是什么?

唐陌张开口,再次问出了这句话。

一场对所有触及不可触碰领域的文明的考验。

清脆的童声在唐陌的脑海里响起。

这道声音落下的下一秒,唐陌又回到 G 市新电视塔中。马赛克似乎没意识到他刚刚已经提问了,还在和唐陌生闷气,骂他是个浑蛋。可忽然她发现唐陌已经点燃火柴,她好奇地急道:"你问了什……"

没时间浪费,唐陌快速道:"是什么外星人创造了黑塔?"

这是第二个问题。

下一刻,唐陌的眼前闪过无数画面。

A 国,某秘密科技研究所。

许多白发苍苍的老者用满是皱纹的双手捧起一块只有指甲大小的银色芯片，用颤抖慈爱的目光凝视着它。

M国，某国家研究所。

几个外国老科学家站在一架巨大的机器前，他们激动地喊着"开始"。在他们的注视下，年轻的研究员按下拉杆，巨型机器嗡嗡地启动。

Y国、J国、D国……

航天、生物、新能源……

在许许多多普通人完全接触不到的领域，极个别人类已经触碰到了那层属于不可触碰领域的文明的界限。

是极度优秀的极个别人类个体，"创造"了黑塔。

唐陌被眼前这一幕幕属于人类顶尖智慧的力量震撼到了，他的大脑发出一阵阵轰鸣。如今的他早已拥有超越人类极限的体力和智慧，可是看到这些汇聚了成千上万人类的智慧心血，他依旧无法参与，甚至无法理解，只能隔着时间的河流，对他们发出无声的赞叹。

是他们触碰到了那个领域，然后"创造"出黑塔，黑塔因他们而降临。

这个事实充满了讽刺的味道，却又让人无法责怪，如同宇宙给所有文明开了一个最可笑的玩笑。

第二个问题结束，马赛克又可以说话，她赶忙道："你到底问了什么问题？还是看了什么幻……"

"第三个问题，为什么会存在一场对不可触碰领域的考验？"

这个问题唐陌没再看到任何幻境画面，黑塔的童声直接对他回答——

宇宙资源存在不可创生性。

大部分文明在消耗大量资源后，提升文明层次失败，浪费宇宙资源。

通过考验，即被宇宙认可，允许该文明进化。

三个问题结束，唐陌手里的三根火柴全部被燃烧干净。时间再次流淌起来，马赛克好奇得恨不得抓着唐陌，求他赶紧告诉自己他问了什么问题。她以为唐陌会问一些有趣的问题，但是看到唐陌沉默的表情，她嘴唇张开，话没有说出口。

这个人类大概问了一些不好的问题吧。

三根火柴全部用尽，窗外，G市的崩塌仿佛被人按下了暂停键，戛然而止。

整个地球，许许多多的人类看到身边城市塌陷的停止，先是愣住，接着发出欣喜的欢呼。这时候，哪怕是通关了黑塔五层的高级玩家，也如同所有普通玩家一样，除了喜悦，再没任何更多的情绪。

黑塔也适时地放出了一首《欢乐颂》。没有歌词，只有那欢快的旋律。这首耳熟能详的音乐放完后，黑塔清脆的童声响起——

叮咚！A国1区玩家唐陌获得"狼外婆一家的尊重"，顺利通关黑塔七层，全部塔层攻塔……

声音骤然停止，这一刻，全球的每一个角落，所有人类的欢呼也一下子僵住。

唐陌站在被烧焦的G市新电视塔中，从口袋里拿出一颗白色的火鸡蛋。他的手指不知何时在上面画出了一个"L"，白色的蛋壳上，一个蓝色的"L"字符闪烁着光辉。

下一刻，扎着双马尾的小姑娘语气不满地说道："明明只能有一根火柴的，都是你这个大坏蛋，敲诈我，害我吓得多给了你两根。"

唐陌转首看到身后的城市正在塌陷，他算好了时间，微微勾起唇角，再次点燃一根火柴。

"第一个问题，从此以后，人类是否还会遇到类似于黑塔降临一样的考验？"

黑塔久久没有开口。

唐陌再问了一遍："还会有类似的灾难降临吗？"

人类，你贪心了。

唐陌笑道："这难道不是你允许范围内的道具？"

黑塔："……"

不是，这是宇宙资源拥有资格的考验。不源于任何已经通过考验的高级文明，只源于宇宙。

所以，才会绝对公平。

马赛克再次可以说话，她急道："喂，你到底问了什……"

"第二个问题，死在这场考验中的人类，还有没有任何机会复活？"

死亡意味着资源的回收，所有资源都是永生的，每一粒能量都会重新排列汇聚，回归资源本身。

唐陌沉默了。
马赛克赶忙道："你就告诉我你到底问了什……"
"最后一个问题。"
漫天的火光中，俊秀的青年抬起头，露出一个灿烂自信的笑容，他笑道——
"黑塔给人类的评价，如何？"
良久的寂静，最终，一道冷冰冰的童声说道——

宇宙不可创生资源的考核一共出现过六万零三百亿九千六百七十二万四千一百零二次，完成考验的文明为三亿六千四百二十一万三千六百四十六个。人类完成时间八个人类自然月，通关七层者一人，通关六层者九人，通关五层者九十七人，通关四层者两万六千三百二十人，通关三层者十六万人，通关二层者八十七万人，通关一层者一百四十二万人。
完成人数百分比评价：差。
完成速度评价：优秀。
夏娃候选者存活两百七十六人，通关七层一人，通关六层六人。
综合评价……

停顿了许久，黑塔平静地给出了那个答案——

中等偏上。

忽然不知道该说什么，唐陌嘴唇张开，又闭上。
唐陌笑了，火鸡蛋的另一端，听到这句话的傅闻夺也轻轻摇头，低低地笑了一声。
又是一首《欢乐颂》在全球上空响起，幸存的人类再次发出苦尽甘来的欢呼。这一次黑塔再通报时，似乎带了一丝怨气，在说出唐陌这两个字时，稍稍停顿了一下，又多加了一个名字——

叮咚！Ａ国１区玩家唐陌、傅闻夺获得"狼外婆一家的尊重"，顺利通关黑塔七层，全部塔层攻塔结束。

恭喜人类，结束黑塔攻塔模式。

叮咚！2018年6月25日18点03分，地球玩家下线……

人类上线！

黑塔连续播报三遍，全世界的人类都愣在原地，没明白它说的这话是什么意思。然而很快，一个年轻女孩指着距离自己最近的那座黑塔，惊骇道："不好，黑塔又开始瓦解消失了！"

所有人都惊慌起来，但随即他们发现，这次黑塔的消失再也没有引起人类文明的坍塌。

地球上，每一个角落，全人类都静默地站立起来，看着距离自己最近的黑塔，目视它的消亡。

如同注视着这过去一年内，那个拼尽全力活下去的自己；如同注视着这过去一年内，死在残酷黑塔游戏里的七十亿同胞。

G市新电视塔下，随着黑塔的消散，那些站在塔旁看热闹的黑塔BOSS的身体也渐渐消失。

狼外婆低下头，看到自己的手正在消失，她喊了一声，抬头看向G市新电视塔。凶残的狼人露出一个阴险的笑容，在自己即将完全消失前，她一脚蹬地，猛地飞向G市新电视塔的中部，同时一拳砸了过去。

傅闻夺双目圆睁，想出手阻止，可狼外婆已经一拳砸断了整个新电视塔。

六百米高的大楼从中部断裂，砸向地面。

G市玩家赶忙逃跑，傅闻夺反向行之，竟然往大楼倒塌的方向跑去。

轰的一声巨响，随着G市新电视塔的坍塌，黑塔怪物们也消失在地球上。

红桃王后打了个哈欠："终于可以回去补个懒觉了。"

白雪公主双手抱臂："哼，看我回去不让那七个浑蛋喝我的洗脚水。"

狼外婆恶狠狠道："必须让那个小畜生读书，不读书没出息！"

圣诞老人架起雪橇："哈哈哈哈，Merry Christmas！"

…………

小黑猫薛定谔哼唧一声，扭过头把脑袋埋进机器管家的头顶。

怪奇马戏团团长一手在后，一手在前，微微行了一礼，微笑道："地球的最后一场演出，也顺利落幕了呢。"

砰！

新电视塔崩塌引起激烈的灰尘激荡，灰尘弥漫了整个世界，让所有人都睁不开眼。傅闻夺直接走到废墟中，开始寻找那个青年。

他神色冷静，不吭一声地找着。

白若遥走了过来，嘻嘻笑道："哇哦，就算走，也要把G市新电视塔给劈断。狼外婆对唐唐得有多恨呀。"

傅闻声不满道："你怎么知道她想弄死的不是她的外孙女马赛克呢？"

白若遥嘴上说着"小声声不如我们打个赌吧"，身体却也蹲了下来，寻找被废墟掩埋的唐陌。

许多玩家都走过来，在这恐怖的废墟里帮忙寻找那个被压在里面的玩家。最糟糕的可能性就是唐陌随着G市新电视塔掉进宝江了，毕竟这座塔有六百米高，距离宝江却只有一百多米。

一个G市玩家小声地说："应该死不掉吧。"

傅闻夺眉毛挑了挑，朝那个人看了一眼。他还没开口，一只温暖的手忽然抓住了他的手腕。傅闻夺身体一顿，他低下头，看向那只从废墟里伸出来的手。嘴唇微微翘起，傅闻夺拉着这只手，用力一拽，便将人拽了出来。

"喀喀喀喀……狼外婆肯定是恨死我了，走之前都要弄死我。"

白若遥见到唐陌，赶忙凑过来："唐唐，你怎么知道那些黑塔怪物是走了，不是死了？我看他们很可能和黑塔一样，直接消失了。嘻嘻，要不然咱们打个赌，怎么样？"

唐陌扫他一眼："就算赌了，你怎么验证结果？"

白若遥十分理直气壮："说不定可以找到一个拥有占卜异能的家伙，帮我们占卜一下那些黑塔怪物到底是死是活呢？"他越说越觉得有道理，"拥有这种异能的家伙肯定能逢凶化吉，说不定真在幸存的玩家里。唐唐，我们赌一把，敢……"

"好，就赌你输了就消失，再也别出现在我面前。"唐陌直接打断他。

傅闻夺也立即道："我也加入。"

唐陌奇怪地看向他："我和他赌，你怎么也加入进来了，还站在我这边？"

傅闻夺理所当然地说道："我信任你。"

唐陌嘴唇动了动，看着这个男人竟然不知道说什么好，最后只能笑。

白若遥倒觉得不对了："等等，唐唐，为什么你这么肯定？不对，这肯定有阴谋，这肯定不对……"

唐陌冷笑一声，抬手从空中拿出一本薄薄的异能书。他打开异能书，有一页自然而然地落了下来。他捏住这页落下来的纸，递给白若遥，后者接过一看。

异能：存在即合理。

拥有者：慕回雪（正式玩家）。
　　类型：特殊型。
　　功能：存在即合理，万事万物皆可存在。可发现任意对象的破绽，可肯定一切不可存在的事物。具体使用效果视等级而定。
　　等级：八级。
　　限制：当拥有者用其肯定真理的必然存在性时，该异能与谬论罗盘相悖。使用效果很难以揣摩，与等级关联度极大。
　　备注：就算被所有人忽视，我的存在，就是合理。
　　唐陌版使用说明：一次性异能，一生仅可使用一次，无视任何限制。对唐陌来说，这个异能比不上G市新电视塔上的月光。对很多人来说，也是如此。

　　白若遥拿着这张纸，慢慢咧开嘴角，笑出了声。
　　唐陌挑眉道："一辈子只能使用一次的异能，我还从没见过限制这么大的异能。"
　　白若遥笑眯眯道："嘻嘻，那你是怎么用它的，唐唐？"
　　唐陌看着他，接着转开视线，目光看向这座已经变成一半废墟的城市。
　　良久，他声音平静地说道："我说，人类的存在，即为合理。"
　　人类的存在，不会因为任何方式而消亡。因人类而存在的一切，比如，黑塔怪物，也就此存在。
　　白若遥摊摊手，他的脸上依旧是那副令人厌恶的笑容，但是在安德烈想接过那张纸去看一眼时，他把纸收了起来，叠了几下放进口袋。
　　安德烈默了默："尼（你）收起的是神（什）么东西？"
　　白若遥："嘻嘻，你猜呀。"
　　安德烈当然不会猜，他直接一拳头砸了过去，白若遥侧身避开，两人很快打了起来。
　　没去理会他们，唐陌和傅闻夺转首看着对方。
　　这个几乎都是废墟的地球上，人类的文明全部毁于一旦，但是更加伟大的文明，即将诞生。
　　夕阳垂落到地平线下，只剩下最后一缕光芒照在唐陌的眼睛上，如同火红色的希望。
　　唐陌忽然道："我是肯定不会吃香菜的。"
　　傅闻夺："……"
　　他挑挑眉："以后你的香菜我吃？"

唐陌："你就不能说，以后你也不吃了？"

傅闻夺认真道："或许你该尝尝，其实味道还不错。"

两人看着对方，下一刻，唐陌弯起嘴角。他一只手伸出来："结束了。那么重新认识一下，你好，我是磨糖。虽然以前在桥牌技术上好像比维克多稍微差一点，但现在我觉得拥有了姗姗的异能后，我应该能打十个维克多。"

傅闻夺握住了唐陌的手，漆黑的眼中是深沉的笑意："十个维克多？维克多并不这样认为。"

"要试试吗？"

"好。"

夕阳之下，数千万座的黑塔光彩琉璃，风化殆尽。

大楼必将重新拔地而起，属于人类的文明也即将开启。

霞光照耀在每一个人类的身上，如同黑夜中燃起的那一缕黎明。窥得天光，获见未来。

叮咚！2018年6月25日，人类上线了！

DI QIU
SHANG XIAN

番外一
地球隐身之日

2017年，A国，E市。

刚入了夏，阳光渐渐刺眼起来。E市图书馆位于老城区，最近市图书馆开了个便民新活动，在全市设立了很多"取书点"。只要在手机上下单借书，当天傍晚去临近的取书点，就能拿到想看的书。

一个黑发年轻人从公交车上下来，他手里拎着一个巨大的包。包很沉，使他的肩膀有一侧不自然地倾斜。他走到一个取书点，从包里拿出两本书，放进储书柜。

唐陌揉了揉肩膀，又走回公交站台，准备前往下一个取书点。

原本这事有专门的工作人员负责，偏偏今天借书的人特别多，主任就扔给他一个大包，美其名曰提前下班，实际上加班到了现在。

华灯初上，五颜六色的霓虹灯映得黑夜半边通红。

唐陌走在去公交站的路上，忽然手机振动了一下，他拿出来一看。

维克多：还没上线？

抬头看了手机上的时间。

磨糖：今天加班晚了。你已经开始了？

维克多：没。

过了片刻，对方又发来消息：我记得你是公务员。

言下之意：公务员也要加班？

原来这个人对公务员也有那种误解啊。

唐陌勾了勾嘴角，正要发消息过去，余光里瞥见一辆火红色的跑车。他下意识地抬头看去，没看清车牌，只看到车屁股后那嚣张至极的皇冠标志。

是辆很漂亮的跑车。

唐陌想了想，回复道：公务员也要加班的。再发送了一个"无奈"的表情。

两人聊了起来，唐陌走到公交站台。他随便地往四周看了眼，居然又看到了那辆火红色的跑车。车子里下来了一个漂亮的女人，她朝着车里挥手："真的不去玩啦，黎文？这才几点，咱们不去再续一场？"

回答她的是一个年轻的男声："我爸又打电话催我回 S 市了，走了走了，下次再把强子他们都叫过来，一起聚一聚。"

"好吧。"

身材高挑儿的美女转身走进一个高档小区，那辆跑车则转了个弯，疯狂加速，如同黑夜里燃烧着的火焰。这辆高级跑车吸引了公交站台上所有人的注意。唐陌低头和维克多发着消息，忽然他抬起头，看向前方。

那辆跑车正好嗖的一声经过众人面前，驾驶座上的年轻人笑哈哈地朝公交站台上的"围观者"耍帅似的送了个飞吻。

他的视线与唐陌恰恰对上。

两人都微微一愣。

等唐陌反应过来，那辆车已经跑远了。

"……现在的'富二代'都这么逗吗？"

坐上公交车，唐陌回到家。先打开电脑，进入在线桥牌游戏平台，确认与维克多组队。在等待匹配对手的时候，唐陌溜去厨房煮了点粥，回来时正好游戏开始。

唐陌坐直身体，认真游戏起来。

一直玩到了半夜十二点，唐陌伸了个懒腰，发现时间太晚了。不过，他想起另一件事：你明天不用上班吗？

维克多十分神秘，总是神出鬼没。

唐陌不知道这个人的姓名、工作，甚至连对方的年龄都只有一个大概的猜测。不过维克多从来都睡得很早，好像每天都要早起工作，有时可能一两个月不见踪影。当然，消失前他会给唐陌发消息确认。

维克多：最近要回国，有个长假。

"假期"可是一个稀罕词，全世界都有假期，维克多好像从来没有假期。

大忙人也有假期？

唐陌发完消息，单手撑着下巴，看着电脑屏幕。

维克多那边输入了很久，似乎来回删除很多次消息，才发来回复：……嗯，加官晋爵，领导顺便给了个长假？

唐陌眼前一亮，调侃道：说说看怎么加官晋爵了，你家里有"皇位"要继承吗？

刚发完唐陌就觉得这么说好像有点过了，又赶紧加上一句：听说加官晋爵后面一般跟着娶老婆，你准备好了吗？

只是一句玩笑的话，维克多久久没回复。

唐陌有点急躁起来。他用手指敲击桌面，思索许久，决定发一句"开玩笑的你别介意"，这时只见电脑屏幕上发来几句话：怎么加官晋爵，大概就是肩膀上又加了一颗星。"皇位"肯定是没有的。

看着这段回复，唐陌瞠目结舌，总觉得哪里怪怪的。

什么叫肩膀上又加了颗星，难道说维克多是……军人？

磨糖：还玩吗？我要睡了，明天还得上班。

维克多：嗯，睡吧，晚安。顿了顿，再加上一句，或许以后，我可以找个机会说给你听。

磨糖：……

磨糖：饶了我吧，少校大人。他刚刚抽空去查了一下，少校的肩膀上就有颗星。

谁料维克多非常认真地回复：是中校。

唐陌："……"

磨糖：晚安，维克多中校。

维克多：晚安，磨糖。

睡了个好觉，第二天大早唐陌来到图书馆。中午时，小赵鬼鬼祟祟地找到唐陌，小声说道："唐陌，你有没有发现最近哪里不对劲？"

唐陌想了想："前两天主任又进了批书？"

小赵摆摆手："不是这个，就是少了什么人。"

唐陌凝神思索，给出那个答案："'神棍'。"

"对！就是'神棍'，咱们都快一周没看见他了，他去哪儿了？以前他每天都准时来咱们图书馆报到，这一下子一周没来……"声音停住，小赵吞了吞口水，"不会出事了吧。之前外国不是有那种新闻吗，一个老人老是在同一家店订比萨，每天都订。突然有两天没订，比萨店专门派人去看，果然，老人倒在家里了。你说'神棍'不会也突然发病倒在家里了吧？"

唐陌帮一个母亲还了书，声音淡定："那你可以去他家看看。"

小赵："……"

年轻的女孩子走远了，唐陌还能听到她的嘀咕声："一点意思都没有，真无聊。"

唐陌挑挑眉，没吭声，继续帮人还书、消磁。

他是去年才来 E 市图书馆的。刚进来，因为长得好，图书馆里不少年轻女孩经常找唐陌聊天，不过很快就被他冷淡、不懂风情的态度劝退。他对这些女孩没有兴趣，也不想耽搁对方，直白地拒绝最方便，也省得有人想给他介绍对象。

年纪大点的女同事最喜欢给年轻人介绍对象了，一开始她们也给唐陌介绍过，之后因为唐陌这人太冷、太不懂情趣，慢慢地也就没人想给他介绍对象了，他也乐得清净。

真是说曹操，曹操到。

小赵刚刚还念叨很久没看见"神棍"，唐陌一抬头，便看见一个西装革履的中年男人走了过来。看着对方，唐陌一下子竟没认出来，他很快道："陈先生？"

"神棍"陈方知紧张地看着唐陌，搓搓手："你觉得我这身打扮怎么样？"

唐陌："……"

他们这是图书馆，不是服装店！

"神棍"："欸，你别误会，我就是朋友太少了，完全不知道找谁要意见去。我……我下午要坐高铁去 S 市看我女儿，她妈妈终于同意我看她了。你说我穿成这样，合适吗？她妈妈会不会觉得我挺正经的，以后……以后就允许我多看看她？"

唐陌看着"神棍"不吭声，"神棍"忐忑地捏着西装衣摆。

叹了口气，唐陌笑道："陈先生，你这样很好，很精神。不过能请你让开吗？后面还有人想借书。"

"神棍"的表情立刻飞扬起来，一连说了三个好："好、好、好！谢谢你，真的谢谢你。那我走了啊，我走了。"说着，转身就跑，应该是去火车站了。

唐陌："……"

没时间管"神棍"的事，唐陌忙了一整天。到快下班了才忽然想到："也不知道'神棍'那边怎么样了？"但也只是想了一下，没往心里去。"神棍"只是一个经常来图书馆蹭书，和他们图书管理员比较熟的普通读者，他们并不了解。

S 市，市北静中学。

一个脸色苍白、十分瘦瘪的中年男人穿着西装，紧张地在校门口踱步。终于放学了，下课铃响起，这人猛地一个激灵，这下紧张得连手都不知道该往哪儿放了。

一拨又一拨学生从校门里出来，等了十分钟，两个女生和一个小胖子相伴走了出来。

小胖子双手合十:"求求你了姗姗,我根本不懂,今天数学作业好难啊,你就借我抄抄吧。"

其中一个短发女生淡淡道:"老师会骂。"

赵子昂赶紧道:"我不说你不说,这谁知道!"接着又讨好道,"求你了,姗姗。"

陈姗姗忽然停住脚步。

赵子昂顺着她的视线看去,惊讶道:"欸,那是谁?穿得好奇怪。"

其实"神棍"穿得不奇怪,就是那副志忑的表情和紧张的姿态,与一个成年人的身份格格不入。

陈姗姗声音平静:"他是我爸爸。"

赵子昂:"……"

小姑娘背着书包,走向"神棍",气定神闲地开口:"爸爸。"

"神棍"感动得热泪盈眶:"欸!"

小胖子赵子昂:"……"呜呜呜,这下肯定借不到作业了。

垂头丧气地背着书包往家走,小胖子走到路口,再也忍不住地哭道:"这下完了,为什么那个奇怪的家伙是姗姗的爸爸啊。我的数学作业该怎么办啊?呜呜呜呜……"

小孩子总是一惊一乍的,发泄过就继续埋头走路。他并不知道,他这一说话,吓到了路口停放的一辆黑色商务车里的人。这是一辆外表看上去十分普通的十二座大商务车,没人知道里面有无数精密的保密级仪器和一位被三个武警保护的研究员。

三位负有真枪实弹的武警突然看到一个小胖子停在车门口,又大喊大叫了一通。他们一惊,握紧手里的枪。观察了一会儿,发现那小胖子走远了,他们才松了口气。

被保护的科学家笑了一声:"一个小孩而已。"

其中一个武警低声道:"洛教授,我们负责保护您的安全,请您配合。"

洛风城推了推眼镜,没再说话。

E市,市图书馆。

今天主任没再让唐陌几人加班,夕阳西下时,唐陌回到家中。他给自己煮了点挂面,打开电脑时,发现那个人居然又在线。

眼角瞧了瞧,他噼里啪啦地打字。

磨糖：这几天很闲？

维克多：或许我昨天有说过，放长假？

唐陌：来一局吗？

维克多很快回道：不了，要上飞机了。

这是要出门？

唐陌：好，回见。

还没关闭对话框，一个消息就弹了出来，唐陌点开消息，手指微微顿住。

维克多：是飞 S 市的飞机。我记得你在 E 市。……磨糖，见面吗？

一整天，唐陌都颇有些心不在焉。

图书馆每周都会开一次晨会，定在周五上午。他站在队伍的最角落，等晨会散了回办公室时，就听见小赵和另外一个年轻小姑娘激动地聊着当红女歌星练余筝即将来 E 市开演唱会的事。

正好走到窗边，阳光刺入黑发年轻人的眼中。他微微眯起眼睛，小赵正好从他身旁路过："我已经抢到票了，虽然是'山顶'位置，但是抢的人太多了，我手机屏幕都快按碎了才抢到……"

夏日的气息越发浓厚，唐陌忍不住抬起手挡住阳光。

走过一排排的书架，唐陌忽然听到一阵低哑快速的低语。好像有谁在念经一样，语气激昂澎湃，他下意识地想起一个人，走过去一看，果然是"神棍"。

昨天还西装革履说要去 S 市见女儿，不知结果怎么样。总而言之，"神棍"今天又变成了往常的模样。

他拿着一本《玛雅文明消失的秘密》，见到唐陌，先是激动地说道："我和姗姗吃了顿饭，她说下次再见。"

唐陌一头雾水，转头一想：姗姗大概是"神棍"的女儿。

说完女儿，"神棍"拿着书，手舞足蹈起来："你知道玛雅文明吗？欸，你肯定知道，"自问自答，根本不用唐陌插话，"它们一夜之间就消失了！一个伟大的文明，一夕消失，你知道是为什么吗？你肯定不知道！这个世界上存在着神，神降下了惩罚，他们就全部没了！"

唐陌淡淡地看了"神棍"一眼："陈先生，如果可以，书不要乱放，记得放回书架。"不要给我们增加工作量。

唐陌礼貌性地点点头，转身离开。他的身后，"神棍"还在神神道道地说什么"玛雅文明""神的惩罚""人类也会一夜灭亡"的鬼话。莫名其妙地，唐陌开始思考起来：如果真的有什么东西能让人类一夜消失……

大概只有外星人了吧。

面无表情地走回自己的座位，唐陌将这股奇怪的想法抛到脑后。

如果真的有什么东西能让人类一夕灭亡，那到时候的人类，会面临怎样的绝望与困境呢？

N市，师大附中。

一个金发碧眼的外国小孩与同学们正在上体育课，他和女同学开玩笑，一下子没接住同学传来的篮球。同学郁闷地说道："爱德华，你这个外国人怎么比我们还会讨女孩子欢心！"

金发小男孩无辜地说道："是她们说喜欢我呀。"

W市，台湖欢乐园。

年轻男人毫不留情将自己的表妹推开，他微微一笑："行了，你自己想去鬼屋的，抱我没用，不如抱他，说不定还实在些。"

正准备进鬼屋的柴荣猛地一吓："哈？"顿了顿，"等等，我认识你们吗？"

安楚也一愣："就是啊表哥，我压根儿不认识人家啊。"

萧季同推推眼镜："那我们一年好像也就见得上一面，"笑着弯起眼睛，"我们很熟吗？"

安楚："……"

S市，同舟大学，留学生宿舍区。

身材高大的外国男生和一个金发女生正在林荫道上走着，后者好奇地问道："杰克斯，听说A国那个很出名的女歌手练要去E市开演唱会了，你去吗？"

首都，第八十中学。

一个面色苍白的男生默默地趴在桌子上，他捂着肚子，低头看着地面。渐渐地，他的肚子越来越痛，过了片刻，他站起身："老师，我想去医务室。"

老师点点头："小心身体。阮望舒，要是下次还是不舒服，就别来上课了吧。身体重要。"

走出教室的男生动作顿了顿，接着继续向前走去。

到医务室后，那个女医生正在玩手机游戏。听到开门声回头看了一眼，接着摆摆手："又是你啊，好了，自己躺着吧。你这病反正你自己也清楚，等不疼了再回去上课。"

阮望舒看了眼女医生胸前的名牌：李妙妙。

"嗯。"

他乖乖地走过去，躺下。

学校、办公楼、工厂、工地……

一切都是如此平和宁静。

人类真的会灭亡吗？

唐陌很快将这个无稽之谈遗忘。晚上他回到家，从门卫那儿拿到了一个快递，拆开一看，是练余筝的演唱会门票。

唐陌默了默，登上QQ。

磨糖：门票是你寄的？

对方很快回复。

维克多：嗯，正好朋友给了两张票。听说这个女歌手明天在E市有演唱会？

唐陌："……"

票都寄了，当然有演唱会。

双眼静静地看着电脑屏幕，看着上面的那行字。良久，唐陌勾起嘴角，他道：明天你穿什么衣服？

维克多：你猜。你穿什么？

唐陌眼也不眨地回复：你猜。

两人都沉默了一会儿，竟然十分默契地没再问这个问题。

维克多：来一局吗？

磨糖：好。

好像一切没什么对，也没什么不对。如同过去二十三年的每一个日日夜夜，唐陌这一夜睡得非常安稳，没辗转反侧，也没期待难眠。他一觉睡到天亮，早晨刚准备穿衣，忽然想起今天是周六。

他给自己下了碗面。

吃面的时候手机亮了，他打开一看。

胖子：老子买房啦！

你泽哥：S市那物价你也买得起房？发达了啊胖子。

弹出消息的是一个三人小群。

唐陌打字回复：买哪儿了？

胖子：东新！二手的！

小群里聊得十分欢快，等唐陌吃完面，大家也定好下个月去S市给胖子搬家，顺便大家聚一聚。

时间过得极快,天色渐黑,唐陌换了一件白衬衫,套上牛仔裤,拿着钥匙准备出门。等电梯的时候,他看着电梯镜面里的人,不知怎的,竟拨了拨头发。意识到这一点后他自己先愣住。

"……见个面而已,我紧张什么。"

电梯叮的一声到了,黑发年轻人尴尬地咳嗽一声,进入电梯。

演唱会即将开始,黑压压的人群蜂拥着向E市体育馆的方向进发。唐陌倒是不急,他等着一拨又一拨男孩女孩冲进体育馆,看着对方手里挥舞的荧光棒,他想了想,还是没去路边的摊子上买一个。

不过路过最后一个摊子时,他的目光被最角落的一只灯牌发饰吸引了。

那是一个黑色的发箍,上面用铁丝绑了两个小恶魔角灯饰。打开按钮,蓝色的恶魔小角一闪一闪。唐陌盯着那东西看了几秒,似乎想起了什么,从口袋里掏出手机:"我要一个那个。"

拿着蓝色小恶魔发箍走向约定的门,唐陌的脚步忽然放慢下来。

他的身旁,无数年轻的男男女女头上戴着蓝色小恶魔角,开心地走进体育馆。他的面前,黑压压的人群将那扇约定好的"第23号门"堵住,一眼看去,至少有近百人。

月光轻轻地洒下,周围的声音无比嘈杂,可是唐陌却迈不动脚步了。

半分钟后,他突然转过身,逆着人流向回走。手里捏着的演唱会门票被捏出皱痕,就在他走出人群的时候,唐陌倏地抬起头,在看到那个人的时候,猛地怔住。

只见人流稀疏的地方,一个高大英俊的黑衣男人站在最后一个摊子前,手里也拿着一个蓝色的小恶魔角灯饰,静静地看着他。他站得极直,哪怕站在杂乱的小摊间,也如同一棵笔直的白杨树,带着与众不同的英挺。

两人的视线在空中交会,这一刻,风好像停止了。

许久,那人先迈着修长的腿,三步变两步走了过来。距离一下子拉近。一道低沉的男声在清凉的风中响起,这时候仿佛连月光都变得更加瑰丽。

"磨糖。"

语气肯定,毫不怀疑。

唐陌抬起头,轻皱眉头:"维克多。"

维克多低笑了一声,挥了挥手里的小恶魔角:"本来想送给你的,你戴或许很合适。不过看来,你已经有了?"

唐陌:"……"

唐陌面不改色地把东西塞进对方的手里："送你的。"

维克多："……"

互相把东西送给对方后，两人之间一阵沉默。

也不知是谁先出了一声，唐陌先伸出手："唐陌。"

听到这两个字，男人在心底将这个名字认真地念了一遍。接着他伸出手，微微一笑："……傅闻夺。"

唐陌："去看演唱会？其实我也不是很熟悉这个歌手。"

傅闻夺："那就不听了。"

唐陌笑了："好。"

两个人与人群格格不入，一起走向体育馆外。忽然，唐陌想起一个问题："你多高？"

傅闻夺："一米八五？"他不明白对方为什么问这个问题。

"……没。"

高五厘米啊……

走到体育馆外时，欢快响亮的音乐声已经透过建筑，传到街道上。唐陌伸手想拦一辆出租车，傅闻夺站在他的身后，定定地看着他。拦了一会儿也没拦到车，唐陌这才想起用叫车软件喊辆车。

他好不容易找到一辆出租车，仿佛察觉到了什么，唐陌转过身，目光恰好落入对方深邃的眼中。

喉咙有些哽住，唐陌："怎么了，在看什么？"

"看你。"

回答得无比直接。

唐陌手指紧了紧："嗯？"

傅闻夺："比我想象的好很多。"

原本紧张的心情在听到这句话后，全部烟消云散。唐陌笑了："你想象中我什么样子？"

"戴眼镜，不高，很白，很安静。南方人的样子？"

"那我想象中你什么样子，你猜到了吗？"

"……就是我这样？"

唐陌："不是。"

傅闻夺："那是什么样？"

"你猜。"

傅闻夺正要说话，车子已经到了。他十分自然地拉开车门，让唐陌先进。

当唐陌进车时，他好像听到了一句话，随着温柔的夜风消散在漆黑的夜幕中。傅闻夺的动作停了一瞬，等他再进去时，只见那个黑发年轻人已经坐在里侧，紧贴车窗，看着窗外。

车子发动起来，司机没有说话，只有沙沙的晚风撞击着玻璃。

如果人类总有一天会灭亡，那会面临怎样的绝望？

唐陌想不出那个答案。

但是此刻，他们都好好地活着，认真而虔诚地活着。

车子缓缓地驶离E市体育馆，融入夜色里。

就连傅闻夺都没想到，在他离开这座体育馆后，那一万人的演唱会中，一个穿着黑色皮衣、扎着马尾辫的年轻女人不动声色地按了按自己的耳朵，眉头皱起："你说你看见了谁？"

"嘻嘻，傅闻夺，傅少校呀。啊不对，听说他好像快晋升中校了，那就是傅中校哦。"

慕回雪："……"

"Fly，你真当我们是来看演唱会的了？"

娃娃脸青年站在人群中，委屈地眨眨眼："小鹿，我真的看到他了呀。"

慕回雪："……"

"你能不用这个恶心的名字称呼我吗？"

"那你喜欢什么？我只知道你叫'Deer'，或许你可以告诉我你的名字，我非常乐意喊你的名……"声音戛然而止，几秒后，白若遥含着笑意的声音响起，"八点钟方向，目标人物出现。"

慕回雪面色一沉："收到。"

这一晚，练余筝的演唱会圆满结束。谁都没注意到，某IT外企的技术部主任在演唱会刚开始，就被一个总是笑眯眯的娃娃脸青年和一个总是一脸无语的年轻女人带走。

这一晚，S国红场。

穿着朴素的强壮大汉将自己的女儿抱着举到空中，与妻子交换了一个轻柔的吻，参加一年一度的节日庆会。

M国某大学宿舍，两个好朋友约翰和贝尔正在为学位论文熬夜奋斗。

J国，山本孝夫终于谈成了一个单子，直到半夜十二点才离开公司。

这一晚，唐陌作为主人，带着初次来E市的傅闻夺逛了逛碎锦街、平治路。他的心中涌出一个念头：维克多好像身体不错，居然一点都没累的样子。

这个念头刚起来,他就忘之脑后。

半年过去,曾经有过交集的人们,以及或许这辈子再也不会有交集的人们,迎来了一个国庆,又迎来了北半球的秋天。

DI QIU
SHANG XIAN

番外二
存在即合理

"完蛋啦,那群熊孩子又来春游啦!"

广袤无垠的精灵大草原上,一道尖锐的叫声响起,许多正在吃饭散步的小动物瞬间竖起耳朵,露出惊恐的神情。下一刻,它们齐齐发出一声惨叫,以最快的速度扔掉自己手里的东西,转身逃跑。

兔子先生急得双脚乱蹦,忽然他仿佛想起什么,一扭头往地面钻去。锋利的爪子几下就刨开泥土,钻出一条地道。当那群土匪一样的熊孩子蜂拥而上时,兔子先生赶在前一秒挖出地道,逃进地底。

扎着双马尾、满脸马赛克的小姑娘失望地啊了一声,接着哼道:"红烧兔肉没了。"

只见数十个小孩高兴地拥了上来。他们有的拿着长弓,有的拿着匕首。有人铲草皮,有人砍树玩。众人玩得不亦乐乎,几分钟过去,就将这片美丽的草原折腾成了光秃秃的模样。

马赛克抱着大火柴嘿嘿一笑,偷偷避开老师和同学,来到河的对岸。她一把点燃火柴,放出熊熊烈火。

"烤羊、烤鸡、烤小鸟也特别好吃呀,吸溜!"

另一边,兔子先生擦着额头上的汗,急急忙忙地跑到了红桃王后的宝石城堡。然而一到门口,这只兔子莫名其妙地红了脸颊。他羞涩地看着面前的铁门,扭捏地转悠了好几下,最后还是没鼓起勇气敲门。

兔子先生难受极了,他非常想向伟大的红桃王后示好,可他实在没这个胆子。

那可是最尊贵的红桃王后,他这样的平民哪里有资格参见她。

白兔子灰溜溜地转身离开了,他并不知道,宝石城堡的顶层阁楼上,一只蓝色时钟默默地将他的举动全部看在了眼里,包括兔子先生来到城堡门口时的喜悦,以及最后离开时的失落。

蓝色的时钟嘀嗒嘀嗒地走着,每一下都走得精准无比,是整个黑塔世界所有时钟的标杆。它冷漠地看着那只兔子离开宝石城堡，忽然，阁楼的房门被人猛地推开。一个戴着小王冠的红发萝莉怒气冲冲地走进来，对着真理时钟便道："无聊死啦，无聊死啦，无聊死啦！"

真理时钟默默地看着红桃王后。

"就没有什么有趣的事情吗？你这个该死的钟，我问你问题你居然不回答，你根本就是个赝品吧！"

真理时钟用冷静的女声淡淡地说道："我不是白雪公主的魔镜，王后。我的职责从来不是回答任何人的问题。"

"那你的职责是什么？"

"我的职责是，看清这世界上存在的每一样东西，认可每一样事物的真理。"

红桃王后一拳砸向真理时钟，如同砸在水面上，只砸出了一道涟漪。等涟漪恢复，真理时钟又变成原本的模样。

红发萝莉抱起双臂，冷哼道："你这种废物，我看还不如圣诞老人的黄金马桶。不像你，放在阁楼落灰，我都嫌占地方！"

"但那只马桶没法替你看见这世界上存在的每一样事物。"

"我要看见那种东西做什么？"

"比如，我刚才看见，一只兔子狼狈地跑到城堡门外，又灰溜溜地走了。"

红桃王后一愣，明白对方是谁："啊，你是说那个老是来偷窥我的蠢兔子？"

真理时钟没有回答。

红桃王后自言自语道："他好久没来过了，怎么突然又来了？"

真理时钟提醒道："他是从精灵大草原来的。"

"精灵大草原？"红发萝莉愣了愣，"精灵大草原，他过来的时候很狼狈？欸，等等，这个季节……难道说马赛克他们学校又组织春游了？啊，我的烧烤！"双眼猛地睁大，红发萝莉兴奋地吞了吞口水，以最快的速度跑出房间。

很明显，她找到了一件不无聊的事。

逼仄的阁楼，很快又恢复宁静。

谁也不知道过了多久，一道脆嫩的声音响起。那是一种男童的声音，有点属于孩子声的高昂和尖锐，它用这种童声阴阳怪气地说道："如果早知道回到你背后会被放在这种地方落灰，我不如待在那个世界，永远不和你这种家伙碰面。"

平缓淡然的女声回答道："你永远存在于我的背面，这是真理。"

童声猛然拔高，仿佛被人掐住脖子："谬论，都是谬论！我才不要和你在一起。你还好，面对着外面，我作为你的背面，整天对着一堵黑漆漆的墙！这堵墙上都是灰尘，又黑又脏，它又黑又脏！！！"

真理时钟："你不会被任何灰尘所染黑。"

谬论罗盘："但它们熏得我眼睛疼！"

"你没有眼睛。"

"我说有就是有，你所说的一切都是谬论！"

真理时钟说的每句话都是真理："你刚才说的那句就是谬论。"

"小男孩"生气地大吼大叫起来。它的声音尖锐得能震碎玻璃，但神奇的是，它的声音完全被封在这个阁楼里，外面听不到一点声响。阁楼里的废弃家具被它的声音震成满地碎片，等它终于不吼了，真理时钟冷漠地说道："红桃王后回来后看到这些，就会知道你的存在。"

谬论罗盘："……"

"早知道我不如待在那个女人的身边不回来了！"

谬论罗盘刚说完，真理时钟提醒它那个真理："回归者慕回雪已经死了，你再也无法回到她的身边，这是一个谬论。"

谬论罗盘："……"

啊啊啊，气死罗盘了！！！

没有对比没有美，谬论罗盘想起了以前自己被一个人类绑架的日子。

没错，就是绑架。

它再也不想理会真理时钟，被红桃王后扔在阁楼里的日子实在太无聊，它竟然开始回忆起以前和人类接触过的几次经历。

地球上线的那一刻，真理时钟开始用双眼观察地球和黑塔世界。谬论罗盘没有眼睛，但是它是真理时钟的背面，真理时钟看到的每样东西，它也能看见。

人类分为地球幸存者和回归者。

同样，地球上线后，真理时钟与谬论罗盘分开了。一个在幸存者的游戏世界，一个在回归者的游戏世界。那时还没有"回归者"这个名字，他们只是不幸运的人类。

第一个找到谬论罗盘的是一个皮肤很黑的Y国人，那个人伤痕累累，几乎濒死，但是他是第一个穿过全是怪物的钢铁森林，找到那只藏在森林最深处的巨大罗盘的人类玩家，也是唯一一个。

他激动地以为自己得到了一个稀有道具，谁料看到他后，这只罗盘冷酷地说了一句"恭喜你触发时间排行榜"，接着就消失在他的面前。

时间排行榜由此开启。

这是谬论罗盘见到的第一个人类，后来它从真理时钟的眼里看到，这个人类一个月后就死了。

而它见过的第二个人类，成功地绑架了它。

谬论罗盘："那个人类的异能似乎和你很合适，她该绑架你作为她的道具。"

"存在即合理？"真理时钟难得说出一个问句，但很快她自己回答道，"这句话是个伪命题，从来不是真理。"

谬论罗盘忽然道："所以她是用一个谬论否定了我的谬论。"

真理时钟沉默下来。很快，她道："你不要借机否定真理的存在。能否定谬论的，只有真理。那个人类的异能并非完全意义的谬论，只是一个伪命题。当她使用出这个异能并成功时，就意味她所肯定的对象，已然成为真理。所以那个异能的第二种功能限制才会那么大——谁也无法肯定的成功，如同无限非概率怀表。"

A国，G市。

宽敞笔直的街道上，许多人正忙碌于城市的重建。

这座城市被之前那场人类与黑塔BOSS的大战，震得遍地狼藉。又因为最后期限的来临，整个城市被黑塔抹除了一半，所有建筑全部坍塌。每个人都动作迅速地在满目疮痍的大地上工作着。有时碰到别人，他们还会警惕地下意识拿起自己的武器。随即他们一愣，又放下武器，然而戒备的心理却没完全松懈。

短时间内，每个人还是无法完全信任他人，无法回到地球上线前的模样。

宝江边，一个穿着白色衬衫的黑发年轻人皱起眉头，他低头看着手里的怀表，不断地调试。只见唐陌一会儿将怀表的分针逆时针旋转，一会儿将时针顺时针旋转。一旁，傅闻夺双手插在口袋里，淡定地跟在他的身后。

两人就这么一前一后地走着，五分钟后，唐陌放下无限非概率怀表，回头道："没用。"

唐陌和傅闻夺通关黑塔七层后，数万座黑塔消失在地球上空，人类的文明建筑却也毁了大半。七天时间里，每天都消失七分之一的人类城市，现在是第七天，全球绝大多数的人类文明都坍塌成了废墟，因黑塔而死去的人类倒是会少很多。

唐陌道："估计还有一两百万。"

傅闻夺点点头，同意了他的看法。

能活到七层攻塔游戏的玩家都不是傻子，第一天，黑塔消失得猝不及防，后面六天他们都会有所准备，比如，躲到已经坍塌的废墟上。存活下来的人类占大多数。

城市总会再次拔地而起，但是知识却随着建筑的崩塌和科学家们的死去，永远淹没。

从昨天开始，唐陌使用无限非概率怀表，就是想从中找到一定概率，找回那些消失的文明。不过，这个怀表时灵时不灵，想用的时候不起作用，不想用的时候偏偏对上概率。又试了一会儿，唐陌决定放弃。他不再主动尝试使用怀表，但是仍旧将怀表调到"寻回人类文明"的匹配概率上。

做完这一切，两人走到了宝江边。

回头看向后方，只见塌了一半的高塔被几个强壮的G市玩家扛了起来，硬生生地被搬到宽敞的广场上。

广场上，有人在使用火焰异能燃烧物品，有人手中出现几根钢丝，将废墟里的东西一点点地搬出来。

很快，天色渐暗。

唐陌抬头看向那座断了一半的G市新电视塔，忽然他仿佛发现了什么，先是一愣，接着无奈地笑了。他对傅闻夺道："或许我们根本不用找回那些东西。"

傅闻夺顺着唐陌手指的方向看去，看到那个坐在G市新电视塔顶端的女孩时，他声音压低，带着一丝笑意："嗯，人类比过去更加强大了。任何文明都会再次被创建出来，并且更加伟大。"

G市新电视塔顶端，断裂的层面上，一个短发女生坐在顶端，抬头看着那轮浅色的弯月。

随着天色越来越暗，那轮月亮也越来越清晰。直到皎洁的月光洒向大地，有玩家愣愣地看着地上自己的影子，喃喃道："晚上了啊。"这是一个回归者。

"可以……休息了？"

没有人想过"休息"这个词。

在黑塔游戏的世界里，他们每一分每一秒，都在恐惧和害怕。

玩游戏的时候，随时担心自己会死掉。不在游戏时间，又会担心自己被其他人暗杀夺宝。然而现在，一切都结束了。当第一个人离开找地方休息后，越来越多的人离开了这里。重新创立一个新的社会秩序，可能需要非常多的时间。可能比攻塔游戏还难，但这个游戏已经属于全球人类，不再属于某个人。

陈姗姗双手向后，撑着自己，静静地看着月亮。

看了许久，她轻声道："好像也没什么不同。"

她的耐心很好，所以即使觉得无聊，也不会轻易放弃。因为她曾经答应过慕回雪，替她多晒晒月光。

表面上看陈姗姗只是淡淡地晒着月光，实际上，她的心里一直在思索猜测，慕回雪到底经历过什么。

本来小姑娘也想过要不要帮着重建城市，重建人类的社会秩序。但洛风城笑道："这些东西不属于你这种孩子，也不属于通关七层的唐陌、傅少校，它属于全人类。由全人类决定未来何去何从，也由人类决定人类的结局。"

陈姗姗知道老师的意思。

人类通过了黑塔的考验，但人类的结局从不由黑塔决定。命运一直被他们牢牢地抓在自己手里。

身体素质没有怎么提升，陈姗姗没法帮着建造城市，于是只能无聊地晒晒月亮。

小姑娘伸出手，抓住一缕月光。

"……你到底在晒什么呢？"

超智思维，也没法将一个没有线索的问题回答给它的主人。

不过同一时刻，G市天合区某建筑设计公司里，一个敏捷的黑色身影迅速地穿过楼层，来到位于最里侧的某办公室。

这是一家看上去非常普通的建筑公司，前台的招牌上贴着几个鎏金大字。颜色有些暗了，想来是有了一些年头。公司里有二十多张桌椅，还有一个单独的会议室。除此以外，再加上三个独立办公室。

这与G市任何一家小型公司的构造没有一丝差异，桌子上摆放的文件也找不出一点异样。但是白若遥走进最里面的办公室后，他笑眯眯地抬起手，银色刀光从他的袖中一闪而过。下一刻，办公室的书架裂成两半，坍塌在地。

一个嵌在墙壁里的保险箱露了出来。

保险箱是最普通的款式，只要两个齿轮都对准正确数字，就能打开。实在不行，也可以暴力拆除——这对一个通关黑塔六层的高级玩家来说，易如反掌。但白若遥没有暴力拆除。

他单膝跪在地上，一只耳朵紧紧贴着齿轮，脸上的笑容慢慢敛去。

两个齿轮各两百个数字，他轻轻地拨动半个小时，终于找到正确的数字。然而打开保险箱后，里面居然还有一个指纹密码。娃娃脸青年无语地喷了一声，反手取出一个年糕模样的白色长条道具。他将这个东西贴在指纹认证膜上，只见白年糕轻轻地扭动两下。

咔嗒一声，保险箱彻底打开了，白年糕也化为一摊白水。

白若遥把手伸进保险箱，拿出了里面的三份档案。他将前两份档案随便翻了翻，扔到一边。最后看着第三份档案，他的眸中露出一丝惊讶，接着嘻嘻一笑："啊哈，原来是这样啊，Deer。"

只见发黄的档案纸上，赫然映着一个短小的英文字母：Deer。接着是详细的身份介绍。

代号：Deer（慕回雪）。
出生日期：1992年12月16日。
籍贯：G市。
家庭关系：父亲慕×，母亲李××，妹妹慕××。

接下来是更加详细的家庭成员介绍，以及慕回雪从出生到进入组织前的生平经历。

慕回雪杀了曾经的时间排行榜第一名复活的是谁，最后她又为什么亲手将那个人杀死。这个问题陈姗姗想知道，白若遥同样想知道。前者想知道或许是出于对慕回雪的关心，而白若遥想知道……

纯粹是好奇。

他的目光凝视在慕回雪亲妹妹的资料上。

"十四岁，同样是初中生呀……嘻嘻，就是她了吧。"

随便拉了张椅子坐下，白若遥的手指敲击着椅子扶手，脑洞夸张地开了起来。

"救妹妹能理解，我要是有妹妹，说不定也有闲着没事、心情好的时候去杀个人救她。"娃娃脸青年脸上在笑，语气却挺认真，仿佛他真的没打算救自己的亲人，除非真的心情很好。"不过杀了她嘛……"

G市新电视塔上，陈姗姗声音平静地说出自己的猜测："……因为那个人想杀了你。"

是的，这就是陈姗姗对慕回雪复活的那个人的猜测。

她没有任何线索，也不知道慕回雪过去的经历，但如果有个人费尽千辛万苦救活一个人，最后却亲手杀了对方。那只有一种可能，就是那个人想杀了她。

杀一个人的可能性有很多，比如，这是个忘恩负义的小人，对待自己的救命恩人，恩将仇报。又如，慕回雪和那个人进入了同一个黑塔游戏，两人只能活一个，于是慕回雪活了下来，而那个人死了。

但是在这所有的可能中，概率最大的那种可能……陈姗姗抿抿嘴唇，没有说话。

白若遥倒是毫不在意地说出了那个最令人失望又是最有可能的原因："嘻嘻，因为杀了你，可以复活一个人哦。"说这话时，他的手指点在档案纸的

"Deer"这行字上。

慕回雪复活那个人，是因为那个人对她很重要。

然而在那个人心里，她或许不是最重要的。

杀了曾经的第一名，慕回雪就是时间排行榜第一名。只要杀了她，就能复活一个人。这个条件太令人心动。它就像伊甸园里那条诱惑夏娃的毒蛇，或许更简单点，它不用说任何的花言巧语，就能让人心甘情愿地上钩。

将三份档案随便地扔在地上，白若遥双手插在口袋里，笑眯眯地离开这家公司。

然而就在他走出办公室的一刹那，大火熊熊烧起。

办公室所有的东西全部被烧成灰烬，整栋楼都烧毁了。附近的玩家立即使用异能扑火，一个娃娃脸青年毫无愧色地离开这栋大楼，仿佛这场火和他从没关系。

又有几个玩家发现起火，急忙跑来救火。

人群中，只有这个高瘦的身影逆行着，离开着火的大楼。

大火被扑灭，白若遥转过头，看向漆黑的楼房，以及那轮从楼房后方若隐若现的月亮。

他再转过身，没有回头，挥了挥手。

黑夜中，浓云随风而散，一轮明月高照于空。天空之下，这片广袤的土地上，有人携着疲惫的身躯，赶往一个曾经被称为家的地方，想寻回地球上线前那些普通简单的日子；有人还没从噩梦结束的喜悦中醒来，他们靠在街头，望着那轮月亮。

就像四个月前，当黑塔宣布回归地球的那一刻，站在G市新电视塔的顶端，那个黑发女回归者看到了久违的月光。她下意识地遮住了眼睛，竟觉得这月色比阳光还要刺眼，刺得她竟然不知为何，流出了眼泪。

当她在每十分钟就得参加一个新的黑塔游戏，几乎无法得到休息的日子里，她利用这一个个的十分钟，从缅因一路赶回G市。

当她被极少见面的母亲恳求，无论如何一定要找到妹妹，并保护她时，她看着濒死的母亲，做出了约定。

杀死时间排行榜第一名，毫不犹豫地复活那个女孩。

对方的眼中是陌生和惊讶，情绪万千，唯独没有喜悦。

最后当那个女孩在一次游戏里偷偷地想要杀了自己，从背后捅出那把刀时，她竟然只是说了一句："你太弱了。"

慕回雪用手握住了那把刀，这刀还是她送给女孩的，是一把精良道具。普通的刀根本无法刺破她的皮肤，只有道具能够让她流血。

血染红了刀刃，慕回雪低头看着眼前的女孩，松开被割开的手，笑着问道："不是说要一起回去看月亮的吗？"

女孩害怕地颤抖道："对、对不起……"然而话音刚落，刀再次向前捅去。

身体的反应大于一切，她亲手杀了自己的妹妹。

兄弟举戈，母子相残，回归者的世界里，一切都显得无比自然。

一切终究结束，无论是仇恨还是泪水，都会被埋藏在新世界的到来中。

G市高速收费站旁的加油站里，唐陌用油桶装了一些汽油，递给傅闻夺。傅闻夺靠在车门旁，接过油桶后，打开车子的加油口，将油倒了进去。汽油的味道很快弥漫在空气里。

唐陌在加油站里翻找了一会儿，找到一本地图册。从G市到E市，开车得花半天，这还是在不清理沿途高速路上拥堵车辆的情况下。

是的，唐陌和傅闻夺决定回E市，再去首都。

本来唐陌二人想带陈姗姗、傅闻声一起走，前者却决定和洛风城一起回S市，回到自己的家乡，后者则是想先去N市。傅小弟的外祖家就在N市，母亲那边的亲戚都在那儿。他还是想回去找找，说不定能再找到一些亲人。

车子在高速路上缓缓行驶，唐陌坐在副驾驶上，转首看向窗外。他按下车窗，只见东边的天空渐渐亮起来，天空的最上层还是深邃的蓝色，下层与大地连接的地方却已经泛起了一丝浅浅的白色。

风穿过窗户，将唐陌的头发向后吹着。

唐陌："你会抽烟？"他以前没怎么见过傅闻夺抽烟。唐陌将车上的烟拿了起来。这辆废弃的车上放了一些原主人的杂物，大多数东西傅闻夺都收起来放在了后备厢里，只有半盒烟没放。

傅闻夺看了一眼："很少。你不会？"

唐陌摇摇头："初中叛逆的时候尝过一次，太呛了。"虽然这么说，唐陌却拿出一根烟，点了起来。他的手指间闪起一道火花，烟很快被点燃。刚抽了一口，他就皱起眉头，扔到窗外。

"部队里不让抽，地球上线后我才试了一次。"傅闻夺转了个弯，道，"不过以后应该也不会抽了。"

唐陌没说话，把烟放了回去。

傅闻夺没说，他第一次抽烟，是地球上线后的第一天。他以最快的速度赶到国家某机密办公室，发现里面空无一人。不仅如此，整个办公楼内，只有一个年轻的士兵颤抖着跌坐在地上,所有人都消失了。

突如其来的世界末日,给了傅闻夺极大的压力。

唐陌当时非常冷静地回家,决定去找自己的好友,确定朋友的安危。傅闻夺想的却是:真的完了。他的身上肩负着整个国家的担子,他知道事情的严重性。所以那时他沉默地站在原地,过了一会儿,走到那唯一仅存的年轻士兵身旁,从某军官朋友的抽屉里熟练地拿出了对方藏起来的烟,递了一根给对方。

苦涩干燥的烟味缠在鼻间,傅闻夺稍微咳嗽了一声。

知道的真相越多,看到的事实越多,所承受的压力也就越大。

所以傅闻夺急切地找寻一切资料,想知道黑塔的真相,甚至不惜危险跨越半个A国,到S市找线索。这才碰上了唐陌。

不过这些已经过去。

傅闻夺:"我累了。"

唐陌转头看他,没明白他的意思。

累?

对现在的他们来说,三天三夜不睡觉,也没什么。

傅闻夺一脚踩了刹车,解开安全带:"你开车吧,唐陌。"

唐陌:"……"

唐陌觉得莫名其妙,但还是下车换了个位置,自己开车。等他开了一会儿,听到了一阵平稳的呼吸声。他悄悄地看了一眼,只见傅闻夺坐在副驾驶上,不知何时闭眼睡着了。他睡得并不死,双手微微抱胸,但是神色很平静。

唐陌的心微微一动,他放慢了车子的速度,同时将车窗拉上。

傅闻夺是真的累了,也终于可以休息了。

第二天早晨,两人回到E市。

这是傅闻夺第一次来到唐陌的家,他并没有随意走动,而是站在门口换了鞋。唐陌自己换完鞋都觉得好笑:"太久没回来,地上都是灰。"结果一回头看见某个男人正好换了鞋,他一愣,接着道,"你动作真快。"

在唐陌的带领下,两人打扫起了房子。

E市的人非常少,两人仔细观察了一下,这个小区里除了唐陌和傅闻夺,没人了。

空荡荡的城市里,一切显得荒凉又陌生。

唐陌擦完了一扇窗户才想起来自己可以用异能啊,但随即又想到……他还真没有可以用来打扫房子的异能。"过几天我们去首都,还要打扫你家?"

傅家的房子可比唐陌家大了好几倍，这真要打扫起来，还挺费时间。不过很快，唐陌想到："那里已经没了。"

回首都的话，可能得先重建城市。

唐陌："我们以后是住首都还是E市？"

"都可以。"

反正住哪儿都一样，不过这牵扯一个很重要的问题。

傅闻夺："你以后做什么？"

唐陌愣住："啊？"

傅闻夺解释道："职业。"

唐陌："……"

他竟然无言以对。

被问到许久，唐陌才默默道："……图书管理员？"

傅闻夺笑了。

唐陌："……"

书籍是人类进步的阶梯！别说以前，现在，哪怕是未来，图书管理员也是很重要的！

傅闻夺："还是长住E市多点吧。"

唐陌："为什么？"

傅闻夺想了想："就业竞争压力小？"

唐陌："……"

没被狼外婆剥皮吃了，没被圣诞老人碾死，没被红桃王后做成花肥，没被马戏团团长捉回去当宠物。

全世界最强大的正式玩家唐陌万万没想到，自己要面对的，是一个崭新的、需要重新竞争就业的世界。

"你觉得还会有公务员考试吗？我蛮擅长考试的。"

傅闻夺看着青年认真的模样，没忍住笑了一下。

"未来，只会更好。"

"嗯。"

人类的存在，即为合理。

当唐陌面对黑塔说出这句话时，他就已经看到了那属于人类最光明的未来。黑暗曾经笼罩在这片大地上，可属于人性最闪光的从不是漆黑，而是最灿烂的光辉。

图书在版编目（CIP）数据

地球上线 . 完结篇 / 莫晨欢著 . — 广州：广东旅游出版社，2023.10（2025.8 重印）
ISBN 978-7-5570-3112-1

Ⅰ . ①地… Ⅱ . ①莫… Ⅲ . ①长篇小说—中国—当代 Ⅳ . ① I247.5

中国国家版本馆 CIP 数据核字 (2023) 第 141495 号

地球上线 . 完结篇
DIQIU SHANGXIAN. WANJIEPIAN

出 版 人：刘志松
责任编辑：何 方 李 丽
责任技编：冼志良
责任校对：李瑞苑

广东旅游出版社出版发行
地址：广州市荔湾区沙面北街 71 号首、二层
邮编：510130
电话：020-87347732（总编室） 020-87348887（销售热线）
投稿邮箱：2026542779@qq.com
印刷：嘉业印刷（天津）有限公司
（地址：天津市静海经济开发区北区银海道 48 号）
开本：700 毫米 ×980 毫米 1/16
字数：315 千
印张：17.5
版次：2023 年 10 月第 1 版
印次：2025 年 8 月第 8 次印刷
定价：52.80 元

【 版权所有 侵权必究 】

如发现图书质量问题，可联系调换。质量投诉电话：010-82069336